# 古典文獻研究輯刊

## 九　編

潘美月・杜潔祥　主編

第 3 冊

## 清代《說文》校勘學研究

翁 敏 修 著

國家圖書館出版品預行編目資料

清代《說文》校勘學研究／翁敏修　著 — 初版 — 台北縣永和
市：花木蘭文化出版社，2009〔民98〕
目 4+316 面；19×26 公分
（古典文獻研究輯刊 九編：第 3 冊）
ISBN：978-986-254-011-4（精裝）
1. 說文解字　2. 校勘學　3. 清代
802.21　　　　　　　　　　　　　　　　98014406

ISBN - 978-986-2540-11-4

9 789862 540114

古典文獻研究輯刊
九 編 第三 冊　　　　　　ISBN：978-986-254-011-4

## 清代《說文》校勘學研究

作　　者　翁敏修
主　　編　潘美月　杜潔祥
總 編 輯　杜潔祥
企劃出版　北京大學文化資源研究中心
出　　版　花木蘭文化出版社
發 行 所　花木蘭文化出版社
發 行 人　高小娟
聯絡地址　台北縣永和市中正路五九五號七樓之三
　　　　　電話：02-2923-1455／傳眞：02-2923-1452
網　　址　http://www.huamulan.tw 信箱 sut81518@ms59.hinet.net
印　　刷　普羅文化出版廣告事業
初　　版　2009 年 9 月
定　　價　九編 20 冊（精裝）新台幣 31,000 元　　版權所有·請勿翻印

# 清代《說文》校勘學研究

翁敏修　著

## 作者簡介

翁敏修，民國六十三年生，東吳大學中國文學研究所博士，現任教於經國管理暨健康學院。師事許錟輝教授，學術研究致力於文字學與文獻學，另著有《唐五代韻書引說文考》、《經學研究論著目錄（1993-1997）》（林慶彰教授主編）及學術論文十餘篇。

## 提　　要

　　有清一代號爲「漢學」之復興，學者以辨正字義與名物制度爲研究基礎，對歷代古籍進行疏證、校釋等考訂工作。於此考據風氣特盛之際，「訓詁聲音明而小學明，小學明而經學明」的治學理念，促成了清代「說文學」的發展。

　　而清代「說文學」中可列爲首功者，就是對《說文》一書所作的縝密考校與訂補。清代學者以二徐本爲研究重心，或以古籍所引《說文》異文材料進行考訂，或以二徐本互校，均試圖恢復二徐本面目，還原許書眞貌。

　　本論文試圖由文字學與文獻學兩個角度，架構出完整的「清代《說文》校勘學」，學術價值有：

　　（一）清代《說文》校勘著述考：遍檢善本書目、提要、圖書館藏目錄等線索，整理著作詳目，詳考各書之作者、內容、版本與現今主要典藏地，以收「辨章學術，考鏡源流」之效。

　　（二）詳述「清代《說文》校勘學」之內涵：包括了嚴謹的校勘方法、詳盡的古籍異文校勘材料、運用出土文獻材料校勘，最後說明清代《說文》校勘之價值與缺失。

　　（三）總結發揚清代《說文》校勘成果：依《說文》十四篇次第，以長編方式統整清代及近代學者豐碩之校勘成果，作爲日後全面校定《說文》之參考。

　　（四）整理相關參考資料：包括了「校勘著述取材勘誤表」、「校勘著述取材來源表」與「近代說文異文研究論著目錄」。

目
次

# 第一章 緒 論

## 第一節 研究動機與目的

　　許慎所著《說文解字》〔註1〕成書於東漢和帝永元十二年（西元 100 年），是我國現存最早的文字學著作，歷來一直受到學術界的重視與推崇。書中首創分別部居、據形系聯、逐字釋義釋形的體例，不僅對後世字書影響甚大，也是學者藉以上究甲文、金文，下明異體、俗字的關鍵，故可一言以蔽之：「要了解中國文字，必須從《說文解字》著手，要研究中國文字，更需要以《說文解字》爲依據」。〔註2〕此書經過千餘年來不斷地流傳、鈔寫，今日傳本以唐寫本爲最古，惜僅存殘葉數紙；其次則爲宋本，一是北宋太宗雍熙年間徐鉉、王惟恭、葛湍、句中正等人奉敕整理校定本，即今所謂「大徐本」；〔註3〕一是徐鉉之弟徐鍇所撰《說文解字繫傳》四十卷，即今所謂「小徐本」，漢代原本面目已不可得。

　　有清一代號爲「漢學」之復興，羅振玉曰：

　　　　國朝二百餘年，儒風益振：王、郝詁訓，上扶五雅之衰；段、桂說
　　　　文，遙奪二徐之席；焦、張之圖禮制，陋李轟之前聞；阮、吳之釋

---

〔註1〕　除完整書名與引文之外，以下行文皆簡稱爲《說文》。

〔註2〕　許師錟輝：《文字學簡編——基礎篇》（台北：萬卷樓圖書公司，1999 年 3 月），第七章「說文解字概述」，頁 97。

〔註3〕　徐鉉〈進說文解字表〉：「臣等愚陋，敢竭所聞，蓋篆書埋替爲日已久，凡傳寫《說文》者皆非其人，故錯亂遺脫，不可盡究。今以集書正副本及羣臣家藏者，備加詳考。」，見宋本《說文》書後。

鼎彝，壓宣和之御製，聲欬匪遙，流風未沬。〔註4〕

學者以辨正字義與名物制度爲研究基礎，對歷代古籍進行疏證、校釋等考訂工作。皮錫瑞《經學歷史》嘗概括其功有「輯佚書」、「精校勘」、「通小學」三事，其言曰：

> 國朝經師有功於後學者有三事：一曰輯佚書……一曰精校勘……
> 國朝多以此名家，戴震、盧文弨、丁杰、顧廣圻尤精此學。阮元
> 十三經校勘記，爲經學之淵海，餘亦間見諸家叢書。刊誤訂譌，
> 具析疑滯，有功後學者，又其一。一曰通小學……顧炎武音學五
> 書，始返於古。江、戴、段、孔益加闡明，是爲音韻之學。段玉
> 裁說文解字注，昌明許慎之書，同時有嚴可均、鈕樹玉、桂馥，
> 後有王筠、苗夔諸人益加闡明，是爲音韻兼文字之學。經師多通
> 訓詁假借，亦即在音韻文字之中；而經學訓詁以高郵王氏念孫引
> 之父子爲最精，郝懿行次之，是爲訓詁之學，有功於後學者，又
> 其一。〔註5〕

於此考據風氣特盛之際，「訓詁聲音明而小學明，小學明而經學明」〔註6〕的治學理念，促成了清代「說文學」〔註7〕的發展。而清代「說文學」中不可或缺的重要一環，得以兼善「精校勘」與「通小學」二者，就是清代學者們對《說文》一書所作的縝密考校與訂補。

清代學者以大小徐本爲研究重心，或以古籍所引《說文》異文材料進行考訂，或以二徐本互校，均試圖恢復二徐本面目，還原許書眞貌。而莫友芝訪得唐寫本木部殘卷，並撰成《箋異》，也成爲《說文》版本、校勘研究的重要資料。其他重要著作，還包括了段玉裁《汲古閣說文訂》、嚴可均姚文田共

---

〔註4〕 羅振玉：〈國學叢刊序〉，《校刊群書敘錄》（揚州：江蘇廣陵古籍刻印社，1998
年1月），頁57。

〔註5〕 皮錫瑞：《經學歷史》（上海：上海古籍出版社，續修四庫全書影印清光緒三
十二年思賢書局刻本），十、「經學復盛時代」。

〔註6〕 王念孫：〈說文解字注序〉，段玉裁《說文解字注》卷首。

〔註7〕 張標、陳春風兩位學者對「說文學」的定義爲：「《說文》學是以我國古代語
言學大師、東漢學者許慎撰寫的《說文解字》一書以及許氏以降、中外歷代
《說文》研究論著作爲研究對象的一門科學。其主要任務，是通過對《說文》
本體（包括作者、寫作、體例、構造理論、部首、字體、版本、價值、貢獻、
不足等）和客體（相關著述）的研究。」，見張標、陳春風：〈說文學的回顧
與前瞻〉，《徐州師範大學學報》（哲學社會科學版）第29卷第2期（2003年
4月），頁1。

撰《說文校議》、鈕樹玉《說文解字校錄》、錢坫《說文解字斠詮》、王筠《說文繫傳校錄》等。

筆者於碩士班就讀期間，以《唐五代韻書引說文考》為題，藉由韻書引《說文》之整理與考釋，對今本《說文》〔註8〕作校勘與訂正。在碩士論文寫作期間，整理相關《說文》校勘資料時，發現了幾個清代《說文》校勘的問題：

一、今日對於清代「說文學」的研究，主要以清代四大家（段、朱、桂、王）以及六書研究為主，在《說文》校勘方面，文字學相關書籍多以羅列作者、書名的方式約略帶過，迄今未有討論其校勘材料、方法與校勘成果的專門著作。

二、由於清代學者校勘《說文》書籍甚多，刊本前後不同、鈔本則多散落四方，更有今僅存書名及序跋之未刊稿而傳本未見者，造成了研究上的困難。

三、各家記載清代校勘《說文》的書目與考錄書籍，其中錯誤與遺漏處甚多，亟待補正。如：朱士端《說文校定本》，《江蘇省立國學圖書館圖書總目》、《說文書目輯略》兩目錄於作者皆誤題為「朱士瑞」；嚴可均、姚文田合撰之《說文校議》，《清史稿·藝文志》書名誤作《說文校義》等。

綜上所述，都值得對《說文》校勘之理論、內容及其相關著述，作一深入的探討。因此，個人不揣淺陋，欲以「清代說文校勘學研究」為題，擬就善本書目、提要、圖書館藏目錄等線索，整理相關著作詳目；分析其使用的異文材料、校勘方法、論其校勘之價值與得失；最後參考近人研究成果，總結清代以來《說文》校勘之成果，作成結論，希冀昭明前代考徵文獻之功，並為闡揚「許學」之一助。

## 第二節　研究內容與方法

首先說明「學」與「校勘學」的定義。黃季剛先生〈有系統條理始得謂之小學〉一文，對「學」這個名詞有精確的定義：

> 夫所謂「學」者，有系統條理，而可以因簡馭繁之法也。……凡治
> 小學，必具常識；欲有常識，必經專門之研究始可得之。故由專門

〔註8〕 今本《說文》意指「大徐本」，以下不另出注。

而得之常識，其識也精；由瀏覽而得之常識，其識也迷。〔註9〕

其說認爲「學」有兩層定義：（一）「學」是有系統條理，而可以因簡馭繁的方法；（二）「學」是一種專門的學術研究。

至於「校勘學」一詞，胡適於〈元典章校補釋例序〉有以下解釋：

> 校勘之學起於文件傳寫的不易避免錯誤。文件越古，傳寫的次數越多，錯誤的機會也越多。校勘學的任務是要改正這些傳寫的錯誤，恢復一個文件的本來面目，或使他和原本相差最微。校勘學的工作有三個主要的成分：一是發見錯誤，二是改正，三是證明所改不誤。〔註10〕

胡氏論及了校勘學的主要工作，就是要改正古籍傳寫的錯誤，並恢復其本來面目。

大陸學者漆永祥《乾嘉考據學研究》一書，論「校勘學」的定義甚爲簡要：

> 「校勘學」就是對校勘所依據的版本、材料、古書致誤之由、校勘方法原則及校勘成果處理方式等方面，總結出來的系統而有規律性的一門學問。〔註11〕

漆氏認爲「校勘學」是總結校勘各方面的問題，成爲系統而有規律性的一門學問，其論點與黃季剛先生之說有相通之處。

程千帆、徐有富《校讎廣義》曰：

> 除對書面材料發生錯誤的規律進行不斷的總結外，人們還對校勘的作用、方法、據以校勘的資料、校勘者應具備的條件、校勘成果的處理形式等，都進行過不斷地探索，從而在校勘實踐的基礎上逐步形成了校勘學。〔註12〕

書中具體論及了「校勘學」的相關內容，包括「校勘方法」、「校勘資料」、「處理校勘成果」等。

管錫華《漢語古籍校勘學》則對「校勘學」一詞作了更詳細的解釋：

---

〔註9〕 黃侃：《黃侃國學講義錄》（北京：中華書局，2006 年 5 月），「文字學筆記·小學·三、有系統條理始得謂之小學」，頁 40。

〔註10〕 胡適：〈元典章校補釋例序〉，陳垣《校勘學釋例》（上海：上海書店出版社，1997 年 7 月），序頁 1。

〔註11〕 漆永祥：《乾嘉考據學研究》（北京：中國社會科學出版社，1998 年 12 月），第九章「乾嘉考據學得失（上）」，頁 263。

〔註12〕 《校讎廣義·校勘編》第一章第一節「校勘與校勘學的發展」，頁 22。

「校勘學」則是現代在歷代校勘實踐以及對這種實踐的理論總結的
基礎上產生出來的一門科學。它祇以古籍的校勘為自己的研究對
象，其目的和任務是總結歷代學者校勘古籍的法則和規律，以指導
校勘的實踐。……而校勘學研究校勘則是深入的、系統的，他是一
門獨立的科學。〔註13〕

綜上所論，本文以清代學者之《說文》校勘工作為研究主題，內容包括當時
學術背景的探索、現存校勘書籍分類考論與統計，及其校勘材料、校勘方法、
校勘成果的總結，分章逐節作有系統、有條理的論述，試圖建構成一完整的
「清代《說文》校勘學」。

　　本文之研究方法與步驟，可分為「整理校勘著作」、「詳述清代《說文》
校勘學之內涵」及「運用文獻資料」三部分。

　　一、清代《說文》校勘著作之總整理，側重於「文獻學」文獻資料之蒐
集與分析。

　　（一）資料蒐集：依據各圖書館善本書目、文字學專科目錄與提要，即
目求書，統計清代校勘《說文》專著之總數與現今存目，並廣泛蒐集材料，
以確保資料的完整性。資料蒐集的方法〔註14〕有：

　　1. 利用最有利的圖書館：優先利用自己學校與各研究機構的圖書館。

　　2. 檢查必要的工具書：針對本研究論題，正確的利用書目、索引、類書、
　　　傳記資料等工具書。

　　3. 檢查相關論著：蒐集與本研究論題相關的論著，包括專著、論文集、
　　　和學位論文。

　　4. 檢查相關研究資訊：隨時留意新出版資訊與相關學術活動。

　　5. 請教專家。

　　（二）資料分析：確立研究範圍之後，依各書校勘方向與著作性質，分
別部居，先考其作者，述其傳略，以收知人論世之效；其次論其著作旨要、
版本與價值，撰成完整的「著述考」。

　　二、詳述清代《說文》校勘學之內涵，以「文字學」學理的角度分析、

〔註13〕管錫華：《漢語古籍校勘學》（成都：巴蜀書社，2003 年 12 月），第一章「緒
　　　　論」，頁 7。

〔註14〕林慶彰：《學術論文寫作指引》（台北：萬卷樓圖書公司，1996 年 9 月），第四
　　　　章第一節「資料蒐集的方法」，頁 93～98。

歸納其相關之研究結果。內容有：

    （一）整理清代《說文》校勘所使用的異文材料，著重於材料的完整蒐
            集與歸納，並整理近人研究成果，進行兩者的比對分析。

    （二）探索其校勘方法、出土文獻的運用。

    （三）發揚清代《說文》校勘成果，用客觀求實的態度，評析各家校勘
            論點的優劣得失，以期呈現清代以來《說文》校勘的具體成績。

論述清代《說文》校勘之價值與缺失。

三、運用文獻資料考證，可分為校勘工作與案語寫作兩部分說明。

    （一）校勘工作參考王叔岷先生《斠讎學》一書中所提及的校勘方法，
〔註15〕內容包括了：

    1. 選擇底本：底本當選較古而完整且少譌誤者，即古、全、善三者皆備。

    2. 廣求輔本：輔本包括早、晚、全、殘諸本。

    3. 參覈本書注、疏。

    4. 驗證古注、類書。

    5. 佐證關係書：包括引用某書或因襲某書之文的直接關係書，以及與某
       書有偶然相合之文的間接關係書。

    6. 熟悉文例：熟悉一書之字例、詞例、句例。

    7. 通達訓詁。

    （二）案語寫作方法則遵循傳統考證原則，包含了三層內容：「一校」、「二證」、「三斷」。「校」即各本所得的異文；「證」則廣引各家校勘意見，加以分析論證；「斷」則定其是非。〔註16〕

# 第三節　前人研究之成果

    有關清代《說文》校勘的研究，至今尚無專書作系統論述，只有在文字學史、文字學要籍介紹等書籍中有關清代的專節，以及單篇論文中有概括性的論述。以下介紹近代論及清代《說文》校勘的書籍、單篇論文，並略加評論，以明本研究主題之研究現況。

---

〔註15〕王叔岷：《斠讎學》（北京：中華書局，2007 年 6 月），第五章「方法」，頁 105
      ～208。

〔註16〕參見倪其心：《校勘學大綱》（北京：北京大學出版社，2004 年 7 月），第七章
      第三節「校記的要求」，頁 265。

# 一、專　書

## 《中國文字學史》

　　以專節論述清代《說文》校勘的專書，首推胡樸安之《中國文字學史》，全書分四編，書前有作者〈自序〉。其書第三編「文字學後期時代——清」，論及清以後文字學家以考據學爲基礎，凡兩漢以前著作皆爲參考資料，使文字學成爲治一切學術之工具。其文以顧炎武爲漢學派文字學先導，戴震確立地位，而段玉裁集其大成。

　　是書「校勘」一節，博引群書，說解亦甚爲精要，可見胡氏於許學鑽研之深。其說曰：

> 有清一代，於《說文》之學，發明極多，而校勘亦異常精嚴。略計之：有校大徐本者，有校小徐本者……小徐之學，勝於大徐，已爲近代文字學界之公論。惟是二徐之書，各有異同，即各有是非，於是有校二徐之異者……有校《說文》與他書異同，而稱古本或定本者……《說文》校勘之學，在清代可謂盛矣，而又有校校本者……《說文》一書，除二徐本外，無他本可以校勘，所以校勘《說文》者，不能求〔註17〕之他書，於是有搜輯他書所引《說文》，以備校勘二徐本之用者……自燉煌石室發見唐寫本以來，而古書可據以校勘者極多，惟無《說文解字》。而《說文解字》唐寫本，僅有莫友芝所得木部殘文百八十有八，莫氏據此爲《唐說文箋異》一書，此《說文》校勘上重要之書也。〔註18〕

本節據上文所引「校大徐本者」、「校小徐本者」、「校二徐之異者」、「校說文與他書異同，而稱古本或定本者」、「校校本者」、「搜輯他書所引說文，以備校勘二徐本之用者」以及「《說文解字》唐寫本莫友芝所得木部殘文」七端爲類目，分別詳細論述了段玉裁《汲古閣說文訂》、張行孚《汲古閣說文解字校記》、嚴可均《說文校議》共十七種書籍，雖然數量不多，實已開啓清代《說文》校勘專著論述之先河。

## 《中國語言學史》

　　王力著，原出版於 1981 年。全書共分爲四章十八小節，書前有作者 1980

---

〔註17〕「求」字之前疑當有「不」字，較符合文理。
〔註18〕胡樸安：《中國文字學史》（台北：商務印書館，1992 年 9 月），頁 551。

年〈序〉。

是書第三章「文字聲韻訓詁全面發展的時期」，分爲五小節論述清代《説文》研究、古文字學、古音學、訓詁學的研究成果。其中第十一節「《説文》的研究（上）」中，提及有關清代《説文》校勘和考證的工作：

> 清代《説文》之學，大致可以分爲四類：第一類是校勘和考證的工作，如嚴可均的《説文校議》、錢坫的《説文解字斠詮》、田吳炤的《説文二徐箋異》、承培元的《説文引經證例》等；第二類是對《説文》有所匡正的……第三類是對《説文》作全面研究，多所闡發的，如段玉裁的《説文解字注》、桂馥的《説文解字義證》、朱駿聲的《説文通訓定聲》、王筠的《説文句讀》；第四類是補充訂正先輩或同時代的著作的……其中以第三類最爲重要。〔註19〕

王氏於清代《説文》學分爲四類，第一類即爲校勘，可惜並非全書重點，故舉例不多。

### 《中國傳統語言學要籍述論》

姜聿華著，全書分爲「訓詁著作」、「文字著作」、「音韻著作」三編，書前有作者前言。

是書第二編「文字著作」分六章，論述三國至明清時代的各類字書，包括了《説文解字》、《玉篇》、《佩觿》、《字彙》等。第六章「清代研究《説文解字》的著作」，〔註20〕以三節分論「段玉裁《説文解字注》」、「桂馥、王筠、朱駿聲三家的《説文》著作」、「對《説文》進行專項研究的著作」。其中第三節「校勘《説文》的著作」、「專門搜輯逸字的著作」以及「研讀説文的各家札記」各小節，均提及有關清代《説文》校勘的書籍。

### 《説文學源流考略》

張其昀著，全書分四編，文末有作者自跋。其書第三編「説文學之形成與發展」，共分爲十五章，由顧炎武、戴震的嚮導性研究，至清代四大家的「説文學」，以及六書、引經、重文、聲讀、檢字等專題，全面論述了清代《説文》學的相關著作。

---

〔註19〕王力：《中國語言學史》（上海：復旦大學出版社，2006 年 3 月），頁 90。
〔註20〕姜聿華：《中國傳統語言學要籍述論》（北京：書目文獻出版社，1992 年 12月），頁 322。

是編與《說文》校勘相關者，首先有第六章「關於傳世《說文解字》的校勘」。〔註21〕其文曰：

> 在清代「說文學」裡，校勘是學者們用力頗勤、成績較著的一個方面。……於是，大小徐本便成了「說文學」的兩個中心依托點。但是，二徐的本子本來都不能徑作許書觀；再則，二徐至清，已逾數百年之久，經過人們的竄改增損，也由於在多次傳鈔翻刻中難以避免的訛誤，因而二徐的本子也不免頗失其舊。於是，學者們希望通過校勘來恢復二徐本，乃至許書原本的真貌。古籍中援引的《說文》材料是校勘的主要依據，後來發現的唐寫本《說文解字木部》殘卷更是寶貴的材料。廣採他書，包括徐鍇的《繫傳》來校勘徐鉉的本子，這是《說文》校勘的第一內容。校勘徐鍇《繫傳》，這是《說文》校勘的第二內容。參校二徐，擇善而從，另有所成，這是《說文》校勘的第三內容。

此章篇幅甚多，已囊括了許多清代《說文》校勘重要著述，共分為三節：一、「關於徐鉉《校訂說文解字》的校勘」，論述朱筠《校刊毛本說文解字》、錢坫《說文解字斠詮》、孫星衍校刊《仿宋小字本說文解字》及其他著述。二、「關於徐鍇《說文解字繫傳》與《說文解字篆韻譜》的校勘」，論述汪憲《說文繫傳考異》、祁寯藻《校勘宋本說文繫傳》、馮桂芬《校刊宋本說文韻譜》及其他著述六種。三、「關於二徐互校二徐並校」，論述朱士端《說文校定本》、田吳炤《說文二徐箋異》、莫友芝《唐寫本說文解字木部箋異》及其他著述二種。另外於第十五章「說文學著述攬餘」，〔註22〕則論述了惠棟《惠氏讀說文記》、席世昌《席氏讀說文記》、王煦《說文五翼》及其他著述。

是書以其舊作《中國文字學史》為基礎，特著重於《說文》部分之增補，故資料豐富，頗具參考價值。

## 《中國語言文字學史料學》

高小方著，全書共分十四講，介紹語音學、詞匯學、語源學、叢書、類書、歷代筆記等各方面語言文字學相關資料，書後有人名索引、書名索引、主要參考文獻、後記。

---

〔註21〕張其昀：《說文學源流考略》（貴陽：貴州人民出版社，1998 年 1 月），頁 193。
〔註22〕同上注，頁 375～407。

是書第十講「文字學史料」，分別介紹了「古文字學史料」、「說文學史料」、「現代漢字學史料」、「一般漢字學史料」各研究主題。其中第二節「說文學史料」，〔註 23〕「版本」、「校釋」、「札記（訂補）」、「逸字」各小節，均有收錄部分清代《說文》校勘書籍。

### 《漢字學綱要》

班吉慶著，全書分漢字學基礎知識、《說文解字》述要、《說文解字》部首類釋三編，共九章，附主要參考文獻、後記。

是書第六章第三節「《說文解字》的版本」，〔註 24〕擇要介紹了唐寫本殘本、李陽冰刊定本、小徐本和大徐本，以及清代學者對傳世《說文》的校勘。

### 《清代說文學專著之書目研究》

劉新民著，中國科學院研究生院 2002 年碩士論文。全文分九章，附參考文獻、發表文章目錄。

是書第二章「校勘類研究」，〔註 25〕介紹了以顧廣圻為首的對校派及以段玉裁為首的理校派，並附有「校勘類研究書目」61 種。可惜作者完全依照《書目考錄》清代校勘類所著錄，又只列出書名、卷數與作者，未能深入探討。

### 《錢大昕說文學之研究》

黃慧萍著，屏東教育大學語教系 2004 年碩士論文，柯明傑教授指導。

是書第三章第二節「乾嘉時期的《說文》學研究成果」，〔註 26〕將乾嘉時期的《說文》研究成果分為四類，第一類即是「對二徐本《說文》進行校勘和考證的工作，使其盡量恢復始一終亥的面貌，貼近許慎原意」。

## 二、單篇文章

### 〈說文解字詁林自敘〉

---

〔註 23〕高小方：《中國語言文字學史料學》（南京：南京大學出版社，1998 年 3 月），頁 339。
〔註 24〕班吉慶：《漢字學綱要》（南京：江蘇古籍出版社，2001 年 12 月），頁 141。
〔註 25〕劉新民：《清代「說文學」專著之書目研究》（中國科學院研究生院 2002 年碩士論文），頁 9。
〔註 26〕黃慧萍：《錢大昕說文學之研究》（屏東教育大學語教系 2004 年碩士論文），頁 30。

丁福保著，是文對清代《說文》研究，作了全面性的概述，除了最為有名的段、朱、桂、王四大家外，即把「校勘」列為首功。其文曰：

> 滿清入關，崇尚經術，崑山顧氏以遺民懷義，猶兼漢宋。三惠興於吳中，說經為多。自戴震倡始於歙，王氏父子繼起於高郵，從此漢學別樹一幟，士大夫皆以粹於聲音訓詁之學，為校理群經百家書之鈐鍵。而許氏《說文解字》一書，沉霾千載，復發光輝。……四家之書，體大思精，迭相映蔚，足以雄視千古矣。

> 其次若鈕樹玉之《說文校錄》、姚文田嚴可均之《說文校議》、顧廣圻之《說文辨疑》、嚴章福之《說文校議議》、惠棟王念孫席世昌許槤之《讀說文記》、沈濤之《說文古本考》、朱士端之《說文校定本》、莫友芝之《唐說文木部箋異》、許溎祥之《說文徐氏未詳說》、汪憲之《說文繫傳考異》、王筠之《繫傳校錄》、苗夔等之《繫傳校勘記》、戚學標之《說文補考》、田吳炤之《說文二徐箋異》等，稽核異同，啟發隱滯，足以拾遺補闕，嘉惠來學。〔註27〕

丁氏為編纂《說文詁林》，積三十年之歲月，蒐集著作多達一百八十餘種，其用心之勤，故所舉清代《說文》校勘著作均為典要。

### 〈清代關於大徐本說文的版本校勘〉

趙麗明著，是文詳細介紹了大徐本在清代重刻刊行的情況，也論述許多校勘著作。其說曰：

> 總之，清儒充分利用考據之長，在精研《說文》的功力上，運用版本校勘學的原則、方法，利用所能見到各種資料，整理、校勘《說文》，幾代人訂之又訂，考之又考，而且多有碩學大家致力此業。人力之多，質量之高，在《說文》研究史上是空前的。不斷精益求精，善益求善，為我們留下較可信之善本《說文》。……在整理《說文》版本上，清儒之功不可泯滅，他們的辛勤考校，積累了豐富的研究經驗和研究成果，為後人研究《說文》打了良好的基礎。〔註28〕

文末總結清儒校勘《說文》之功，在於投入了大量人力，並利用文獻學的原

---

〔註27〕丁福保：〈說文解字詁林自敘〉，《說文詁林》書首。

〔註28〕趙麗明：〈清代關於大徐本說文的版本校勘〉，《說文解字研究第 1 輯》（開封：河南大學出版社，1991 年 8 月），頁 381。

則、方法，留下了較可信的《說文》善本。

### 〈說文學的回顧與前瞻〉

張標、陳春風合著，是文討論漢代以來《說文》學的發展與今後面對的問題。其說曰：

> 這一時期……在拿《說文》詞義與古籍疏通互證方面，其觸角幾乎遍及前代古籍，很少遺漏。某些方面研究的深廣度實際已超出《說文》本身。具體來說，可以歸納為以下七個方面。一、廣徵博引，反覆考索，全面校勘《說文》。從唐到清，這個工作一直沒有間斷過，而且越來越精細。盡管最終沒能形成一個各家認同的「定本」，但無疑為人們提供了「近正」、「取正」的大量材料和方法途徑，那種不辭辛勞、力求其是的學風也為後代學人樹立了楷模。〔註29〕

本文認為清代《說文》研究的成績即是校勘，不但提供了正確的研究方法，也樹立了力求其是的學風。

## 第四節　清代《說文》校勘之學術背景

清代《說文》校勘的學術背景，可由「《說文》學」與「文獻學」兩個面向來說明：

### 一、清代《說文》學的興盛

《說文》一書在清代受到學者的高度重視，王念孫認為「《說文》之為書，以文字而兼聲音訓詁者也」，〔註30〕而王鳴盛更將《說文》讚譽為「天下第一種書」，〔註31〕研究人數眾多，研究方向全面，《說文》學不但在清代自成獨特的研究領域，更發展到了顛峰階段。張其昀曰：

> 對於《說文解字》的研究在清代真正形成了一門學問：「說文學」。「說文學」是我國傳統文字學的高標。「說文學」形成於乾隆時代，極盛於嘉慶、道光時代。三朝之中，學者們對於《說文》的種種研究，

---

〔註29〕〈說文學的回顧與前瞻〉頁2。

〔註30〕王念孫撰：〈說文解字注序〉。

〔註31〕「《說文》為天下第一種書，讀遍天下書，不讀《說文》，猶不讀也；但能通《說文》，餘書皆未讀，不可謂非通儒也。」王鳴盛：〈說文解字正義敘〉，轉引自《說文詁林》（台北：鼎文書局），前編敘跋類，第1冊頁328。

或取得了前所未有的成就，或開闢了前所未有的領域。〔註32〕

劉新民《清代「說文學」專著之書目研究》則進一步探討了清代《說文》學興盛的原因，首先是「社會歷史條件的影響」，其說曰：

> 清代的政治和經濟為「說文學」的興盛提供了間接的外部大環境……「康乾盛世」則促進了清代考據學的興盛，而「說文學」則是考據學的一個重要的分支。乾嘉學派當此之時和在此之後的出現和發展，無可置疑地說明了政治、經濟的良好和文化成就的卓著存在著正向比例關係。
>
> 其次，清代的文化政策為「說文學」的興盛提供了最為直接的外部力量……不過清朝的文化政策有一個迥異于前代的特徵，那就是「恩威并用」，這決定了清朝學術的側重點和優缺點。
>
> 「威」即清廷文化政策中高壓、專制的一面，尤以「文字獄」為典型……知識分子遠離思想政治的禁區，埋頭皓首于沒有政治風險的純學術研究領域。清代考據學的出現和興盛就成為歷史的必然，而作為考據學基礎之一的「說文學」自然也是盛極一時。
>
> 「恩」即清廷文化政策中利誘、懷柔的一面。在文化壓制的同時，清政府通過擴大科舉考試錄取名額，標榜「好學右文」以及欽命編纂圖書典籍等措施來籠絡知識分子……這一切都為清代考據學當然包括「說文學」的輝煌成就的取得奠定了堅實的文化基石。〔註33〕

「社會歷史條件的影響」包含了政治、經濟等因素，而「恩威並濟」的文化政策，使得學者無心政治，寧願埋首於學術考據。

其次則是「清代小學興盛的影響」，包括古文字學、音韻學及訓詁學的發展，都間接推動《說文》學的進步。其說曰：

> 清代的「小學」興盛是一種滿園芬芳的情景，每一內容研究的深廣度都是取得了卓越成績的。這對于「說文學」的研究有著積極的推動作用。
>
> 在古文字學方面，清代學者開拓式的研究成果為「說文學」研究提供了可資參照的資料、可供借鑒的方法。

---

〔註32〕《說文學源流考略》頁 193。
〔註33〕《清代「說文學」專著之書目研究》頁 4～5。

在音韻學方面，清代學者不但有具體的實踐，還提出了系統的理論。
其對「説文學」一個重要影響就是把音韻理論或采用他人的見解貫
徹到自己「説文學」的研究中去。

清代訓詁學在文字的形音義三方面的研究中，成績是最爲卓越和最
爲成熟的……聲訓、形訓、義訓三大法和理論不但用得爐火純青，
而且還推動了「説文學」其它方面內容的研究，如對《説文解字》
的體例和校勘的研究。〔註34〕

受到外在歷史條件的影響，加以小學學術研究的快速進展，終於促成了清代
《説文》學的興盛，俞曲園曰：

我朝經術昌明，是知由文字而通訓詁，由訓詁而通義理，於是家有
洨長之書，人服郁里之學矣。〔註35〕

其中「家有洨長之書，人服郁里之學」之語，確實是清代這種「許學」熱潮
的最佳詮釋。

至於清代《説文》學的具體成就，〈説文學的回顧與前瞻〉一文將其歸納
爲七個項目：〔註36〕

（一）廣徵博引，反覆考索，全面校勘《説文》。

（二）闡發「六書」理論。

（三）形音義互求，以音爲綱，不拘形體，融會貫通《説文》。

（四）歸納《説文》條例，抽繹許書在文字、詞滙、語意、語音、訓釋
等方面反映出的理性思維。

（五）開始利用金石文字訂正許書。

（六）形成了一整套較爲系統、行之有效的研究方法。

（七）不迷信《説文》，敢於批評許愼。

## 二、校勘條件較前代成熟且優越

清代學者投入了大量時間與精力從事文獻整理工作，從文獻學的內容來
看，無論是目錄、版本、校勘、輯佚、辨僞等，都取得了豐碩的成果。而校勘
學在清代發展更是迅速而完備，無論是校勘理論的建構、校勘方法的探求，以

---

〔註34〕同上注，頁 5～6。

〔註35〕（清）俞樾：〈兒笘錄序〉，《兒笘錄》（北京：作家出版社，《説文解字研究文
獻集成·古代卷》影印清同治年刻《第一樓叢書》本），卷首。

〔註36〕〈説文學的回顧與前瞻〉頁 2～3。

至呈現大量而傑出的校勘成果，其中的關鍵因素，即是葉樹聲、許有才合著《清代文獻學簡論》書中所提到的「校勘條件優越」，其說分為五點：〔註37〕

（一）校勘名家多且素質好：代表學者如王念孫、顧廣圻、孫詒讓等。

（二）可借鑒的校勘經驗和可利用的校勘成果較多：歷代學者如漢末鄭玄、南北朝顏之推、隋末唐初的顏師古、宋代鄭樵等，他們所留下的校勘經驗和成果甚多，皆足資後人利用。

（三）校書所需要的資料豐富：校書所需要的資料包括了唐以前的類書、舊注疏以及宋元善本，至清代多已齊備。

（四）目錄、考據學科的發展同時促進了校勘學的發展：清代目錄學、版本學、考據學的發展，不但與校勘學關係密切，同時也相互影響，帶動了校勘學發展。

（五）文字學、音韻學、訓詁學有了較大的發展：清代學者非常重視「識文字」、「通訓詁」、「明聲假」在校書中的作用，代表著作如：阮元主編的《經籍纂詁》、段玉裁的《說文解字注》以及王念孫的《廣雅疏證》。

綜而言之，在古籍校勘條件較前代成熟的有利條件之下，又適逢《說文》之學的興盛，《說文》校勘作為研治許書的基礎工作，在段玉裁、嚴可均、鈕樹玉、王筠等著名學者相繼投入後，終取得了相當可觀的成績。

---

〔註37〕葉樹聲、許有才：《清代文獻學簡論》（合肥：安徽大學出版社，2004年1月），頁24～27。

# 第二章　清代《說文》校勘著述之取材範疇

　　本章的撰寫重點，在說明清代《說文》校勘相關著述的取材範疇，主要由目錄著手，此即王西莊云：「目錄之學，學中第一緊要事，必從此問塗，方能得其門而入。」〔註1〕及近人姚名達所云：「學術如千門萬戶，書籍更已不祗汗牛充棟，將欲因書究學，非有目錄學為之嚮導，則事倍而功半。」〔註2〕之意。

　　為求研究資料的完整詳盡，筆者遍考各史志、政書、方志與專科目錄，參考劉師兆祐《中國目錄學》〔註3〕之分類，分為「史志目錄」、「政書目錄」、「方志目錄」、「官修目錄」、「私家藏書目錄」、「專科目錄」、「特種目錄」、「域外漢籍目錄」、「小結」等九小節，前八小節依次著錄引用書籍，並略說明卷數、作者與載錄《說文》校勘著述的情況，最後對各節所述作一小結，並於書後附有〈校勘著述取材勘誤表〉。因目錄數量繁多，無法逐一著錄，故經目驗後未載錄《說文》校勘著述者，概不著錄，以省篇幅。

　　今日網路資訊發達，書目之檢索，已由紙本目錄擴展至線上資料庫。本章由目錄、線上資料庫中即目求書，逐一檢閱所載之清代《說文》校勘著作，確立研究範圍，以為下章著述考之基礎。除著錄書目外，並依據取材資料之

〔註1〕　（清）王鳴盛：《十七史商榷》（上海：上海古籍出版社，《續修四庫全書》影印復旦大學圖書館藏清乾隆五十二年洞涇草堂刻本），卷1，頁1。

〔註2〕　姚名達：《中國目錄學史》（台北：商務印書館，1965年7月），「敘論篇」，頁9。

〔註3〕　劉師兆祐：《中國目錄學》（台北：五南圖書出版公司，1998年7月），第三章「歷代目錄舉要」，頁113～383。

性質，附註各大學、圖書館與研究機構之查詢網址，及重要線上大型書目資料庫之相關資訊，以利學者參考。

# 第一節　史志目錄

根據劉師兆祐《中國目錄學》之說，「史志目錄」的定義可分為廣義、狹義二種，〔註4〕本節採狹義之說，但考《清史稿・藝文志》及後人重修、補編、拾遺之作，共得4種。

## 《清史稿・藝文志》

《清史稿》全書計五百二十九卷，趙爾巽等撰，卷145至卷148為〈藝文志〉。

〈藝文志〉之編纂經過，先由吳士鑑編成長編九冊，繼由章鈺按四部分類增補，最後經朱師轍（1879～1969）改編定稿，故今通行本題為朱師轍撰。由於闕漏甚多，又未註明版本，故之後多所補修、拾遺。

是志採四部分類，經部小學類字書之屬，著錄清代《說文》校勘書籍。

## 《重修清史藝文志》

彭國棟撰，1968年商務印書館出版。

重修本除收書數量增多外，其特色為每類之末，總計所載圖書之部數與卷數，並仿《隋志》之例撰有〈小序〉，敘述學術源流。作者自序曰：

> 三百年間，著錄至一萬八千零五十九部，十六萬七千零五十卷，誠前代所無也。《清史稿・藝文志》疏漏殊多，茲參考全國公私書目，增列約一倍，體例則仿漢隋志，分敘流別，庶矯前史之失。

是書採四部分類，經部小學類字書之屬，著錄清代《說文》校勘書籍。

## 《清史稿藝文志補編》

2冊，武作成補編，共增補書籍達10438種，附索引，北京中華書局1982年4月出版。

---

〔註4〕　「所謂史志目錄有廣狹二義：廣義者，凡史書中之藝文、經籍志皆屬之，亦即除正史外，其餘如《通志・藝文略》、《文獻通考・經籍考》等政書中之目錄皆在其範圍。狹義者，則但指正史中之藝文、經籍志而言。」同上註，頁113。

### 《清史稿藝文志拾遺》

　　3 冊，王紹曾主編，書前有顧廷龍、程千帆、王依同〈序〉、王紹曾〈前言〉與徵引書目簡稱表，後有王紹曾〈後記〉，附著者、書名索引，北京中華書局 2000 年 9 月出版。

　　是書爲《清史稿藝文志》與《清史稿藝文志補編》二書的拾遺補闕，王紹曾所撰〈前言〉云：

> 因念《志稿》爲全史藝文志之最後一種，每加披讀，多所脫漏。竊思拾遺補闕，俾一代藝文有所考覽。爰自一九八三年起，即鳩合同志，廣搜公私名簿，旁及地方藝文，校以《志稿》及武氏《補編》，凡所闕脫，有版本流傳者，悉加甄錄，積卡片六萬餘張，然後刪其重複，分類排比……《拾遺》著錄，都五萬四千八百八十部，三十七萬五千七百一十卷，其中不分卷者七百五十五部，較之《志稿》幾增五倍以上。

是書分經、史、子、集、叢五部，於經部小學類字書之屬，著錄清代《說文》校勘書籍。

# 第二節　政書目錄

　　本節「政書目錄」，〔註5〕考諸載錄清代典章制度之政書文獻，共得 2 種。

　　皇朝通志‧藝文略

　　凡一百二十六卷，清乾隆三十二年（1767 年）敕撰，爲「十通」之一，卷 97 至卷 104 爲〈藝文略〉。

　　卷九八藝文略二「經部文字類」，著錄「說文繫傳考異四卷附錄一卷」。

### 《皇朝續文獻通考‧經籍考》

　　凡四百卷，清劉錦藻（1862～1934）撰。

　　本書依《皇朝文獻通考》之例，遍考清代實錄、會典等資料剪裁而成，爲「十通」之一。卷 257 至卷 282 爲經籍考，依四部分類廣蒐群書，先注其名稱、卷數，後附作者姓名、小傳，間有作者案語。卷 260 經籍考四‧經部

---

〔註5〕「所謂政書者，載錄典章制度之文獻也。……此諸書中之〈藝文略〉、〈經籍考〉，或載歷代之書，或專載一代之書；部分則有解題，可補史志及公私藏目之不足，每爲治學者所取資。」，《中國目錄學》頁 227。

有「小學類字書」專目，著錄清代《說文》校勘書籍若干種。

## 第三節 方志目錄

本節「方志目錄」，〔註6〕分爲方志及地方文獻二小節，考諸專記一地經籍藝文之文獻，主要來源爲華文書局《中國省志彙編》、上海古籍出版社《續修四庫全書‧史部地理類》，以及北京圖書館出版社《地方志書目文獻叢刊》，共得 12 部。

### 一、方　志

#### 《杭州府志》

一百一十卷、首六卷，清鄭澐修、邵晉涵纂，清乾隆四十九年刻本，卷 57 至卷 59 爲〈藝文〉。

#### 《安徽通志》

三百五十卷、補遺十卷，沈葆楨、吳坤修修，何紹基、楊沂孫纂，清光緒四年刻本，卷 335 至卷 346 爲〈藝文志〉。

#### 《山西通志》

一百八十四卷、首一卷，曾國荃、張煦等修，王軒、楊篤等纂，清光緒十八年刻本，卷 87 至卷 88 爲〈經籍記〉。

#### 《山東通志》

二百卷、首一卷，張曜等修，孫葆田等纂，清宣統三年修、1915 年山東通志刊印局鉛印本，卷 127 至卷 152 爲〈藝文志〉。

#### 《續修陝西通志稿》

二百二十四卷、首一卷，楊虎城、邵力子修，宋伯魯、吳廷錫纂，1934 年鉛印本，卷 183 至卷 189 爲〈藝文〉。

---

〔註6〕 「方志即地方之文獻，舉凡一地之建置、沿革、疆域、山川、物產、名勝、人物、藝文、語言、風俗等，均是方志所著錄之範圍。其中藝文部分，或著錄詩文，或著錄書目。」，《中國目錄學》頁 242。

## 《福建通志》

李厚基等修,沈瑜慶、陳衍等纂,1938 年刻本。

## 《貴州通志》

一百七十卷、首一卷,劉顯世、吳鼎昌修,任可澄、楊恩元纂,1948 年鉛印本。

## 二、地方文獻

## 《臺州經籍志》

四十卷,臨海項元勛編,1915 年浙江省立圖書館排印本。著錄浙江臺州一地之著作,計四千餘種。

是志卷 7 經部小學類,著錄清代《說文》校勘書籍若干種。

## 《兩浙著述考》

宋慈抱原著、項士元審訂,浙江人民出版社 1985 年 3 月出版。

是書分為文字、經術、樂律等二十二考,著錄兩浙〔註7〕地區學者之著作。文字考字書類,著錄清代《說文》校勘書籍若干種。

## 《皖人書錄》

蔣元卿編,附著者檢目、書名索引,黃山書社 1989 年 12 月出版。

是書依姓名順序排列,收錄籍屬安徽學者之著作。

## 《山東文獻書目》

王紹曾主編,附書名、著者索引,齊魯書社 1993 年 12 月出版。是書編纂目的在全面反映先秦以迄清末的山東先賢著述,包括刻本、稿本與鈔本。

是書採五部分類,於經部小學類字書之屬,著錄清代《說文》校勘書籍若干種。

## 《歷代中州名人存書版本錄》

郎煥文主編,前附人名目錄,後附人名索引、書名索引,中州古籍出版社 1999 年 10 月出版。

---

〔註7〕 地域名,浙東和浙西的合稱。北宋設「兩浙路」,治杭州,宋室南渡後,始定分為東西兩路。

是書依出生年代收錄歷代中州人之著述，除收錄本人著述外，亦將後人有關該書的詮釋、注譯、選抄、輯錄本附於其後，以利檢索。於「許慎說文解字」之下，著錄《說文》研究書籍達六百餘部。

## 第四節　官修目錄

本節「官修目錄」，〔註8〕分為國家圖書目錄、圖書館博物館藏目錄二小節，考諸政府機構、圖書館所編纂之公藏書目，共得書籍30種、資料庫1種。

### 一、國家圖書目錄

#### 《續修四庫全書提要》

共12冊，附索引1冊，商務印書館1972年出版。

日本政府於義和團事件後，利用庚子賠款積極展開「對支文化事業」。1925年中日雙方共同成立「東方文化事業總委員會」，代表學者有柯紹忞、胡玉縉、狩野直喜、安井小太郎等；1927年成立北京人文科學研究所，主要工作為纂修《續修四庫全書總目提要》。翌年5月日本出兵山東，引發「濟南事變」，中國全體委員退出該會，但研究所撰稿工作仍持續進行，至1938年底，已撰成《提要》二萬餘篇。1941年太平洋戰爭爆發後，撰寫工作停止，《提要》稿最後歸屬中國科學院圖書館。

1935年後，北京人文科學研究所曾陸續將《提要》稿打印送給日本東方文化學院京都研究所（即今京都大學人文科學研究所），數量僅及原稿的三分之一，此書即以此稿整理出版。

#### 《續修四庫全書總目提要·經部》

2冊，中國科學院圖書館整理，北京中華書局1993年出版。

1980年7月中國科學院圖書館古籍組開始進行《提要》稿的相關整理工作，1982年該項目正式列為中國國務院古籍整理出版規劃項目。主要工作為補齊現存原稿、分類、訂正文字與補加斷句，因為問題太多，故先行出版經部部分。〔註9〕小學類文字之下，著錄清代《說文》校勘書籍。

---

〔註8〕「所謂官修目錄，係由政府所編纂之公藏書目。」，《中國目錄學》頁246。
〔註9〕完整《續修四庫提要》的整理工作，現正進行中，根據大陸學者陳東輝的

## 《中國古籍善本書目》（善本書目）

共 9 冊，中國古籍善本書目編輯委員會編，上海古籍出版社 1989 年出版。

是書收錄全國各省、市、縣公共圖書館、博物館、文管會、文獻館、高等院校、中國科學院及各所屬研究所，其他科研單位等所藏古籍善本。各卷條目下有編號，每卷後均附有〈藏書單位代號表〉和〈藏書單位檢索表〉，以利查考。分經、史、子、集、叢五部，各書之著錄，先書名、次卷數、次編著注釋者、次版本、次批校題跋者。於經部小學類字書之下，著錄《說文》相關善本古籍凡 328 部。

中國國家圖書館於 2006 年 12 月開始提供線上「中國古籍善本書目聯合導航系統」2.01 版公開測試（http://202.96.31.45:8080/guJiDirIndex），可依照古籍分類、古籍藏地以及版刻朝代等條件作書籍檢索。

## 《中國古籍善本總目》（善本總目）

共 7 冊，翁連溪主編，前有傅璇琮〈序〉。

首冊有分類目錄、藏書單位號碼表，第 7 冊為書名四角號碼索引，線裝書局 2005 年 5 月出版。是書根據編纂《中國古籍善本書目》的原始調查卡片，重新整理為另一部增補、附行款的整理本。

分經、史、子、集、叢五部，經部小學類著錄清代《說文》校勘書籍。

## 《中文古籍書目資料庫》

（http://rarebook.ncl.edu.tw/rbook.cgi/frameset4.htm）1998 年起由國家圖書館建置，以台灣公藏善本古籍及普通線裝古籍為基礎，並陸續擴充大陸及港、澳等地區圖書館典藏。附館藏地一覽表，以 2008 年 8 月底更新資料統計，共有三十四所典藏單位、書目共計 613813 筆。

---

說法明：「雖然《續修四庫全書總目提要》的整理難度甚大，但復旦大學的吳格教授知難而上，由他主持的該書的整理項目已於 2002 年獲教育部立項並正式啟動，全國多所大學、圖書館的專業人員承擔了校點任務。此次整理，以齊魯書社影印本為工作底本，參校中華書局 1993 年版《續修四庫全書總目提要·經部》標點本和臺灣商務印書館 1972 年排印本（僅有原稿的三分之一，並且錯誤甚多），儘可能核對稿本及打印本。該書分為經、史、子、集、叢書、方志六部，預計從 2006 年開始陸續出版全文標點排印本，總字數近 2 千萬。」，陳東輝撰：〈20 世紀上半葉「四庫學」研究綜述〉，《漢學研究通訊》第 25 卷第 2 期（2006 年 5 月），頁 38。

## 二、圖書館博物館藏目錄

### 《江蘇省立國學圖書館圖書總目》

四十卷 12 冊、補編十二卷 2 冊，江蘇省立國學圖書館〔註10〕編，卷末有柳貽徵〈序〉，1933 年起陸續出版。

是書分經、史、子、集、志、圖、叢七部，經部小學類字書之屬第一爲「說文」專目，分傳說、聲訓、校訂著錄館藏《說文》相關書籍。現有線上「南京圖書館目錄查詢」（http://naleph.jslib.org.cn:8991/F）可供檢索。

《江蘇省立國學圖書館現存書目》二十卷、2 冊，江蘇省立國學圖書館編，1948 年出版。〔註11〕

《江南圖書館善本書目》，民國初年江南圖書館排印本。〔註12〕

### 《故宮普通書目》

六卷，故宮博物院圖書館編，前有江瀚〈序〉，1934 年故宮博物院圖書館排印本。

是書採五部分類，卷 1 經部小學類字書之屬，著錄清代《說文》校勘書籍若干種。現有線上「國立故宮博物院圖書文獻館館藏目錄」（http://lib98.npm.gov.tw:2080/ipac20/ipac.jsp?profile=npmlib#focus）可供檢索。

### 《北京人文科學研究所藏書目錄》

8 冊，北京人文科學研究所〔註13〕1938 年 5 月編印。經部小學類文字之屬，分傳說、聲訓、校訂三部份著錄所藏《說文》相關書籍。

《北京人文科學研究所藏書目錄續編》2 冊，附書名索引，1939 年出版。

### 《上海圖書館善本書目》

共五卷，上海圖書館編，1957 年排印本。

〔註10〕清光緒 33 年，兩江總督端方在南京創辦江南圖書館，聘繆荃孫爲圖書館總辦，宣統元年正式開館。創辦之初，即由繆荃孫斡旋，以七萬八千兩銀購得八千卷樓全部珍藏，奠定館藏基礎。其後陸續易名江南圖書局、江蘇省立圖書館、江蘇省立第一圖書館、江蘇省立國學圖書館，1952 年併入國立南京圖書館，定名「南京圖書館」，現爲江蘇省最大的綜合性公共圖書館。

〔註11〕《書目四編》第 69 種。

〔註12〕《書目四編》第 67 種。

〔註13〕1927 年成立，太平洋戰爭爆發後，部分藏書運回日本，其餘七百餘種由中研院傅斯年圖書館接收。

是書分爲經、史、子、集、叢五部，於經部小學類字書之屬，著錄館藏清代《說文》校勘書籍。現有線上「上海圖書館古籍書目數據庫」（http://search.library.sh.cn/guji）可供檢索。

## 《四川省圖書館藏古籍目錄》

共九卷，1958 年油印本。

是書分總、經、史、子、集五部，經部小學類字書之屬，著錄館藏清代《說文》校勘書籍。現有線上「館藏圖書查詢」（http://221.10.65.59:128/2.htm）可供檢索。

## 《杭州大學圖書館善本書目》

杭州大學圖書館 1965 年 7 月編輯出版。

是書採五部分類，共收古籍 1350 種。1998 年 9 月，原浙江大學、杭州大學、浙江農業大學及浙江醫科大學，合併爲今日的「浙江大學」，現有線上「館藏目錄檢索」（http://libweb.zju.edu.cn）可供檢索。

《杭州大學圖書館線裝書總目》1 冊，杭州大學圖書館 1964 年 12 月編輯出版。

## 《中央研究院歷史語言研究所普通本線裝書目》

中央研究院歷史語言研究所 1970 年 11 月編印，採五部分類。現有整合院內各所收藏之線上「中央研究院圖書館館藏目錄」（http://www.sinica.edu.tw/~libserv/aslib/webpac/webpac.html）可供檢索。

《中央研究院歷史語言研究所善本書目》1 冊，中央研究院歷史語言研究所 1968 年 6 月編印。

## 《國立台灣大學普通本線裝書目》

國立台灣大學圖書館 1971 年 12 月編印。

是書分爲經、史、子、集、叢五部，經部小學類說文之屬，著錄館藏清代《說文》校勘書籍若干種。現有 UTF-8 版之線上「國立台灣大學圖書館館藏目錄」（http://www.lib.ntu.edu.tw/catalog/webpac/webpacuni.asp）可供檢索。

《國立台灣大學善本書目》1 冊，國立台灣大學圖書館 1968 年 8 月編印。

## 《國立中央圖書館善本書目》

　　4 冊，1986 年 12 月國立中央圖書館特藏組編輯增訂二版。

　　是書分經、史、子、集、叢五部，經部小學類有「說文」之屬，著錄館藏清代《說文》校勘書籍若干種。1996 年改名爲「國家圖書館」，現有線上「國家圖書館館藏目錄查詢系統」（http://aleweb.ncl.edu.tw）可供檢索。

　　《國立中央圖書館善本書目》4 冊，1967 增訂版。

　　《國立中央圖書館善本書目》3 冊，1958 年初版。

## 《北京圖書館古籍善本書目》

　　北京圖書館〔註14〕編，共 5 冊，書目文獻出版社 1987 年出版，附書名、著者索引。

　　是書採四部分類，經部小學類字書之屬，著錄館藏清代《說文》校勘書籍。現有線上「中國國家圖書館聯機公共目錄查詢系統」（http://210.82.118.4:8080/F）可供檢索。

　　《北京圖書館善本書目》八卷，1959 年排印本。〔註 15〕

　　《國立北京圖書館由滬運回中文書籍目錄》一卷，俞涵青編，1943 年排印本。〔註 16〕

　　《國立北平圖書館善本書目乙編續目》四卷，1937 年排印本。〔註 17〕

## 《中國人民大學圖書館古籍善本書目》

　　中國人民大學圖書館古籍整理研究所編，中國人民大學出版社 1991 年 2 月出版，採五部分類，附書名、著者索引。今有線上「中國人民大學圖書館館藏目錄」（http://202.112.118.30/UnicornIndex.htm）可供檢索。

## 《中國社會科學院文學研究所藏古籍善本書目》

　　中國社會科學院文學研究所圖書館 1993 年 2 月編輯出版，收錄古籍 3050 餘種，依現代圖書分類法分類，附書名索引。

---

〔註14〕 清宣統元年朝廷批准籌建京師圖書館，屬學部管轄，由翰林院編修繆荃孫擔任監督，調集翰林院、國子監、內閣大庫殘本爲基藏。其後陸續改名「國立北平圖書館」、「國立北京圖書館」，1998 年改名爲「中國國家圖書館」，至 2003 年底館藏已達 2411 萬冊（件）。

〔註15〕 《書目類編》第 19 冊頁 7737～第 20 冊頁 8890。

〔註16〕 《書目類編》第 21 冊，頁 8891～8972。

〔註17〕 同上注，頁 8973～9148。

## 《新疆大學圖書館藏古籍書目》

李晴編，新疆大學出版社 1996 年 10 月出版。

經部小學類字書之屬，著錄館藏清代《說文》校勘書籍。現有線上「館藏書目查詢」（http://218.195.234.25:8080/opac）可供檢索。

## 《湖南省古籍善本書目》

常書智、李龍如主編，有任繼愈〈序〉、李龍如〈後記〉，附藏書單位代號表、書名索引，岳麓書社 1998 年 6 月出版。

是書採五部分類，於經部小學字書之屬，著錄清代《說文》校勘書籍若干種。

## 《中南西南地區省市圖書館館藏古籍稿本提要》

陽海清主編，附參加單位簡稱表、陽海清〈後記〉，華中理工大學出版社 1998 年 11 月出版。

是書分為館藏古籍稿本提要、館藏鈔本聯合目錄及索引三部分，館藏鈔本聯合目錄經部・小學類說文之屬，著錄清代《說文》校勘書籍若干種。

## 《北京大學圖書館藏古籍善本書目》

北京大學圖書館編，北京大學出版社 1999 年 6 月出版。

是書依四部分類，附書名、人名索引。今有線上「北京大學圖書館館藏目錄」（http://www.lib.pku.edu.cn）以及「北京大學古籍　OPAC」（http://rbdl.calis.edu.cn/index.jsp）可供檢索。

《國立北京大學圖書館善本書目》一卷，民國間聚珍仿宋版。

## 《山西大學圖書館線裝書目錄》

山西大學圖書館編，前有李嘉琳〈前言〉，採五部分類，附有書名、著者索引，山西古籍出版社 2002 年 3 月出版。現有線上「館藏書目檢索」（http://www.lib.sxu.edu.cn:8080/book/queryIn.jsp）可供檢索。

## 《中國歷史博物館藏普通古籍目錄》

中國歷史博物館﹝註18﹞圖書資料信息中心編，北京圖書館出版社 2002 年 6 月出版。

---

﹝註18﹞中國歷史博物館於 2003 年 2 月改名為「中國國家博物館」。

是書分經、史、子、集、叢、新學六部，經部小學類說文之屬，著錄館藏清代《說文》校勘書籍若干種。

### 《北京師範大學圖書館古籍善本書目》

北京師範大學圖書館古籍部編，附書名、著者索引，北京圖書館出版社2002年7月出版。

是書分經、史、子、集、叢五部，收書3200餘種，清刻本1300種。經部小學類字書之屬，著錄館藏清代《說文》校勘書籍。今有線上「北京師範大學圖書館館藏目錄」（http://www.lib.bnu.edu.cn/find/find_gcml.htm）可供檢索。

《北京師範大學圖書館中文古籍書目》2冊，1983年北京師範大學圖書館編輯出版。

### 《浙江圖書館古籍善本書目》

浙江圖書館圖書館古籍部編，採五部分類，附書名、著者索引，浙江教育出版社2002年11月出版。今有線上「館藏書目檢索」（http://www.zjlib.net.cn）可供檢索。

### 《清華大學圖書館藏善本書目》

中國清華大學圖書館編，採五部分類，附有書名、著者索引，清華大學出版社2003年1月出版。現有線上「清華大學圖書館館藏目錄」（http://innopac.lib.tsinghua.edu.cn）可供檢索。

### 《山東師範大學圖書館館藏古籍書目》

張宗茹、王恆柱編纂，採五部分類，附書名、著者索引，齊魯書社2003年5月出版。

### 《東北地區古籍線裝書聯合目錄》

3冊，遼寧省圖書館、吉林省圖書館、黑龍江省圖書館主編，附參加單位簡稱表，遼海出版社2003年12月出版。

是書採五部分類，經部小學類字書之屬，著錄清代《說文》校勘書籍若干種。

### 《蘇州圖書館藏古籍善本提要·經部》

蘇州圖書館編，鳳凰出版社2004年5月出版。現有線上「古籍善本查詢」

（http://www.szlib.com:82/gujisb/search.wct?channelid=7001）可供檢索。

## 《中山大學圖書館古籍善本書目》

中國中山大學圖書館編，前有程煥文〈序〉，廣西師範大學出版社 2004年 10 月出版，收入中山大學圖書館書目叢書第一種。現有線上「館藏書目查詢」（http://202.116.69.33/webpac/index.html）可供檢索。

《中山大學圖書館古籍善本書目》1 冊，中國中山大學圖書館 1982 年編輯出版。

《國立中山大學圖書館中文古籍分類目錄》1 冊，梁格編，1935 年 11 月出版。

## 《內蒙古自治區線裝古籍聯合目錄》

3 冊，何遠景主編，有何遠景〈後記〉，附書名、著者索引，北京圖書館出版社 2004 年 11 月出版。

是書採五部分類，經部小學類說文之屬，著錄清代《說文》校勘書籍。

# 第五節　私家藏書目錄

本節「私家藏書目錄」，考諸個人編纂之私人藏書目錄，主要來源為廣文書局《書目叢編》一至五編、上海古籍出版社《續修四庫全書‧史部目錄類》，以及北京商務印書館《中國著名藏書家書目匯刊‧明清卷》、《中國著名藏書家書目匯刊‧近代卷》，共得 44 種。

## 《孫氏祠堂書目》

內編四卷、外編三卷，孫星衍（1753～1818）藏並編，前有孫星衍〈自序〉，後有陶濬宣〈跋〉，光緒九年德化李氏木犀軒刻本。

## 《鑒止水齋藏書目》

一卷，許宗彥（1768～1818）藏並編，後有汪士驤〈序〉，民國國立北平圖書館傳鈔南陵徐氏藏鈔本。

## 《問源樓書目初編》

四卷，陳世溶藏並編，前有馬沅〈問源樓藏書記〉、王植〈問源樓記〉與陳世溶〈自序〉，清鈔本。

## 《稽瑞樓書目》

一卷，陳揆（1780～1825）藏並編，前有潘祖蔭〈序〉，光緒三年吳縣潘氏八囍齋刻本。

## 《大梅山館藏書目》

十六卷，姚燮（1805～1864）藏並編，民國馬氏平妖堂鈔本。

## 《安雅樓藏書目錄》

四卷，唐翰題藏並編，前有唐翰題〈自序〉及〈書目書後〉，民國二十六年國立北平圖書館鈔本。

## 《藏園訂補邵亭知見傳本書目》

莫友芝（1811～1871）原撰，共 4 冊，北京中華書局 1993 年 6 月出版。

是書為莫友芝之子莫繩孫於同治十七年整理，稿本今藏中國國家圖書館，後經傅增湘訂補、傅熹年整理，有民國藏園排印本，前有董康、莫棠與葉德輝〈序〉。

是書依四部分類，卷 3 經部小學類字書之屬，著錄清代《說文》校勘書籍若干種。

## 《持靜齋書目》

五卷，丁日昌（1823～1882）藏並編，清同治九年豐順丁氏刻民國廣州華英書局印本。

## 《別本結一廬書目》

朱學勤（1823～1875）藏並編，前有葉德輝〈序〉，民國七年湘潭葉氏觀古堂刻本。

## 《碧琳瑯館書目》

四卷，方功惠藏並編，前有方宗朝〈序〉、林之升〈碧琳瑯館藏書歌〉，民國二十一年國立北平圖書館鈔本。

## 《山東省圖書館藏海源閣書目》

山東省圖書館編，齊魯書社 1999 年 12 月出版，附著者、書名索引。

海源閣由聊城楊以增於道光二十年開始建樓藏書，歷經四世，庋藏豐富，

號爲「南瞿北楊」。原有楊紹和（1832～1875）編《海源閣藏書目》，然因久經戰亂，書籍陸續散出，部分今存山東省圖書館。是書分經、史、子、集、叢五部，經部小學字書之屬，著錄清代《說文》校勘書籍若干種。

### 《三十有三萬卷堂書目略》

四卷，孔廣陶（1832～1890）藏並編，鈔本。

### 《八千卷樓書目》

丁丙（1832～1899）、丁仁編，前有孫峻、羅榘〈序〉，後有丁仁〈跋〉，民國十二年聚珍仿宋版。

光緒十四年，杭州丁申、丁丙兄弟陸續興建八千卷樓、小八千卷樓、後八千卷樓，總名爲嘉惠堂，藏書逾萬種，與聊城楊氏海源閣、常熟瞿氏鐵琴銅劍樓、胡州陸氏皕宋樓並稱「晚清四大藏書樓」。光緒末年丁氏經商失敗，將書籍全數售與官辦江南圖書館，現已成爲南京圖書館庫藏之寶。

此書目之編成，已在書籍售出後，丁仁於書後跋文記其事曰：

> 宣統初，余家賄晦，爲司莞者不愼負公私帑至五億之多，因舉所藏，以歸江南圖書館。

是書依四部分類，經部小學類字書之屬，著錄清代《說文》校勘書籍。

### 《善本書室藏書志》

丁丙（1832～1899）編，前有繆荃孫〈序〉，後有丁丙〈識語〉，清光緒二十七年原刊本。

### 《書鈔閣行篋書目》

周星貽（1833～1904）藏並編，民國元年海寧費寅復齋鈔本。

### 《萬卷精華樓藏書記》

一百六十四卷，耿文光（1833～1908）撰，前有〈萬卷精華樓藏書叢記稿序〉，1993 年中華書局據民國二十六年《山右叢書初編》版影印出版。

經部小學二至四爲說文之屬，著錄清代《說文》校勘書籍。

### 《皕宋樓藏書志》

一百二十卷、續志四卷，陸心源（1834～1894）撰，前有李宗蓮〈序〉，十萬卷樓刊本。

**《大通樓藏書目錄簿》**

五卷，龔易圖（1836～1893）藏並編，民國間長樂鄭氏鈔本。

**《拙尊園存書目》**

黎庶昌（1837～1897）藏並編，鈔本。

**《故宮所藏觀海堂書目》**

四卷，楊守敬（1839～1914）藏，故宮博物院圖書館編，前有袁同禮序，民國二十一年排印本。

《觀海堂書目》，楊氏觀海堂原編書目寫本。〔註 19〕

**《愚齋圖書館藏書目錄》**

十八卷附錄二卷，盛宣懷（1844～1916）藏，繆荃孫等編，民國二十一年鉛印本。

**《揚州吳氏測海樓藏書目錄》**

七卷，吳引孫（1844～1916）藏並編，民國二十年北平富晉書社石印本。

**《如園架上書鈔目》**

五卷，蕭名湖編，清光緒二十四年益陽蕭氏如園刻本。

**《博野蔣氏寄存書目》**

四卷，朱福榮等編，民國 23 年國立北平圖書館鉛印本。

**《書髓樓藏書目》**

八卷附自著類一卷，徐世昌（1855～1939）藏並編，民國二十四年鉛印本。

**《天津延古堂李氏舊藏書目》**

李盛鐸（1859～1934）藏並編，民國二十五年天津南開大學木齋圖書館油印本。

經部小學類字書之屬，著錄清代《說文》校勘書籍。

**《崇雅堂書錄》**

十五卷，甘鵬雲（1861～1940）藏並編，前有王葆心〈序〉、甘鵬雲〈序

─────────────────

〔註 19〕《中國著名藏書家書目匯刊・近代卷》冊 10，頁 459～664（中國國家圖書館藏）。

例〉，後有劉文嘉〈跋〉，民國二十四年潛江甘氏息園聚珍本。

　　是書仿孫氏目錄，小學字書類著錄清代《說文》校勘書籍。

## 《葉氏觀古堂藏書目》

　　四卷，葉德輝（1864～1927）藏並編，清光緒葉氏元尚齋稿本。

　　卷 1 經部小學類著錄清代《說文》校勘書籍。

## 《羅氏藏書目錄》

　　三卷，羅振玉（1866～1940）藏，民國鈔本。

　　上卷經部說文類著錄清代《說文》校勘書籍。

## 《海鹽張氏涉園藏書目錄》

　　四卷附〈張氏世系〉一卷，張元濟（1867～1959）藏並編，前有葉景葵〈序〉，民國三十五年上海合眾圖書館鉛印本。

## 《積學齋藏書目》

　　三卷，徐乃昌（1868～1936）藏並編，稿本。編目採編號方式，由第 1 號至 132 號，之後未編號。

## 《趙氏圖書館藏書目錄》

　　初編二卷、續補二卷附〈勘誤表〉，趙詒琛（1869～1948）藏並編，前有趙詒琛〈序〉、〈正義趙氏義莊藏書樓記〉，民國十五年崑山趙氏鉛印本。

## 《新昌胡氏問影樓藏書目錄》

　　五卷、補遺一卷、新鈔書目一卷，附《峭帆樓善本書目》，胡思敬（1870～1922）藏、胡思義編，前有胡思義〈序〉，後有胡桐庵〈跋〉，民國十七年上海鉛印本。

　　卷 1 經部小學類說文解字之屬，著錄清代《說文》校勘書籍。

## 《適園藏書志》

　　十六卷，張鈞衡（1872～1927）藏並編，前有繆荃孫〈序〉、張鈞衡〈自序〉，民國五年南林張氏家塾刊本。

## 《梁氏飲冰室藏書目錄》

　　五卷附梁氏著作二卷補遺一卷、書名索引一卷，梁啓超（1873～1929）

藏、國立北平圖書館編，前有余紹宋〈序〉，民國二十二年國立北平圖書館鉛印本，藏書今歸中國國家圖書館。

## 《杭州葉氏卷盦藏書目錄》

五卷，葉景葵（1874～1949）藏並編，前有張元濟〈序〉，民國四十二年上海合眾圖書館鉛印本。

## 《傳書堂善本書目》

十二卷補遺一卷，蔣汝藻（1877～1954）藏並編，前有王國維〈傳書堂記〉，民國鈔本。

《傳書堂書目》四卷，稿本。〔註20〕

## 《涇縣胡氏樸學齋藏書目錄》

六卷，胡樸安（1878～1946）藏、上海合眾圖書館編，合眾圖書館藏書分目之六，線裝油印本。〔註21〕

是書分經、史、子、集、叢以及胡樸安先生著述之部六類，卷 1 經部小學類字書之屬，著錄清代《說文》校勘書籍。

## 《蓬萊慕氏藏書目》

慕學勳（1880～1929）藏並編，民國排印本。

經部著錄清代《說文》校勘書籍若干種。

## 《嘉業堂藏書樓書目》

九卷附續編，劉承幹（1881～1963）藏並編，民國鈔本。經部著錄清代《說文》校勘書籍若干種。

《嘉業堂藏書志》一冊，吳格整理點校，1997 年復旦大學出版社出版。

《嘉業堂藏書樓鈔本書目》四卷補編四卷，民國鈔本。〔註22〕

## 《東海藏書樓書目》

徐則恂藏並編，民國十三年鉛印本。

經部小學類說文之屬，著錄清代《說文》校勘書籍。

---

〔註20〕《中國著名藏書家書目彙刊·近代卷》冊 31，頁 1～194（中國國家圖書館藏）。
〔註21〕本書承蒙東吳大學沈心慧教授惠借，特此誌謝。
〔註22〕《中國著名藏書家書目彙刊·近代卷》冊 32，頁 1～186（復旦大學圖書館藏）。

## 《半農書目》

劉復（1891～1934）藏並編，稿本。

## 《香港學海書樓藏書目錄》

鄧又同編，香港學海書樓 1988 年 4 月出版。

《香港學海書樓藏書總目錄》二卷，民國間排印本。〔註23〕

## 《伏跗室藏書目錄》

馮孟顓（1886～1962）藏，饒國慶、袁慧、袁良植編，寧波出版社 2003 年 12 月出版。

是書採五部分類，共收錄古籍 3449 種，凡 124342 卷、31045 冊，藏書今歸海寧天一閣。

# 第六節　專科目錄

本節「專科目錄」〔註 24〕專論語言文字學之目錄，分爲語言文字特藏、文字學目錄二小節，考諸文字學專科目錄，計得 14 部。

## 一、語言文字特藏

### 《北京圖書館普通古籍總目‧文字學門》

北京圖書館普通古籍組編，書目文獻出版社 1995 年 4 月出版。

是書著錄館藏文字學門普通古籍，民國以前者計有 1280 種、10608 冊。總目編號「字 131」爲《說文》專目，依叢書、二徐、註釋、六書等細目，著錄《說文》相關書籍。

### 《國立北京大學所藏語言文字書目》

錢端義編，民國三十一年油印本。是書傳本未見，待考。〔註25〕

---

〔註23〕《書目類編》第 42 冊。

〔註24〕「所謂專科目錄，即指單一學科之專門目錄。一般綜合目錄著錄之圖書，種類繁多，固有其方便，但就欲專門檢索某一學科之專門著作而言，就有不全之憾，因此專科目錄，可補綜合目錄之不足」，《中國目錄學》頁 321。

〔註25〕轉引自梁子涵編：《中國歷代書目總錄》（中華文化出版事業委員會出版，1955 年），頁 99。

## 二、文字學目錄

### 《國朝治說文家書目》（國朝書目）〔註26〕

一卷、附〈未刻書目〉，尹彭壽〔註27〕撰，與《漢隸辨體》、《說文部首讀補注》、《漢石存目》、《山左南北朝石刻存目》、《石鼓文匯》共同刻入尹氏《斠經室初集》，清光緒二十一年尚志堂刊本。

卷首題「諸城尹彭壽慈經纂，日照丁汝彪孔彰編」，自「《說文解字》十五卷」始，依校勘、注解、音讀之次序，著錄《說文》相關書籍之書名、卷數、作者與版本，著錄書籍雖不多，但為目前所得見最早之《說文》學書目，彌足珍貴。

### 《說文書目》

葉銘編，宣統二年山陰吳隱西泠印社鉛印葉氏存古叢書本，附補遺。馬敘倫〈清人草稿〉文末記此書曰：

昔讀同縣葉君銘所為《說文書目》，甚歎其有益治許書者。

是書台灣地區未見，《中國叢書綜錄》著錄葉氏《存古叢書》之大陸地區典藏地。

### 《許學考目》

王時潤〔註28〕撰，附於民國百城圖書館石印本《經傳釋詞》卷末。

原文題作「研究說文書目（一名許學考目）」，惟版心與文末識語均作〈許學考目〉，今從之。文前有一提要，說明著作之由：

《說文解字》一書，為吾國文字之根據，然不知購書之門徑，則欲研究其學甚難，茲特取宋明以來，迄於近世，闡明郵學之書，略以類次，示初學以購書之門徑，或不無小補云爾。

全文計 7 頁，由宋刊本「《說文解字》十五卷」以下，依次著錄相關許學書籍 189 部。除單行著作外，尚著錄廣州鍾謙鈞刻《小學彙函》正續集十七種、李祖望刻《小學類編》七種、許珊林《許學叢刻》九種等叢書。

---

〔註26〕（ ）為本論文經常引用時之書名簡稱，下同。

〔註27〕尹彭壽字慈經，號竹年，山東諸城人，光緒十四年副貢。嗜金石、工篆隸，著有《斠經室初集》、《諸城金石志稿》、《魏晉石存目》等。

〔註28〕王時潤又名啟湘，湖南長沙人。著有《鄧析子校詮》、《尹文子校詮》、《公孫龍子校詮》等書。

## 《許學考》

二十六卷、卷末一卷，黎經誥〔註29〕撰，附〈勘誤表〉，民國十二年鉛字排印本。書前有〈自序〉一篇，述其著作之由，其文曰：

> 南康謝氏蘊山，吾鄉續學君子也，繼朱氏《經義考》而輯錄小學，蓋以補朱氏之闕略也。嘉定錢氏竹汀稱其採摭博而評論公允，為藝林中不可少之業矣。乃自嘉、道以來，小學大昌，作者輩出，書成於謝考之後者，尤不可殫述。

> 余久思為謝《考》之續，自慚見聞狹隘，貯蓄亦儉，既不獲窺秘閣之藏，同時又無桐城胡虔、海寧陳鱣之助，敢輕言綴輯哉？討索經年，勉就許學一門，廣為搜訪。用謝攷首錄《爾雅》之例，先錄謝考中《說文》之屬，而推廣於後起之作。……所見所知，為之別擇，得書二十六卷，不作凡例，附見編中系聯類別，知有未當者矣。

是書上承朱彝尊《經義考》、謝啓昆《小學考》之體例，專以許學書籍為蒐求對象。自「《說文解字》十四篇序目一篇」以下，依校勘、注解、六書、音韻之次序，除著錄書名、卷數、作者與版本之外，並附該書之序跋與相關研究資料，重要著作後間有作者案語，論其刊刻源流及其得失。內容詳盡、豐富，不但是專科目錄，也是重要的《說文》學研究資料彙編，卷 1 至卷 5 著錄清代《說文》校勘書籍三十五種。

## 《說文目錄》

一卷，附存目，丁福保編，民國十三年鉛印本，見《販書偶記》卷四小學類。馬敘倫〈清人草稿〉文末記此書曰：

> 項又承丁君仲詁以所編《說文目錄》見示，丁君亦本葉目，與余編各有增損。

是書台灣地區未見，《知見書目》著錄大陸地區典藏地有武漢圖書館、湖北省圖書館等四地。

## 《清人所著說文之部書目初編草稿》（清人草稿）

馬敘倫〔註30〕撰，發表於 1926 年圖書館學季刊第一卷第 1 期。

---

〔註29〕黎經誥字覺人，江州人，室名「自在室」，自署「廬山老民」，另著有《六朝文絜箋注》。

〔註30〕馬敘倫（1885～1970）又名彝初、夷初，號石翁、寒香，著名教育家、書法

是文自「說文解字繫傳校錄」以下不分類，依次著錄《說文》相關書籍之書名、作者及版本，共計三百六十餘種，並有作者按語考證。

## 《中國語言文字學要著》

丁山輯，1927 年廣州中山大學印行。

是書封箋題名「中國語言文字學參考書要目」，著錄相關字書、韻書。自「說文解字三十卷」以下不分類，依次著錄《說文》相關書籍。

## 《說文書目輯略》

李克弘編，連續登載於 1928 年中山大學圖書館週刊第四卷第 1～2 期。

是文自「說文解字三十卷」以下不分類，依次著錄《說文》相關書籍之書名、卷數、作者及版本，共計 159 種。

## 《古今文字學書提要》

一卷，胡樸安編，民國間鉛印本。此書傳本未見，待考。〔註31〕

## 《清代許學考》

林明波著，省立師範大學國文研究所碩士論文，楊家駱教授指導，收入嘉新水泥公司文化基金會研究論文第 28 種，民國 53 年出版。書前有〈自序〉一篇，其文曰：

> 乃欲別輯清代小學考，上續謝書，以見有清一代之業蹟。三年來，埋首案牘，晨昏勤寫，積稿凡數十萬言，然猶未竟其半。偏處海陬，書不易得，望其成編，蓋亦難矣。無已，乃退而求其次，專考許學書。……是故彙諸家之書目，按目以訪其書，已刊而可見者，簡鍊全編，作提綱挈領之敘述，考其撰人之始末，著其學術之源流。未刊與刊而不得見者，則或訪其稿本、鈔本，或搜諸群籍，綴其一麟半爪。未見而諸家亦罕論及者，則著其目以待訪。俾各家之說，開卷而得其梗概，有清一代許學之業蹟，犖然呈現於目前，其於稽覽，或不無少助。

是書於清代治許學諸書，凡撰人卒於宣統三年以前，其書雖刊於宣統三年以

---

家，中華人民共和國第一任教育部長，著有《六書解例》、《說文解字六書疏證》、《說文解字研究法》等。

〔註31〕轉引自《中國歷代書目總錄》頁 99。

後，皆爲著錄，分「校勘」、「箋釋」、「專考」、「雜著」、「六書」、「辨聲」六類，「校勘」類共收書 56 種（「大徐本校勘字句之屬」34 種，「小徐本校勘字句之屬」22 種）。

## 《中國文字學書目考錄》（書目考錄）

劉志成撰，1997 年巴蜀書社出版，收錄先秦至 1995 年間文字學書籍。

是書依時代爲綱，兼顧類聚，由「先秦兩漢時期」、「魏晉南北朝時期」……至「新中國時期」，依序著錄書名、作者介紹與版本流傳情況，並節錄〈序〉、〈跋〉，末附主要參考書目、書名撰者綜合索引。於「清朝時期」中有「《說文》校勘」一類，收書 64 種。

## 《文字聲韻訓詁知見書目》（知見書目）

湖北省圖書館陽海清、褚佩瑜、蘭秀英合編，2002 年湖北人民出版社出版。

是書收錄成書於 1911 年以前有關文字、聲韻、訓詁方面典籍，分類大體以《中國叢書綜錄·子目》所設爲基礎，分「總類」、「文字」、「音韻」、「訓詁」、「音義」五大類，其下復細分若干綱目，依序著錄各書書名、卷數、著者、版本（朝代、年號、紀年），並附有藏書單位名稱表、書名索引、著者索引等，以便查考。

書前有朱祖延〈序〉及編例，朱序論此書之大要甚爲詳盡，其文曰：

> 它收錄了辛亥革命以前以傳統撰述方式寫成的有關文字、音韻、訓詁方面的各種專著，並酌收與之相關的金石和群書文字音義方面的典籍，共 4813 種 12067 部。
>
> 每一書目，詳細著錄刊刻情況，或原本，或翻刻本，或鈔本，或影鈔本，能使讀者了解本書的著述、刊布、流傳的原委。
>
> 爲方便讀者訪書，書目下還載有收藏館名。讀者可因目求書，就近取閱，不羈晷刻。

是書於「文字」類分出「說文解字」一專目，其下有「總類」、「大徐本」、「其他傳說」、「專著」等五小類，共收書 1849 部。「專著」下「校勘辨字」之目，收書 166 部。

# 第七節　特種目錄

本節「特種目錄」，(註32) 分為私撰目錄、叢書目錄、營業目錄及其他共 4 小節，共得 19 種。

## 一、私撰目錄

### 《書目答問》

五卷，清張之洞（1837～1909）撰、范希曾補正，三聯書局 1998 年 6 月出版，前有朱維錚〈導言〉，後附葉德輝《書目答問斠補》、輯評、人名書名索引。

張氏撰寫本書的目的，在「指示門徑」，為初學者開列一入門書單，舉書約兩千兩百種，涉及作者多至兩千四百人。書前張之洞〈略例〉云：

> 諸生好學者來問應讀何書，書以何本為善。偏舉既嫌絓漏，志趣學
> 業亦各不同，因錄此以告初學。

是書採五部分類，卷一經部小學類說文之屬，著錄清代《說文》校勘相關書籍，特色為版本註明頗為詳盡。

### 《販書偶記》

二十卷、續編二十卷，孫殿起（1894～1958）撰，附綜合索引、雷夢水輯〈販書偶記正誤並補遺〉，1999 年 5 月上海古籍出版社出版。

作者於北京開設通學齋書店，經營古籍販賣歷數十年，將其經眼圖書的書名、卷數、作者及版刻年代，都作了詳細的紀錄。

是書採四部分類，卷四經部小學類說文之屬，著錄清代《說文》校勘相關書籍。

### 《中國善本書提要》

王重民撰，1983 年上海古籍出版社出版，書前有傅振倫、楊殿珣、謝國楨〈序〉。經部小學類分有「字書」一專目，著錄清代《說文》校勘書籍，惟數量較少。

---

〔註32〕「特種目錄者，以其性質特殊也。所謂性質特殊，指其性質不同前述之史志
目錄、政書目錄、方志目錄、官修目錄、私家藏書目錄及專科目錄也。」，《中
國目錄學》頁 341。

《中國善本書提要補編》1 冊，王重民撰、劉脩業整理，北京圖書館出版社 1991 年 12 月出版，補入原書史部、子部未收遺稿七百餘篇。

### 《販書經眼錄》

十四卷，嚴寶善編錄，有陳訓慈〈序〉、謝國楨〈續編序〉，浙江古籍出版社 1994 年 12 月出版。

作者於杭州平海路開設舊書店經營古籍，將經眼圖書作了詳細的紀錄。

### 《蛾術軒篋存善本書錄》

王欣夫撰，鮑正鵠、徐鵬標點整理，上海古籍出版社 2002 年 12 月出版。

是書爲文獻學家王欣夫據其所藏與曾經目驗的一千多種善本書籍所寫的提要，考釋成書和流傳經過並記載學者活動的史實，依各提要寫成時間分爲數編，其中著錄清代《說文》校勘書籍若干種。

## 二、叢書目錄

### 《中國叢書綜錄》

3 冊，上海圖書館編，以北京圖書館等 41 個圖書館藏爲收錄範圍，計收叢書 2797 種，上海古籍出版社 1986 年 2 月出版。〔註33〕

第一冊爲總目分類目錄，分爲彙編及類編，依次著錄叢書名稱、編者、版本，及所收書籍名稱、作者、卷數，並附全國主要圖書館收藏情況表、叢書書名索引。第二冊爲子目分類目錄，將子目書籍依四部分類獨立著錄。第三冊爲子目書名索引、子目著者索引。

總目分類目錄之「類編經部小學」，著錄小學相關叢書 38 種；子目分類目錄之「經部小學類說文之屬」，著錄清代《說文》校勘書籍。

《中國叢書綜錄補正》1 冊，陽海清編撰、蔣孝達校訂，1984 年 8 月江蘇廣陵古籍刻印社出版。

### 《中國叢書廣錄》

2 冊，陽海清編撰，計收叢書 9503 種，湖北人民出版社 1999 年 4 月出版。

上冊依彙編及類編方式，分爲叢書分類簡目、叢書分類詳目二部分，末附

---

〔註33〕最初爲 1958 年北京中華書局發行。

叢書書名索引、叢書編撰校注刊刻者索引、參採書目資料舉要。下冊爲子目分類索引，將子目書籍依四部分類獨立著錄，附子目書名索引、子目著者索引。

上冊「類編叢書經類小學類」，著錄小學相關叢書 47 種；子目分類下冊「子目分類索引經部小學類說文」，著錄清代《說文》校勘書籍。

## 《中國叢書綜錄續編》

施廷鏞編撰，有袁涌進〈序〉、施銳〈後語〉，湖北人民出版社 2003 年 3 月出版。

計收叢書 9252 種，分爲叢書分類簡目、總目分類目錄二部分，末附叢書書名著者索引、叢書子目書名著者及分類索引。

叢書分類簡目「經類小學」，著錄小學相關叢書 18 種；叢書分類索引「經部小學類」，著錄清代《說文》校勘書籍。

# 三、營業目錄

## 《文求堂展觀書目》

1954 年排印本。採五部分類、附補遺，經部著錄清代《說文》校勘書籍。《文求堂新收書目》二冊。〔註 34〕

## 《中國拍賣古籍文獻目錄》

姜尋編，上海書店出版社 2001 年 12 月出版。

是書收錄北京海王村拍賣有限公司（中國書店）、上海國際商品拍賣有限公司（博古齋）等七家公司，在 1993 年秋季至 2000 年之間古籍善本及各類文獻的拍賣結果，依日期先後爲序，依次記錄編號、名稱、作者、版本、起拍參考價、成交價及成交日期，其中著錄清代《說文》校勘書籍若干種。

## 《中國古舊書刊拍賣目錄》

姜尋編，附書名文獻名索引、後記，北京圖書館出版社 2002 年 8 月出版。

是書收錄了中國書店 1995 年 9 月至 2001 年 9 月，以及博古齋 1998 年 10 月至 2000 年 11 月間古籍善本及文獻的拍賣結果，其中著錄清代《說文》校勘書籍若干種。

---

〔註34〕《書目類編》第 114 冊，頁 49855～49910。

### 《中國近代古籍出版發行史料叢刊》

28 冊，徐蜀、宋安莉編，北京圖書館出版社 2003 年 5 月出版，第 1 冊前有總目。

此叢書收集 107 種清末至民國時期現存的官辦書局書目、私辦書局書目、私人刻書目錄、徵訂樣本，所列古籍可分爲二類：宋元以來的刻本及寫本書籍，以及當時刻印或以石印鉛印等新技術印製的古籍。每種書目的基本著錄格式是記錄各書的版本、紙張、冊數與價格，可以藉此考見當日書籍刊刻出版與流通販售的情況。其中《直隸書局圖書目錄》、《中國書店新舊書目》、《文學山房書目》、《抱經堂舊書目錄》、《來薰閣書目》等多種目錄，均著錄清代《說文》校勘書籍。〔註35〕

### 《中國近代古籍出版發行史料叢刊補編》

24 冊，韋力編，北京線裝書局 2006 年出版。

此叢書爲《中國近代古籍出版發行史料叢刊》之補編，爲編者就其芷蘭齋家藏，選擇前書所未備者付印而成。其中《文奎堂書莊目錄》、《受古書店舊書目錄》、《南京保文堂書目》、《掃葉山房書目》、《萃文書局書目》等多種目錄，均著錄清代《說文》校勘書籍。〔註36〕

### 《北京琉璃廠舊書店古書價格目錄》

4 冊，竇水勇編，2004 年 11 月線裝書局出版。

是書收集民國初年開設於北京琉璃廠附近舊書店之古書價格目錄，共計 11 種。其中《松筠閣書目》、《寶銘堂書目》、《群玉齋書目》、《邃雅齋書目》、《北平富晉書社書目》等多種目錄，均有著錄清代《說文》校勘書籍。〔註37〕

### 《晚清營業書目》

周振鶴編，上海書店出版社 2005 年 4 月出版。「營業書目」意指書店爲了出售書籍而編製的小冊子或傳單，是書收錄晚清以降官辦書局與民營書局製作的營業書目，〔註38〕其中著錄清代《說文》校勘書籍若干種。

---

〔註35〕所收目錄種類與期別繁多，故不列舉細目。
〔註36〕所收目錄種類與期別繁多，故不列舉細目。
〔註37〕由於目錄種類繁多，又與《中國近代古籍出版發行史料叢刊》、《中國近代古籍出版發行史料叢刊補編》多所重複，故不列舉細目。
〔註38〕官書局：浙江圖書館、湖北官書處；民營書局包括：申報館、商務印書館、

### 《江南舊書店古書價格目錄》

4 冊，竇水勇編，廣陵書社 2005 年 6 月出版。是書收集開設於上海、杭州一帶之舊書店古籍價格目錄，共計 19 種。其中《中國通藝館書目》、《樹仁書店舊書目錄》、《來青閣書目》、《博古齋書目》、《蟫隱廬舊本書目》等多種目錄，均有著錄清代《說文》校勘書籍。〔註39〕

### 《中國古籍文獻拍賣圖錄年鑑》

姜尋編，附書名文獻名索引、著作者索引。

2004 年版 3 冊，北京中華書局 2005 年 12 月出版。

2003 年版 2 冊，北京中華書局 2004 年 11 月出版。

2001～2002 年版 4 冊，北京圖書館出版社 2003 年出版。

## 四、其　他

### 《國朝未刊遺書志略》

一卷，清朱記榮編，書前有嘉興陳其榮〈序〉。

是書依四部次第，網羅清代諸儒未成之書，或非定本，或已無留遺者，存其名目，冀後有好事者能據以刊刻流傳。書後有作者識語，說明編著之旨，其文曰：

> 茲編所采，或為未竟之業，或為淪缺之篇，祇就睹聞，存茲名類，亦附文徵之微意，閒引咫聞之……果其書係已鎸，隘於耳目，未及周知，潛發幽光，尤為願幸。固陋之譏，自甘任受爾。

每志一書，先注其名稱、卷數，後記作者姓名，其中間有作者案語，考辨作者、體例、存佚等問題。其於「經目」之下，著錄相關許學書籍。

### 《越縵堂讀書記》

五卷，清李慈銘（1829～1894）著、由雲龍輯，後附箚記、書名索引，2000 年 6 月上海書店出版社重編出版。

是書為由雲龍自李慈銘《越縵堂日記》書中輯出作者近千種之古籍札記

---

掃葉山房、同文書局、飛鴻閣、緯文閣、十萬卷樓、鴻寶齋分局、申昌書局、寶善齋書莊、汲綆書莊、慈母堂、廣智書局、時中書局、科學圖書社等。

〔註39〕由於目錄種類繁多，故不列舉細目。

而成，要皆李氏讀後有感而發，故創見頗多。是書以四部分類，經部小學類著錄清代《說文》校勘相關書籍。

# 第八節　域外漢籍目錄

本節「域外漢籍目錄」，〔註40〕考諸外國公私圖書館所編漢籍目錄，共得目錄 16 種、資料庫 1 種。

### 《靜嘉堂文庫漢籍分類目錄》

諸橋轍次主編，1930 年正續編合冊出版，書後附書名索引、靜嘉堂文庫略史。

是書採五部分類，經部小學字書之屬著錄清代《說文》校勘書籍若干種。

### 《圖書寮漢籍善本書目》

1930 年 12 月日本皇室宮內省圖書寮〔註41〕編輯出版。

是書採四部分類，收錄古籍 788 部。

### 《大阪府立圖書館漢籍目錄‧四部之部》

大阪府立圖書館 1966 年 3 月編集發行，前有中村祐吉〈序〉。

是書收錄漢籍 3500 部，經部小學類說文之屬著錄清代《說文》校勘書籍。現有線上「藏書檢索」（http://p-opac.library.pref.osaka.jp/osp_search.html）可供檢索。

### 《東北大學所藏和漢書古典分類目錄‧漢籍》

3 冊，東北大學附屬圖書館 1974 年編，前有吉田震太郎〈序〉，附有書名、人名索引，採五部分類。現有線上「藏書檢索」（http://www.library.tohoku.ac.jp/opac/expert-query）。

### 《懷德堂文庫圖書目錄》

大阪大學文學部 1976 年 3 月編輯出版，前有梅溪昇〈序〉，附書名索引。經部小學類說文之屬著錄清代《說文》校勘書籍。

---

〔註40〕 「所謂域外漢籍目錄，即外國公私圖書館所編漢籍目錄。」，《中國目錄學》頁 376。

〔註41〕 宮內省於 1949 年 6 月改制爲宮內廳，附屬之圖書寮改制爲書陵部。

## 《東洋文庫所藏漢籍分類目錄》

東洋文庫 1978 年 12 月編，附書名索引，前有榎一雄〈序〉。

是書經部小學類字書之屬，著錄清代《說文》校勘書籍若干種。現有線上「漢籍資料檢索」（http://61.197.194.10/TBDB/KansekiQuery3.html）。

## 《東京大學東洋文化研究所漢籍分類目錄》

東京大學東洋文化研究所 1981 年 3 月編印，書前有當時所長中根千枝〈再版說明識語〉。

是書分經、史、子、集、叢書、新學六部，經部小學說文之屬著錄清代《說文》校勘書籍若干種。現有線上「東洋文化研究所漢籍目錄」（http://www3.ioc.u-tokyo.ac.jp/kandb.html）可供檢索。

《東京大學東洋文化研究所漢籍分類目錄》1 冊，東京大學東洋文化研究所 1972 年 2 月編印，書前有當時所長鈴木敬〈刊行識語〉，另編有《東京大學東洋文化研究所漢籍分類目錄書名人名索引》2 冊。

## 《京都大學人文科學研究所漢籍目錄》

京都大學人文科學研究所編，同朋舍 1981 年出版，書後附有尾崎雄二郎〈跋〉，同時編有《京都大學人文科學研究所漢籍目錄書名通檢書名人名索引》1 冊。

是書分為經、史、子、集、叢五部，經部小學說文之屬著錄清代《說文》校勘書籍若干種。現有線上之「京都大學藏書檢索」（https://opac.dl.itc.u-tokyo.ac.jp/opac/basic-query?mode=2）。

《東方文化研究所漢籍分類目錄》1 冊，1943 年出版，後附吉川幸次郎跋。

《東方文化學院京都研究所漢籍目錄》1 冊，1938 年 2 月出版。

《東方文化學院京都研究所漢籍簡目》1 冊，1934 年 3 月出版。

## 《二松學舍大學附屬圖書館漢籍目錄》

二松學舍大學附屬圖書館 1988 年 3 月編輯出版，前有田中伸〈序〉，附有書名、人名索引。現有線上「學內藏書檢索 OPAC」（http://opac.nishogakusha-u.ac.jp/ssearch.htm）。

## 《東京大學總合圖書館漢籍目錄》

東京大學總合圖書館編，東京堂 1995 年 7 月出版，前有開原成允〈序〉，

附書名索引，分爲經、史、子、集、叢五部。現有線上之「東京大學 OPAC」（https://opac.dl.itc.u-tokyo.ac.jp/opac/basic-query?mode=2）可供檢索。

《東京大學文學部中國哲學中國文學研究室藏書目錄》1 冊，1965 年 3 月出版。

## 《日本九州大學文學部書庫漢籍目錄》

周彥文著，文史哲出版社 1995 年 10 月出版。現有整合大學內各校區、各系所之線上「九州大學附屬圖書館藏書檢索」（http://opac.lib.kyushu-u.ac.jp/opac/basic-query?mode=2）可供檢索。

## 《早稻田大學圖書館所藏漢籍分類目錄》

2 冊，早稻田大學圖書館 1996 年 3 月編輯出版，前有野口洋二〈序〉，附書名、著者索引，採五部分類，收錄漢籍 8257 部、90820 冊。現有線上「藏書檢索」（http://wine.wul.waseda.ac.jp）可供檢索。

## 美國俄亥俄州立大學圖書館中文古籍書錄

李國慶編著，廣西師範大學出版社 2003 年 9 月出版，附著者、書名索引。是書分經、史、子、集、叢五部，經部著錄館藏清代《說文》校勘書籍若干種。

## 《香港所藏古籍書目》

賈晉華主編，上海古籍出版社 2003 年 12 月出版，附書名、著者索引。

是書分經、史、子、集、叢五部，收書七千餘種。經部小學類字書之屬，著錄清代《說文》校勘書籍若干種。

## 《香港中文大學圖書館中國古籍目錄》

2004 年香港中文大學圖書館系統編，有施達理〈序〉、陳秉仁〈後記〉。是書收錄古籍 4070 種，經部小學類著錄清代《說文》校勘書籍。現有線上「香港中文大學圖書館目錄」（http://library.cuhk.edu.hk）可供檢索。

《香港中文大學圖書館古籍善本書錄》1 冊，香港中文大學圖書館系統編，1999 年出版。

《香港中文大學圖書館善本書目》1 冊，李直方編，1987 年出版。

## 《韓國所藏中國漢籍總目》

6 冊，全寅初主編，學古房 2005 年 5 月出版，附書名、人名索引。

是書廣輯 28 種韓國所藏古書目錄而成，以出版於 1911 年前之漢語典籍爲著錄對象，但在著錄書籍時，是依照書名的韓文音序著錄，造成了查閱上的不便。是書依四部分類，經部小學類著錄清代《說文》校勘書籍。

書前有全寅初〈序〉，說明出版目的：

> 本書專門收錄中國漢籍目錄，採用傳統的經史子集四部分類法，提供檢索上的方便。刊行此書的重大意義在於：透過此項工作成果，重新發掘韓國學研究上具有重大意義的古文獻，爲國際學界提供基本資料。

### 《日本所藏中文古籍數據庫》

2001 年以日本京都大學人文科學研究所附屬漢字情報研究中心、國立情報學研究所以及東京大學東洋文化研究所附屬東洋學研究情報中心等機構爲主，共同成立「全国漢籍データベース協議会」，〔註42〕希望統合日本全國大學圖書館、公共圖書館典藏漢籍之資訊，並建立了「全國漢籍データベース」資料庫（又稱「日本所藏中文古籍數據庫」，http://kanji.zinbun.kyoto-u.ac.jp /kanseki）。至 2005 年第一期五年計劃結束時，計收入 35 個機關所藏漢籍，約 62 萬筆資料，2006 年起第二期五年計劃持續進行中。截至 2008 年 5 月之統計，數據庫共收錄 55 所機關之漢籍目錄，記錄 748585 筆；3 所機關之書影共 10264 張；四庫提要記錄 7455 筆。

## 第九節　小　結

本章前八小節，說明清代《說文》校勘著述之取材範疇，考諸於國家圖書館、中研院傅斯年圖書館、文哲所圖書館、東吳大學圖書館等處所藏之史志、政書與公私藏書目錄，以求研究資料之嚴謹與完善。今將考察結果整理表列如下：

| 類　別 | 重要取材目錄 | 數　量 |
|---|---|---|
| 史志目錄 | 清史稿藝文志拾遺 | 4 |
| 政書目錄 | 皇朝續文獻通考·經籍考 | 2 |
| 方志目錄 | 歷代中州名人存書版本錄 | 12 |

---

〔註42〕http://kanji.zinbun.kyoto-u.ac.jp/kansekikyogikai。

| 官修目錄 | 續修四庫全書總目提要・經部<br>中國古籍善本書目 | 30（資料庫 1 種） |
| --- | --- | --- |
| 私家藏書目錄 | 八千卷樓書目 | 44 |
| 專科目錄 | 許學考<br>清代許學考<br>中國文字學書目考錄<br>文字聲韻訓詁知見書目 | 14 |
| 特種目錄 | 販書偶記<br>中國叢書綜錄 | 19 |
| 域外漢籍目錄 | 京都大學人文科學研究所漢籍目錄 | 16（資料庫 1 種） |
| 共　計 141（資料庫 2 種） | | |

依上表統計，本章共參考相關目錄達 141 種、資料庫 2 種。從統計數量來看，以「私家藏書目錄」的 44 種爲最多，佔總數的 31.2%，這應是清代私人藏書風氣興盛，〔註 43〕而《說文》一書又受到學者高度重視之故。其次是「官修目錄」的 30 種，佔總數的 21.2%，包含了兩岸重要圖書館藏目錄與極具參考價值的《中國古籍善本書目》。而「專科目錄」數量雖只佔總數的 9.9%，但包含了《許學考》、《清代許學考》、《中國文字學書目考錄》等文字學專科目錄，由諸書中所採錄的清代《說文》校勘著述數量，已佔下章著述考收錄總數的九成以上，其重要性實爲所有目錄之最。

最後對《說文解字詁林》與《續修四庫全書》（經部小學類）提出說明，在論文撰寫過程中，這兩部書都極具參考價值，然《說文詁林》原屬叢書，性質則近於資料彙編（將各書內容割裂，重新分類編排），而《續修四庫全書》屬於叢書，故使用二書時以資料蒐集與內容引用爲主，其有涉於清代《說文》校勘著述者，都已見於相關目錄之中，故不將此二書列入本章取材範疇。

〔註43〕「清代前期的私人藏書空前興盛……這些藏書家不僅以收藏和傳播古代文化爲己任，而且在整理古典文獻事業中也做出了極大的努力，取得了輝煌的成就」，來新夏等：《中國古代圖書事業史》（上海：上海人民出版社，1991 年 7月），頁 323。

# 第三章　清代《說文》校勘著述考

　　本章以前章所論之各史志、官修、私家藏書目錄爲取材範疇，全面搜集、著錄清代《說文》校勘相關著作，並逐一分類考論。

## 【說明】

一、本章依各著作的主要校勘對象，分爲「校唐寫本」、「校大徐本」、「校小徐本」、「二徐互校」、「群書引說文」、「其他」六類，「刪汰、待考」置於最後。

二、清代《說文》校勘著述的編寫體例，筆者將其分爲專著、單篇、別裁三類，分述如下：

　　（一）專　著

1. 專事校勘　　「專事校勘」意指校勘《說文》的專門著作，大抵依十四篇次第，逐字以古籍所引異文或他書材料考證，代表著作如：鈕樹玉《說文校錄》、姚文田嚴可均《說文校議》與沈濤《說文古本考》。

2. 校勘記　　「校勘記」意指將校勘《說文》成果另行迻錄爲一冊，如第三節《說文繫傳校勘記》，乃李兆洛爲祁寯藻刻顧千里藏影宋鈔本《說文繫傳》時，命李氏弟子承培元、夏灝、吳汝庚作校勘記，附錄於書後。

3. 校本　　「校本」意指清代學者將校勘《說文》所得，直接逐條記錄在自己閱讀、收藏的《說文》本書上，如第三節《說文繫傳校本》，即爲盧文弨、梁同書兩人合校清乾隆四十七年汪啓淑刻本《說文解字繫傳》的成果。「校本」屬於最基本的校勘方式，保存了校勘內容的原貌，由於清代許學之風興盛，學者研讀許書，留下的校本甚多，無法全數載錄，本文但約舉數部目錄所載的校本爲代表，其餘從略。

（二）單篇：從個人文集中摘錄單篇專事校勘之文，如第五節由孫經世
《惕齋經說》中錄出〈易釋文引說文〉。

（三）裁篇：〔註1〕從一部清代《說文》研究專著中，裁取專事校勘之篇
章，如第二節由梁運昌《讀說文解字小箋》中裁出「文字刊誤」
一節。

三、本章各類著錄次第爲：

（一）先專著後單篇，最後爲裁篇。

（二）每類中著作略依作者時代先後排列，惟相關內容之書則同置一處，
如置嚴可均《說文訂訂》於段玉裁《說文訂》之後，以收類聚之效。

（三）未見傳本者，置於各類之末。

四、考論內容先論作者生平大要，俾得知人論世；其次錄其序跋，或引後人
之評述，詳論是書之篇卷、內容及價值，最後載明版本，以資檢閱。相
關著述爲珍貴稿本、鈔本與海內孤本者，於全書最末附有書影。

五、於整理工作之初，先以《許學考》、《清人草稿》、《清代許學考》等重要
取材目錄編爲欄目，將著錄書籍之頁碼、代號，逐書檢覈，錄爲一編，
庶得考其源流，詳見附錄二〈校勘著述取材來源表〉。

# 第一節　校唐寫本

本節以校勘唐寫本《說文》之著述爲考論中心，計得 4 種（專著 3 本、
單篇 1 篇）。

## 《唐寫本說文解字木部箋異》（木部箋異）〔註2〕

《唐寫本說文解字木部箋異》一卷，莫友芝（1811～1871）撰。

友芝字子偲，號郘亭，貴州獨山人。莫與儔之子，家世傳業，通會漢、
宋。道光十一年舉人，客曾文正公幕最久，校讎經史十餘年，喜藏書及金石
文字，通《蒼》、《雅》，工篆、隸，與遵義鄭珍齊名，同治許、鄭之學，名冠

---

〔註1〕　（清）章學誠《校讎通義·別裁第四》：「古人著書，有採取成說、襲用故
　　　　事者。……又或所著之篇，於全書之內，自爲一類者，并得裁其篇章，補苴
　　　　部次，別出門類，以辨著述源流；至其全書，篇次具存，無所更易，隸於本
　　　　類，亦自兩不相妨。」，《文史通義校注》（北京中華書局，1994 年 3 月），下
　　　　冊頁 972。

〔註2〕　（　）爲本論文經常引用時之書名簡稱，下同。

西南，時稱「鄭莫」。同治十年往求文宗、文匯兩閣書於揚州，九月至興化病卒，年六十一。另著有《韻學源流》、《邵庭知見傳本書目》十六卷、《影山草堂學吟稿》一卷等，生平見《清史稿》卷486莫與儔附傳。〔註3〕

是書取《唐寫本說文木部》殘卷所存之一百八十餘字，與大、小徐本通讎異同。書前有曾國藩〈唐寫本說文木部題辭〉，末附劉毓崧、張文虎〈識語〉、方宗誠〈跋〉。友芝〈自引〉曰：

> 同治改元初夏，舍弟祥芝自祁門來安慶，言黟縣宰張廉臣有唐人寫《說文解字》木部之半，篆體似美原神泉寺碑，楷書似唐寫佛經小銘誌……余則以謂果李唐手蹟，雖斷簡決資訂勘，不爭字畫工拙，特慮珍弄靳遠，假命其還，必錄副以來。廉臣見祥芝分豪摹似，蒼碎不得就，慨然歸我。……矧此千歲秘笈，絕無副迻，徑須冠海內經籍傳本，何僅僅壓皖中名蹟也。

是書有著者手稿本，國家圖書館藏，題名《說文木部唐寫本校異》，收入《獨山莫氏遺稿》中、清同治三年曾國藩刻本〔註4〕、清同治十二年獨山莫氏刊本、清光緒張炳翔輯刊《許學叢書》本。

## 《唐本說文解字木部箋異質疑》

《唐本說文解字木部箋異質疑》，柯劭忞（1850～1933）撰。

劭忞字鳳孫，山東膠縣人。光緒十二年進士，曾參與編撰《清史稿》。另著有《春秋穀梁傳補注》十五卷、《新元史》二百五十七卷、《新元史考證》五十八卷等，生平見《碑傳集三編》卷8。

是書台灣未見，《書目考錄》頁208著錄：「民國抄本，線裝一冊，藏遼寧省圖書館」。

## 《唐本說文真偽辨》

《唐本說文眞僞辨《，黃以周（1828～1899）撰。

以周字元同，號儆季，浙江定海人，黃式三之子。同治九年舉人，篤守家學，長於《三禮》，光緒間主講江陰南菁書院歷十五年。另著有《禮書通故》五十卷、《群經說》四卷、《經訓比義》三卷等，生平見《清史稿》卷482黃

---

〔註3〕《清史稿》列傳273，文苑三。
〔註4〕四庫善本叢書館據中央圖書館藏影印，本文所論據此。

氏三附傳。〔註5〕

是文未見傳本，《許學考》：「此詁經精舍課作」，《清人草稿》：「《詁經精舍三集》目錄有此題」，今考《詁經精舍三集》目錄有〈唐本說文眞僞若何〉，〔註6〕當即此文。

## 《唐寫本說文訂》

《唐寫本說文訂》二卷，方勇撰。

方勇，安徽壽縣人，生平待考。

是書未見傳本，《清人草稿》：「見劉師培〈方子叢稿序〉」，諸家目錄從之。今考劉師培〈方子叢稿序〉云：

> 《太誓答問評》一卷、《箴膏肓評訂》二卷、《爾雅釋地四篇考》四卷、《春秋名字解詁補正》一卷、《唐寫本說文訂》二卷、《新方言》一卷，壽縣方勇作也。勇少承崇軌，幼即徇齊，克岐之表，耀自初儀；如瑩之美，挺出常度……遂齒上庠，廣近有道。昭序闈黨之間，詠饋舞雩之下，長洲朱丈孔彰、桐城馬君其昶，思樂譽髦，咸所嘆異；文其材素，展也大成。……紅休之略既通，汝南之文咸秩；好古能述，樂是斐然。〔註7〕

今觀劉氏序文雖多溢美之辭，然據此可知方勇年少好學、有美姿，後執教上庠，與同道相親，並受到時人稱譽。

# 第二節　校大徐本

本節以校勘大徐本《說文》著述爲考論中心，由於種類較多，再細分爲「考訂類」、「校本校勘記」與「札記」三小類，計得 54 種。

## 一、考訂類

### 《汲古閣說文訂》（汲訂）

《汲古閣說文訂》一卷，段玉裁（1735～1815）撰。

---

〔註5〕《清史稿》列傳 269，儒林三。
〔註6〕《詁經精舍三集》目錄頁 5，《中國歷代書院志》冊 15。
〔註7〕劉師培：〈方子叢稿序〉，《劉師培全集》（中共中央黨校出版社，1997 年 6 月）。

　　玉裁字若膺，一字懋堂、或作茂堂，江蘇金壇人。生而穎異，讀書有兼人之資。乾隆二十五年舉人，至京師見休寧戴震，好其學，遂師事之。以教習得貴州玉屏知縣，旋改四川巫山知縣，後以父老引疾歸，遂不復出。玉裁於周、秦、兩漢書，無所不讀，經學講求古義，尤精《說文》音韻之學，阮元謂玉裁書有功於天下後世者三：言古音一也，言《說文》二也，《漢讀考》三也。

　　初，玉裁與念孫俱師震，玉裁少震四歲，謙執弟子禮，雖耄，或稱震，必垂手拱立，朔望必莊誦震手札一通。卒後，王念孫謂其弟子長洲陳奐曰：「若膺死，天下遂無讀書人矣！」。另著有《古文尚書撰異》三十三卷、《周禮漢讀考》六卷、《說文解字注》、《經韻樓集》六卷等，《清史稿》卷481有傳。〔註8〕

　　是書玉裁與周錫瓚、袁廷檮共取宋小字本、葉鈔趙鈔兩宋本，及《集韻》、《類篇》、小徐《繫傳》善本，逐一考訂毛氏汲古閣《說文》第五次校改本之失。文例先列初印本與各本異同，再以「按」、「今按」隨文考證。書首有玉裁〈自序〉，說明著作之由。其文云：

> 明經又出汲古閣初印本一，斧季親署云：「順治癸巳汲古閣校改第五次本」。卷中旁書朱字復以藍筆圈之，凡其所圈，一一刮改。……四次以前，微有按改，至五次則按改特多，往往取諸小徐《繫傳》，亦閒用他書。夫小徐、大徐二本字句駁異，當竝存以俟定論，況今世所存小徐本，乃宋張次立所更定，而非小徐真面目，小徐真面目，僅見於黃氏公紹《韻會舉要》中。而斧季據次立刮改又識見駑下，凡小徐佳處遠勝大徐者，少所采掇；而不必從者乃多從之，今坊肆所行即第五次按改本也。

> 故今合始一終亥四宋本，及宋刊明刊兩《五音韻譜》，及《集韵》、《類篇》俙引鉉本者，以按毛氏節次刮改之鉉本，詳記其駁異之處，所以存鉉本之真面目，使學者家有真鉉本而已矣。……書成，名之曰：《汲古閣說文訂》，訂者、平議也。

又書後袁廷檮〈跋〉云：

> 初版略同宋本，刮版乃全用小徐改大徐，而所取者未必是，所改者未必非也。若膺先生云：今海內承學之士，戶讀毛氏此書而不知其惡，試略箋記之，以分贈同人，則人得一宋本矣，豈不善歟？因與

> 潄塘丈及廷檮徧檢宋小字本、葉鈔趙鈔兩宋本、《五音韻譜》宋明二
> 刻,及《集韵》、《類篇》及小徐《繫傳》舊鈔善本,盡得其刨改所
> 據,編爲一卷而梓之。

是書有清嘉慶二年袁廷檮五硯樓刻本〔註 9〕、清光緒九年歸安姚氏咫進齋刊
本、民國元年鄂官書處重刊本。

## 《說文訂訂》

《說文訂訂》一卷,嚴可均(1762~1843)撰。

可均字景文,號鐵橋,浙江烏程人。嘉慶五年舉人,官建德縣教諭,引
疾歸。博聞強識,精考據之學,凡所撰集,大率皆千數百年前之古人之心血
寄存者,蒐拾叢殘而聯比之、整齊之,爲《四錄堂類集》千二百餘卷。尤精
說文之學,另著有《唐石經校文》十卷、《說文聲類》一卷、《鐵橋漫稿》八
卷等,《清史稿》卷 482 有傳。〔註 10〕

是書因段氏《汲古閣說文訂》而作,訂段即以訂毛也。書前有可均自序,
其文曰:

> 《汲古閣說文訂》一卷,金壇段君若膺纂,其助之者,吾友又愷袁
> 氏也。段君素以治《說文》有聲于時……余既愛又愷之勤且愼,能
> 助段君,能令天下之治《說文》者獲此一編,似獲數宋本也。又服
> 段君之援稽當而決擇明也,尚有與鄙見未合者,下六十二籤,倩友
> 人匯錄一卷,題云《說文訂訂》,以寄又愷,且就正段君。

是書有清光緒十三年海甯許氏古均閣《許學叢刻》本,〔註 11〕又中國國家圖
書館藏有《說文訂訂》一卷,《善本書目》4305 號注云:「清丁授經撰,清
抄本,清陳鱣批注」,今檢覈其書,實與嚴書無異。〔註 12〕《清史稿》丁杰
傳〔註 13〕云:

> 子授經,嘉慶三年優貢;傳經,六年優貢。皆能世其家學,有「雙
> 丁」之目。授經佐其友嚴可均造甲乙丙丁長編,以校定《說文》。

---

〔註 9〕 《續修四庫全書》經部小學類冊 203 據復旦大學圖書館藏影印,本文所論據此。
〔註 10〕 《清史稿》列傳 269,儒林三。
〔註 11〕 《續修四庫全書》經部小學類冊 213 據上海辭書出版社圖書館藏影印,本文
所論據此。
〔註 12〕 筆者比對二書,得到以下二事:一、二書序文之內容全同;二、「第廿四葉山
木不槎」條下二書均有「丁絪士説,小山之子」云云,絪士即丁授經之字。
〔註 13〕 《清史稿》列傳 268,儒林二。

據史傳之文,知丁授經、傳經兄弟二人能世其家學,故有「雙丁」之譽。而授經佐嚴可均編纂《說文長編》的同時,亦參與《說文訂訂》之商議,故書中輯錄其說。

## 《汲古閣說文訂》

《汲古閣說文訂》一卷,任大椿(1738~1789)撰。

大椿字幼植,一字子田,江蘇興化人。乾隆三十四年進士,授禮部主事,學淹通於《禮》,尤長名物,於文字、音韻之學均研精覃思。曾任四庫書館纂修,禮經同異,裒輯爲多。並著有《弁服釋例》八卷、《字林考逸》八卷、《小學鉤沈》十六卷等,生平見《碑傳集》卷56。

是書台灣未見,《中國叢書廣錄》5303號著錄:「任氏三種 清任大椿撰,清楊浚鈔本,汲古閣說文訂一卷 按:據湖南省圖書館藏本著錄」。

## 《說文解字斠詮》

《說文解字斠詮》十四卷,錢坫(1741~1806)撰。

坫字獻之,號十蘭,又號篆秋,江蘇嘉定人。竹汀先生之從子,乾隆三十九年副貢生,以直隸州州判官於陝,與洪亮吉、孫星衍討論訓詁輿地之學,論者謂坫沉博不及大昕,而精當過之。工小篆,不在李陽冰、徐鉉之下,晚年右體偏枯,左手作篆尤爲精絕。另著有《爾雅古義》二卷、《十經文字通正書》十四卷、《十六長樂堂古器款識考》四卷等,生平見《清史稿》卷481錢大昕附傳。〔註14〕

是書校勘《說文》各傳本之誤,並詮許氏說解義、音與諸經異字,譚獻評此書曰:「錢學正《說文斠詮》有功經訓,誠有勝段《注》處」。〔註15〕書前有錢氏手訂凡例八則,前四則爲斠例,後四則爲詮例。其於斠例曰:

> 一斠毛斧扆之誤……一斠宋本徐鉉官本之誤……一斠徐鍇繫傳本之
> 誤……一斠唐以前本之誤。

是書有清嘉慶十二年錢氏吉金樂石齋刻本〔註16〕、清嘉慶十六年琳瑯仙館刻本、清光緒九年淮南書局重刻本。

---

〔註14〕同上注。

〔註15〕(清)譚獻:《復堂日記》(北京:學苑出版社,2006年),卷1。

〔註16〕李學勤主編:《中華漢語工具書書庫》(合肥:安徽教育出版社,2002年),冊27~冊28,本文所論據此。

## 《說文補考》

《說文補考》一卷，戚學標（1742～1825）撰。

學標字翰芳，號鶴泉，浙江太平人。幼從天台齊召南遊，稱高第，高宗巡江、浙，學標獻〈南巡頌〉。乾隆四十五年成進士，官河南涉縣知縣，後改寧波教授，未幾歸，從事撰述。詩宗少陵，古文浸淫兩漢，又精考證。另著有《漢學諧聲》二十四卷、《方音》一卷、《鶴泉文鈔》二卷等，《清史稿》卷481 有傳。〔註17〕

是書附於《漢學諧聲》書後，就二徐及他書所引，以辨正說文。卷首有嘉慶九年四月學標〈自序〉，其文曰：

> 自雍熙詔定，《繫傳》浸廢，學者於鼎臣氏莫敢是非。余作《諧聲》雖稍辨正，仍不能不襲用其訛。因求得楚金書，細爲讎校，附他所見，爲《說文補考》一卷，庶幾二徐得失明而《說文》眞面目益顯。其辨見段氏《說文訂》者，不復出焉。

是書有清嘉慶九年涉縣官署刻本（本文所論據此）、民國二十年《許學四書》本。

## 《說文又考》（又考）

《說文又考》一卷，戚學標撰。

是書與《說文補考》同附於《漢學諧聲》書後。卷首有嘉慶九年六月學標〈自序〉，其文曰：

> 既就二徐本暨他書所引，及稍加辨正，於讀《說文》後，成《補考》一卷。久之，疑愈出，復爲是篇，不敢謂能明許君之恉，庶幾於是書用心焉爾。

是書有清嘉慶九年涉縣官署刻本（本文所論據此）、民國二十年《許學四書》本。又《臺州經籍志》著錄有《說文三考》一卷，注云：

> 《說文補考》一卷、《說文又考》一卷、《說文三考》一卷太平縣志、臺州書目，清太平戚學標撰，附刻《漢學諧聲後》

今檢《漢學諧聲》原書，但附有《補考》、《又考》，並無《三考》一書，《臺州經籍志》及其所引之《太平縣志》、《臺州書目》疑俱有誤。

---

〔註17〕《清史稿》列傳 268，儒林二。

## 《說文校議》（校議）

《說文校議》十五卷，嚴可均、姚文田（1758～1827）合撰。

文田字秋農，人稱梅漪老人，浙江歸安人。乾隆五十九年高宗幸天津，召試第一，授內閣中書，充軍機章京。嘉慶四年一甲一名進士，授修撰，官至禮部尚書。文田持己方嚴，數督學政，革除陋例，斥偽體、拔真才，典試號得士。生平綜覽群籍，尤講形聲之學，另著有《學易討原》一卷、《古音諧》八卷、《邃雅堂集》四卷等。卒年七十，諡文僖，《清史稿》卷 374 有傳。〔註18〕

是書卷首題為「歸安姚文田、烏程嚴可均同譔，陽湖孫星衍商訂」，蓋就毛刻汲古閣初印本，以正徐鉉之失，至於訓詁形聲、名物象數，則不徧及。嘉慶十年可均〈前敘〉曰：

> 嘉慶初，姚氏文田與余同治說文而勤于余，己未後余勤于姚氏，合兩人所得，益徧索異同，為《說文長編》，亦謂之《類攷》，有「天文算術類」、「地理類」、「艸木鳥獸蟲魚類」、「聲類」、「說文引群書類」、「群書引說文類」……將校定《說文》，譔為《疏義》。至乙丑秋，屬稿未半，孫氏星衍欲先觀為快，乃撮舉大略，就毛刻汲古閣初印本，別為《校議》卅篇，專正徐鉉之失。

> 余肆力十年，始為此《校議》，姚氏之說，亦在其中。凡所舉正三千四百四十條，皆援據古書，注明出處，疑者闕之，不敢謂盡復許君之舊，以視鉉本，則居然改觀矣。

是書有清嘉慶二十三年冶城山館刻《四錄堂類集》本〔註19〕、清咸豐江都李氏半畝園《小學類編》本、國家圖書館藏清同治十三年歸安姚氏咫進齋刊本。

## 《說文續議》

《說文續議》十四卷，嚴章福撰。

章福字秋樵，浙江歸安人，嚴可均之從弟。諸生，自幼留心小學，性嗜《說文》，另著有《經典通用考》十四卷、《易書詩禮四經正字考》、《五音類聚》等，生平見《許學考》卷 3。

是書題為「歸安嚴章福譔」，諸家書目並未多加說明，根據筆者的考訂，此書當即《校議議》之初稿本，論證內容詳見拙著〈《說文長編》，相關著述

---

〔註18〕《清史稿》列傳 161。
〔註19〕《續修四庫全書》經部小學類冊 213 據天津圖書館藏影印，本文所論據此。

考錄〉。〔註20〕秋樵續其從兄嚴可均《校議》之作，原名《說文續議》後與許槤、蔣維培等人商訂，始正式成書，定名爲《說文校議議》。

是書今存卷 11 至卷 15 殘稿本，有批校，原爲北京人文科學研究所藏書，〔註21〕後歸傅斯年圖書館（參見書影 1）。

## 《說文校議議》（校議議）

《說文校議議》十五卷，嚴章福撰。

是書卷首題「歸安嚴章福撰，海昌許槤、烏程蔣維培商訂」，專爲訂補《說文校議》而作。書首有咸豐六年章福〈自敘〉，說明著作之旨：

> 余兄可均爲《說文校議》卅篇，凡三千四百四十條，專定大徐之誤。其所舉正，能撥雲見日，許氏之功臣也。然其中不能無遺憾，亦千慮之一失。今不揣固陋，復爲是議，譌誤者易之、漏落者補之，以成一家之書。

又書後有章福〈後敘〉，記其成書之過程，其文曰：

> 此《說文校議議》卅篇，竭余十八年心力，五易稿而成者。……道光乙未歲，家兄可均解組歸里于數萬卷書中，與余昕夕相親，九載而歸道山。……甲辰正月既望，始爲是役，十有餘年，積稿盈篋，實未成書。咸豐丙辰八月，許觀察于吳門行館中，更示以未見書。……歸，乃就汲古閣五次改本，復從一部起，爲此《校議議》卅篇。大悟正《校議》之誤，補《校議》之闕，不掩其所長，不遂其所短，愛兄之道也。

是書有清豫恕堂鈔本〔註22〕、國家圖書館藏民國七年吳興劉氏嘉業堂《吳興叢書》本（書前附沈家本〈序〉）。

## 《說文辨疑》

《說文辨疑》一卷，顧廣圻（1770～1839）撰。

廣圻字千里，自號思適居士，江蘇元和人。縣學生，不喜事科舉業，繼從江艮庭先生游，得惠氏遺學，因盡通經學小學之義，其論小學云：「《說文》

---

〔註20〕拙著〈《說文長編》相關著述考錄〉《第十九屆中國文字學全國學術研討會論文集》（新文京開發出版公司，2008 年 5 月），頁 45～62。

〔註21〕「說文續議殘卷　（原十五卷，存卷十一至十五），清嚴章福撰，稿本」，北京人文科學研究所編印：《北京人文科學研究所藏書簡目》（1938 年 5 月），「經部小學二·文字·說文校訂」，頁 61。

〔註22〕《續修四庫全書》經部小學類冊 214 據復旦大學圖書館藏影印，本文所論據此。

一書，不過爲六書發凡，原非字義盡於此」。廣圻天質過人，經史、訓詁、天算、輿地靡不貫通，目錄之學，尤爲專門。兼工校讎，乾、嘉間以校讎名家，盧文弨及廣圻爲最著。另著有《遫翁苦口》一卷、《韓非子釋誤》三卷、《思適齋集》十八卷，生平見《清史稿》卷 481 盧文弨附傳。〔註23〕

是書爲辨證嚴可均《說文校議》而作，目錄有三十四字，今日僅存二十餘字，當爲未完之書，譚獻譽此書曰：「顧千里《說文辨疑》件繫不多，語皆精確，足爲嚴氏諍友」。卷首有雷浚〈序〉，說明成書之原由：

> 陽湖孫觀察星衍得宋小字本，欲重刊行世，延孝廉校字。孝廉自用
> 其《校議》說，多所校改。元和顧茂才廣圻以爲不必改，觀察用茂
> 才言，今所傳《說文》孫本是也。孝廉校改之本，世遂不見，孝廉
> 頗與茂才不平……茂才於《校議》中，摘尤不可從者三十四條，欲
> 加辨正，至二十條而病卒。

> 此澗藞先生未成之書，先生身後，予始見於先生之孫河之孝廉案頭，
> 尚無書名。後河之錄一副本，借與同人鈔之，則已有書名矣。顧書名
> 當云《說文校議辨疑》，不當云《說文辨疑》，此四字不完不醒目也。

是書有國家圖書館藏清光緒三年湖北崇文書局刊本、傅斯年圖書館藏清光緒十年雷刻四種本、傅斯年圖書館藏清光緒十三年海甯許氏古均閣《許學叢刻》本、清光緒二十七年劉氏《聚學軒叢書》本〔註24〕、傅斯年圖書館藏清光緒中羊城馮氏刊本、清光緒張炳翔輯刊《許學叢書》本。

## 《說文解字考異》

《說文解字考異》三十卷，姚文田撰。

是書首題「歸安姚文田輯、大興嚴可均同纂」，姚文田〈與宋定之書〉自言此書大略云：

> 向年雅好許書，博采北宋以前各書之引《說文》者，以正二徐之誤；
> 又引宋後各書之引《說文》者，以正今刻徐本之誤。其中舛誤至數
> 千條，已經粗有成書。〔註25〕

張之洞〈序〉曰：

---

〔註23〕《清史稿》列傳 268，儒林二。
〔註24〕《續修四庫全書》經部小學類冊 215，本文所論據此。
〔註25〕轉引自（清）黎經誥：《許學考》（華文書局，1970 年），卷 3，頁 13。

文僖別有《說文解字考異》稿本三十卷，藏弆於家，將爲檢校寫定版行，使之洞爲之敍。大恉臚列諸本，首大徐、次小徐，又次群書引《說文》者。不問同異，具載全文，間綴案語，皆與《校議》合，疑此編即未撰《校議》之先所纂長編中之「群書引說文類」也。其先排比異同以備採擇，既擷英華以爲《校議》，此編遂姑置之，故未嘗寫定，亦無敍例。〔註26〕

馬太玄〈說文解字攷異稿本〉云：

此書爲稿本，一題「群書引說文考」，未刊。〔註27〕

據張之洞、馬太玄之說，則是書爲未撰《校議》之前，姚文田、嚴可均合纂《說文長編》中之「群書引說文類」。惟筆者目驗上海圖書館藏許槤鈔本之《說文解字考異》，又以上海圖書館藏《舊說文錄》與姚衡《小學述聞》比對，認爲《說文長編》「群書引說文類」當是《舊說文錄》，《說文解字考異》則是進一步的研究成果，論證內容詳見拙著〈《說文長編》相關著述考錄〉。

是書未刊，稿本今藏中國國家圖書館〔註28〕、上海圖書館藏許槤鈔本十五卷（參見書影 2）。〔註29〕

## 《說文校疑》

《說文校疑》不分卷，姚覲元（1832～1902）撰。

覲元字彥侍，又作念慈，浙江歸安人。道光二十三年舉人，官四川川東道，遷廣東布政使。工書法、善治印，能承家學、好博覽古籍，尤精於聲音訓詁，藏書室名曰：「咫進齋」。另著有《說文檢字》二卷補遺一卷、《三十五舉校勘記》一卷、《咫進齋詩文稿》一卷等，生平見《昭代名人尺牘小傳續集》卷 14。〔註30〕

是書諸家書目並未多作說明，根據筆者的考證，是書原爲姚覲元欲增補

〔註26〕 轉引自林明波：《清代許學考》（省立師範大學國文研究所碩士論文，嘉新水泥公司文化基金會研究論文第 28 種，1964 年），頁 8。

〔註27〕 馬太玄：〈說文解字攷異稿本〉，《中山大學圖書館週刊》第三卷第 3.4 期（1928 年 7 月）。

〔註28〕 當即《清人草稿》所云：「咫進齋刊本，未畢工。稿有初清、次清二本，今藏京師圖書館，聞徐世昌方在開刊」者也。

〔註29〕 《知見書目》01023 號：「說文解字攷異十五卷　清姚文田、嚴可均撰，清道光十三年許槤鈔本」。

〔註30〕 陶湘編：《昭代名人尺牘小傳續集》（台北：文海出版社，1980 年，《近代中國史料叢刊續編》第 75 輯，冊 745～748）。

其先祖姚文田《說文解字考異》之作,後鄭知同游觀元幕,遂由知同續任其事,故爲未完成之書。每條先列《考異》之說,後夾附「觀元謹按:……」之簽條,加以考證。

是書稿本今存上海圖書館,《善本書目》4380 號著錄:「說文校疑不分卷清姚觀元撰,手稿本」(參見書影 3)。

### 《說文解字考異商議》(商議)

《說文解字考異商議》二十卷,鄭知同(1831~1891)撰。

知同字伯更,貴州遵義人,鄭珍之子。自能語,父即口授四子六經;稍長,益爲講《說文》形聲訓詁之學。年二十以《說文》受於常熟翁文勤,視科舉文如糞壤,絕意進取,曾游張之洞、姚觀元幕,終身貧累。其學以許、鄭爲歸,一秉家法,於《說文解字》尤爲專精。另著有《說文本經答問》二卷、《說文淺說》一卷、《屈廬詩集》四卷等,生平見黎汝謙撰〈鄭伯更傳〉。〔註31〕

是書爲知同游姚觀元幕時,應姚氏之邀,訂補其先祖姚文田《考異》之作。〈鄭伯更傳〉述其事甚詳:

> 南皮張公之洞督學四川,邀君襄校授其子學……張公秩滿還朝,
> 以君屬川東道姚君觀元。姚君以其先世文僖公《說文考異》一書
> 未竟其緒,屬君釐訂。君則大喜,以爲足以大昌厥說,於是更爲
> 條例,盡寫平生所蓄,發於此編。而又久不就,姚君頗厭薄之,
> 君亦自負其學,以謂海內舍我其誰,因挾其書南游吳淞,北至津
> 沽,無所遇。

> 於是君益困,又館於貴州候補道袁軍開第,而南皮張公已總督兩廣,
> 闢廣雅書局,刊刻經史諸書,君之友王君雪岑爲君白前事,又延君
> 典校勘。以其暇補訂姚氏《說文考異》,凡成書二十卷,其與己意不
> 合者,又別爲《正異》兩卷。

是書傳本未見,《許學考》卷 17:「所著《說文解字商義》十四卷,未刊」,恐已亡佚,今惟據王仁俊《說文考異補》所引得以保存其說。就現存資料觀之,鄭氏長於《說文》全書體例之歸納,於形聲、通假亦有一己之得,詳見本書第六章。

---

〔註31〕 (清)黎汝謙:《夷牢溪廬文鈔》(上海:上海古籍出版社,《續修四庫全書》
　　　　影印清光緒二十七年羊城刻本),卷 4,頁 22。

## 《說文考異補》（考異補）

《說文考異補》不分卷，王仁俊（1866～1913）撰。

仁俊字捍鄭、又字幹臣，號籒簃，江蘇吳縣人。光緒八年進士，官至湖北黃州知府，歷任存古學堂教習、京師大學堂教授、學部右丞等職。家本寒素，通籍十餘年，書籍、碑版外無長物。另著有《讀爾雅日記》一卷、《西夏藝文志》一卷、《遼史藝文志補證》一卷等，生平見《文獻家通考》。〔註32〕

是書初名《說文解字考異三編》，後依其師張南皮之意改題今名。前有〈敘例〉一篇，詳細說明成書之緣由及編纂經過：

> 說文解字之學自漢以來，幾成絕業，國朝鴻儒輩起，斯學大盛……就其搜羅文字、辨析異同者，則有若歸安姚氏文田之《考異》，大恉據唐宋以來引文，加以論斷，至爲精密，顧其書係手稿，未勒定本。南皮尚書張孝達師開府兩粵，屬遵義鄭氏知同重加考辨，續爲編纂，草稿初成，未及清繕。

> 甲午之秋，俊自都南下，薄游鄂渚，謁南皮師，命補纂此稿，勒成定本。俊言於尚書曰：「文僖此稿雖經鄭氏補纂，然其中遺漏尚多，即如唐宋以來古書，及近出倭刻小學各種，鄭氏皆未采擷，欲成美觀，必待補苴。盍若再輯鄭氏所遺，纂成三編，以請師總纂，可乎？」師曰：「然」。俊遂歸里，發篋陳書，先開三編徵引書目，大凡近四十種，以茲事體大，乃赴都請假，專意輯述事。越三年，謹依許書原例，定爲十四卷，呈諸南皮師求加訂正焉。

是書有上海圖書館藏稿本、北京大學圖書館藏稿本（參見書影 4）。〔註33〕又《中國學報》1916 年第 3 冊載有〈說文解字考異訂敘例〉，可資參佐。

## 《說文解字校錄》（校錄）

《說文解字校錄》三十卷，鈕樹玉（1760～1827）撰。

樹玉字匪石，一字非石，江蘇吳縣人。居洞庭山，少孤，隱於賈，篤志好古，不爲科舉之業。年三十，得謁見錢竹汀、江艮庭二先生，又時與顧千里、段玉裁、瞿鏡濤漸磨切磋，每有所見聞，輒爲筆錄，成日記雜文，尤精

---

〔註32〕 鄭偉章：《文獻家通考》（北京：中華書局，1999 年 6 月），下冊，頁 1337。

〔註33〕 《知見書目》01027 號：「說文解字考異補不分卷　清姚文田撰，清鄭知同商義，清王仁俊補，清光緒王仁俊稿本」，製有微捲。

深小學，時所欽服，詩文清峭拔俗，亦當代之畸士。並著有《說文新附考》六卷、《續考》一卷、《段氏說文注訂》八卷、《匪石先生文集》二卷等，生平見《清史稿》卷481段玉裁附傳。〔註34〕

是書依許書十五卷次第，每卷各分上下，末附〈說文刊誤〉、〈說文玉篇校錄〉各一卷，並有梁章鉅撰〈墓誌〉、鈕惟善〈識語〉及潘祖蔭〈跋〉。原名《說文解字考異》，後潘祖蔭得書於其家而屬刻焉。書前有嘉慶十年樹玉〈自序〉言其成書之旨：

> 《說文》自李少溫刊定，輒有改易。由宋以來，藝林奉為圭臬，唯大徐定本。今流傳最廣者，乃毛氏翻刻本，而毛本又經後人妄下雌黃，以其所知改所不知，古意微矣。

> 竊以毛氏之失，宋本及《五音韻譜》、《集韻》、《類篇》足以正之；大徐之失，《繫傳》、《韻會舉要》足以正之；至少溫之失，可以糾正者，唯《玉篇》為最古，因取《玉篇》為主，旁及諸書所引，悉錄其異，相互參攷。

是書有中國國家圖書館藏稿本、南京師範大學圖書館藏光緒四年鈕惟善鈔本、清光緒十一年江蘇書局刻本。〔註35〕

## 《說文考異》

《說文考異》五卷附錄一卷，顧廣圻撰。

是書《清人草稿》題名作「說文考異附錄」，《清代許學考》承之。考證由卷一一部「一」字至卷五桀部「桀」字止，當為未完之書。前有〈引用書目〉八種，附錄一卷則逐條記毛本刨改之處。書末潘錫爵記曰：

> 此書原本不題撰人，蓋先生當時為孫觀察撰，故卷三「斡」字條下有「顧氏廣圻曰」云云。今其藁既出自先生手，且有觀察校閱商訂之語，而先生自校「王」字、「瓊」字等條上方，又朱書：「此一條另有辨」，今其說載在《辨疑》中，《辨疑》為先生撰，則此書亦竟題先生，名從其實也。

是書今存浙江圖書館藏潘錫爵鈔本、中國國家圖書館藏劉履芬鈔本（參見書

---

〔註34〕《清史稿》列傳268，儒林二。

〔註35〕《續修四庫全書》經部小學類冊212據上海辭書出版社圖書館藏影印，本文所論據此。

影 5）。〔註 36〕

## 《說文辨異》

《說文辨異》八卷，翟云升（1776～1860）撰。

云升字舜堂，號文泉，山東掖城人。道光二年進士，授廣西知縣，以母年邁辭任。性情淡泊，無意仕途，一生潛心著述，「鍵戶修業終其身，窮困老死而不悔」，治學以漢儒爲宗，自負讀五經無少閑，故室名「五經歲徧齋」，並著有《說文形聲後案》四卷、《隸篇》十五卷續十五卷再續十五卷再續增本十五卷、《焦氏易林校略》十六卷等，生平見《許學考》卷 24。

是書爲翟氏《說文形聲後案》之續作，旨在辨正《說文》字義，書前有云升自撰〈引首〉一篇，述其著作之由：

> 音義備而後文字成，《說文形聲後案》訂其音也，訂其音不容忽其義，緣是而《辨異》作焉。異者何？全書說解文從字順、二徐竝符者，十不盈八；證以諸書所引，又多蕪雜不清、脫簡不完、差池不應，尤令人靡所適從。今撮舉煩言，旁徵眾說，粗爲折衷。求其是不能盡得其是，猶《形聲後案》之未臻妥帖也。除荒鉏纇，亦竢將來。《後案》凡例如〈古韻證〉於序內發之，此則應有提綱者，各起於起處。

是書今存上海圖書館藏稿本、中國國家圖書館藏清郭氏松南書廬鈔本（參見書影 6）。〔註 37〕

## 《說文校補》

《說文校補》一卷，壽昌（1866～？）撰。

壽昌字湘帆，號魯齋，後改名羅杰，滿洲鑲黃旗人。

是書今存稿本，《善本書目》4386 號著錄：「說文校補一卷　清壽昌撰，稿本」，南京圖書館藏。

## 《說文校譌字》

〈說文校譌字〉，錢大昕（1728～1804）撰。

---

〔註 36〕《善本書目》4306 號：「說文考異五卷附錄一卷　清顧廣圻撰，清劉履芬抄本」。
〔註 37〕《善本書目》4320 號：「五經歲徧齋許學三書十四卷說文辨異八卷　清翟云升撰，清郭氏松南書廬抄本」。

大昕字曉徵、一字辛楣，號竹汀，江蘇嘉定人。乾隆十九年進士，選翰林院庶吉士，散館授編修。幼慧，善讀書，能發古人所未發。大昕始以辭章名，既乃研精經、史，於經義之聚訟難決者，皆能剖析源流，文字、音韻、訓詁、天算、地理、氏族、金石及古人爵里、事實、年齒，瞭如指掌。著有《唐石經考異》十三卷、《廿二史考異》一百卷等，著作統集爲《潛研堂全書》二十一種，《清史稿》卷481有傳。〔註38〕

是文見《十駕齋養新錄》卷四，考「禰」、「藍」、「耿」等字，以訂大徐本之誤。

## 《說文測議‧惜逸》

《說文測議》七卷，董詔撰。

詔字樸園，陝西安康人。乾隆三十九年舉人，生平無意仕進。另著有《漢陰廳志》十卷、《遊釣臺記》一卷等，生平見《許學考》卷23。

《說文測議》爲董氏謝世後，由門人王玉樹爲之刊行。全書分爲四部分，卷一至卷二爲〈訂經〉、卷三至卷四爲〈存古〉、卷五至卷六爲〈通變〉、卷七爲〈惜逸〉，其下再分爲十六小類，於許書的引經、隸形俗體、逸字逸注，均有一定的參考價值。

卷七〈惜逸〉篇共分爲「逸字」、「有見於註而逸者」、「有見於形聲而逸者」、「逸註」、「疑字」、「疑註」六小類，其中「逸註」共考五十四條、「疑字」二十二條、「疑註」二十九條，援引鄭玄《周禮》注、皇侃《論語義疏》、陸德明《經典釋文》等古書所引《說文》材料進行分析。

是書有傅斯年圖書館藏清道光年間謝玉珩刊本，本文所論據此。

## 《說文拈字‧訂誤》

《說文拈字》七卷附補遺一卷，王玉樹撰。

玉樹字松亭，陝西安康人。乾隆五十四年貢生，官惠州通判。究心經義，進退以禮，另著有《退思易話》八卷、《經史雜記》八卷等，生平見《許學考》卷23。

《說文拈字》書前有嘉慶六年尹秉綬、嘉慶九年邱庭瀧兩〈序〉，共分〈考經〉、〈辨體〉、〈審音〉、〈訂誤〉、〈校附〉、〈正俗〉與〈序志〉七卷，每卷前

---

〔註38〕《清史稿》列傳268，儒林二。

有小序，皆用儷語發其凡，末則繫以四言韻文之贊語。

〈訂誤〉一卷，取各宋本、小徐本，以訂毛氏汲古閣本之誤。卷前序曰：

> 許氏之學，纂述如林，唐宋而後，專家惟三：一爲徐氏鉉奉敕挍定，
> 始一終亥原本是也。一爲徐氏鍇所作《繫傳》四十卷是也。一爲李
> 氏燾所撰《五音韻譜》是也。然自鉉書出而鍇書微，自《五音韻譜》
> 出而鉉書又微。
>
> 代遠則臆說紛生，文疑則私測鮮據，斯固傳鈔之爲難也。亦有心存
> 好奇，莫顧實理，傳聞而欲肆其才，錄遠而欲誇其跡，棄同即異，
> 穿鑿旁說，則又刨補者階之屬也。學者著蔡鉉書而不詳加區別，是
> 猶晉人之貴倖，鄭客之買櫝矣。捻〈訂誤〉弟四。

是書有清嘉慶八年芳梫堂刻本，本文所論據此。〔註39〕

## 《說文管見・說文佚句》

《說文管見》三卷，胡秉虔撰。

秉虔字伯敬，安徽績溪人。嘉慶四年進士，官刑部主事。自幼嗜學，博通經史，尤精於聲音訓詁。著《古韻論》三卷，辨江、戴、段、孔諸家之說，細入毫芒，塙不可易，另著有《卦本圖考》一卷、《漢西京博士考》二卷、《河州景忠錄》三卷等，《清史稿》卷482有傳。〔註40〕

《說文管見》分爲上、中、下三卷，卷上雜考〈朱子言小學〉、〈爾雅說文相表裏〉、〈說文字數〉等《說文》體例十六條，卷中釋個別字，卷下則論《說文》敍與《漢志》異同。其有論及《說文》校勘者，依別裁之例附於此。

〈說文佚句〉見卷上，引《爾雅釋文》、《文字指歸》、《初學記》、《周禮》等書考證「尊」、「奴」、「婢」三字當有脫文。

是書有傅斯年圖書館藏清同治十二年世澤樓刻本、清同治光緒間滂喜齋刻本〔註41〕、傅斯年圖書館藏民國二十四年南海黃氏《芋園叢書》彙印本。

## 《說文管見・取字林補說文》

《說文管見》三卷，胡秉虔撰。

---

〔註39〕 四庫未收書輯刊編纂委員會編：《四庫未收書輯刊》（北京：北京出版社，1997年），第9輯第2冊。
〔註40〕 《清史稿》列傳269，儒林三。
〔註41〕 《叢書集成新編》冊37，本文所論據此。

〈取字林補說文〉見卷上，其說曰：

> 唐人立《說文》、《字林》之學，合許、呂之書爲一，引者往往誤傆。
>
> 至唐末而《說文》或缺，挍者又取《字林》以補《說文》。

## 《讀說文解字小箋・文字刊誤》（小箋）

《讀說文解字小箋》不分卷，梁運昌撰。

運昌初名雷，得第後改今名，字春中，一字曼雲、又字淑曼，晚號江田，福建長樂人。嘉慶四年進士，通小學，兼精楷法、篆刻、繪事；工吟詠，酷讀杜詩，惜因性情不治，不能容於人。另著有《杜園說杜》二十卷、《秋竹齋別集》十卷等，生平見謝章鋌《課餘續錄》卷3。〔註42〕

《讀說文解字小箋》爲嘉慶七年梁氏從嘉定陳蓮夫處得錢大昕《說文讀本》，推廣其意，增衍爲二十篇。書前有道光四年梁氏自撰〈序〉，識其著書之大要，其文曰：

> 嘉慶壬戌年，余游武林，入文少宰遠皋師幕府，於同年嘉定陳蓮夫詩庭處，得見錢宮詹竹汀先生《讀說文法》一編，因此得以識許書門逕。用力既久，稍能息孰，因推廣錢先生纂錄此集命意，曰《小箋》。

《課餘續錄》記此書曰：

> 吾閩自紀文達、朱文正相繼視學，庠序中始言許、鄭之學。然《說文》一書，尚未見有專著流傳。曼雲遊吳，得嘉定錢竹汀大昕閱本，推擴其緒論，成《讀說文解字小箋》二十篇，條理分明，語有歸宿，足爲初治許書之導師矣。

〈文字刊誤第四〉分爲上、下兩部分，考證《說文》篆文、注文之誤。書前〈總目〉云：

> 李陽冰刊定此書之時，已多訛脫，李既不免於金根之譏，復被二徐隨手妄改，加以傳寫者淆以俗書，則《說文》之譌誤殊甚。茲細爲指出，先篆文、後小註，各著爲一篇，以代雌黄。

是書今存復旦大學圖書館藏稿本、傅斯年圖書館藏清光緒二十八年謝氏賭棋山莊朱絲欄鈔本，本文所論據此（參見書影7）。

---

〔註42〕　（清）謝章鋌：《課餘續錄》，《賭棋山莊全集》（《近代中國史料叢刊續編》第15輯，冊9～10）。

## 二、校本校勘記

### 《何義門校說文》

《何義門校說文》一卷，何焯（1661～1722）撰。

何焯字屺瞻，學者稱義門先生，江蘇長洲人。通經史百家之學，藏書數萬卷，得宋、元舊槧，必手加讎校，粲然盈帙。康熙四十一年，直隸巡撫李光地以草澤遺才薦，召入南書房，明年，賜舉人，官至武英殿編修。焯工楷法，手所校書，人爭傳寶，並著有《義門讀書記》五十八卷、《義門題跋》一卷、《語古齋披華啓秀》等，《清史稿》卷 484 有傳。〔註43〕

是書爲《說文解字》之校本，今依《書目考錄》收錄。內容據翁方綱〈跋何義門手校說文〉云：

> 義門先生手校本，大約以小字宋本爲主，而參以《玉篇》、《廣韻》、
> 《集韻》、《韻會》、《類篇》，及《漢書》、《水經注》諸書，然於《繫
> 傳》不甚詳攷，豈先生未見《繫傳》耶？其手記處，雖不甚繁言，
> 然大指已明白，使雪坡老人見之，可無正僞之作矣……此在義門所
> 校書中，最爲簡而賅者。〔註44〕

是書有上海圖書館藏清道光十二年葉名澧鈔本，合惠棟、王念孫所校，題名《說文校勘記》三卷。又《善本總目》經部小學類著錄有兩部何氏批校的《說文》，皆可資參佐。〔註45〕

### 《說文集校》

《說文集校》，胡重校。

胡重字菊圃，號曲寮居士，別署小書隱生、菊圃學人，浙江嘉興人。生卒年及仕履不詳，精於《說文》。另著有《說文字原韻表》二卷，生平見《文獻家通考》。〔註46〕

是書據上引錢泰吉《曝書雜記》，可知此書原爲胡重所得惠士奇、惠棟

---

〔註43〕《清史稿》列傳 271，文苑一。
〔註44〕（清）翁方綱：〈跋何義門手校說文〉，《復初齋集》（《續修四庫全書》影印清李彥章校刻本），卷 16，頁 12。
〔註45〕《善本總目》307 號：「說文解字十五卷　漢許慎撰，清初毛氏汲古閣刻本，清汪灝跋並錄何焯、翁方綱批校」；346 號：「說文解字十五卷　漢許慎撰，清乾隆三十八年朱氏椒華吟舫刻本，佚名重錄，翁方綱錄何焯、惠棟批」。
〔註46〕《文獻家通考》上冊，頁 445。

父子及胡士震、胡仲澐父子之《說文》校本，又增附胡氏校語，故名「集校」。

是書為《說文解字》之校本，今依《書目考錄》收錄。《書目答問補正》云：「胡重《說文集校》，未刊」，《清人草稿》：「說文校本 胡重，此書未刊，有傳錄本，瑞安林氏所藏，并有方成珪校語，胡校著錄《曝書雜記》」。今考《善本總目》經部小學類 331 號著錄：「說文解字十五卷 漢許慎撰，清初毛氏汲古閣刻本，清佚名錄，清胡重校并並錄，胡重臨清惠士奇、惠棟、胡士震、胡仲雲校」，當即此書。〔註47〕

## 《說文解字校勘記》（王記）

《說文解字校勘記》一卷，王念孫（1744～1832）撰。

念孫字懷祖，號石臞，江蘇高郵人。父王安國官至吏部尚書，諡文肅。乾隆四十年進士，選翰林院庶吉士，累官至永定河道。所著《讀書雜志》，於一字之證，博及萬卷，其精於校讎如此。其子王引之推廣庭訓，成《經義述聞》十五卷、《經傳釋詞》十卷，論者謂有清經術獨絕千古，高郵王氏一家之學，三世相承，與長洲惠氏相埒。並著有《爾雅郝注刊誤》一卷、《廣雅疏證》十卷、《漢隸拾遺》一卷等，《清史稿》卷 481 有傳。〔註48〕

是書為王氏校勘《說文》而由桂馥錄存之殘稿，今存百餘條，卷末有道光二十八年許瀚〈識語〉，其文云：

> 右桂未谷先生所錄王懷祖先生校《說文》一百十九條，雖非全璧，要為至寶，寫清本存之。準此例，推全書當有千有餘條，曩請業師門，竟未聞有此，他日晤子蘭，詢之或得續成完帙，未可知也。

譚獻《復堂日記》卷 6 評此書曰：

> 王懷祖氏《讀說文記》，正定鉉本漏落聲字之訛，語皆精碻。

是書有上海圖書館藏清道光十二年葉名灃鈔本，題名《說文校勘記》三卷、清種松書屋鈔本〔註49〕、清光緒十三年海寧許氏古均閣《許學叢刻》本、清宣統元年番禺沈氏《晨風閣叢書》本。

---

〔註47〕又《善本總目》經部小學類 330 號著錄：「說文解字十五卷 漢許慎撰，清初毛氏汲古閣刻本，清胡重批校并跋」，332 號：「說文解字十五卷 漢許慎撰，清初毛氏汲古閣刻本，馬叙倫錄清胡重校」，皆可參佐。
〔註48〕《清史稿》列傳 268，儒林二。
〔註49〕《續修四庫全書》經部小學類冊 212 據遼寧省圖書館藏影印，本文所論據此。

## 《校正說文》

《校正說文》，牟庭（1759～1832）撰。

牟庭初名廷相，字陌人，號默人，山東棲霞人。乾隆乙卯優貢生，任觀城縣教諭，以病去官，著述未刊，見《雪泥屋遺書目錄》，生平見《清國史》卷 24 郝懿行附傳。〔註50〕

是書為《說文解字》之校本，今依《知見書目》收錄，《叢書書目彙編》著錄書名作《校正汲古閣說文》。《山東通志》卷 130 著錄：

> 校正《說文》十四卷，《府志》載是書云：毛氏汲古閣本之誤字，據
> 他書所引者正之，義皆詳實。

又其子牟房所編《雪泥屋遺書目錄》「校正說文」條下云：

> 無序。房案：此用汲古閣原本，細字參錯其間，隨讀隨記，卷末題
> 云：嘉慶丙辰秋，過自濰縣，郭岱封同年以新本見借。

據此可知是書當為牟氏研讀《說文》之隨手校記。

是書今藏山東省博物館，《善本書目》4112 號著錄：「說文校記一卷　漢許慎撰，清初毛氏汲古閣刻本，清牟庭批校」。

## 《古均閣說文校勘記》

《古均閣說文校勘記》不分卷，許槤（1787～1862）撰。

槤字叔夏，號珊林，浙江海寧人。生而絕慧，道光十三年進士，累官至江蘇儲糧道。吏事精敏，然不廢學，自云：「旁搜古籍，而喜讀生平未見之書，雖斷簡殘編，人視之如唾餘者，吾則寶若拱璧」。工篆、隸書，洞明古篆源流，研精《說文解字》，以為吾一家之學也。嘗纂《說文解字統箋》巨編，高數尺，未寫定，惜寇亂散佚。並著有《古均閣寶刻錄》、《古均閣遺著三種》、《洗冤錄詳議》四卷等，生平見《續碑傳集》卷 79。

是書今存稿本，《善本書目》4369 號著錄：「古均閣說文校勘記稿本　清許槤撰」，中國國家圖書館藏。

## 《說文校字錄》

《說文校字錄》，汪文臺（1796～1844）撰。

文臺字士南，安徽黟縣人。與同里俞正燮齊名，相善。治經宗漢儒，著

---

《十三經校勘記識語》，寄示阮元，元服其精博，禮聘之。又嘗纂輯七家《後漢書》二十卷，另著有《淮南子校勘記》一卷，生平見《清史稿》卷 486 俞正燮附傳。〔註51〕

　　是書未見傳本，《許學考》云：

　　　　傳鈔本，原稿藏黟人程壽保家。治許氏《說文》多所正是，著《校
　　　　字錄》，有爲惠、姚、孫、嚴諸君所不及。

又《安徽通志》云：

　　　　大徐《說文》自嚴氏可均《校議》出，而宋前原本稍稍復見。文臺後
　　　　出，亦據唐宋類書、《小徐》、《篇》、《韻》及梵經音義，凡可校是書
　　　　者無不采，用力精勤，時有溢出《嚴校》外者，誠爲讀許書之善本。
　　　　其弟子程鴻詔迻錄孫刻本上，獨山莫氏有臨本，惟尚未編成部帙，且
　　　　無定名。……程本藏南陵徐氏積學齋，莫本藏秀水王氏學禮齋。

今考《知見書目》00582 號著錄有：「《說文解字》十五卷　清刻本，清莫友芝跋，並過錄清程鴻詔錄清汪文臺校」，湖北省圖書館藏，當即《安徽通志》所云之「莫本」，據此知原書尚有後人迻錄本存世，內容待考。

## 《說文校勘記》

　　《說文校勘記》一卷，吳芳鎮撰。

　　芳鎮號虛益，乾隆三十九年舉人，生平不詳。

　　是書內容據《書目考錄》云：「此殘稿引諸書比勘，包括大小徐異同、他書引用異文，其所校刊本之誤，亦未明言何本。」今檢覈原書，僅存十三葉，殘缺不全，引用典籍計有《繫傳》、《釋文》、《玉篇》、《六書故》、《韻會》、《文選注》、《初學記》等。卷末有族曾孫吳文昇〈識語〉，其文曰：

　　　　右《集韻》、《說文》校勘記稾本兩種，係族曾祖虛益公諱芳鎮所著。
　　　　公與族兄虛若公諱蘭庭同舉乾隆甲午浙闈，記問淵博，共相切磋，
　　　　時有大虛、小虛之目，交往皆名流。公之子紫樓公諱均舉嘉慶戊寅
　　　　北闈，今滇南攉丞守。
　　　　是冊昇從公之孫小樓族叔處假來，題簽爲紫樓公親筆，魁士乃小樓
　　　　字也。兩種皆未成書，疑有散佚……公尚有《明葉白易傳校勘記》，
　　　　亦非全本。雖均殘編斷簡，然前人校讐精密，應奉爲吉光片羽，唉

〔註51〕《清史稿》列傳273，文苑三。

大人先生之徵求論定云。

是書有鈔本,《知見書目》01070 號著錄:「說文校勘記　清吳芳鎮撰,清鈔本,與集韻校勘記合函」,中國國家圖書館藏(參見書影 8)。

## 《說文校字記》

《說文校字記》一卷,陳昌治撰。

昌治廣東番禺人,生平待考。

是編凡八頁,附於陳氏重刊一字一行本《說文》後,〈新刻說文跋〉曰:

> 昌治重刊說文,以陽湖孫氏所刊北宋本爲底本,然孫氏欲傳古本,故悉依舊式,今欲尋求簡便,改爲一篆一行……孫刻篆文及解說之字小有譌誤,蓋北宋本如此,孫氏傳刻古本,固當仍而不改。今則參校各本,凡譌誤之顯然者,皆已更正,別爲《校字記》,附於卷末,昭其慎也。

陳氏重刊《說文解字》有同治十二年羊城富文齋刊本,北京中華書局影印出版,本文所論據此。

## 《汲古閣說文解字校記》

《汲古閣說文解字校記》一卷,張行孚撰。

行孚字子中,又字乳伯,浙江安吉人。同治舉人,官至兩淮鹽運使。通小學,尤精《說文》。另著有《蠶事要略》一卷、《說文審音》十六卷,生平見《許學考》卷 11、卷 16。

是編爲洪汝奎重刻毛氏汲古閣《說文》第四次校本,而張氏取第五次改本,據以校二者點畫改易之處。文前有張氏〈識語〉自述其著作之由:

> 汲古閣《說文》有未改、已改兩本,乾嘉諸老,皆偁未改本爲勝,而未改本傳世絕少,其大略見於段氏《說文訂》中,然亦間有譌漏焉。

> 洪琴西都轉從荊塘義學假得毛斧季弟四次所校樣本,即段氏所據以訂《說文》者。光緒七年爰摹刻於淮南書局,而屬行孚取已改本互校異同,彙而錄之,以詒同志。

是編附於光緒七年淮南書局翻刊汲古閣第四次樣本《說文解字眞本》後,藝文印書館《叢書集成三編》小學類據以影印,本文所論據此。

## 《宋本說文校勘表》

《宋本說文校勘表》，田潛（1870～1926）撰。

潛原名吳炤，字伏侯，號潛山，別署潛叟，湖北江陵人。兩湖書院學生，光緒二十八年舉人，官江蘇候補道，宣統年間充留日學生監督，另著有《篆文老子》一卷，生平見《文獻家通考》。〔註52〕

是書今存鈔本，《知見書目》01074 號著錄：「宋本說文校勘表　田潛撰，民國間鈔本」，中國國家圖書館藏。

## 《說文解字定本》

《說文解字定本》十五卷，李威撰。

威字畏吾，福建龍溪人。乾隆四十三年進士，官廉州知府，爲朱筠弟子，另著有《嶺雲軒瑣記》四卷。《國朝漢學師承記》朱筠傳云：

> 先生諱筠，字竹君，一字美叔，號笥河……弟子以通經著者：興化
> 任大椿、龍溪李威……李威字畏吾，深於六書之學，著有《說文解
> 字定本》十五卷。戊戌進士，今官廣東廉州府知府。〔註53〕

是書未見傳本，《許學考》據《國朝漢學師承記》著錄。

## 《小字本說文簡端記》

《小字本說文簡端記》二卷，朱駿聲（1788～1858）撰。

駿聲字豐芑，號允倩，晚號石隱山人，江蘇吳縣人。少承父教，吳中目爲神童，從錢大昕游，錢氏一見奇之，曰：「衣缽之傳，將在子矣！」。嘉慶二十三年舉人，選授黟縣訓導。咸豐元年，進呈所著《說文通訓定聲》及《古今韻準》、《柬韻》、《說雅》共四十卷。文宗披覽，嘉其洽，賞國子監博士銜，旋遷揚州府學教授，引疾，未之官。駿聲著述甚博，不求知於世，兼長推步，明通象數。另著有《尚書古注便讀》四卷、《說文通訓定聲》十八卷、《傳經室文集》十卷等，《清史稿》卷 481 有傳。〔註54〕

是書未見傳本，其子朱孔彰〈說文通訓定聲識語〉曰：

> 先君子生平著述數十種……其稿本尚存，未經勘定者有……《小字

---

〔註52〕《文獻家通考》下冊，頁 1344。
〔註53〕（清）江藩：《國朝漢學師承記》（《續修四庫全書》影印清道光二十三年刻本），卷 4。
〔註54〕《清史稿》列傳 268，儒林二。

本說文簡端記》二卷（今缺一卷）。

又考朱記榮《行素草堂目睹書目》甲編「朱允倩所著書」下有「《小字本說文簡端記》二卷」一條，注明：「以上存稿已佚」。

## 《說文解字校勘記》

蔣維培（？～1860）撰。

維培字寄嶔，號季卿，後更名壑，浙江吳興人，蔣汝藻之叔祖，維基之弟。貢生，潛心經史，晨夕講肄，以兄弟相師友，專攻小學，兼精讎校，與兄聚書各有萬卷，藏書處號曰：「求是齋」。並著有《全上古三代秦漢三國晉南北朝文編目》一百三卷、《唐藩鎮考》、《求是齋雜著》等，生平見《烏程縣志》卷 18〈蔣維培傳〉。

是書未見傳本，見〈清人草稿〉著錄。

## 《說文解字校勘記》

《說文解字校勘記》，柳興恩（1795～1880）撰。

興恩原名興宗，字賓叔，江蘇丹徒人。道光十二年舉人，受業於儀徵阮元，初治《毛詩》，以毛公師荀卿，荀卿師穀梁，穀梁春秋千古絕學，元刻皇清經解，公羊、左氏俱有專家，而穀梁缺焉。乃發憤沉思，成《穀梁春秋大義述》三十卷，並著有《毛詩注疏糾補》三十卷、《劉向年譜》二卷、《宿壹齋詩文集》等，《清史稿》卷 482 有傳。〔註55〕

是書未見傳本，見〈清人草稿〉著錄。

## 《說文校案》

《說文校案》一卷，奚世幹撰。

世幹字挺筠，江蘇南滙人。嘗欲纂輯《說文解字通考》，茲事體大，僅存〈纂例〉，全書未成，生平見《續修四庫提要‧經部小學類》。

是書未見傳本，《續修四庫提要》云：

> 每讀《說文》，有所創獲，成《校案》一卷……世幹是編，於諸家校錄之外，時有所獲，雖成書無多，然頗能補諸家之所未備，亦見其運思細密者也。〔註56〕

---

〔註55〕《清史稿》列傳269，儒林三。

〔註56〕中國科學院圖書館整理：《續修四庫全書總目提要‧經部》（北京：中華書局，1993 年 7 月），下冊，頁 1125，孫海波撰。

## 《說文五校》

《說文五校》，譚獻（1830～1901）撰。

獻初名廷獻，字仲修，號復堂，浙江仁和人。同治六年舉人，後官安徽，知歙、全椒、合肥、宿松諸縣，晚告歸，銳志著書。少負志節，通知時事，治經必求西漢諸儒微言大義，不屑章句。並著有《復堂日記》八卷、《經心書院續集》十二卷、《半厂叢書初編》十種等，《清史稿》卷 486 有傳。〔註 57〕

是書未見傳本，《許學考》卷 3：「案：獻爲李枝青弟子……其自著《說文五校本》，惜不見傳」。〈清人草稿〉著錄：「說文五校　譚獻，稿本」。

## 《說文校本》

《說文校本》，徐灝（1810～1879）撰。

灝字子遠，廣東番禺人。學海堂諸生，並著有《通介堂經說》三十七卷、《說文解字注箋》十四卷、《象形文釋》四卷等，生平見《許學考》卷 7。

是書未見傳本，〈清人草稿〉著錄：「說文校本　徐灝，此書未刊，今在敘倫處」。

## 《說文校本》

《說文校本》，席齡撰。席齡生平待考。

是書未見傳本，〈清人草稿〉著錄：「說文校本　席齡，此書未刊，今在敘倫處」。

## 《說文校本》

許克勤、王仁俊撰。

是書未見傳本，〈清人草稿〉著錄：「說文校本　許克勤王仁俊，此書未刊，今在敘倫處」。

## 《校勘說文解字》

《校勘說文解字》，法偉堂（1843～1908）撰。

偉堂字容叔，號小山、筱山，山東膠州人。清光緒十五年進士，賞加國子監學正銜，以知縣用，主講青州海岱書院十餘年，所成就人才甚盛。

---

〔註57〕《清史稿》列傳 273，文苑三。

後選授武定府學教授，因病辭職，光緒二十九年應聘濟南師範傳習所。於學無所不通，尤精研音韻金石之書。另著有《校勘經典釋文》、《山左訪碑錄》十三卷、《益都縣圖志》五十四卷等，生平見《清史稿》卷482鄭杲附傳。〔註58〕

是書未見傳本，《山東通志》卷130著錄：

> 《校勘說文解字》、《校勘唐一切經音義》，法偉堂撰。偉堂有《校勘經典釋文》，見五經總義類，二書見《校經室文集》。

孫葆田〈法徵君墓誌銘〉記云：

> 君所欲撰述皆未就，其校勘有《說文解字》、《經典釋文》、《唐一切經音義》、《列子》等書⋯⋯惜編次未竟，其遺稿曰：《聽訓館遺書》，僅有散稿數巨冊存於笥。〔註59〕

## 〈玉篇跋〉

〈玉篇跋〉，桂馥（1736～1805）撰。

桂馥字多卉，號未谷，山東曲阜人。乾隆五十五年進士，選雲南永平縣知縣。博涉群書，尤潛心小學，精通聲義。嘗謂：「士不通經，不足致用；而訓詁不明，不足以通經。」著《說文義證》五十卷，專臚古籍，不下己意，則以意在博證求通，展轉孳乳，觸長無方，令學者引申貫注，自得其義之所歸，故為其一生精力所在。另著有《歷代石經略》二卷、《滇游續筆》一卷、《札樸》十卷等，《清史稿》卷481有傳。〔註60〕

是文見《晚學集》卷3，取《玉篇》可證補《說文》闕缺者，逐條羅列之。其說曰：

> 《字林》既不可見，幸《玉篇》猶存，又為宋人所亂，然有足證《說文》汲古閣刻本之誤而補其闕者。今以大字先具《說文》，下以細字繫《玉篇》，條分而疏之。

## 《說文玉篇校錄》

〈說文玉篇校錄〉一卷，鈕樹玉撰。

〔註58〕 《清史稿》列傳269，儒林三。

〔註59〕 （清）孫葆田：〈法徵君墓誌銘〉，《校經室文集》（濟南：山東大學，《山東文獻集成》影印民國五年吳興劉承幹求恕齋刻十一年增刻本），卷6。

〔註60〕 《清史稿》列傳268，儒林二。

是編附於《說文解字校錄》卷末，分爲二部：「上說文下玉篇」，收錄「𠄌上」、「㱿㱿」、「袥袥」等《說文》、《玉篇》字形有異的字組，凡三百三十字；「說文有玉篇闕」，收錄「䖴」、「薂」、「薤」等《說文》有而《玉篇》無之字，凡二百二十一字。版心題名作「說文玉篇校錄」，今從之。此篇爲鈕氏作《校錄》時的延伸著作，即《校錄》例言之第二條、第三條：

> 一、敘偁九千三百五十三文，重一千一百六十三，今多出者，疑皆後人所增改，故以《玉篇》、《廣韻》所無及重出之字，詳於注中，更摘錄於後。

> 一、篆體或經後人增損，其與《玉篇》筆畫稍異者，今錄成一篇，《說文》有而《玉篇》無者，亦錄成一篇，竝附卷末。

《清史稿・藝文志》「字書類」將是編與《說文解字校錄》分別著錄，《清代許學考》從之，今依別裁之例繫於此。

# 三、札　記

## 《惠氏讀說文記》（惠記）

《惠氏讀說文記》十五卷，惠棟（1697～1758）撰。

惠棟字定宇，號松崖，學者稱小紅豆先生，惠士奇之子，江蘇元和人。自幼篤志向學，家多藏書，日夜講誦，於經、史、諸子、稗官野乘及七經緯之學，靡不津逮。小學本《爾雅》，六書本《說文》，於諸經熟洽貫串，尤邃於《易》。受業弟子最知名者余蕭客、江聲，一時名宿如：王鳴盛、錢大昕、戴震、王昶，皆執經問難，以師禮事之。並著有《九經古義》十六卷、《古文尚書考》二卷、《後漢書補注》二十四卷等，生平見《清史稿》卷481惠周惕附傳。〔註61〕

是書無序跋，首題「吳縣惠棟原本，長洲江聲參補」。錢泰吉《曝書雜記》云：

> 菊圃嘗得惠半農松崖父子，及惠氏同邑人胡竹厂孝廉士震，與其子仲澐所校汲古閣本。其弟子沈茂才世枚，以五色筆錄於簡端，閒附菊圃校語。〔註62〕

---

〔註61〕《清史稿》列傳268，儒林二。

〔註62〕（清）錢泰吉：〈胡菊圃校勘說文〉，《曝書雜記》（台北：藝文印書館，《百部叢書集成》影印《式訓堂叢書》本），卷上。

《許學考》云：

> 案錢氏《曝書雜記》云……是松厓礩校《說文》矣。今題曰《讀說
> 文記》者，其出松厓一人之手乎？

潘承弼云：

> 吾吳惠氏家學，至定宇先生而廣大淹博，流爲學派，至今推重吳學
> 者，咸奉先生爲圭臬。先生著述甚夥，所校《說文》尤精核，成《讀
> 說文記》十四卷，即自當時校本錄出者。其刊本未行以前，藏家爭
> 相迻錄，以資考鏡。予所見傳校不下五、六本，互有詳略，意先生
> 所校不止一本，隨得隨錄，至傳本不一耳。〔註63〕

《清代許學考》云：

> 惠氏未成之稿，原注於《說文》書上，其後江聲爲之理董，始成是
> 書。世所稱惠氏《說文》校本，殆即指此。

綜合以上各家所論，知惠氏原有汲古閣《說文》校本，但並未刊刻，即胡重
所得者。其後弟子江聲參補師說，刊成《惠氏讀說文記》。觀其內容，援據古
文、考證俗體，於聲讀、通假皆能精研而明辨，已非專事校勘之作。

是書有清嘉慶虞山張海鵬刻借月山房彙鈔本〔註64〕、上海圖書館藏清道
光十二年葉名灃鈔本，題名《說文校勘記》三卷、清咸豐二年江都李氏半畝
園《小學類編》本。

## 《席氏讀說文記》（席記）

《席氏讀說文記》十五卷，席世昌（？～1808）撰。

世昌字子侃，號稚泉，江蘇常熟人，生平參見孫原湘〈同心哀哭子侃〉
詩。〔註65〕

是書爲席氏研治《說文》之心得札記，原書未成，由其友人黃廷鑒整理
附梓。書前黃氏〈序〉云：

> 吾吳紅豆惠氏，始以《說文》提倡後學……世所傳惠校《說文》本，
> 前此未有也。吾友席君子侃，窮經嗜古，得惠氏書，讀而善之，惜
> 其隨手札記，未有成書，欲推廣其義例……惜草創未就，中年殂謝。

---

〔註63〕潘承弼：〈錄本惠校說文解字〉，《著硯樓讀書記》（瀋陽：遼寧教育出版社，
　　　　2002年7月），頁30。
〔註64〕《中華漢語工具書書庫》冊23，本文所論據此。
〔註65〕孫原湘：《天眞閣集》（《續修四庫全書》影印清嘉慶五年刻增修本），卷19。

會其從舅若雲張君，有叢書之刻，訪其遺稿，即在所校《說文》中，
蠅書密注，散布上下旁行，棼如亂絲，屬予勘閱商訂。余細加尋繹，
逐條繕錄，斷缺者連屬之，繁蕪者芟薙之。〔註66〕

是書有清嘉慶虞山張海鵬刻借月山房匯鈔本，本文所論據此。〔註67〕

## 《說文抄》

《說文抄》十五卷，王筠（1784～1854）撰。

王筠字貫山，號篆友，山東安丘人。道光元年舉人，歷官山西鄉寧、徐
溝、曲沃知縣。少喜篆籀，及長，博涉經史，尤長於《說文》之學。治《說
文》之學垂三十年，其書獨闢門徑，折衷一是，不依傍於人，論者以爲許氏
之功臣，桂、段之勁敵。另著有《毛詩重言》三卷、《說文解字句讀》三十卷、
《文字蒙求》四卷等，《清史稿》卷482有傳。〔註68〕

是書爲王氏治《說文》之心得札記，依《說文》次第逐條考論，《說文釋
例・鈔存》云：

筠之專治《說文》也，自癸未冬始，十閱月而成一書，名曰《說文
鈔》。友人或寫去，今日觀之，太淺薄矣。剩取若干條存之，以志功
候云爾。〔註69〕

是書稿本今藏中國社會科學院文學研究所，《善本書目》4346號著錄：「說文
抄十五卷　清王筠撰，手稿本」、黑龍江大學圖書館藏稿本，《善本書目》4347
號著錄：「說文抄十五卷　清王筠撰，稿本」。又《說文釋例》一書中錄存「趯」、
「矙」、「雖」等共計二十六條，本文所論據此。

## 《讀說文記》（許記）

《讀說文記》一卷，許槤撰。

是書原爲許氏研讀《說文》時之隨手校記，後由其子許曼、許頌整理刊
刻。卷末有其外曾孫嚴曾銓所撰〈書後〉：

先生藏汲古閣原本，隨筆校錄，旁行斜上，丹墨殆徧其中。或直抒
己見，或採輯他說，蓋《統箋》之萌芽也。今哲嗣子曼刺史、子頌

〔註66〕轉引自《許學考》卷22。
〔註67〕《中華漢語工具書書庫》冊30。
〔註68〕《清史稿》列傳269，儒林三。
〔註69〕《說文釋例》卷14。

－81－

　　　　孝廉，仿惠氏、席氏之例，分條錄副，名曰《讀說文記》，以付手民，
　　　　殆將與定宇、子侃兩先生竝傳不朽矣。雖然先生箸述閎富，書不悉
　　　　傳，讀是編者，其猶窺豹之一班、嘗鼎之一臠也，亦可慨已。
是書有光緒十四年刊本，收入《古均閣遺著》第一種（參見書影 9）。

## 《說文釋例·挩文》

　　《說文釋例》二十卷，王筠撰。

　　《說文釋例》成於道光十七年，由六書理論、說解術語、音讀訂正、存
疑等方面，補《段注》闡揚許書體例之不足。

　　是文見《釋例》卷 12，以《文選》、《後漢書注》、《爾雅疏》所引可補今
本之闕文者，自「禬」、「杜」、「皇」字以下逐條考釋，文末並論及「連篆讀」。
其說曰：

　　　　傳寫既久，安得無闕佚，抑或有意刪節矣。《初學記》引「祭豕先爲
　　　　禮」、「月祭爲祭」，今示部並篆文無之。又引「淒、雨雲起也」、「淲、
　　　　雨雲皃也」，今並倒作「雲雨」，則不可解。又引「宗廟之木主名曰
　　　　祏」，今本「且曰以石爲主也」。《文選》及《後漢書注》所引，皆有
　　　　足補今本之闕者。嚴鐵橋《說文校議》至精確矣，茲特以臆見所及，
　　　　妄爲增益，無所本也，幸覽者正焉。

## 《說文釋例·衍文》

　　《說文釋例》二十卷，王筠撰。

　　是文見《釋例》卷 12，自「蘭」、「莜」、「囷」字以下逐條考釋，文末並
論及「複舉字之未刪者」。

## 《說文釋例·誤字》

　　《說文釋例》二十卷，王筠撰。

　　是文見《釋例》卷 13，自「禧」、「璿」、「瓊」字以下逐條考釋今本說解
有誤字者。其說曰：

　　　　段氏改誤字，是者極多，小有疏忽，亦所不免。余別得若干類記之，
　　　　其或意同段氏，而小有發明者，亦不刪也。

## 《說文釋例·存疑》

　　《說文釋例》二十卷，王筠撰。

是文見《釋例》卷 15 至卷 20，依十四篇次第自「示」、「縈」、「禂」字以下，逐條論述校勘與形義分析等問題。其說曰：

> 疏家例不駁注，即明知它說之是，亦委曲駁之以通本注之說，況自
> 出己見以難本師乎？余病其拘也，故凡以實事求之而不合者，輒出
> 己說，留質通儒，儻昭所尤，亦待啓發之憤悱也焉爾。駁段氏者附，
> 偶有所見亦附。

據趙伏《說文釋例「存疑」研究》一書之統計，〔註 70〕「存疑」總考論條目為 606 條，其中涉及校勘者有 182 條，約佔總數的 30％，主要內容可分為「王筠本人對大徐本《說文》」、「對其他研究者校勘結論的批判」以及「對他書《說文》引情況的說明」三類。「存疑」之相關研究，亦可參見楊志團《王筠《說文釋例・存疑》駁證段注論述之研究》。〔註 71〕

# 第三節　校小徐本

本節以校勘徐鍇《說文繫傳》（小徐本）及其所編《說文解字韻譜》之著述為考論中心，計得 17 種。

## 一、繫　傳

### 《說文繫傳校本》

《說文繫傳校本》，盧文弨（1717～1800）、梁同書（1723～1815）合校。

文弨字召弓，號磯漁，又號抱經，浙江餘姚人。乾隆十七年進士，官至侍讀學士，乞養歸。孝謹篤厚，潛心漢學，與戴震、段玉裁友善。好校書，所校《逸周書》、《孟子音義》、《荀子》、《呂氏春秋》、《經典釋文》皆稱善本，並鏤板嘉惠學者。另著有《儀禮著疏詳校》十七卷、《宋史藝文志補》一卷、《抱經堂文集》三十四卷等，《清史稿》卷 481 有傳。〔註 72〕

同書字元穎，晚號山舟，浙江錢塘人，大學士梁詩正之子。乾隆十七年

---

〔註 70〕趙伏：《說文釋例「存疑」研究》（河北大學漢語文字學碩士論文，2001 年 6月），第二章「存疑校勘條目研究」，頁 3。

〔註 71〕楊志團：《王筠《說文釋例・存疑》駁證段注論述之研究》（東吳大學中研所碩士論文，許師錟輝指導，2008 年 6 月）。

〔註 72〕《清史稿》列傳 268，儒林二。

會試未第，高宗特賜與殿試，入翰林，擢侍講。淡於榮利，未老，因疾不出。晚年重宴鹿鳴，加侍講學士銜。好書出天性，初法顏、柳，中年用米法，七十後乃變化。並著有《古銅瓷器考》一卷、《筆史》一卷、《頻羅庵書畫跋》一卷等，《清史稿》卷 503 有傳。〔註 73〕

是書爲盧文弨、梁同書校汪啓淑刻本《繫傳》，今依《清代許學考》之著錄繫於此。嚴元照〈奉侍講梁山舟先生書〉云：

> 蒙以手校《說文繫傳》見賜，喜快何如！伏閱閣下校勘，精到無比，
> 復備錄盧學士、孫監察校語，不愧爲叔重之功臣，楚金之諍友矣。
>
> 〔註 74〕

丁丙《善本書室藏書志》「說文繫傳四十卷」條下云：

> 是書……原本宋已殘闕，多以其兄鉉所校《說文》竄補，四庫館悉
> 爲攷定釐正。汪啓淑以稿本附梓，且刊〈附錄〉一卷。盧文弨復校
> 正之，梁同書復手爲校過，以贈嚴元照。〔註 75〕

是書原爲杭州丁氏舊藏，《善本書目》4175 號著錄：「說文解字繫傳四十卷附錄一卷　清乾隆四十七年汪啓淑刻本，清盧文弨、汪啓淑校，清梁同書校並跋，清丁丙跋」，今歸南京圖書館。

## 《重校說文繫傳考異》

《重校說文繫傳考異》四卷，朱文藻（1735～1806）撰。

文藻號朗齋，又號碧溪居士，浙江仁和人。諸生，通經史，精六書。另著有《崇福寺志》四卷、《金鼓洞志》八卷等，生平見《清史列傳》卷 72。

是書《四庫全書》題爲汪憲撰，實則朱文藻所作，因汪氏所借影宋鈔本《繫傳》多有訛誤，故由當時游幕其府之朱氏博參諸書，以證其同異，末有〈附錄〉，上卷爲諸家評論《繫傳》之辭，下卷載鍇詩五首及其兄弟軼事。既而朱氏又撰〈重校跋〉，詳述成書原委：

> 憶昔己丑歲，余館振綺堂汪氏者五年矣。……徐氏鍇所著《說文繫
> 傳》，從未見有善本流傳，即舛譌者亦罕見焉。……因言朱氏有影宋

---

〔註 73〕《清史稿》列傳 290，藝術二。
〔註 74〕（清）嚴元照：〈奉侍講梁山舟先生書〉，《悔菴學文》（台北：新文豐出版公司，《叢書集成續編》），卷 1，頁 2。
〔註 75〕（清）丁丙：《善本書室藏書志》（台北：廣文書局，《書目叢編》影印清光緒二十七年原刊本），卷 5，頁 8。

鈔《繫傳》可借錄之。……遂手自影鈔，歲周而畢。其隨時考證諸
書，勘其異同，錄爲《考異》四卷、〈附錄〉二卷，未署姓名。質之
比部，比部深加寶惜，藏之秘笈，不輕示人。

又越歲壬辰，值朝廷開四庫館，採訪遺書，比部之子名汝璨字坤伯
者，先以儲藏善本，經大吏遣官精選，得二百餘種，彙進于朝。……
坤伯乃搜啓秘笈，得《繫傳考異》一編，信爲先人所貽，不虞重複。
乃取《考異》四卷，署比部姓名，其〈附錄〉二卷，間有文藻案語，
因署文藻姓名，並呈局中。此《考異》、〈附錄〉之所以得錄入四庫
全書者，本末蓋如此也。

是書原稿收藏吾家，汪氏無存。……今歲館寓青浦王少冠述庵先
生家，見塾中藏有汪刻《繫傳》一書，亟取閱之，并檢索行篋，
攜有《考異》原稿一冊，復取毛刻《說文》互勘。見余舊所錄譌
字，汪刻皆已改正，間有存者而因仍大誤之處不少，且有當時《考
異》所遺漏者。因重加校訂，手錄一編，仍釐四卷，蓋以《繫傳》
二十八篇，每七篇勒爲一卷也，〈附錄〉一卷，檢原稿所無，藉汪
刻補之。〔註76〕

是書有文淵閣《四庫全書》本、清道光十七年瞿氏清吟閣刊本、清光緒八年
徐氏八杉齋刊本。〔註77〕

## 《說文繫傳校勘記》（繫傳校勘記）

《說文繫傳校勘記》三卷，承培元、夏灝、吳汝庚同撰。

培元字受甸，一字守丹，江蘇江陰人。優貢生，爲李兆洛高足，另著有
《廣潛研堂說文答問疏證》八卷、《說文引經證例》二十四卷等，生平見《清
史稿》卷 486 李兆洛附傳。〔註78〕灝江蘇江陰人，汝庚江蘇吳江人，二人同
爲李兆洛弟子。

是編爲祁寯藻欲刻顧千里藏影宋鈔本《說文繫傳》，李兆洛主其事，命弟
子承培元、夏灝、吳汝庚作校勘記，附於書後。卷末道光十九年承培元〈識
語〉曰：

---

〔註76〕轉引自《許學考》卷5。
〔註77〕《說文解字研究文獻集成・古代卷》第10冊，本文所論據此。
〔註78〕《清史稿》列傳273，文苑三。

楚金之書以艸槀傳，校槧者未能詳覈，譌蹐參錯，展卷皆是。……

淳甫先生鑒其失之日甚也，于視學吳中之日，求楚金書舊本，得影宋鈔於蘇州顧氏，槧而行之，復爲《校勘記》三卷，正其譌蹐參錯。

是編附於道光十九年祁寯藻刻《重刊影宋本說文繫傳》後，本文所論據此。

## 《說文繫傳闕遺字》

《說文繫傳闕遺字》，嚴可均撰。

是書未見傳本，《清人草稿》頁 103 著錄：「說文繫傳闕遺字　嚴可均，見丁福保《說文目錄》」。

## 《說文繫傳訂訛》

《說文繫傳訂訛》一卷，江有誥（1773～1851）撰。

有誥字晉三，號古愚，安徽歙縣人。恩貢生，通音韻之學，得顧炎武、江永兩家書，嗜之忘寢食，所著《江氏音學十書》（包括《詩經韻讀》、《唐韻四聲正》、《二十一部韻譜》等十種），王念孫父子胥服其精。另著有《列子韻讀》一卷、《老子韻讀》一卷、《荀子韻讀》一卷等，生平見《清史稿》卷 481 戚學標附傳。〔註 79〕

是書《清人草稿》著錄：「說文繫傳訂誤　江有誥，原刊本」，又《中國叢書綜錄續編・類編》亦著錄：「說文繫傳訂訛一卷」。〔註 80〕然今遍考諸家目錄，均未見著錄，《清史稿》本傳云：「道光末，室災，焚其稿。」，此書當已毀於祝融，僅有存目。

## 《小徐說文纂補》

《小徐說文纂補》十五卷，臧禮堂（1776～1805）撰。

禮堂字和貴，江蘇武進人。少從兄鏞堂學，事之如師，善著書，尤精小學，爲四方賢士所貴。好許氏《說文解字》，師事錢大昕，業益進，阮元嘗延之修《經籍纂詁》，其後至階州校淳熙本《左傳》，遇疾卒，鄉人私諡之曰：「孝節先生」。另著有《尚書集解案》六卷、《說文經考》十三卷等，生平見《清史稿》卷 481 臧琳附傳。〔註 81〕

---

〔註 79〕《清史稿》列傳 268，儒林二。

〔註 80〕《中國叢書綜錄續編》經類・小學 6061 號：「江氏小學各書總目　清江有誥撰，清嘉慶二十二年至道光十一年歙縣江氏刊本」。

〔註 81〕《清史稿》列傳 268，儒林二。

是書未見傳本，陳用光〈臧和貴傳〉云：

> 學於兄庸，喜許氏《說文》學，謂世行小徐本轉寫譌異，或據大徐
> 補之，益失真。謂得熊氏《韻會舉要》所引小徐善本，乃重輯《說
> 文繫辭》〔註82〕十五卷。〔註83〕

莊述祖〈臧和貴小徐說文纂補敘〉云：

> 余友臧君西成，以其弟和貴文學所著《小徐說文纂補》屬敘於余，
> 曰：「古保氏六書之教，其傳於今者，賴有許氏《說文》，《說文》傳
> 本行於世者，唯南唐二徐氏，而楚金尤為專業。世所行繫傳本殘缺
> 不完，校書者輒補以雍熙本，元熊氏忠《韻會舉要》所引《說文》
> 皆小徐本也，故吾弟纂輯以定其譌闕，錄甫竟而歿。然即此以攷其
> 異同，足資補正者不少矣」。〔註84〕

## 《說文繫傳刊誤》

《說文繫傳刊誤》二卷，錢師愼撰。

師愼字許庭，江蘇嘉定人。錢大昕之孫，國學生。

此書未見傳本，《書目答問》：「錢師愼《說文繫傳刊誤》二卷，未刊」。
又《國朝未刊遺書志略》云：「《說文繫傳刊誤》二卷　嘉定錢師愼許庭，案
許庭上舍為竹汀少詹文孫，鄭君誤以為其兄師徵所譔，今從《嘉定縣志·藝
文目》訂正」。〔註85〕

## 《汪刻繫傳考正》

《汪刻繫傳考正》，王筠撰。

是書《清人草稿》題名作《說文解字繫傳考正》，諸家書目從之，《山東
通志》卷130著錄：

> 《繫傳考正》四卷、《說文韻譜校》五卷，王筠撰，見葉氏《存古堂
> 叢書》。

---

〔註82〕　「辭」當作「傳」。
〔註83〕　（清）陳用光：〈臧和貴傳〉，《太乙舟文集》（《續修四庫全書》影印浙江圖書
　　　　　館藏清道光二十三年孝友堂刻本），卷3。
〔註84〕　（清）莊述祖：〈臧和貴小徐說文纂補敘〉，《珍埶宧文鈔》（《續修四庫全書》
　　　　　影印中國科學院圖書館藏清刻本），卷5。
〔註85〕　（清）朱記榮：《國朝未刊遺書志略》（台北：新文豐出版公司，《叢書集成續
　　　　　編》影印清光緒八年徐氏觀自得齋刊本），經目17。

根據筆者的考證，此書即是《說文繫傳校錄》之初稿。〔註86〕初王筠於道光九年與漢陽葉名澧合作，以朱文藻《說文繫傳考異》校正汪啓淑刻大字本《繫傳》，即爲此書。後來屢經增補，並與同邑學者劉耀椿共同參訂，至咸豐七年由其子王彥侗付梓刊刻，始改名爲《說文繫傳校錄》。

是書有上海圖書館藏稿本，今存卷1至卷4（參見書影10）。又山東省圖書館藏有王筠批校之《說文繫傳》，可資參佐。〔註87〕

## 《說文繫傳校錄》（繫傳校錄）

《說文繫傳校錄》三十卷，王筠撰。

是書廣參朱文藻《說文繫傳考異》、馬氏龍威祕書本《繫傳》、祁刻本《繫傳》及汲古閣大徐本、《玉篇》、《廣韻》諸書，與汪啓淑刻大字本《繫傳》進行比勘，記其同異，是考訂小徐本的重要著作。〔註88〕書前有道光十四年自撰〈序〉述其成書之由：

> 道光己丑，筠始見朱氏《繫傳攷異》，正其謬誤、覈其故實，啓後學用心之端，可謂勤矣。惟卷首所列不致說數事，似尚有可議者……今既各本竝出，其中佳處，多可采擇。而汪氏所刻小徐本，又與朱氏所據本不同，今將以攷異校汪本，幾如執唐律以讞漢獄矣。
>
> 漢陽葉潤臣謂筠曰：「盍改作之，君任其異文，我任其典故可也。」余乃不辭猥瑣，凡有不同，概爲札記。更參以《說文韻譜》、《五音韻譜》、《玉篇》、《廣韻》、《汗簡》諸書，可疑者輒下己議，爲之判斷，亦欲觀者之其意之所在，一有乖刺，可爲訂正也。或遇是典所出之書，適與手近，亦閒出之，難爲繙閱者即概不及，以俟潤臣。
>
> 自壬辰九月輯之，旋以東歸，甲午二月乃畢，不知潤臣所攷何似，

---

〔註86〕 如一部「一」字，《汪刻繫傳考正》作：「一、太極，大徐作太始。凡一之屬皆從一，大徐作从，是也，後皆放此」，而改定後之《說文繫傳校錄》作：「一、惟初太極，大徐極作始，太極見《易傳》，太始見子書，可以決所從矣。凡一之屬皆從一，大徐從作从，諸書所引皆作從，惟《玉篇》作从，蓋後人以大徐本改，嚴氏、桂氏皆用從字，是也，其天從一大，丕從一不聲之類皆放此，不更出」。

〔註87〕 《善本書目》4178號著錄：「說文解字繫傳四十卷附錄一卷　清乾隆四十七年汪啓淑刻本，清王筠批校並錄朱文藻跋」。

〔註88〕 是書除校小徐《繫傳》外，又以毛氏汲古閣初印本爲主，取孫氏平津館本、鮑氏藤花榭本校正其誤，故亦爲校大徐本之重要參考。

異日至都，終當合爲一帙也。

是書有稿本，山東省圖書館藏、清咸豐七年王彥侗刻本。〔註89〕

## 《說文校記》

《說文校記》一卷，王筠撰。

是書與《說文繫傳校錄》性質相同，亦爲王氏研治《說文》時所作之校勘工作。

是書今存稿本，《善本書目》4348 號著錄：「說文校記一卷　清王筠撰」，中國國家圖書館藏。

## 《說文校本錄存》

《說文校本錄存》一卷，王筠撰。

是書亦爲王氏校勘《說文》之存本，惟書名與《說文校記》相近，未知是否即爲一書，今分別存錄之，俟考。

是書今存鈔本，《善本書目》4419 號：「說文校本錄存一卷五音韻譜校本錄存一卷　清道光十四年許瀚抄本，清許瀚、王筠校並跋」，中國國家圖書館藏。

## 《校補說文解字繫傳》

《校補說文解字繫傳》，胡焯（1804～1852）撰。

焯字光伯，號禎軒，湖南武陵人。另著有《楚頌齋詩集》、《桃花源志略》十三卷等。

此書未見傳本，胡焯〈自序〉曰：

> 小徐之書，刻於石門馬氏、歙縣汪氏，皆殘缺弗完。焯師祁夫子使江蘇，延河間苗君南來。苗君貫通許義，因段氏箋注稱元和顧氏、黃氏有鈔存《繫傳》完書，思訪求而訂證焉。夫子以語暨陽書院山長李君，爲假於顧氏。焯游師門，得與苗君共觀其書，因舉汪氏刻本校補之，著爲斯帙。
>
> 夫子與江蘇巡撫陳君議梓此書，李君爲任其事……焯之所校，舉刻本之文，與鈔本並存其同異。刻本所誤，則據鈔本正之；所無則以鈔本補之；二本皆誤，則並舉以俟考。鈔本奪誤而刻本善者，不更

---

〔註89〕《續修四庫全書》經部小學類冊 215 據復旦大學圖書館藏影印，本文所論據此。

舉，時迫故不遑耳……他日校刻書成，以煒所校者，與汪氏刻本參
列而互證之，習其書者，必皆有取焉。〔註90〕

## 〈說文繫傳跋〉

〈說文繫傳跋〉，徐灝撰。

是文見於《學海堂三集》卷3，例舉《繫傳》可資校定大徐本，及可以大
徐本訂《繫傳》之訛漏者。其文曰：

徐楚金《說文繫傳》今世所行者，歙汪氏、石門馬氏二本，脫誤極
多，惟顧氏千里藏有影宋鈔本，近者祁春浦相國刻之吳中，誠善本
也。

許君說解，大徐本如毛氏孫氏諸刻，已有異文。今以祁刻小徐本校
之，則長於大徐本甚多……此書之鉤鈲析亂，爲不少矣。今以大徐
本校之，亦多可訂譌補漏。

## 〈說文繫傳三家校語抉錄〉

〈說文繫傳三家校語抉錄〉，王獻唐撰。

是文發表於《山東省立圖書館季刊》第1集第1期，王氏迻錄其曾經目
驗之顧廣圻、桂馥、王筠等三部手校汪刻本《繫傳》之校語，並附錄王筠所
過錄朱筠、王念孫、吳穎芳三家校語，共輯爲一編。其說曰：

初欲綜合比錄彙爲專書，後以桂、王二書，字文繁夥，非短期可畢。
乃先就三家校語，抉其精要者，著爲此篇。若或肯以長期之心力，
徵得各家校本，合爲一編。再就影刻各本，及大徐《說文》、《韵會》，
并楚金以後之字書韵書，比對斠勘，著爲斷語，於以窺見《繫傳》
之眞面目，則更企予望之矣！

顧千里手校汪刻本《說文繫傳》，顧廣圻校。是書爲顧氏據汲古閣本，以校汪
刻《繫傳》。〈抉錄〉云：

卷首有顧氏篆書題簽，右方題「汲古閣抄本校補」……凡汪本脫漏，
均依抄本注補，脫漏過多，則另紙抄附本卷之後……書凡十冊一篋，
篋刻「顧千里校說文解字十冊全」。

是書王獻唐曾目驗之，今下落未詳，王氏存錄三十四條，本文所論據此。

---

〔註90〕轉引自《清代許學考》頁30。

桂未谷手校汪刻本《說文繫傳》，桂馥校。是書爲桂氏手校汪刻《繫傳》，校語多用朱筆，間用墨筆，內附有夾籤。〈抉錄〉云：

> 一卷首頁，有「乾隆丙午桂馥校」一行，四卷末頁，有「五月二十四日校畢」一行，皆用朱筆。各冊書衣，都經未谷手寫部目……文中所引，類爲大徐《說文》及《韵會》、《集韵》諸書。

是書據〈抉錄〉云：「現歸日照丁氏考古室收藏」，王氏抉錄一百八十條，本文所論據此。

王萊友校祁刻本《說文繫傳》，王筠校。是書專校祁刻本《繫傳》，首尾及中卷，有萊友題記多條，並論及顧千里私改《繫傳》事。據〈抉錄〉云：「王氏此書原本，聞藏其孫某處，今不知存佚」，王氏目驗者爲太倉姚柳屏過錄之本，共抉錄一百三十條，本文所論據此。

《朱竹君王懷祖吳西林校語》，朱筠、王念孫、吳穎芳校。是編爲〈抉錄〉附錄，凡十一條，其說曰：

> 三家校語，均見萊友校本所引，僅及首二卷。此二卷之例：凡萊友自校者，必署名別之，懷祖、西林二家亦然。其不署名者，則竹君說也。

《沈匏尊校本》，沈匏尊校。是書未見傳本，〈抉錄〉云：「見《說文繫傳考異》丁小疋跋」。

## 二、韻　譜

### 《說文韻譜校》

《說文韻譜校》五卷，王筠撰。

是書爲王氏校勘小徐本的延伸著作，書前有道光十三年〈自序〉。

是書有朱筆精鈔稿本，傅斯年圖書館藏、清光緒九年歸安姚氏咫進齋叢書本、清光緒十六年濰縣劉氏素心琴室刊本。〔註91〕

### 《說文解字韵譜補正》

《說文解字韵譜補正》，馮桂芬（1809～1874）撰。

桂芬字林一，號景亭，江蘇吳縣人。道光二十年一甲二名進士，授編修。於書無所不窺，尤留意天文、地輿、兵刑、鹽鐵、河漕諸政。性恬澹，服官

---

〔註91〕董蓮池主編：《說文解字研究文獻集成・古代卷》（北京：作家出版社，1997年）冊10，本文所論據此。

僅十年，然家居遇事奮發，不避勞怨。先後主講金陵、上海、蘇州諸書院，
與後進論學，昕夕忘倦。並著有《說文解字段注考正》十五卷、《說文部首歌》
一卷、《顯志堂稿》十二卷等，生平見《清史稿》卷 486。〔註92〕

是書今存殘稿本，署名馮桂芬、龔丙孫合撰，復旦大學圖書館藏。

### 《說文韵譜校》

《說文韵譜校》，姚覲元撰。

是書見於中研院圖書館線上館藏目錄，僅有書名、作者，未有索書號、
版本等其他著錄項，故內容未詳，俟考。

## 第四節　二徐互校

本節以二徐本互校及同時論及二徐本相關問題之著述為考論中心，計得 7
種。

### 《說文校定本》

《說文校定本》二卷，朱士端（1786～？）撰。

士端字銓甫，江蘇寶應人。早歲登賢書，屢上春官不第，後以右翼宗學
教習選廣德州訓導，旋告歸。少受業於從父朱彬，後親炙於高郵王念孫，故
小學最精。並著有《說文形聲疏證》十四卷、《春雨樓叢書》六種等，生平見
《許學考》卷 5。

是書著作目的，在取二徐本參校異同，以存許書之真。後因卷數繁多，
無力鏤板，故撮其大要，大略成書，已入《彊識編》者不錄。書前有咸豐四
年士端自撰〈敘〉，其文曰：

> 近又著《說文校定本》，蓋以許氏書為文字聲音訓詁之祖，經陽冰、
> 二徐，不無改竄，已失其真。六朝本不可見，唐本又不可得，今世
> 所傳惟二徐本，後儒輒逞私智，又改二徐本而愈失其真。

> 士端不揣檮昧，謹以二徐本參考同異，擇善而從……拙著或依小徐、
> 或依大徐，其說解同者，則曰「大小徐同」焉，意存二徐本尚可以
> 存許書，斷不厭謬執己見，擅改原文，閒有心得，祇坿按語。

是書有上海圖書館藏稿本十五卷、傅斯年圖書館藏清同治年間《春雨樓叢書》

〔註92〕《清史稿》列傳 273，文苑三。

本，十五卷（卷末附有自撰同治四年〈說文校定本後敘〉、同治九年〈說文校定本贈言〉）、清光緒九年歸安姚氏《咫進齋叢書》本，二卷。〔註93〕

## 《說文二徐定本校證辨譌》（校證辨譌）

《說文二徐定本校證辨譌》十五卷，林昌彝（1803～1876）撰。

昌彝字惠常，一字惠裳，號薌谿，福建侯官人。道光十九年舉人，治經精博，咸豐間進呈所著《三禮通釋》二百餘卷，得官教授。並著有《三廉贈別錄》、《詩玉尺》二卷、《射鷹樓詩話》十二卷等，《清國史》卷79有傳。〔註94〕

是書題作「說文二徐定本校證辨譌」，惟內文每卷前題曰：「說文二徐定本互校辨譌」，諸家書目著錄互有異同，《說文詁林》正編、續編均未收錄。依《說文》次第，分爲十五卷，據二徐及諸家異同相互考訂。書前有自撰〈提要〉一篇，略述《說文》源流及著作之旨，其文曰：

今所互校，惟舉二徐本有同異者錄之，而以宋本初印本、及宋後之本，並諸家著錄有引及者，亦列以爲參互考證焉。

是書有著者手定底稿本，國家圖書館藏，海內孤本（參見書影11）。

## 《說文大小徐本錄異》

《說文大小徐本錄異》一卷，謝章鋌（1820～1903）撰。

章鋌字枚如，號藤陰客，福建長樂人。光緒三年進士，官內閣中書。主講關中豐登、江西鹿洞書院，後歸，主閩中致用堂，絕意仕進，篤志著書。並著有《毛詩注疏毛本阮本考異》四卷、《東漢十友記》一卷、《賭棋山莊全集》等，生平見《許學考》卷5。

是書《賭棋山莊書目》作二十卷，今《稷香館叢書》本惟有三十五頁。考證內容並錄二徐異同，大徐以大字錄之，而小徐則以小字錄於下，卷末有「光緒十一年春正月晦嘉興張鳴珂校讀一過」之語。本書《說文詁林》正編、續編均未收錄，謝氏〈答張玉珊書〉記其著作之事云：

夫真本《說文》既不得見，大小徐俱治《說文》，似不宜有所軒輊。
況大徐學不及小徐，其定本多從小徐之說，而有時反失其意。故欲於二本參稽同異，庶可窺《說文》之真於萬一。否則繁徵博引，雖於小

---

〔註93〕《續修四庫全書》據上海辭書出版社圖書館藏影印，經部小學類冊214，本文所論據此。
〔註94〕《清國史》文苑傳。

> 學未嘗無補，毋亦見千里而不見眉睫乎？草創已就，約有二十卷，困
> 於文字之役，鹿鹿不得暇，惟首卷稍稍謄清，敢以求教。〔註95〕

是書有中國國家圖書館藏稿本、民國二十四年遼陽吳氏據稿本影印《櫻香館
叢書》本。〔註96〕

## 《説文二徐箋異》

《説文二徐箋異》一卷，田潛撰。

是書於二徐本異同處皆精心校勘、詳加箋釋，計箋異達一千二百零七字。
書前有光緒二十二年自撰〈序〉一篇，述其著作之旨趣與凡例：

> 竊以二徐異从各有所本，亦各有所見。諸書所引或合大徐、或合小徐，
> 不必據此疑彼、據彼疑此，亦不必過信他書，反疑本書也。
> 今年春，檢閱所有《説文》類書，閒考諸經師論説，其箋釋二徐者頗
> 亦有之，然未有探明意恉，以箋正二本者。因思段氏若膺曰：「二徐
> 異處當臚列之，以竢考訂」，用師其意，精心校勘。凡二徐異處，或
> 正文、或重文，或正文説解、或重文説解，或引經、或讀若，或類从、
> 或都數，或語句到順、或文字正俗，類皆先舉其文，考之群書，實事
> 求是，便下己意，以爲識別。諸家可采者則采之，不掠爲己有；可議
> 者議之，不強爲坿和。每得一異處，不專宗一家，唯其當之爲貴，其
> 所不知，寗从蓋闕之例，無害大義者，則略而不論。

是書有清宣統二年石印稿本，本文所論據此。〔註97〕

## 〈二徐私改諧聲字〉

〈二徐私改諧聲字〉，錢大昕撰。

是文見《十駕齋養新錄》卷四，舉「元」、「普」、「胐」等字例，刺二徐
不明古音而私改諧聲。其説曰：

> 《説文》九千三百五十三文，形聲相從者十有其九，或取同部之聲，
> 今人所云疊韻也；或取相近之聲，今人所云雙聲也。
> 二徐校刊《説文》，既不審古音之異於今音，而於相近之聲全然不曉，

---

〔註95〕（清）謝章鋌：〈答張玉珊書〉，《賭棋山莊文續》（《近代中國史料叢刊續編》
　　　　第 15 輯，冊 9～10），卷 1。

〔註96〕《説文解字研究文獻集成・古代卷》冊 10，本文所論據此。

〔註97〕《中華漢語工具書書庫》冊 35。

故於「从某某聲」之語，往往妄有刊落。然小徐猶疑而未盡改，大
徐則毅然去之，其誣妄較乃弟尤甚。

相關研究可參見黃慧萍《錢大昕說文學之研究》，並製有分析表。〔註98〕

## 〈二徐說文同異附考〉

〈二徐說文同異附考〉，董詔撰。

是篇由示部「禰」至手部「搹」字，共考二徐同異凡二十一字，惟說解
簡略，未能深入。

是篇附於清道光年間謝玉珩刊本《說文測議》之後，本文所論據此。

## 《說文規徐》

《說文規徐》，汪奎撰。

汪奎生平待考。

是書未見傳本，馬敘倫《清人草稿》：「見丁目」，今據《清代許學考》著錄。

# 第五節　校群書引《說文》

本節以引用古籍異文材料校勘《說文》之著述爲考論中心，計得21種。

## 《說文摘錄》

《說文摘錄》一卷，姚文田撰。

是書爲文田早歲之作，是爲《舊說文錄》之初稿。書前有姚氏〈自序〉，
述其著作之由：

> 文田早年入塾，竊好是書，後益汎覽諸家，始知今本闕遺，乃時時
> 見於他說。丁巳冬，僑寓京師，因取北宋以前各書，廣收博采，去
> 其文義全同與大義不殊而字句繁簡小異者、或由後人增損，又有字
> 體雖異而許氏實有正文，及灼知爲彼書謬誤者，槩不收錄，凡得正
> 文若干、重文若干、注義校補者又若干條。分載各部，以備考閱。
> 至舊本雖一字譌脫，必仍詳注，恐末學固陋，校改反誤，故存之以
> 俟博識者之舉正焉。

---

〔註98〕黃慧萍：《錢大昕說文學之研究》（屏東師範學院語言教育學系碩士論文，
2005年1月），第五章第一節「錢大昕對二徐之功績與不足的論述」，頁148
～162。

書後有民國二十七年吳縣潘承弼〈跋〉文，統計書中所引異文書目，並附記得此書之經過：

> 歸安姚文僖公篤嗜詁訓之業，於許書致力尤深。……此《說文摘錄》稿是其早歲官京師時所作，……其所采各書，如：《注》、《疏》、《釋文》、《繫傳》、《匡謬正俗》、《五經文字》、《九經字樣》、《史記》、《隋書》、《南史》、《新唐書》、《顏氏家訓》、《荀子注》、《文選注》、《一切經音義》、《華嚴音義》都十六種，擷其菁英，以當許書羽翼。今此書未經刊布，意後來《校議》之成，或即依此為藍本耳。全書雖非手錄，而旁行側注、塗乙刪改，俱出手筆。循是以考前賢纂述之旨，一編之成，非創構杼軸，先為長編，無由成厥宏業耳。
>
> 文僖後人僑寓吾吳，此冊不知何時流入印匠之手，破碎幾罹覆瓿之厄。印匠包某偶以示余，意為兔園冊子，不加重視。爰斥餅金得之，命工裝潢，分訂兩袂，藏諸篋衍，歲月遷移，歷劫無恙，旅居展對，恍如隔世矣。〔註99〕

是書諸家書目未著錄，稿本今藏北京大學圖書館，傅斯年圖書館有微捲（參見書影 12）。

## 《舊說文錄》

《舊說文錄》一卷，嚴可均、姚文田合輯。

是書為嚴、姚二人共造《說文長編》前所編撰之資料彙編，當即〈說文校議序〉所謂：「群書引說文類」是也，說詳拙著〈《說文長編》相關著述考錄〉。胡樸安記此書曰：

> 嚴氏姚氏《舊說文錄》：王仁俊言姚文田有《說文解字考異》，未勒定本，此《舊說文錄》即《說文解字考異》之底本也。錄鄭康成《三禮注》與《經典釋文》以下之書，計五十種，其中有引說文者，皆為錄出……共計一萬七千餘條，可謂輯錄他書引《說文》之大觀也。
> 〔註100〕

書前有〈舊說文錄書目〉一篇，記書中所錄《說文》異文之書目。嚴可均誌

---

〔註99〕此文又收入遼寧教育出版社出版之《著硯樓讀書記》頁33，題作〈姚秋農說文摘錄稿本〉。

〔註100〕胡樸安：《中國文字學史》頁558～559。

成書之由曰：

> 《說文》自《五音韵諓》盛行而徐鼎臣本舊矣而未舊也。鼎臣學識
> 荒陋，其所校定者，譌謬羡脱，彌望而然。余與二同志重欲校定，
> 因起東漢、止北宋，凡諸書之引《說文》者，大錄一篇爲底簿焉。
> 以鼎臣未舊而前乎鼎臣者舊也，故題曰「舊説文錄」云。

是書有王仁俊鈔本，後爲胡樸安所得，今歸上海圖書館（參見書影 13）。

## 《韻會舉要引說文繫傳抄》

《韻會舉要引說文繫傳抄》一卷，嚴可均撰。

是書同爲嚴、姚二人共造《說文長編》時先編撰的資料彙編，與《說文字句異同錄》合鈔於一冊。卷末有嚴氏〈跋〉文：

> 右《韵會舉要》三十卷……其書合并部分，略依平水韵，又紐以字
> 母，甚失《唐韵》之舊。所援群籍，都從轉販得來，惟《說文》用
> 小徐《繫傳》本，《繫傳》本宋世已不全，此書所引起系部、止卯部，
> 亦用大徐本及舊韵所引補入，而木、禾、馬、心等部，彼時尚全，
> 今復有爛闕，故《韵會》可作宋本《繫傳》觀也。

> 余方造甲乙丙丁長編四部以校定《說文》，凡群籍所引，苟非大徐本，
> 皆載入甲編。因鈔取《韵會》所引凡六千八百七十九條，重見者不
> 在此數，綜覈異同。或間用二徐及張次立語，改竄原文，是其所短。
> 若乃改之不盡，而義長可定從者，尚千許事。

是書爲稿本，今藏中國國家圖書館（參見書影 14）。

## 《說文字句異同錄》

《說文字句異同錄》一卷，姚文田撰。

是書亦爲嚴、姚二人共造《說文長編》時先編撰的資料彙編，卷首題「姚秋農纂」，與《韻會舉要引說文繫傳抄》合鈔一冊。依《說文》次第，由卷一上「帝」字始，輯錄大、小徐本相異之處，間有「授經按：……」、「姚氏文田曰：……」之考證語。

是書爲稿本，今藏中國國家圖書館（參見書影 15）。

## 《小學述聞》

〈小學述聞〉二卷，姚衡撰。

　　姚衡，浙江歸安人，姚文田之子。

　　是文爲衡讀其父文田所著《說文長編》之心得，依群書引《說文》次第過錄而成，計有陸德明《釋文》、孔穎達《正義》、賈公彥《周禮疏》等。前有嘉慶九年衡自撰〈記〉一篇，述其成文之由，其說曰：

> 家大人與嚴丈鐵橋共造《說文長編》，〈群書引說文類〉先成，命衡書之。當時每有所得，輒以小紙別疏其副，置之篋衍。歲月既久，所積遂多，因依引書次弟，錄爲一冊，名曰〈小學述聞〉。其不在此類者，附錄於後，蓋以便省覽，備遺忘耳。若夫其中精義，則自有家大人與嚴丈之書在。

是文收錄於《寒秀艸堂筆記》卷一至卷二，清光緒九年歸安姚覲元《咫進齋叢書》本，本文所論據此。〔註 101〕

## 《一切經音義引說文異同》

　　《一切經音義引說文異同》一卷，張澍（1781～1847）撰。

　　張澍字介侯，甘肅武威人。嘉慶四年，澍年十八，成進士，選庶吉士，文詞博麗。性亢直，所至輒有聲，務博覽經史，皆有纂著，遊跡半天下，詩文益富。留心關、隴文獻，蒐輯刊刻之，另著有《三古人苑》八卷、《續黔書》八卷、《養素堂文集》三十五卷等，《清史稿》卷 486 有傳。〔註 102〕

　　是書稿本今存陝西省博物館，《知見書目》01068 號著錄：「一切經音義引說文異同一卷　清張澍撰」。

## 《說文古本考》（古本考）

　　《說文古本考》十四卷，沈濤（？～1861）撰。

　　濤字西雍，號瓠盧，浙江嘉興人。嘉慶十五年舉人，著作甚豐，經、史、小學、詩、古文、詞，不減小長蘆。咸豐初，署江西鹽法道，粵賊攻南昌，隨巡撫張芾守城。圍解，授興泉永道，未到官，卒。濤尚考訂之學，喜金石。並著有《常山貞石志》二十四卷、《九曲漁莊詞》二卷、《交翠軒筆記》四卷、《銅熨斗齋隨筆》八卷等，《清史稿》卷 486 有傳。〔註 103〕

　　是書據《玉篇》、《廣韻》、《史記正義》、《文選李善注》、《藝文類聚》等

---

〔註 101〕藝文印書館《百部叢書集成》第 77 種，冊 22。
〔註 102〕《清史稿》列傳 273，文苑三。
〔註 103〕同上注。

書所引，訂正今本《説文》之失，以復許書古本之舊。其於時人段玉裁、王念孫、錢大昕之説，亦多采錄。書首有光緒十年潘祖蔭〈序〉志其刻書之源流，其文曰：

> 西雝先生與余家有戚誼，余於道光、咸豐間，曾屢見之……又與翁叔均廣平合輯《天下古今金石家目錄》，余嘗見其槀本，今不知所在矣。此書從繆小山太史鈔得刻之，刻成而余奉諱歸里，茲乃發篋印行，爲識數語。其從前已刻之書版存否，不可知已，悲夫！

丁福保論此書之價值曰：

> 其所著《説文古本攷》，則甄錄羣言，實事求是，即不拘文牽義而失之鑿，又不望文生義而失之疏，措詞謹嚴，體例完密，洵足以補苴段氏《説注》、鈕氏《校錄》之所未備，爲治許學者之要書也。
> 〔註104〕

是書有清光緒十三年吳縣潘祖蔭滂喜齋刻本，〔註105〕本文所論據此。

## 《重定説文古本考》

《重定説文古本考》四卷，楊守敬（1839～1915）撰。

守敬字惺吾，湖北宜都人。同治舉人，官黃州教授。其學通博、精輿地，用力於《水經》尤勤，通訓詁，考證金石文字。能書，摹鐘鼎至精，工儷體，爲箴、銘之屬，古奧聳拔，文如其人。嘗遊日本，搜古籍，多得唐、宋善本，辛苦積貲，藏書數十萬卷。著有〈水經注圖〉、《湖北金石志》十四卷、《日本訪書志》十七卷等，《清史稿》卷486有傳。〔註106〕

是書傳本未見，馬氏〈清人草稿〉云：「見丁氏《説文書目》」，《許學考》云：「見《晦明軒集》，刻本未見」。今考《晦明軒稿》惟存〈重定説文古本考〉序，〔註107〕說明著作動機本欲藉慧琳《一切經音義》、希麟《續一切經音義》、空海《篆隸萬象名義》等書還原許書舊觀，其文曰：

> 徐騎省校定《説文》……而其弟楚金《繫傳》即多異同，論者謂實

〔註104〕丁福保：〈重印説文古本攷敘〉，《説文古本考》（《説文解字研究文獻集成・古代卷》冊9影印民國十五年影印本），卷首。

〔註105〕《續修四庫全書》據華東師範大學圖書館藏影印，經部小學類冊222。

〔註106〕《清史稿》列傳273，文苑三。

〔註107〕楊守敬：〈重定説文古本考〉，《楊守敬集》（武漢：湖北人民出版社，1988年），頁1179。

有勝其兄者……及沈郄廬《説文古本考》、鄭子尹《説文逸字》出，則不惟字句多可議，其脱逸亦復不少。自斯以來，幾疑有《説文》定本矣。

余庚辰之春東遊日本，得慧琳《一切經音義》，又得希麟《續一切經音義》，其所引《説文》幾備全部……又得空海《篆隸萬象名義》以校顧野王《原本玉篇》（古逸叢書本），其次第悉合，乃知空海悉以《玉篇》爲藍本，《玉篇》又以《説文》爲藍本……今以《玉篇》以下之書定《説文》之字句，又以《玉篇》原本定《説文》之次第，縱不敢謂頓還叔重之舊觀，亦庶幾野王之逕見云爾。

## 《説文古本考補》

《説文古本考補》，孫傳鳳撰。

傳鳳字浚民，江蘇元和人，光緒十五年舉人，赴禮部試，卒于京師。

是書未見傳本，幸有王仁俊過錄於所藏《説文古本考》之書眉，不致亡佚。王重民《中國善本書提要》云：

> 説文古本考十四卷六冊，北大，王仁俊舊藏本也，仁俊屬其弟子闞鍾衡，迻錄孫傳鳳《説文古本考補》於書眉。傳鳳元和人，光緒十五年舉人，赴禮部試，卒于京師。江標爲刻其遺文爲《浚民遺文》一卷，《古本考補》竟無刻本，賴此以傳。卷末題『光緒甲午冬月合肥受業闞鍾衡霍初甫謹校讀』，並有『鍾衡手校』印記。〔註108〕

又王仁俊〈題記〉云：

> 故人孫孝廉傳鳳，字浚民，精研小學，績學能文，己丑舉于鄉，庚寅公車，卒於京師。豐才嗇遇，年僅中壽，惜哉。此《説文古本考補》係孫君手薰，補苴沈書，致爲精碻。甲午冬乞叚南歸，從伯南茂才借錄一過，坩志於此，仁俊。爲余錄者，及門闞生鍾衡，余爲之覆校一過。籀許又筆。

王仁俊過錄本今藏北京大學圖書館。又復旦大學圖書館藏有《説文古本攷補證》稿本二卷，〔註109〕未知是孫傳鳳原稿或時人過錄本，俟考。

---

〔註108〕王重民：《中國善本書提要》（上海：上海古籍出版社，1983 年），經部小學類，頁 53

〔註109〕《知見書目》01140 號：「説文古本攷補證二卷　清孫傳鳳撰，稿本」。

## 《慧琳大藏音義引說文考》

《慧琳大藏音義引說文考》，宦懋庸（1842～1892）撰。

懋庸字伯銘，號莘齋，別號碧山野史，江蘇武進人。同治間舉人，另著有《論語稽》二十卷、《六書略平議》八卷、《莘齋文鈔》四卷等。生平見〈宦懋庸行狀〉。〔註110〕

是書未見傳本，惟《莘齋文鈔》存其〈序〉，其說曰：

> 嘉慶間，海內盛行唐釋元應所著《一切經音義》二十五卷，一時小學專家如嚴鐵橋、段若膺諸先生，皆寶而重之，甚至篤信其說，援以攻大小徐本之罅漏，惟孫淵如、顧千里不以爲然。

> 某昔者嘗疑元應書本不足據爲典要，乃近今東瀛又流傳《慧琳音義》一百卷，溢過元應五分之四……寓居多暇，爰取其書之引《說文》者，逐字分列而考求之，蓋許君之說本如此，而引許君之說者乃如彼，所以洗榛狉而還我冠裳者，抑此物此志也。

## 《希麟音義引說文考》

《希麟音義引說文考》一卷，王仁俊撰。

是書屬於王仁俊《籀鄦誃雜著》十種之一，與《漢碑徵經補》一卷、《釋名集校》二卷、《漢書藝文志攷證校補》十卷等合鈔。首頁又題名作「希麟續一切經音義引說文考」，今從諸家目錄及中國國家圖書館著錄所載。

是書屬於資料摘錄性質，自釋希麟《續一切經音義》卷一「大朴」條下「朴」字始，逐卷摘錄引《說文》條目，同一字多次徵引時，則於首次徵引之下並錄，每條注有原書卷數可供檢閱，可惜只錄原文未附考證。

是書稿本今藏中國國家圖書館（參見書影16）。

## 《一切經音義引說文箋》

《一切經音義引說文箋》一卷，田潛撰。

是書依《說文》次第，自上部「帝」字至子部「孼」字，共計箋釋千餘條。每條先附《一切經音義》所引異文，次錄二徐原文，末爲田氏考證案語。書前有民國十三年〈自序〉說明著書之原委與箋釋體例：

> 《說文》一書，歷六朝以至有唐，傳鈔之訛誤既多，解釋之乖異叢

---

出，言人人殊，不可盡究。南唐徐氏兄弟，苦心理董，稱爲許氏功臣。然各因所學識解不同，以故兩本中多歧異……以是治許氏學者，今本已苦難讀，欲求得古本之眞面，豈不更爲茫茫乎？無已，求之經典引與今本殊者，零縑碎錦，得之珍爲至寶。

潛於己庚年間監督日本留學生，在東得慧琳書，見玄應之二十五卷本亦在此百卷中，並有經慧琳修改，視玄應原書加詳者。精博弘富，美不勝收，有志鉤沉，以是正今本《說文》。甫經編輯，未及成書，辛亥之變，音義及薰本概付之浩劫。逾年復得此書，乃從事箋釋，以竟前業。

凡慧、玄之所引據，是者從之，非者斥之；長者取之，短者棄之，其合於二徐者，則概置之弗錄；即異於二徐而僅字句之間繁簡不同者，並無害於訓義者，則存而不論。……務求許書古本可以昭於今日，而二徐之功，亦可攷見。

是書有民國十三年鼎楚室刊本，本文所論據此。

## 《文選注引說文考異》

《文選注引說文考異》一卷，葉大絡撰。

是書中夾有書札一紙，爲葉氏自述成書之旨，其文曰：

因兩書未能熟讀，不能急就，遂不果作。嗣於今春鐙節前後，合讀《說文》、《文選》，始得遍摘其異者，校而錄之，不自揣量，謬加考證。脫稿後再檢原書，又得向之遺漏者，彙錄卷尾。

至於其書大要，《館藏古籍稿本提要》記云：

此書乃大絡繕寫成冊後謹呈其師審閱之本。首列《文選》及《說文》文字，次乃大絡案語。考證指出《文選》李善註可補正今本《說文》之譌闕者，辨析其中體例乖剌，彼此互異處，對研究《說文》、《文選》二書，均有禆益。〔註111〕

是書今存清光緒葉氏鈔本，《知見書目》01071號著錄：「文選注引說文考異一卷　清葉大絡撰，清稿本」，湖北省圖書館藏。

---

〔註111〕《中南西南地區省市圖書館館藏古籍稿本提要》提要第0099號，石洪運撰，鈔本聯合目錄第2271號。

## 《御覽引說文》

　　《御覽引說文》藍格鈔本一卷，不著撰人，原為莫氏友芝父子舊藏，首頁鈐有「莫友芝圖書印」、「莫彝孫印」、「莫繩孫印」等印記，今歸國家圖書館。

　　是書依十四篇次第，由「祏」字起逐條載錄《御覽》引《說文》異文資料，並附有《御覽》卷數，但引文字，未及考證（參見書影 17）。

## 《唐人引說文不皆可信》

　　〈唐人引說文不皆可信〉，錢大昕撰。

　　是文見《十駕齋養心錄》卷 4，列舉《經典釋文》、《史記索隱》、《後漢書注》、《文選注》共 7 個字例，說明唐人引《說文》與今本不同之處，不可全信。相關研究可參見黃慧萍《錢大昕說文學之研究》，並製有字例分析表。〔註112〕

## 〈書廣韻後〉

　　〈書廣韻後〉，桂馥撰。

　　是文見《晚學集》卷 4，以張士俊刊本《廣韻》為底本，逐條羅列可據以證補《說文》闕謬者。文前提要曰：

> 《廣韻》出於《唐韻》，《唐韻》出於《切韻》，小學家之津梁也。宋
> 人增字與原本雜廁，惜未分析，難盡依據。今就張氏刊本，與《說
> 文》毛本勘校，則《說文》之闕誤，尚足證明。

## 〈易釋文引說文五十餘條〉

　　〈易釋文引說文五十餘條〉，孫經世（1783～？）撰。

　　經世字濟侯，福建惠安人。道光優貢，陳壽祺弟子，學成蚤世，世以儒林推之。少喜讀《近思錄》，後沉研經義，謂：不通經學，無以為理學；不明訓詁，無以通經；不知聲音文字之原，無以明訓詁。另著有《經傳釋詞補》一卷、《經傳釋詞再補》一卷等，《清史稿》卷 482 有傳。〔註113〕

　　是文見於《惕齋經說》卷 1，自《易・離卦》「草木麗」以下，細核《易・釋文》引《說文》凡五十餘條，分為「釋文未備當取說文之備以補之者」、「釋文本承謬當辯說文之謬而刪之者」、「釋文誤引說文而說文實不誤宜攷而正之

---

〔註112〕《錢大昕說文學之研究》第五章第三節「錢大昕對唐人引《說文》的論述」，
　　　　頁 177～187。
〔註113〕《清史稿》列傳 269，儒林三。

者」等九類說明之。

### 〈元應釋字皆本說文〉

〈元應釋字皆本說文〉，沈濤撰。

是文見於《銅熨斗齋隨筆》卷 3，列舉玄應《一切經音義》卷 3「干」、卷 14「戒」等說解不明稱《說文》而實本說文者。其說曰：

> 凡此皆不明引《說文》而實本說文，元應深於許學如此，則其明引《說文》而與今本不同者，惡得不從之哉？

### 〈元應釋字與說文不同〉

〈元應釋字與說文不同〉，沈濤撰。

是文見於《銅熨斗齋隨筆》卷 3，列舉玄應《一切經音義》卷 16「翁」、「鹿」、「筑」等釋字與說文不同者。其說曰：

> 雖不必與《說文》盡同而釋義甚精，必小學家相傳舊訓，皆可與《說文》相表裏。況今本《說文》爲二徐所刊削者不一而足，焉知元應所釋不皆盡出許書哉，惡得不從之哉？

### 〈經典釋文誤引說文述〉

〈經典釋文誤引說文述〉，吳承志撰。

承志號遜齋，另著有《漢書地理志水道圖說補正》二卷、《橫陽札記》十卷、《山海經地理今釋》六卷等。

是文見於《詁經精舍三集》己巳上，列舉《釋文》之可疑者十處，認爲《釋文》引《說文》不可盡信。其說曰：

> 有此十疑，則唐本《說文》雖不可見，而大略要是陸氏誤而今本不誤。或曰：唐人疏《說文》而親《字林》，故往往以《字林》當《說文》，然則許書之變亂於晉宋諸儒之手者，又豈可勝數哉？唐本《說文》今不獲觀矣，獨惜乎《字林》一書，亦付之荒殘湮沒中，而令後之人望古遙集也。

### 〈唐人引說文舉例〉

〈唐人引說文舉例〉，張行孚撰。

《說文發疑》六卷，書前有光緒九年俞樾〈序〉及光緒十年行孚〈自識〉。是書屬於《說文》綜合研究性質，卷 1 論六書，卷 2、3 論《說文》相關體

例，卷4〈說文逸字〉，卷6考證十字。有清光緒鮑廷爵刊《後知不足齋叢書》本〔註114〕、清光緒九年澹雅書局刻本。

　　卷5〈唐人引說文舉例〉，以《釋文》、《後漢書李賢注》、《文選李善注》等諸家所引異文，整理得「字從隸體而解說引《說文》者」、「字從相承俗解而解說引《說文》者」、「誤引此字之解說爲彼字之解說」等條例，以論唐人引《說文》之得失。其說曰：

> 唐人諸書所引《說文》，近儒每據之以增減今本。然徧攷諸書所引，實各有條例，非盡今本《說文》譌奪，亦非盡諸書所引有誤也……然則唐人所引《說文》，固有足以訂正今本者，而其采擇，不亦勵難乎？

## 第六節　其　他

　　本節共收錄書籍14種，以其性質較爲特殊，不入校勘著述考各節之列。內容分爲兩類：

　　一、非屬《說文》校勘之專著，然於注釋或疏證《說文》時，內容兼及校勘者，爰取數部爲代表，附論於此。

　　二、各家書目原列入校勘類，然其中有考訂內容、體例，非專事校勘者；有非論許愼《說文解字》原書者；或有內容不明，存疑待考者，皆移置於此。

### 《說文解字注》（段注）

　　《說文解字注》三十卷，段玉裁撰。

　　段氏以早歲所著《汲古閣說文訂》、《說文解字讀》爲基礎，欲全面整理《說文》，通其條貫、考其文理、校其譌字。發軔於乾隆丙申，落成於嘉慶丁卯，歷時三十一年而書成。《段注》是乾嘉小學研究成果重要代表之一，也是研治許學入門之作，其內容要點據許師錟輝《文字學簡編》之歸納，有「闡發《說文》體例」、「校訂《說文》譌誤」、「疏證《說文》說解」、「標明各字唐虞三代秦漢之古韻」、「詳考引文出處」、「於注中融入研究成果」六點。〔註115〕

　　《段注》於校正文字號爲精審，每多運用異文材料，如：「岑」字下云：「《眾經音義》兩引《說文》『芬、芳也』，其所據本不同……然則元應所據正

〔註114〕《百部叢書集成》第71種，冊36～38，本文所論據此。
〔註115〕《文字學簡編》第八章「清代說文四大家」，第一節「段玉裁與《說文解字注》」。

是古本」；又「䑏」字《段注》改作「厄也」，其說曰：「各本作『小觶也』，《廣韵》同，《玉篇》作『小厄也』，《御覽》引《說文》亦作『小厄也』」，所引異文皆足資考訂。至於其校勘文字之得失，徐承慶《說文解字注匡謬》〔註116〕言之甚詳，其書卷 2「肊決專輒詭更正文」、卷 3「依他書改本書」、卷 4「以它書亂本書」、卷 5「以意說爲得理」等，均對《段注》校勘內容多所匡正，雖有過激之語，尚可參考。

是書今通行有清嘉慶二十年經韻樓原刻本。

## 《說文解字義證》

《說文解字義證》五十卷，桂馥撰。

是書爲桂氏畢生精力之結晶，以博取群書、疏證《說文》爲主要目的，內容卷 1 至卷 48 逐卷疏正許書說解，卷 49 疏證許慎〈敘〉與許沖〈進說文解字表〉，卷 50 輯錄許書相關材料。王筠論是書曰：

> 桂氏書徵引雖富，脈絡貫通，前說未盡，則以後說補苴之；前說有誤，則以後書辨正之，凡所偁引皆有次第，取足達許說而止，故專臚古籍，不下己意也。〔註117〕

許師錟輝《文字學簡編》歸納是書特點有二：一、「例證材料極其豐富」、二「述而不作，態度客觀」。〔註118〕

是書先大字列許書原文說解，另行小字臚列與字義有關典籍例句與注疏，最後另行疏證許氏說解。雖非專事校勘，然於解釋、證明字義之餘，每多徵引《玉篇》、《廣韻》、《一切經音義》、《文選注》等古籍中《說文》異文，且有爲數不少之著作爲校勘專著所未載，雖稍嫌瑣碎，須留心加以去取，〔註119〕但仍頗具參考價值。

是書今通行有清咸豐二年楊墨林刻《連筠簃叢書》本。

## 《說文解字句讀》

《說文解字句讀》三十卷，王筠撰。

是書原爲初學者研讀《說文》而作，故但取段、嚴、桂三家之說，或增、

---

〔註116〕 （清）徐承慶：《說文解字注匡謬》（《續修四庫全書》冊 214 影印復旦大學圖書館藏清張氏寒松閣抄本）。

〔註117〕 〈說文釋例序〉，《說文釋例》卷首。

〔註118〕 《文字學簡編》第八章「清代說文四大家」，第三節「桂馥與《說文解字義證》」。

〔註119〕 時代有晚至明清學者之著作，如胡渭、李時珍、陳啓源等。

或刪、或改，不加疏解。後從友人之議，於每字間下己意。

書前有〈凡例〉一篇，其中有數點論及內文中引用古籍異文校勘之處，親自手輯者有：《經典釋文》、《漢書》、《後漢書》、《文選》、《初學記》、《玉篇》、《廣韻》、《集韻》、《韻會》、《眾經音義》、《五經文字》、《九經字樣》、《五行大義》、《九章算數音義》、《本草綱目》，其餘則參考嚴氏《說文校議》。

是書今通行有清道光三十年王氏家刻本。

## 《彊識編》

《彊識編》八卷，朱士端撰。

是書為朱氏之讀書筆記，分卷大抵依四部分類，屬於同一書者彙集一處。其考證所涉甚廣，舉凡章句、校勘、地理並及之，而以文字聲韻為多。

卷五以《玉篇》、《廣韻》、《類篇》所引異文校勘今本《說文》，可與朱氏另一著作《說文校定本》相參看。

是書有國家圖書館藏著者手定底稿本，本文所論據此。〔註120〕

## 《說文繫傳校勘記》

是書《清代許學考》列入「小徐本校勘字句之屬」，其說曰：

> 是編未見傳本⋯⋯此篇與祁刻《繫傳》後所附者，當非一書⋯⋯疑所謂「別成一篇」者，乃指《說文聲訂》而言。

考祁寯藻〈說文聲訂序〉云：

> 寯藻前視學江蘇，得景鈔繫傳宋本於元和顧氏，念汪、馬本至為潦艸，更事剞劂。而苗君適在幕中，乃屬其於校勘異同外，別纂《聲訂》若干條，綴諸小徐書後。

據此知苗虁確有參與祁氏刻《繫傳》校勘工作，而後以其心得另成撰述——《說文聲訂》，書名不當作《說文繫傳校勘記》。觀《說文聲訂》原書內容，當入辨聲之類，今附論於此。

## 《繫傳釋詁》

《繫傳釋詁》，陳鱣撰。

是書未見傳本，《清代許學考》列入「小徐本校勘字句之屬」，查元俌〈說文字通序〉云：

---

〔註120〕《雜著祕笈叢刊》第 15 種，學生書局影印出版。

余弱冠受業於同里陳仲魚先生鱣,先生之學,長於《說文》,作《繫
傳釋詁》十餘萬言,援據精博,丹鉛不去手。

迨余歷西臺,乞假南旋,則師已歿。後裔式微,求所著《說文繫傳》
書,零落不可考,心竊瞢焉。〔註121〕

據此知其書當屬箋釋小徐《繫傳》性質,今附論於此。

### 說文考異

《說文考異》存二卷,張行孚撰。

是書《書目考錄》列入「清朝時期・說文校勘」類,今目驗中國國家圖
書館藏原書,自《易經》「亨」字以下,考論經典所有而《說文》所無之字,
當屬於考論逸字性質,今附論於此。

### 《說文辨異》

《說文辨異》二卷,管幹貞(1734~1798)撰。

是書《書目考錄》列入「清朝時期・說文校勘」類,《販書偶記》卷4著
錄:「說文辨異二卷首一卷, 陽湖管幹貞撰,乾隆間刊,卷首說文字原,此
書又名松厓文鈔」。今考傅斯年圖書館有管幹貞撰《松崖文鈔》三十六卷、《松
厓文鈔》六卷二種,筆者目驗二書,內容均爲史傳類著作,與小學無涉,孫
說恐有誤或別爲另一書,今附論於此。

### 《說文證異》

《說文證異》五卷,張式曾撰。

是書《書目考錄》列入「清朝時期・說文校勘」類,胡樸安《中國文字
學史》論此書云:

張式曾之說文證異,其例有二:一、異義正誤,如凶爲惡,兜爲擾
恐,不可通用。二、異體並用,如尳逵不同,實爲一字,亦猶《干
祿字書》之俗也。趙、張之書,雖在清朝,以其皆正字體之書,聯
類記之。〔註122〕

據此知其爲正字體之書,今附論於此。

---

〔註121〕 (清)高翔麟:《說文字通》(《續修四庫全書》影印南京圖書館藏清道光十八
年刻本),書首序。

〔註122〕 《中國文字學史》頁122。

### 《惠定宇校說文》

《惠定宇校說文》一卷，惠棟撰。

是書《書目考錄》列入「清朝時期·說文校勘」類，惠氏治《說文》已有《惠氏讀說文記》成書，今附論於此。

### 《五音韵譜正字》

《五音韵譜正字》二卷，曾紀澤撰。

是書《書目考錄》列入「清朝時期·說文校勘」類，今附論於此。

### 《說文補徐厶釋》

《說文補徐厶釋》不分卷，許溎祥撰。

是書《知見書目》列入「說文解字·專著·校勘辨字」類，《書目考錄》則歸入「清朝時期·說文逸文及新附研究」類，今附論於此。

### 《說文徐氏未詳說》

《說文徐氏未詳說》一卷，許溎祥撰。

是書《知見書目》列入「說文解字·專著·校勘辨字」類，《書目考錄》則歸入「清朝時期·說文逸文及新附研究」類，今附論於此。

### 《說文采通就正》

《說文采通就正》，吳廣霈撰。

是書稿本今藏湖北省圖書館，今據《知見書目》01073 號：「說文采通就正　吳廣霈撰」著錄。內容不詳，存疑待考。

## 第七節　小　結

本章參考各單位之藏書目錄、線上檢索，以及《許學考》、《清代許學考》、《中國文字學書目考錄》等小學專科目錄，全面性整理、考論清代《說文》校勘相關著述。今將研究結果表列呈現如下：

| 類　別 | 重　要　校　勘　著　作 | 數　量 |
|---|---|---|
| 校唐寫本 | 唐寫本說文解字木部箋異 | 4 |
| 校大徐本<br>考訂類 | 汲古閣說文訂 | |

| | | |
|---|---|---|
| 校本‧校勘記<br>札記 | 說文校議<br>說文考異補<br>說文解字校錄 | 24 |
| | 說文解字校勘記 | 22 |
| | 說文釋例 | |
| | 惠氏讀說文記<br>席氏讀說文記 | 8 |
| 校小徐本 | 說文繫傳考異<br>說文繫傳校錄<br>說文繫傳三家校語抉錄 | 17 |
| 二徐互校 | 說文二徐定本校證辨譌<br>說文二徐箋異 | 7 |
| 校群書引說文 | 舊說文錄<br>說文古本考<br>一切經音義引說文箋<br>唐人引說文舉例 | 21 |
| 其他 | 唐寫本說文解字木部箋異 | 14 |
| 共計 103 種　（其他類不計） | | |

　　本章將清代《說文》校勘著述分爲「校唐寫本」、「校大徐本」、「校小徐本」、「二徐互校」、「校群書引說文」、「其他」六類，其他類不計則共收錄清代《說文》校勘著述達 103 種。從統計數字來分析，「校大徐本」類包含考訂類、校勘記、札記合計 54 種（專書 42 部，單篇裁篇共 12 篇），數量最多，是校勘的研究重心。其次「校群書引說文」類有 21 種（專書 14 部，單篇 7 篇），可見清人重視《說文》異文材料的程度。「校小徐本」、「二徐互校」兩類合計 24 種（專書 20 部，單篇 4 篇），是知除了大徐本外，小徐本也是清人校勘的重要版本依據。

# 第四章 清代《說文》校勘學之內涵

　　「校勘」是整理文獻的基礎工作,「校勘學」則是研究與總結各種校勘規律、內容的一門科學。在遍考目錄、廣求群書,完成「清代說文校勘著述考」後,本章分爲「校勘之方法」、「校勘之異文材料」、「歸納傳本說文致誤之類型」、「校勘材料的突破——利用出土文獻」、「清代說文校勘之價值」及「清代說文校勘之缺失」六節,深入論述清代《說文》校勘相關問題,藉以架構出完整之「清代《說文》校勘學」。

## 第一節 校勘之方法

　　本節參考陳垣《校勘學釋例》書中所論「校法四例」,並根據洪湛侯《中國文獻學新編》〔註1〕分爲「對校法」、「本校法」、「他校法」、「理校法」及「校法的綜合運用」五小節,爰舉數例說明清代學者於校勘著作中所使用的方法。

### 一、對校法

　　「對校法」是校勘的基本方法,可據以了解祖本或別本之本來面目,此法最爲簡便、穩當,純屬機械法。陳垣論此法曰:

　　　　即以同書之祖本或別本對讀,遇不同之處,則注于其旁。劉向《別錄》
　　　　所謂「一人持本,一人讀書,若怨家相對者」,即此法也。〔註2〕

---

〔註1〕 洪湛侯:《中國文獻學新編》(浙江:杭州大學出版社,1994年5月),第二編
　　　　第三章第三節「校勘的方法」,頁171～180。
〔註2〕 陳垣:《校勘學釋例》(上海:上海書店出版社,1997年7月),頁118。

《說文》一書版本不多，因此清代學者使用的版本以二徐本為主，或專事校勘大徐各本，或專事校勘小徐，或合以比勘二徐本之異同。晚清又有《唐寫本說文木部殘卷》的發現，尤具對校價值。

> 游　旌旗之流也。从放，汓聲。（7上放部）
>
> 旌旗之流也。初印本如此，宋本、葉本、趙本、《五音韵詊》同，今剜改「流」字作「旒」字，繆甚。（《汲訂》28b）
>
> 　　謹案：段玉裁據毛氏汲古閣初印本《說文》、宋本、葉本（鈔宋小字本）、趙本（鈔宋大字本）等五種大徐本版本，考訂毛氏第五次校改本之妄改「流」字作「旒」，是為校勘大徐各本之「對校法」。

> 狡　少狗也。从犬，交聲。匈奴地有狡犬，巨口而黑身。（10上犬部）
>
> 狡　少狗也。從犬，交聲。匈奴地有狡犬，巨口而黑身。臣鍇曰：淮南子曰狡狗之死也，刻之若濡，言血脈潤也。根卯反。（《繫傳》通釋第19）
>
> 「割之若濡」，竹君本同，顧本「若」字作「有」，據《淮南》改之。（《繫傳校錄》卷19）
>
> 　　謹案：王筠據朱筠家藏小徐本（竹君本）與祁寯藻刻顧廣圻藏影宋鈔本（顧本）互校，認為顧本據今本《淮南子》改「若」為「有」，是為校勘小徐各本之「對校」。

> 蘸　茮也。从艸，釀聲。（1下艸部）
>
> 蘸　茮。從艸，釀聲。（《繫傳》通釋第2）
>
> 大徐作「茮也」，小徐無「也」字，敓去不詞。（《二徐箋異》1下14a）
>
> 　　謹案：田潛辨別二徐本「蘸」字之異同，以為大徐本為是，小徐為誤奪，是為二徐本互校之「對校」。

> 枓　勺也。从木从斗。（6上木部）
>
> 枓　勺也。從木，斗聲。（《繫傳》通釋第11）
>
> 枓　勺也。從木，斗聲。（《唐寫本說文木部殘卷》）
>
> 「斗聲」小徐、《韵會·七虞》引同，大徐作「從斗」。（《木部箋異》9a）
>
> 　　謹案：莫友芝以唐寫本與二徐本比勘，小徐與《韻會》引同唐寫本，而大徐則改為「從木从斗」會意，是為唐寫本與今本互校之「對校」，考證見第五章。

## 二、本校法

「本校法」即以本書校本書，根據本書的上下文意、相同或相近的句法、詞例來校勘本書的錯誤。陳垣論此法曰：

> 「本校法」者，以本書前後互證，而抉摘其異同，則知其中之謬誤。

〔註3〕

吟　呻也。从口，今聲。訡、吟或从音。訡、或从言。（2上口部）
《段注》「訡」下刪去「訡」字，愚謂「訡」不可刪有三證：《說文》口部凡從口亦或从言，如「噴」或作「讀」，一證也；《玉篇》多本《說文》，言部「訡、魚金切，呻也，或為吟」，口部「吟、牛今切，亦作訡、訡」，二證也；《禮‧學記》「今之教者呻其佔畢」，鄭注：「呻、吟也」，釋文：「呻、吟，魚金反，又作訡同」，三證也。（《校定本》6a）
　　謹案：朱士端根據本書口部「噴」或作「讀」之例，以為「吟」之重文「訡」不可刪，是為「本校」。

猌　山在齊地。从山，狃聲。《詩》曰遭我于猌之間。（9下山部）
《還‧釋文》引「山在齊」下無「地」字，按：「山」、「水」二部無加地字例。（《校議》）
　　謹案：嚴可均據本書「山」、「水」二部之文例校勘「猌」字，是為「本校」，《古本考》亦曰：「以本部『山在吳楚之間』、『山在蜀湔氐西徼外』諸文之例，今本『地』字衍」。

屼　山也，或曰弱水之所出。从山，几聲。（9下山部）
水部作「溺」，本字也，此作「弱水」假借他部說解，不拘通俗。（《校議議》）
　　謹案：11上水部：「溺、水自張掖刪丹西至酒泉合黎餘波入于流沙，从水弱聲，桑欽所說。」，嚴章福據本書水部「溺」字之說解校勘「屼」字，是為「本校」，考證見第五章。

## 三、他校法

「他校法」即參考其他相關書籍校勘，陳垣曰：

---

〔註3〕《校勘學釋例》頁119。

> 「他校法」者，以他書校本書。凡其書有采自前人者，可以前人之
> 書校之；有爲後人所引用者，可以後人之書校之，其史料有爲同時
> 之書所並載者，可以同時之書校之。〔註4〕

就《說文》而言，他校資料的運用包括了古籍所引異文、關係書（字書、韻書）以及經傳注疏，其中以古籍所引異文最爲重要。

禔　安福也。从示，是聲。《易》曰禔既平。（1 上示部）

濤案：《史記・相如傳索隱》、《易・坎卦釋文》、《文選》難蜀父老、弔魏武帝文注皆引「禔、安也」，是古本無「福」字。《易・復卦釋文》引陸績曰：「禔、安也」，《顏氏家訓・書證》引《蒼頡篇》曰：「禔、安也」，是「禔」本訓「安」，陸與許皆用孟氏《易》，孟氏亦必訓「安」。《玉篇》、《廣韻》皆云：「禔、安也，福也」，乃一本《說文》，一本《廣雅》耳，淺人見《篇》、《韻》兼有福訓，遂於許書妄增「福」字，誤甚。（《古本考》）

謹案：沈濤提出《史記索隱》、《易釋文》、《文選注》等他書引文與底本（大徐本）不同，其次用「《易・復卦釋文》引陸績說」與「《顏氏家訓・書證》引《蒼頡篇》」兩條古訓解爲佐證，最後說明今本致誤之由，乃淺人以《玉篇》、《廣韻》之文妄改《說文》，可據他書引文與古訓改正，是爲綜合運用他校資料之「他校」，考證見第五章。

雧　鳥羣也。从雥，咠聲。（4 上雥部）

《玉篇》「羣鳥」，《廣韻》「鳥羣」。（《校錄》）

謹案：鈕樹玉此條引《玉篇》、《廣韻》之訓解，是爲根據關係書之「他校」。

栫　以柴木雝也。从木，存聲。（6 上木部）

《文選・江賦注》引作「以柴木雝水也」，當依改。（《校議議》）

謹案：嚴章福此條據《文選注》所引，是爲根據他書所引異文之「他校」。

猣　犬吠不止也。从犬，兼聲，讀若檻。一曰兩犬爭也。（10 上犬部）

---

《初學記》引同，《繫傳》、《韻會》「止」作「正」，非，《廣韻·豏》注「犬吠不止」，《玉篇》注「犬吠不出也」。(《校錄》)

　　謹案：鈕樹玉援引諸書校勘，《廣韻》、《玉篇》爲關係書，《初學記》引文爲異文材料，是爲綜合運用他校資料之「他校法」。

淀　　回泉也。从水，旋省聲。(11 上水部)

淀　　回泉也。從水，旋省聲。(《繫傳》通釋第 21)

《一切經音義》卷十八引作「回淵也」，此作「泉」沿唐避諱。(《校議》)

　　謹案：嚴可均據《一切經音義》所引異文作「回淵」，認爲今本「回泉」當是相沿避唐高祖諱，是爲根據他書所引異文之「他校法」，考證見第五章。

## 四、理校法

　　「理校法」是運用分析、歸納、類推等考證手段，據理推斷古書譌誤的校勘法。陳垣論此法曰：

> 段玉裁曰：「校書之難，非照本改字不訛不漏之難，定其是非之難。」所謂理校法也。遇無古本可據，或數本互異，而無所適從之時，則須用此法。此法須通識爲之，否則鹵莽滅裂，以不誤爲誤，而糾紛愈甚矣。故最高妙者此法，最危險者亦此法。〔註5〕

據理推斷必須有充足的理由，包括了文字、音韻、訓詁、文例、歷史制度等。而所舉事理愈充足，勘正的可靠性自然提高。

篝　　明視以筭之。从二示。《逸周書》曰士分民之篝，均分以篝之也。讀若弄。(1 上示部)

《說文》凡從重文者俱在部末，此下尚有「禁」、「禫」二字，「禫」疑後人增，「禁」當在「篝」上。(《校錄》)

　　謹案：鈕樹玉據本書「凡從重文者俱在部末」之例，疑示部末「禫」字爲後人所增，是爲「理校」，《校議》亦使用此法，其說曰：「依《說文》大例，則『篝』篆當在部末，今『篝』後復有『禁』、『禫』，必舊本脫落，校者據多本補收也」。

---

〔註5〕《校勘學釋例》頁 121。

頲　狹頭頲也。从頁，廷聲。（9 上頁部）

《玉篇》引無「頲」字，「狹頭頲」語亦不詞，段先生曰：疑當作狹頭頲頲也。（《古本考》）

謹案：是條《段注》本仍作「狹頭頲也」，惟於注文曰：「疑當作『狹頭頲頲也』」，段氏以詞例之未允而有所懷疑，可謂「理校」。今得法藏敦煌韻書《P3693．上迥》所引：「頲、狹頭頲〻也，出《說文》也」，適可證成段氏理校之精審，考證見第五章。

䢔　不行也。从辵，䮔聲，讀若住。（2 下辵部）

逗　止也。从辵，豆聲。（2 下辵部）

謹案：段玉裁於「䢔」字「从辵䮔聲」下注曰：「按：『䮔、馬小皃，从馬垂聲，讀若箠』，則『䢔』不得讀若住。……疑此字當在十六、十七部，下文『讀若住』三字當在『从辵豆聲』之下」，段氏以聲韻關係懷疑二字之說解有誤倒，可謂「理校」。今得《唐韻．去候》所引：「逗、〻留，《說文》音住」，是爲《說文》「逗」本當「讀若住」之確證，更可證成段氏理校之精確，考證見第五章。

## 五、校法的綜合運用

若能綜合運用上述的數種校勘法，將能全面性運用校勘資料，得出更令人信服的結論。洪湛侯曰：

> 在實踐中往往幾種校勘法結合使用，效果更好，因爲單用一種校勘法，有時不一定能作出結論，即使作出結論，也不一定可靠。遇到比較複雜的情況，就必須與其他校勘方法，參互運用，才能確切地判斷出異文的正誤與是非。〔註 6〕

橈　曲木。从木，堯聲。（6 上木部）

橈　曲也。從木，堯聲。（《繫傳》通釋第 11）

《大徐》「也」作「木」，《玉篇》引作「曲木也」。（《繫傳校錄》）

謹案：王筠此條所考綜合運用各種校勘法，首先提出二徐本文字有異，是爲「對校」；其次舉《玉篇》引作「曲木也」，是爲「他校」，考證見第五章。

〔註 6〕《中國文獻學新編》頁 179。

頣　面前岳岳也。从頁，岳聲。（9 上頁部）

頣　前面岳岳也。從頁，岳聲。（《繫傳》通釋第 17）

　　《龍龕手鑑》引作「面前頣」，故屬傳寫有奪，而古本「岳岳」必作「頣頣」。本部「顤、頭顤顤大也」、「顛、面色顛顛皃」、「顦、面瘦淺顦顦也」、「顲、頭顲謹皃」、「碩、頭碩碩謹皃」，皆不改字，此解亦不應改字爲「岳」，當是二徐妄改。（《校錄》）

　　謹案：沈氏此條所考，綜合運用各種校勘法，提出他校資料（《龍龕手鑑》）作「頣」，與底本文字有異，是爲「他校」；其次使用「本校」，以本書本部各字之說解用字均與本篆相同作爲佐證，最後說明今本有誤字，考證見第五章。

灈　水出盧江雩婁，北入淮。从水，蒦聲。（11 上水部）

灈　水出廬江雩婁，北入淮。從水，蒦聲。（《繫傳》通釋第 21）

　　大徐本作「水出盧江雩婁」，小徐本「盧」作「廬」。焜按：「溇」篆說解二徐本均作「廬」，㠯此証之與《漢志》合，作「廬」是也。（《二徐箋異》）

　　謹案：田氏此條所考首先提出二徐本文字有異，是爲「對校」；其次以本書本部「溇」字訓解與《漢書・地理志》爲佐證，說明小徐作「廬」爲長，是爲「本校」與「他校」之綜合運用，考證見第五章。

瀧　雨瀧瀧皃。从水，龍聲。（11 上水部）

瀧　雨瀧瀧也。從水，龍聲。（《繫傳》通釋第 21）

　　《小徐》、《廣韵・一東》引作「雨瀧瀧也」，按「溝」、「洰」、「湉」下詞例同，此作「皃」非，云「瀧瀧」則皃在其中。（《校議》）

　　《繫傳》及《廣韻》引「皃」作「也」。（《校錄》）

　　謹案：嚴氏藉異文材料比對（他校）、詞例推勘法（理校），考證今本語助詞之誤，綜合運用各種校勘法，其說是，考證見第五章。

鏌　鏌鋣也。从金，莫聲。（14 上金部）

鏌　鏌鋣，大戟也。從金，莫聲。（《繫傳》通釋第 27）

　　小徐作「鏌鋣、大戟也」，《史記・賈誼傳集解》、《後漢・杜篤傳注》、《文選・羽獵賦注》、《御覽》卷三百五十二、《韵會・十藥》引皆同，

此脫「大骹」二字。(《校議》)

　　謹案：嚴氏此條所考，綜合運用各種校勘法，提出輔本（小徐本）多
　　　　　「大骹」二字，與底本文字有異，是爲「對校」；其次使用「他
　　　　　校」，以《史記集解》、《後漢書注》、《文選注》、《御覽》、《古今
　　　　　韻會舉要》等他書引文爲佐證，最後說明今本爲誤奪，其說是，
　　　　　考證見第五章。

# 第二節　校勘之異文材料

## 一、異文資料之蒐集

　　文獻校勘的資料十分廣泛，包含了本書的異本（稿本、鈔本、拓本、印
本、注本、選本、校本）、他書的引文（古類書的引文、古書注的引文、其他
古書的引文）以及其他有關資料等。〔註7〕然《說文》的情形又大有不同，因
爲東漢許愼之《說文》原本已不可見，所存版本也極爲有限，如：《唐寫本木
部殘卷》僅存百餘字，小徐本宋、元以後已闕第二十五卷，今日所存最完整
者，僅有大徐本。

　　《說文》成書後受到了歷代學者的高度重視，著作中每見徵引其文，黃
季剛先生曰：

　　　　上考《說文》之書，作於東漢。大徐校定以前，代有傳人。一見引
　　　　於鄭駁《五經異義》及《周禮注》，二見引於應劭《漢書注》，三見
　　　　引於李善《文選注》，呂忱《字林》又繼是事而作，其見重前人，非
　　　　一世矣。〔註8〕

而歷代古籍的引文（以下統稱爲異文〔註9〕），就成爲校勘《說文》的重要材
料。嘉慶十四年孫星衍〈重刊宋本說文序〉云：

---

〔註7〕程千帆、徐有富：《校讎廣義‧校勘編》（濟南：齊魯書社，1998年4月），第
　　　四章「校勘的資料」，頁235。

〔註8〕黃侃：《黃侃國學講義錄》，「文字學筆記‧說文綱領‧三、說解」，頁122。

〔註9〕「異文」意指其他書籍所引與本書不同的文字內容，李新魁〈古籍異文研究
　　　序〉云：「古籍中之異文，乃是傳統校讎學檢錄之對象，又是校勘、對比的
　　　結果……從異文對於古籍本身的探究來說，人們可以通過它來辨明字句正
　　　誤、古書眞僞，推斷書文撰作年代，考求立論依據或鑑別版本之優劣等。」，
　　　見王彥坤：《古籍異文研究》（台北：萬卷樓圖書公司，1996年12月）。

> 漢人之書多散佚，獨《說文》有完帙，蓋以歷代刻印得存，而傳寫
> 脫誤亦所不免。大氐「一曰」以下義多假借，後人去之，或節省其
> 文、或失其要義、或引字移易、或妄改其文，俱由增修者不通古義。
> 賴有唐人、北宋書傳引據，可以是正文字。

> 吾友錢明經坫、姚修撰文田、嚴孝廉可均、鈕居士樹玉及予手校本，
> 皆檢錄書傳所引《說文》異字異義，參考本文。至嚴孝廉爲《說文
> 校議》，引證最備。〔註10〕

孫氏此文不但說明了古籍所引《說文》異文的重要，同時也提到了在清代乾嘉時期，已有錢坫、姚文田、嚴可均、鈕樹玉等多位學者，據以進行考訂《說文》的工作。

清代學者運用異文材料校勘《說文》的專門著作，主要以二種方式呈現：首先是整理群書引《說文》的資料彙編，但錄異文內容並附記出處，以供進一步考證、研究之用，這種方式以《舊說文錄》爲代表。其次則是在校勘著述中，先摘錄異文內容，再與底本、輔本及各種相關佐證書等資料做比對，最後以個人案語定異文之優劣是非，或可據以改正今本、或論斷引文有檃括、衍字、奪字等情形。

清代學者運用古籍異文校勘《說文》者，其所舉古籍細目最爲詳盡的是《舊說文錄》書前嚴可均整理之〈舊說文錄書目〉，條列如下：

| | |
|---|---|
| 鄭康成《周禮注》 | 《儀禮注》 |
| 《禮記注》 | 陸德明《經典釋文》 |
| 皇侃《論語義疏》 | 孔穎達《五經正義》 |
| 賈公彥《周禮疏》 | 《儀禮疏》 |
| 亡名氏《公羊疏》 | 楊士勛《穀梁疏》 |
| 元行沖《孝經疏》 | 邢昺《論語疏》 |
| 《爾雅疏》 | 无名氏《孟子疏》 |
| 裴駰《史記集解》 | 司馬貞《史記索隱》 |
| 張守節《史記正義》 | 顏師古《漢書注》 |
| 劉昭《續漢志補注》 | 李賢《後漢書注》 |

---

〔註10〕　（清）孫星衍：〈重刊宋本說文序〉，《說文解字》（台北：藝文印書館，《百部叢書集成》影印清嘉慶九年孫星衍平津館校刊本），卷首。

| | |
|---|---|
| 酈道元《水經注》 | 顏師古《匡謬正俗》 |
| 顏之推《家訓》 | 李善《文選注》 |
| 釋元應《一切經音義》 | 楊倞《荀子注》 |
| 徐堅《初學記》 | 張參《五經文字》 |
| 唐元度《九經字樣》 | 《繫傳》所載《李陽冰刊定本》 |
| 《繫傳・疑義篇》 | 殷敬順《列子釋文》 |
| 孫奭《孟子音義》 | 吳淑《事類賦》 |
| 《隋書志》 | 《封氏聞見記》 |

據目錄所言，共收錄古籍36種，〔註11〕大抵依照四部次序排列，雖然仍多遺漏，但可據以略窺古籍引《說文》之梗概。

其次顧廣圻《說文考異》書前有〈說文考異引用書目〉一篇，也記載了相關材料八種，分別是：

| | | | |
|---|---|---|---|
| 《繫傳》 | 《玉篇》 | 《集韻》 | 《韻會》 |
| 《五音韻譜》 | 《廣韻》 | 《類篇》 | 《六書故》 |

後人潘錫爵於書目後補充說明顧書中尚有徵引其他古籍達三十餘種，其說曰：

> 此八種係原本首葉第一行下先生手注，今案書中所引有《詩毛傳》《禮記》《周禮》鄭注、《爾雅》郭注、《尚書》《毛詩》《左傳》《禮記》正義、《經典釋文》、《五經文字》、《九經字樣》、《論語》《爾雅》《孟子》等疏、《史記索隱》、《兩漢書注》、《晉書》、《荀子注》、《方言》、《一切經音義》、《華嚴經音義》、《通典》、《藝文類聚》、《初學記》、《御覽》、《事類賦注》、《文選注》，共計三十餘種，而先生獨舉此八種者，《繫傳》即《說文》徐鍇本，《五音韻譜》全以《說文》之字易爲韻編，《玉篇》以下六書亦皆以《說文》爲本，非若他書之引證或多竄襍改易，難可專據故也。

王仁俊《說文考異補》書前有〈考異原編補編徵引書目〉與〈說文考異三編徵引書目〉兩篇，前者是王仁俊整理姚、鄭二家所引書目，後者是三編增補二家未備之唐宋以來古書，依時代先後共著錄六朝至明代古籍八十餘種，引據頗豐。

---

〔註11〕 「《繫傳》所載《李陽冰刊定本》」、「《繫傳・疑義篇》」屬於許書之版本，不
應列入其中。

本節以清代《說文》校勘著述爲基礎，首先摘錄清代學者所採用的《說文》異文材料；其次整理民國以來後人「《說文》異文研究」相關專著、學術論文的研究成果，並進行分析。

## 二、異文書目類考

### 【說　明】

一、異文書目收錄範圍以第四章「清代說文校勘著述考」所收書籍爲主，主要參考書籍爲：

> 段玉裁《汲古閣說文訂》（最早引用異文校勘大徐本的專著）
> 姚文田、嚴可均輯《舊說文錄》（古籍引《說文》異文的資料彙編）
> 段玉裁《說文解字注》
> 桂馥《說文義證》（異文資料豐富）
> 沈濤《說文古本考》（異文資料豐富）

二、書籍收錄以宋、元爲年代下限，唐以前資料力求詳盡，宋元明人之文集偶引及《說文》者則不細論，以免流於瑣碎。明代以後著作徵引《說文》者亦爲數不少，然多爲解釋或補充說明字義，且與大徐本無甚差異，校勘價值自不如唐以前、宋元典籍，故僅於此約舉數例以明其要：

> 李時珍（1518～1593）《本草綱目》（可參考錢超塵〈本草綱目所引說文考〉）。
> 梅膺祚《字彙》（可參考龐貴聰《字彙引說文之研究》）。
> 方以智（1618～1671）《通雅》（可參考文映霞《方以智通雅引說文研究》）。

三、分類方式依傳統四部排列，參考國家圖書館善本書目之分類方式，經部小學類爲數較多且重要，於經部後別立一類。

四、考證方式每條首列《說文》原文、卷數；次列清代《說文》著述卷數與徵引內容；最後個人案語標明「謹案」，介紹典籍引用書名、篇卷與作者，以與前人案語區別。

五、王仁俊《說文考異補》書前〈考異原編補編徵引書目〉與〈說文考異三編徵引書目〉兩篇，共著錄六朝至明代古籍八十餘種。由於未能目驗全

書，〔註12〕故於部分條目只列書名與出處，未遑細考。

六、本小節名爲「異文書目類考」，但以蒐集文獻、呈現歷代古籍引《說文》
　　條目爲論述重心，條目考證之是非不逐一細論；其中或有所引文字與今
　　本《說文》相同者，特此說明。

## （一）經　部

　　以下輯錄經部典籍引用《說文》異文者，共分爲易類、書類、詩類、禮
類、春秋類、孝經類、四書類、爾雅類、總義類等 9 小類，計得 34 種。

## 易　類

### 《周易干氏注》

　　汽　水涸也，或曰泣下。从水，气聲。《詩》曰汽可小康。（11 上水部）

　　汽　水涸也，從水气聲，或曰泣下也。《詩》曰汽可小康。（《繫傳》通釋第
　　　　21）

　　　　「水涸也」者……《易·未濟》「小狐汽濟，濡其尾，无攸利」，干寶
　　　　曰：「《說文》曰：『汽、涸也』，小狐力弱，汽乃可濟，水既未涸而乃
　　　　濟之，故尾濡而无所利也」。（《義證》卷 35）〔註13〕

　　　　謹案：《周易干氏注》三卷，晉干寶撰，今亡佚，有馬國翰《玉函山房
　　　　　　　輯佚書》輯本。〔註14〕是條《周易干氏注》所引汽字說解誤脫
　　　　　　　「水」字，當以今本爲正。

### 《周易正義》

　　腜　背肉也。从肉，每聲。《易》曰咸其腜。（4 下肉部）

　　　　腜、背肉也。（《舊說文錄·周易》）

　　　　謹案：《周易正義》十卷，唐孔穎達等撰，據〈周易正義序〉可知相
　　　　　　　關修纂學者有馬嘉運、趙乾叶、蘇德融、趙弘智等。群經注解
　　　　　　　所引異文爲《說文》校勘之重要材料，〔註15〕據孫福國《五經

---

〔註12〕原書稿本今分別藏於北京大學圖書館與上海圖書館，傳斯年圖書館之微卷只
　　　　攝有一小部分（書前〈敘例〉至二篇下）。

〔註13〕桂馥《說文義證》，後文引用皆省稱爲《義證》。

〔註14〕馬國翰：《玉函山房輯佚書》，（《續修四庫全書》影印清光緒九年嫏嬛館刻本），
　　　　卷 1，經編易類。

〔註15〕「歷代替群經作注釋的，如：鄭玄、陸德明、孔穎達、賈公彥、朱熹；替史

正義引說文研究》一文之統計，《五經正義》共引《說文》340
字次，重複引用 52 次，引〈說文序〉4 次，〔註16〕書末並附
有「《五經正義》引《說文》用字總表」，分別列出與今本相同
與相異者，可供參考。是條《周易‧咸卦正義》引《說文》與
今本全同。

## 《周易新傳疏》

欄　絡絲欄。从木，爾聲，讀若梶。（6 上木部）

《古周易音訓》引晁氏曰：「陰云：『許氏《說文》、呂氏《字林》曰：
欄、絲跌也』」，亦引作「跌」，惟傳寫奪「絡」字耳。（《許記》）

濤案：《易‧垢釋文》云：「梶、《說文》作欄，云：絡絲跌也，讀若
昵」，《篇》、《韻》皆作「絡絲柎也」，「柎」即「跌」字……又案：《古
周易音訓》引晁氏曰：「陰云：謂唐陰宏道，宏道有《周易新傳疏》
十卷，見《唐書‧藝文志》『許氏《說文》、呂氏《字林》曰：欄、絲
跌也』」，〔註17〕乃傳寫奪一「絡」字，而其作「跌」不作「欄」則同
《古本考》

謹案：《周易新傳疏》十卷，唐陰弘道撰，今亡佚，有馬國翰《玉函山
　　　房輯佚書》輯本。〔註18〕

## 《周易探玄》

豶　羠豕也。从豕，賁聲。（9 下豕部）

《易》「豶豕之牙」，崔憬曰：「《說文》『豶、劇豕』，今俗猶呼劇豬是也」。
（《義證》卷29）

---

籍作注釋的，如裴駰、司馬貞、張守節、顏師古、李賢等，都在他們的寫作
中保存了豐富的校勘資料……大約這班有名的注家，在沒有動手作注釋之
前，必然對原書廣羅異本，精密地校勘了好幾遍。掌握住各本的異同分合，
加以別擇取舍，從而考證一番，把那得出的結論，寫入自己的注釋中。所以
我們無論看何種古書舊注，都有一部校勘記在內，如果細心推究，便可從那
裏面發掘許多有關校書方面的寶貴啟示。」，張舜徽：《中國古代史籍校讀法》
（昆明：雲南人民出版社，2004 年 11 月），頁 162。

〔註16〕孫福國：《五經正義引說文研究》（山東師範大學漢語言文字學碩士論文，2007
　　　年 4 月），第一章「緒論」，頁 4。

〔註17〕「宏」本作「弘」，清人避乾隆帝「弘曆」之諱而易字。

〔註18〕《玉函山房輯佚書》卷 1，經編易類。

謹案：《周易探玄》三卷，唐崔憬撰，今亡佚，有馬國翰《玉函山房輯佚書》輯本〔註19〕。是條崔氏所引與今本不同，當以今本爲正，《一切經音義》、《韻會》引同今本。

### 《周易音訓》

觢　一角仰也。从角，執聲。易曰其牛觢。（4 下角部）

「一角印也」者，《周易音訓》引作「角一俯一仰」，《釋畜》「角一俯一仰、觭，皆踊、觢」。（《義證》卷 12）

《玉篇》注同，《易・睽卦釋文》引作「角一俯一仰」，蓋誤記「觭」字。（《校錄》）

謹案：《周易音訓》二卷，南宋呂祖謙（1137～1181）撰、清宋咸熙輯，有清同治光緒間《金華叢書》本。〔註20〕

## 書　類

### 《尚書正義》

粒　糙也。从米，立聲。（7 上米部）

粒、糙也。（《舊說文錄・尚書益稷五》）

謹案：《尚書正義》二十卷，唐孔穎達等撰，據〈尚書正義序〉可知相關修纂學者有王德韶、李子雲、朱長才、蘇德融、隨德素、王士雄、趙弘智等。是條《周易・咸卦正義》引《說文》與今本全同。

## 詩　類

### 《毛詩草木疏》

駣　牡馬也。从馬，陟聲，讀若郅。（10 上馬部）

《草木疏》云：「駣、馬也，《說文》同」。（《義證》卷 30）

謹案：三國吳陸機撰，有國家圖書館藏明萬曆間繡水沈氏尙白齋刊本。

---

〔註19〕書名或作《周易探元》，清人避康熙帝「玄燁」之諱而易字。見《玉函山房輯佚書》卷 1，經編易類。

〔註20〕《百部叢書集成》第 95 種，藝文印書館影印出版。

## 《集注毛詩》

鉹　曲鉹也。从金，多聲。一曰鬻鼎，讀若摘。一曰《詩》云侈兮哆兮。（14
　　上金部）

「曲鉹也」者，崔靈恩《詩集注》引作「曲也」。（《義證》卷 45）

謹案：《集注毛詩》一卷，南朝梁崔靈恩撰，今亡佚，有馬國翰《玉函
　　　山房輯佚書》輯本。〔註 21〕是條崔氏所引奪「鉹」字，當以今
　　　本爲正。

## 《毛詩正義》

鉦　鐃也，似鈴，柄中、上下通。从金，正聲。（14 上金部）

「鐃也似鈴」者，《詩釋文》、《正義》引竝同。（《義證》卷 45）

《御覽・五百八十四樂部》引「鉦、鐃也，鈴，柄中、上下通，鉦也」，
乃傳寫有誤，《詩・采芑正義》、《一切經音義》卷四引同今本可證。（《古
本考》）

謹案：《毛詩正義》四十卷，唐孔穎達等撰，據〈毛詩正義序〉知相關
　　　修纂學者有王德韶、齊威、趙乾叶、賈普曜、趙弘智等。是條
　　　《毛詩正義》所引與今本全同，沈濤並據以改正《御覽》引文，
　　　其說是。

## 《呂氏家塾讀詩記》

《說文考異三編徵引書目・宋》

謹案：《呂氏家塾讀詩記》二卷，南宋呂祖謙（1137～1181）撰。俟
　　　考。

## 《詩考》

鉹　曲鉹也。从金，多聲。一曰鬻鼎，讀若摘。一曰《詩》云侈兮哆兮。（14
　　上金部）

初印本如此，各本同，王應麟《詩考》引《說文》同而譌作「鉹兮哆
兮」，誤字也。（《汲訂》62a）

「一曰詩云侈兮哆兮」眾本如此，《詩考》引崔靈恩集注本亦同，毛本
刓改作「哆兮侈兮」，依今《詩》也，非是。（《校議》）

---

〔註 21〕《玉函山房輯佚書》卷 16，經編詩類。

謹案：《詩考》一卷，南宋王應麟（字伯厚，1223～1296）撰，有國家圖書館藏元後至元六年慶元路儒學刊本。是條段氏據各本所引皆作「侈兮哆兮」，考訂王應麟《詩考》所引誤「侈」為「鉹」字，其說可從。

## 《詩地理考》

郖　左馮翊郖陽亭。从邑，屠聲。（6 下邑部）

「左馮翊郖陽亭」者，《集韻》、《類篇》、《詩地理攷》並引作「郘陽亭」。（《義證》卷 19）

謹案：《詩地理考》六卷，南宋王應麟撰，有國家圖書館藏元後至元六年慶元路儒學刊本。今本釋義誤涉篆文作「郖陽亭」，考證見第五章。

# 禮　類

## 《周禮注》

鋝　十鍰二十五分之十三也。从金，守聲。《周禮》曰重三鋝，北方以二十兩為鋝。（14 上金部）

《說文解字》「鋝、鍰也」。（《舊說文錄·周禮冬官冶氏》）

鄭引《說文》以證鍰、鋝之相同，非以證輕重之相同也。許、鄭之說，率多不合，故許君異義，康成駁之。今欲強改許書以合鄭說，多見其無知妄作矣。（《古本考》）

謹案：《周禮注》，漢鄭玄撰，引《說文》僅此一條。是條各家聚訟，多疑今本有誤，如《義證》據《周禮正義》所引補字，其說曰：「『十鍰二十五分之十三也』者，『十鍰』上當有『鍰也』二字」；〔註22〕《段注》則據《尚書·呂刑釋文》、《漢書·蕭望之傳注》及《廣韻·薛韻》各書所引，增加兩字作「十一鍰二十五分鍰之十三也」。《說文句讀》云：「筠案：鄭君所引，即是下文『鍰、鋝也』，以經言「鋝」，故倒引之，此引用之活法，非本文挩『鍰也』二字」，〔註23〕王氏之說可參。

---

〔註22〕《義證》卷 45。
〔註23〕王筠《說文句讀》卷 27，後文引用皆省稱為《句讀》。

## 《周禮疏》

革　獸皮治去其毛革更之。象古文革之形。凡革之屬皆从革。（3 下革部）

說解有脫誤，《羔羊疏》引作「獸皮治去其毛曰革，革更也」，《周禮·掌皮疏》引亦有「曰革」二字。（《校議議》）

又案：《左氏·隱五年傳正義》引「革獸皮治去其毛革更之」，《詩·羔羊正義》、《周禮·司裘疏》引「獸皮治去其毛曰革，革更也」。此乃孔、賈檃括節引。（《古本考》）

謹案：《周禮疏》四十二卷，唐賈公彥等撰。是條《周禮掌皮疏》所引「毛」字後較今本多「曰革」二字，又《毛詩·召南羔羊》正義引「革更之」作「革更也」。《段注》作「獸皮治去其毛曰革，革更也」，其說曰：「各本『獸皮治去其毛革更之象古文革之形』，文義、句讀皆不可通，今依《召南》、《齊風》、《大雅》、《周禮·掌皮》四疏訂正」，其說可參。

## 《儀禮注》

輪　有輻曰輪，無輻曰輇。从車，侖聲。（14 上車部）

康成注《禮》引此二語。（《惠記》第 14）

《儀禮·既夕疏》引「有輪無輻曰輇」，蓋傳寫奪「輻曰」二字，鄭注明引「許尗重說：有輻曰輪，無輻曰輇」，賈氏引以釋注，豈轉有異文耶？。（《古本考》）

謹案：《儀禮注》，漢鄭玄撰，引《說文》僅此一條。是條所引文字與今本全同，惟賈公彥《儀禮疏》引作「有輪無輻曰輇」，「有」字後誤脫「輻曰」二字，沈濤之說是。

## 《儀禮疏》

毋　止之也。从女，有奸之者。凡毋之屬皆从毋。（12 下毋部）

《禮·曲禮釋文》云：「毋音無，《說文》云『止之詞，其字从女，內有一畫象有姦之形，禁止之勿令姦，古人云毋猶今人言莫也』」，《書·大禹謨正義》引《說文》云：「毋、止之也，其字从女，內有一畫象有姦之者，禁止令勿姦也，古人言毋猶莫」。陸、孔所引大致相同，蓋古本如是，今本為二徐刪削，不可通矣……又案：《儀禮·士昏禮疏》曰：「許氏《說文》毋為禁辭」，《士相見禮疏》曰：「《說文》云：毋蓋亦

禁辭」，語雖隱括，然可見古本說解中必有「禁」字矣。(《古本考》)

謹案：《儀禮疏》十七卷，唐賈公彥等疏。是條古傳注疏所引較今本爲詳，今本疑有脫文，《段注》作「毋、止之詞也，从女一、女有姦之者，一禁止之令勿姦也」，段氏曰：「唐人之增改、今本之奪落皆謬，而唐本可摘以正今本」，其說可參。

## 《禮記注》

輪　有輻曰輪，無輻曰軨。从車，侖聲。(14 上車部)

軨　蕃車下庳輪也，一曰無輻也。从車，全聲，讀若饌。(14 上車部)

　　《說文解字》「有輻曰輪，無輻曰軨」　　《舊說文錄·禮記雜記上》

　　《禮·雜記》「載以輴車」，注曰：「輴讀爲軨」，引《說文》「有輻曰輪，無輻曰軨」。許書無「輴」字，故鄭引以證「輴」之當爲「軨」。(《古本考》)

謹案：《禮記注》，漢鄭玄撰，引《說文》僅此一條。是條所引文字與今本全同。

## 《禮記正義》

猶　玃屬。从犬，酋聲。一曰隴西謂犬子爲猶。(10 上犬部)

　　猶、獸名，玃屬。(《舊說文錄·禮記曲禮上》)

　　《史記·呂后紀索隱》引「猶、獸名，多疑」，《禮記·曲禮正義》引「猶、獸名，玃屬」……蓋古本「猶」下多「獸名」二字　　《古本考》

謹案：《禮記正義》七十卷，唐孔穎達等撰，據〈禮記正義序〉知相關修纂學者有朱子奢、李善信、賈公彥、柳士宣、范義頵、張權、周玄達、趙君贊、王士雄、趙弘智等。考《玉篇·犬部》：「猶、猨屬也，猶豫、尚也、可也、詐也、言也」，〔註24〕未有「獸名」二字；「猶」釋爲「獸名」者，始見於唐人之說，《顏氏家訓》云：「猶、獸名也」，〔註25〕又《漢書·高后紀》：「計猶豫未有所決」，顏師古注：「猶、獸名也」，〔註26〕《禮記正義》與《史

〔註24〕　《大廣益會玉篇》卷 23，後文引用皆省稱爲《玉篇》。
〔註25〕　《顏氏家訓》卷 17，書證篇。
〔註26〕　《漢書》卷 3。

記索隱》所引，恐涉《顏氏家訓》或《漢書》顏注而誤衍，《段
注》本仍同今本，沈濤之說非是。

## 春秋類

### 《春秋正義》

筥　籥也。从竹，呂聲。（5 上竹部）

籅　飲牛筐也。从竹，豦聲。方曰筐、圜曰籅。（5 上竹部）

　　筥、飯牛筐也。（《舊說文錄·春秋左氏傳隱三年》）

　　謹案：《春秋正義》三十六卷，唐孔穎達等撰，據〈春秋正義序〉知相
　　　　　關修纂學者有谷那律、楊士勛、朱長才、馬嘉運、王德韶、蘇
　　　　　德融、隨德素、趙弘智等。是條但見於《舊說文錄》，其他清代
　　　　　《說文》校勘著述並未引用，《春秋正義》所引「飯牛筐」實誤
　　　　　涉同部「籅」字之說解，《段注》於「籅」下云：「今字通作『筥』，
　　　　　許『籅』與『筥』別」。

### 《公羊傳疏》

斮　斬也。从斤，昔聲。（14 上斤部）

　　斮、斬也。（《舊說文錄·公羊疏成二年》）

　　謹案：《公羊傳疏》二十八卷，唐徐彥撰。〔註27〕是條《公羊傳疏》所
　　　　　引釋義與今本全同。

### 《穀梁傳疏》

震　劈歷振物者。从雨，辰聲。《春秋傳》曰震夷伯之廟。（11 下雨部）

　　震、霹靂也。（《舊說文錄·穀梁疏隱九年》）

　　《穀梁·隱九年疏》引「震、霹歷也」，乃節引非完文。（《古本考》）

　　謹案：《穀梁傳疏》二十卷，唐楊士勛撰。是條《穀梁疏》所引爲節文，
　　　　　沈濤之說是，當以今本爲正。

---

〔註27〕《崇文總目》稱不著撰人名氏，今從《四庫全書總目提要》。

## 孝經類

### 《孝經疏》

患　憂也。从心上貫吅，吅亦聲。（10 下心部）

患、憂也。（《舊說文錄・孝經六章》）

謹案：《孝經疏》三卷，宋邢昺等撰。是條《孝經疏》所引釋義與今本全同。

## 四書類

### 《論語義疏》

曰　詞也。从口，乙聲。亦象口气出也。凡曰之屬皆从曰。（5 上曰部）

皇侃《論語義疏》引《說文》「開口吐舌謂之爲曰」，案其文法，與《說文》不類。且其所謂「吐舌」者謂「乚」也，本書之「乙聲」，亦謂「乚」也，是不得謂今本挩此二句也。（《繫傳校錄》卷 9）

皇侃《論語義疏》卷一引「開口吐舌謂之爲曰」，與今本不同，義亦不可解，疑當作「象開口吐舌之形」，蓋古本亦有如是作者。（《古本考》）

謹案：《論語義疏》十卷，南朝梁皇侃撰，有《無求備齋論語集成》本。是條《論語義疏》所引與今本大異，《段注》未引其說，《句讀》云：「皇侃引《說文》『開口吐舌謂之爲曰』，此乃邪說，大徐校定有功也」，〔註 28〕朱駿聲《說文通訓定聲》亦云：「皇侃《論語義疏》引《說文》『開口吐舌謂之爲曰』，非是」。〔註 29〕

### 《論語疏》

柙　檻也，以藏虎兕。从木，甲聲。（6 上木部）

柙、檻也。（《舊說文錄・論語季氏疏》）

謹案：《論語疏》二十卷，宋邢昺等撰。是條《論語疏》所引釋義與今本全同。

### 《孟子疏》

湍　疾瀨也。从水，耑聲。（11 上水部）

---

湍　疾瀨也。從水，耑聲。(《繫傳》通釋第 21)

　　湍、急瀨水。(《舊說文錄‧孟子告子上疏》)

　　謹案：《孟子疏》二十卷，宋孫奭撰。《孟子疏》引作「急瀨水」，考玄
　　　　　應《一切經音義》五引與今本皆同，〔註30〕《孟子疏》所引先
　　　　　誤「疾」字爲「急」，又涉下文「瀨、水流沙上也」而誤「也」
　　　　　字爲「水」，當以今本爲正。

## 《孟子音義》

恔　憭也。从心，交聲。(10 下心部)

　　恔、憭也。(《舊說文錄‧孟子音義公孫丑下》)

　　謹案：《孟子音義》二卷，宋孫奭撰，有《吉石盦叢書》影印士禮居覆
　　　　　宋蜀大字本。〔註31〕是條《孟子音義》所引釋義與今本全同。

# 爾雅類

## 《爾雅注》

蜆　縊女也。从虫，見聲。(13 上虫部)

　　《六書故》云：「《說文蜀本》曰：『蜆爲蝶是也』，《唐本》曰：『即繭字』」，
　　《蜀本》乃李陽冰《廣說文》語，鄭樵《尔疋注》亦引《說文》云：「蜆
　　爲蝶也」，正用《蜀本》。(《古本考》)

　　謹案：《爾雅注》三卷，宋鄭樵撰，有中國國家圖書館藏元刻本。〔註32〕
　　　　　是條《爾雅注》所引「蜆爲蝶也」出《蜀本說文》，當以今本爲正。

## 《爾雅疏》

鎛　大鉏也。从金，畐聲。(14 上金部)

　　鎛、大鋤也。(《舊說文錄‧爾雅釋器疏》)

　　謹案：《爾雅疏》十一卷，宋邢昺等撰，有上海涵芬樓影吳興蔣氏藏宋
　　　　　本。〔註33〕是條《爾雅疏》釋義與今本同，惟「鉏」字從俗作

---

〔註30〕見玄應《一切經音義》卷 4《大方便報恩經》「湍浪」條、卷 13《樓炭經》「波
　　　湍」條、卷 20《法句經》「水湍」條、卷 22《瑜珈師地論》「激湍」條、卷 23
　　　《攝大乘論》「激湍」條。
〔註31〕《羅雪堂先生全集初編》冊 14，大通書局出版。
〔註32〕《北京圖書館古籍珍本叢刊》經部冊 5，北京書目文獻出版社出版。

「鉏」，當以今本為正。

## 《爾雅翼》

苽　雕苽，一名蔣。从艸，瓜聲。（1 下艸部）

苽、菰葑也。知同案：若《廣韻》引如徐本，則陳彭年等所為，決不出唐人。至羅願引「菰葑」之義，當出它書。（《商議・苽》）（《考異補》引）

謹案：《爾雅翼》十一卷，宋羅願等撰，有故宮博物院藏明正德十四年刊本。是條《爾雅翼》所引與今本不同，恐出它書，鄭氏之說可參。

## 總義類

### 《經典釋文》

腯　牛羊曰肥，豕曰腯。从肉，盾聲。（4 下肉部）

《我將釋文》引無「牛」字。（《校議》）

濤案：《詩・周頌釋文》引「羊曰肥，豕曰腯」，當是傳寫奪一「牛」字。（《古本考》）

謹案：《經典釋文》三十卷，唐陸德明撰，有中國國家圖書館藏宋刻宋元遞修本。〔註 34〕據李威熊《經典釋文引說文考》之統計，共引《說文》802 條，計 716 字，今本《說文》誤者有 119 字，引《說文》音者有 116 字。〔註 35〕考《左傳・桓公六年》：「吾牲牷肥腯」，服虔云：「牛羊曰肥，豕曰腯」，與今本說解同，是知《詩・周頌釋文》所引誤奪「牛」字，沈濤之說是。

### 《五經文字》

友　同志為友。从二又相交，友也。（3 下又部）

《一切經音義》卷廿五引作「同門曰朋，同志為友」，《御覽》卷四百六引作「愛也，同志為友」，此當有脫文。（《校議》）

---

〔註33〕《續古逸叢書》第 3 種，江蘇古籍出版社 2001 年 10 月重印出版，經部頁 189～264。

〔註34〕《中華再造善本》唐宋編經部，北京圖書館出版社 2003 年影印出版。

〔註35〕李威熊：《經典釋文引說文考》（政治大學中研所碩士論文，1971 年 6 月），第四章「餘論」，頁 263。

《御覽‧四百六人事部》引「友、愛也，同志爲友」，是今本奪「愛也」二字。又案：《五經文字》云：「《說文》从二又相交」，則此解當讀「交」字句絕，「友也」二字必「愛也」二字之誤。（《古本考》）

謹案：《五經文字》三卷，唐張參撰，有清《後知不足齋叢書》本。〔註36〕是條《校議》疑有脫文，沈濤先據《五經文字》所引，斷原文爲「从二又相交，友也」，再依《御覽》所引定「友也」爲「愛也」字之誤，《句讀》亦據改爲：「愛也，同志爲友，從二又相交」，其說曰：「依《御覽》引補」，〔註37〕《段注》則刪去末「友也」二字。

## 《九經字樣》

年　穀孰也。从禾，千聲。《春秋傳》曰大有年。（7上禾部）

從禾千聲。（《舊說文錄‧九經字樣禾部》）

謹案：《新加九經字樣》一卷，唐釋玄度撰，有清《後知不足齋叢書》本。〔註38〕是條《九經字樣》所引釋音與今本同。

## 《六經正誤》

迊　古之遒人以木鐸記詩言。从辵从丌，丌亦聲，讀與記同。（5上丌部）

「讀與記同」者，《詩‧崧高》「往近王舅」，《箋》云「近、詞也，譬如『彼記之子』之『記』」。《六經正誤》：「《崧高》『往近王舅』，《說文》作『迊』，音記，字訛作『近』」。（《義證》卷13）

謹案：《六經正誤》六卷，宋毛居正撰，有清乾隆五十年刊《通志堂經解》本。〔註39〕是條《六經正誤》引《說文》證《詩‧崧高》之「近」當作「迊」，《玉篇‧辵部》：「迊、居意切，詩也，今作近」。〔註40〕

## 《群經音辨》

《說文考異原編補編徵引書目‧宋》

---

〔註36〕《叢書集成簡編》冊348，台灣商務印書館出版。
〔註37〕《句讀》卷6。
〔註38〕《叢書集成簡編》冊349。
〔註39〕《通志堂經解》冊40，大通書局出版。
〔註40〕《玉篇》卷10。

　　謹案:《群經音辨》七卷,北宋賈昌朝(998~1065)撰。俟考。

## (二)經部小學類

　　以下輯錄經部小學類典籍引用《說文》異文者,得 27 種(《原本玉篇》與《大廣益會玉篇》合計爲 1 種)。

## 訓詁之屬

### 《廣雅音》

　僥　南方有焦僥人,長三尺,短之極。从人,堯聲。(8 上人部)

　　　「南方有焦僥人長三尺短之極」者,曹注《廣雅》引作:「焦僥、短人也」。(《義證》卷 24)

　　　謹案:《廣雅》十卷,魏張揖撰、隋曹憲音解,有明正德十五年皇甫錄世業堂刻本。〔註 41〕是條《廣雅音》爲節引,當以今本爲正。

### 《匡謬正俗》

　禔　福也。从示,虒聲。(1 上示部)

　　　禔、福也。(《舊說文錄・匡謬正俗卷七》)

　　　謹案:《匡謬正俗》八卷,唐顏師古(581~645)撰,有清《小學彙函》本。〔註42〕是條《匡謬正俗》所引釋義與今本全同。

### 《埤雅》

　狐　祅獸也,鬼所乘之,有三德,其色中和,小前大後,死則丘首。从犬,瓜聲。(10 上犬部)

　　　「瓜聲」者,《埤雅》引作「從孤省」,恐屬臆改。(《義證》卷 30)

　　　謹案:《埤雅》二十卷,宋陸佃(1042~1102)撰,有明成化十五年劉廷吉刻嘉靖二年王佐重修本。〔註 43〕是條《埤雅》所引作「從孤省」爲臆改,當以今本爲正,桂氏之說可從。

---

〔註41〕《北京圖書館古籍珍本叢刊》經部冊 5。
〔註42〕《百部叢書集成》第 85 種。
〔註43〕《北京圖書館古籍珍本叢刊》經部冊 5。

## 字書之屬

### 《急就篇顏注》

　校　軍中士所持殳也。从木从殳。《司馬法》曰執羽从校。（3 下殳部）

　　　《急救篇注》、《廣韵》引作：「執羽從校」，大徐作「从校」，《集韵》、小徐作「以校」，《佩觿》引「司馬瀍執羽校」……今依《廣韵》作「從」。（《說文解字讀・校》）

　　　謹案：《急就篇》四卷，漢史游撰，唐顏師古注，有故宮博物院藏元後至元三年慶元路儒學刊《玉海》附刻本。是條《急就篇》顏注所引與大徐本同。

### 《急就篇補注》

　痂　疥也。从疒，加聲。（7 下疒部）

　痂　乾瘍也。从疒，加聲。（《繫傳》通釋第 14）

　　　「疥也」者，王注《急就篇》引作「乾瘡也」，徐鍇本作「乾瘍也」。（《義證》卷 22）

　　　謹案：《急就篇》四卷，漢史游撰，宋王應麟補注，有元後至元三年慶元路儒學刊《玉海》附刻本。

### 《玉篇》

　龤　樂和龤也。从龠，皆聲。《虞書》曰八音克龤。（2 下龠部）

　　　俊案：《原本玉篇》引作「樂和龤也，野王案：此亦謂弦管之調和也」。（《考異補》）

　　　謹案：《玉篇》三十卷，南朝梁顧野王撰，今有日本藏原本《玉篇》零卷，〔註44〕據學者考證，零卷雖非顧氏原帙，但抄寫時代至少在唐昭宗天佑元年以前，〔註45〕洵去古未遠，故爲校勘《說文》的重要材料。張舜徽曰：「《唐寫本玉篇殘卷》所引《許書》，又遠在諸書之前，非特可據以訂正二徐之失而已。」今人相關著述甚多，專書研究計有：曾忠華《玉篇零卷引說文考》、沈

〔註44〕《原本玉篇殘卷》黎庶昌羅振玉影印日本卷子本，北京中華書局 1985 年 9 月出版。

〔註45〕常耀華：〈《玉篇》版本源流考述〉，《平頂山師專學報》1994 年第 9 卷第 1 期，頁 92。

壹農《原本玉篇引述唐以前舊本說文考異》、王紫瑩《原本玉篇引說文研究》、楊秀恩《玉篇殘卷等五種材料引說文研究》、徐前師《唐寫本玉篇校段注本說文》等。據《唐寫本玉篇校段注本說文》之統計，原本《玉篇》存被釋字 2026 個，所引《說文》材料涉及今本《說文》92 部、1004 字。〔註 46〕是條所引釋義與今本全同。

## 《大廣益會玉篇》

禋　潔祀也，一曰精意以享爲禋。从示，垔聲。（1 上示部）

《玉篇》引「潔」作「絜」。（《校錄》）

《玉篇》引同，惟「潔」作「絜」，依許書自作「絜」不作「潔」，蓋六朝本未誤也。（《古本考》）

謹案：清人於著作中所引《玉篇》，大多指經宋人刪改後的《大廣益會玉篇》，今有上海涵芬樓影印建德周氏藏元建安鄭氏鼎新刊本。〔註 47〕據柯金虎《大廣益會玉篇引說文考》之統計，引《說文》凡 1299 條。〔註 48〕

## 《文字指歸》

尊　酒器也。从酋，廾以奉之。《周禮》六尊：犧尊、象尊、著尊、壺尊、太尊、山尊，以待祭祀賓客之禮。尊、尊或从寸。（14 下酋部）

曹憲《文字指歸》：「檢字無此從缶從木者，《說文》云『字從酋寸，酒官吕法度也』」。（《義證》卷 48）

謹案：《文字指歸》一卷，隋曹憲撰，今亡佚，有馬國翰《玉函山房輯佚書》輯本。〔註 49〕

## 《開元文字音義》

彈　行丸也。从弓，單聲。弡、彈或从弓持丸。（12 下弓部）

---

〔註 46〕徐前師：《唐寫本玉篇校段注本說文》（上海：上海古籍出版社，2008 年 1 月），「緒論」，頁 22。

〔註 47〕《四部叢刊》經部。

〔註 48〕柯金虎：《大廣益會玉篇引說文考》（政治大學中研所碩士論文，1970 年），「緒論」，頁 10。

〔註 49〕《玉函山房輯佚書》卷 16，經編小學類。

「行丸也」者，《開元文字》引云：「彈之謂行丸者也」，《御覽》引《字
林》：「彈、行丸者」。（《義證》卷 40）

謹案：《開元文字音義》一卷，唐玄宗（685～762）撰，今亡佚，見黃
奭《黃氏逸書考》。〔註 50〕是條《開元文字音義》所引義同而有
衍文，當以今本爲正。

## 《汗簡》

良　善也。从畗省，亡聲。目、古文良，㠯、亦古文良，㦸、亦古文良。（5
下畗部）

目、古文良，《汗簡》引有，《玉篇》、《廣韻》竝無，疑後人增。「良」
下有古文三，《玉篇》載其二，不應獨遺此也。（《校錄》）

謹案：《汗簡》七卷，宋郭忠恕撰，今有上海涵芬樓借景常熟瞿氏鐵琴
銅劍樓藏馮己蒼手鈔本。〔註 51〕是條《汗簡》所引有古文「目」，
唯字形不見於《玉篇》，故紐氏疑其爲後人所增，《段注》於「目」
下則云：「《玉篇》不錄」。

## 《佩觿》

豊　行禮之器也。从豆，象形。凡豊之屬皆从豊。讀與禮同。（5 上豊部）

《九經字樣》云：「豊音禮，从冊从豆」，郭忠恕《佩觿》云：「《說文》
豊从曲不从冊，云从冊者出林罕《字源》」，是唐本《說文》有从冊者，
乃林氏之謬說也。（《古本考》）

謹案：《佩觿》三卷，宋郭忠恕（？～977）撰，今有《鐵華館叢書》
本。〔註 52〕是條《佩觿》引《說文》說明「豊」字字形从曲。

## 《古文四聲韻》

則　等畫物也。从刀从貝，貝、古之物貨也。𠞣、古文則，𠞤、亦古文則，
𥃲、籀文則从鼎。（4 下刀部）

《汗簡》卷上之二引此以爲《說文續添》。（《校議》）

《繫傳》「𥃲」在籀文下，《玉篇》、《廣韻》竝無，《汗簡》、《古文四聲

---

〔註 50〕黃奭：《黃氏逸書考》（揚州：廣陵書社，影印 1934 年江都朱長圻據甘泉黃氏
　　　　版補刊本，2004 年）。

〔註 51〕《四部叢刊》續編第 11 種。

〔註 52〕《叢書集成簡編》冊 350。

韻》、《會》引同，疑後人因增，據《汗簡》云：「《說文續添》」，則非原有矣。(《校錄》)

謹案：《古文四聲韻》五卷，宋夏竦撰，有中國國家圖書館藏宋刻本。〔註 53〕是條鈕氏、嚴氏以《汗簡》引古文「[illegible]」云《說文續添》，皆認爲此字形當爲後人所增，《段注》本亦遽刪去此重文。

## 《類篇》

揅　摩也。從手，研聲。(《繫傳》通釋第 23)

初印本「掖」後無「揅」，宋本、葉本、趙本皆同，《五音韵諩》亦無「揅」字，今剜補「揅」篆，解云：「摩也，从手研聲，槷堅切」，蓋依小徐挍補者，在四次以前。據《集韵》、《類篇》引《說文》，則鉉本固有「揅」篆，後脫之耳。(《汲訂》51a)

謹案：《類篇》四十五卷，宋司馬光（1019～1086）編撰，有汲古閣影宋鈔本，〔註 54〕考證見第五章。

## 《復古編》

靈　靈巫以玉事神。从玉，霝聲。靈、靈或从巫。(1 上玉部)

「靈巫以玉事神」者，《玉篇》、《廣韻》、《增韻》、《復古編》所引竝無「靈」字，《類篇》、《集韻》有之。(《義證》卷 2)

謹案：《復古編》二卷，北宋張有撰，有元至正六年吳志淳好古齋刻本。〔註 55〕是條《復古編》與《玉篇》、《廣韻》、《增韻》所引無「靈」字，《段注》曰：「各本『巫』上有『靈』字，乃複舉篆文之未刪者也。許君原書篆文之下以隸複寫其字，後人刪之時有未盡」。

## 《參記許氏文字》

溓　薄水也，一日中絕小水。从水，兼聲。(11 上水部)

溓　薄冰也，或日中絕小水。從水，兼聲。(《繫傳》通釋第 21)

《樓攻媿集》卷六十六載鼂以道得唐本作「或日中絕小水，又日淹也，

---

〔註 53〕《中華再造善本》唐宋編經部。

〔註 54〕《中華漢語工具書書庫》冊 2，安徽教育出版社影印出版。

〔註 55〕《中華再造善本》金元編經部。

或從廉」,《韻會‧十四鹽》亦引「或作溓」,議依補。(《校議議》)

「薄冰也」孫、鮑二本「冰」作「水」,《廣韻》引同,《玉篇》「薄也」。「或曰中絕小水」大徐「或」作「一」。(《繫傳校錄》卷 21)

《樓攻媿集‧答趙崇憲書》載晁以道所得唐本《說文》曰:「溓、薄水也,或曰中絕小水,又曰淹也,或從廉」,是唐本有「淹也」一訓,又有重文「溓」字,今本皆爲二徐妄刪。(《古本考》)

謹案:《參記許氏文字》,宋晁以道撰,今已亡佚。關於此書之性質,盧文弨《龍城札記》曰:「晁以道得唐人《說文》本以校徐鼎臣本,著《參記許氏文字》一書」。〔註 56〕

## 《隸續》

泰 木汁可以鬃物。象形,泰如水滴而下。凡泰之屬皆从泰。(6 下泰部)

《隸續》云:「《說文》:『泰、象形,如水滴而下』,賈山云:『泰涂其外』是也」。(《義證》卷 18)

謹案:《隸續》二十一卷,宋洪适(1117～1184)撰,有清同治洪汝奎晦木齋刻本。〔註 57〕是條所引釋形與今本全同。

## 《班馬字類》

俚 聊也。从人,里聲。(8 上人部)

「聊也」者,《班馬字類》引作「賴也」。(《義證》卷 24)

《漢書‧季布傳贊》晉灼引許作「賴也」,別引《方言》作「聊也」 《校議》

謹案:《班馬字類》五卷,宋婁機(1133～1211)撰,有汲古閣影宋寫本。〔註 58〕

## 《龍龕手鑑》

莦 惡艸皃。从艸,肖聲。(1 下艸部)

《龍龕手鑑》作「惡艸也」,蓋古本如是。莦乃惡艸之名,不應作皃。(《古本考》)

〔註 56〕 (清)盧文弨:《龍城札記》(《續修四庫全書》影印復旦大學圖書館藏清抱經堂叢書本),卷 1。

〔註 57〕 《隸釋隸續》,北京中華書局 1985 年 11 月影印出版。

〔註 58〕 《四部叢刊》三編經部。

謹案:《龍龕手鑑》四卷,遼釋行均撰,有江安傅氏雙鑑樓藏宋本。
〔註59〕是條《龍龕手鑑》所引「兒」作「也」,考莒字前後之
字爲「薈、艸多兒」、「蓁、艸多兒」、「芮、芮芮艸生兒」,當
以今本爲正。

## 《六書故》

小 物之微也。从八,丨見而分之。凡小之屬皆从小。(2上小部)

小 物之微也。从八,丨見而八分之。凡小之屬皆从小。(《繫傳》通釋第3)
此依《小徐本》也,《大徐》作「從八、丨見而分之」,「分」之上脫「八」
字,戴氏《六書故》曰:「《唐本》作『從八、丨見而八分之』」,據此
《小徐》依《唐本》。(《校定本》)

謹案:《六書故》三十三卷,元戴侗撰,有故宮博物院藏明萬曆間嶺南
張萱訂刊本。

## 《字鑑》

倏 走也。从犬攸聲,讀若叔。(10上犬部)

「走也」者,《韻會》引作「犬走疾也」,《字鑑》引同。(《義證》卷
30)

謹案:《字鑑》五卷,元李文仲撰,有清《澤存堂叢書》本。〔註60〕

## 《六書正譌》

窊 污衺,下也。从穴,瓜聲。(7下穴部)

「污衺下也」者,《六書正譌》引作「污衺下地」。(《義證》卷22)

謹案:《六書正譌》五卷,元周伯琦撰,有元至正十五年高德基刻本。
〔註61〕《史記·滑稽列傳》「汙邪滿車」,《集解》引司馬彪曰:
「汙邪、下地田也」,〔註62〕《六書正譌》所引涉《史記》而
誤衍「地」字,當以今本爲正。

---

〔註59〕 《續古逸叢書》第15種,頁553~656。
〔註60〕 《中華漢語工具書書庫》冊12,頁395~446。
〔註61〕 《中華再造善本》金元編經部。
〔註62〕 《史記》卷126,滑稽列傳第六十六。

## 韻書之屬

### 《廣韻》

衞　通道也。从行，童聲。《春秋傳》曰反衞以戈擊之。（2 下行部）

衞、通道也。（《舊說文錄・廣韵三鍾》）

謹案：《廣韻》五卷，宋陳彭年、丘雍等編，有南宋孝宗浙刊巾箱本配補南宋高宗紹興浙刊本孝宗乾道鉅宋本。〔註63〕據王勝忠《廣韻引說文之研究》之統計，《廣韻》引《說文》共 1954 例，與大徐本完全相同者有 1533 條，與大徐本略同者有 188 條，與大徐本不同者有 206 條。〔註64〕是條《廣韻》所引釋義與今本全同。

### 《集韻》

籅　飲牛筐也。从竹，廙聲。方曰筐，圜曰籅。（5 上竹部）

《集韻》引「飲」作「飤」，當不誤，《玉篇注》亦作「飤」。（《校錄》）

謹案：《集韻》十卷，宋丁度等編，有日本宮內廳書陵部藏宋本。〔註65〕根據黃桂蘭《集韻引說文考》之統計，《集韻》引《說文》與二徐同而是者有 6308 字，與二徐同而非及與二徐異者有 2933 字。〔註66〕

### 《景佑禮部韻略》

蓈　禾粟之采生而不成者，謂之薑蓈。从艸，郎聲。（1 下艸部）

《禮部韻略二・十一唐》「稂」字注：「《說文》『禾粟之穗生而不成者，謂之薑蓈』」。（《校證辨譌》提要）

謹案：《景佑禮部韻略》五卷，宋丁度等編，有上海涵芬樓影宋紹興本。〔註67〕是條《韻略》所引釋義與今本全同。

### 《增修互註禮部韻略》

卒　隸人給事者衣爲卒，卒、衣有題識者。（8 上衣部）

〔註63〕《宋本廣韻》（南京：江蘇教育出版社，2002 年 8 月）。

〔註64〕王勝忠：《廣韻引說文之研究》（屏東師範學院語教系碩士論文，2004 年），第五章「《廣韻》所引《說文》與大徐本之比較」，頁 150。

〔註65〕《日本宮內廳書陵部藏宋元版漢籍影印叢書》第一輯，北京線裝書局影印出版。

〔註66〕黃桂蘭：《集韻引說文考》（文史哲出版社，1974 年），「凡例」，頁 10。

〔註67〕《續古逸叢書》第 24 種，頁 435～552。

「隸人給事者衣爲卒，卒衣有題識者」者……《一切經音義·十一》「《說文》云：『隸人給事者曰卒，古以染衣題識，表其形也』」，《增韻》所引有「故從衣從十」五字。（《義證》卷 25）

謹案：《增修互註禮部韻略》五卷，宋毛晃、毛居正增修，有元至正十五年日新書堂刊本。〔註 68〕

## 《四聲篇海》

乃　曳詞之難也。象气之出難。凡乃之屬皆从乃。（5 上乃部）

「曳詞之難也」者，《玉篇》引作「曳離之難」，《篇海》引同。（《義證》卷 14）

謹案：《四聲篇海》三卷，金韓道昭撰，有北京大學圖書館藏明成化七年金臺釋文儒募刻鈔本。〔註 69〕

## 《五音集韻》

碑　豎石也。从石，卑聲。（9 下石部）

碑　豎石紀功德。從石，卑聲。（《繫傳》通釋第 18）

「豎石也」者，《五音集韻》引作「豎石紀功德」，《徐鍇本》同。（《義證》卷 29）

謹案：《五音集韻》三卷，金韓道昭撰，有元刊本。〔註 70〕 是條《五音集韻》所引釋義與小徐本同。

## 《古今韻會舉要》

牿　牛馬牢也。从牛，告聲。《周書》曰今惟牿牛馬。（2 上牛部）

牿　牛馬牢也。从牛，告聲。《周書》曰今惟淫牿牛馬。（《繫傳》通釋第 3）

初印本如此，宋本、葉本、趙本、《五音韻諩》、《集韵》、《類篇》皆同。小徐作「今惟淫牿牛馬」，無「舍」字，《韵會》所引小徐本亦作「今惟牿牛馬」，則「淫」字乃張次立所增也。今剜補「淫」、「舍」二字於「今惟」之下以同《尚書》。（《汲訂》6b）

「今惟牿牛馬」眾本皆同，《韵會·二沃》引小徐作「今唯牿牛馬」，「唯」

〔註 68〕　《天理圖書館善本叢書·漢籍之部》冊 8，東京八木書店 1982 年影印出版。
〔註 69〕　《四庫全書存目叢書》經部小學類冊 187，莊嚴出版社影印出版。
〔註 70〕　《校訂五音集韻》，北京中華書局 1992 年影印出版。

字從口爲小異，毛本於今「惟」下刊補「淫」、「舍」二字則依今〈費誓〉，然許書當仍其舊。（《校議》）

文見〈費誓〉，《繫傳》無「舍」字，宋本、初印本及《韻會》引無「淫」、「舍」二字。（《校錄》）

謹案：《古今韻會舉要》三十卷，元黃公紹撰、熊忠舉要，有明嘉靖十五年江西刊本。〔註71〕黃氏《韻會》原帙已佚，清人《説文》校勘著述中所言之《韻會》，皆爲今日僅存之熊忠據原書整理刊行之《古今韻會舉要》。其所引異文可資校勘小徐本，段玉裁〈汲古閣説文訂序〉云：「小徐眞面目，僅見於黃氏公紹《韵會舉要》中」，據呂慧茹《古今韻會舉要引説文考》一書之統計，引《説文》共有 6626 條，其中同於大小徐者，計有 3121 條。〔註72〕是條段氏以《韻會》所引與大徐及其他諸本皆同，認爲小徐本「淫」字爲張次立所增，其説可從。又《韻會》引文末有「一曰楅衡也」五字，二徐本與《集韻》所引皆無，〔註73〕當非許書原文。

## （三）史　部

以下輯錄史部典籍引用《説文》異文者，得 39 種。

## 紀傳類

### 《史記集解》

尾　微也。从到毛，在尸後。古人或飾系尾，西南夷亦然。凡尾之屬皆从尾。（8 下尾部）

《史記・堯本紀》「鳥獸字微」，《集解》引《説文》云「尾、交接也」，今《説文》無此句。（《席記》卷 8）

「亦然」下當有「一曰交接也」，《史記・五帝紀集解》引作「尾、交接也」。《廣韻・七志》「乳化曰孳，交接曰尾」，《列子・釋文》亦有此語，疑許用《尚書》古文説，校者以爲贅語輒刪之。（《校議》）

---

〔註71〕《古今韻會舉要》，北京中華書局 2000 年 2 月影印出版。
〔註72〕呂慧茹：《古今韻會舉要引説文考》（東吳大學中研所碩士論文，2001 年 6 月），頁 498。
〔註73〕《集韻・入沃》：「梏、《説文》牛馬牢也，引《周書》今唯梏牛馬」。

《史記・五帝紀集解》引「尾、交接也」，蓋古本一曰以下之奪文。「乳化曰孳，交接曰尾」，雖係僞孔傳之文，然必古來相傳舊訓。「孳」《史記》作「字」，《說文》訓「字」爲「乳」，則此二語實本許書也，今本乃二徐妄刪。（《古本考》）

謹案：《史記集解》一百三十卷，南朝宋裴駰撰，有上海涵芬樓影印南宋黃善夫刻本。〔註 74〕是條嚴、沈二氏以爲《史記集解》所引當爲一曰以下奪文，《句讀》亦據補「一曰尾、交接也」六字，〔註 75〕《段注》則仍同今本。

**《史記索隱》**

羌　西戎牧羊人也。从人从羊，羊亦聲。南方蠻閩从虫，北方狄从犬，東方貉从豸，西方羌从羊，此六種也，西南僰人僬僥从人，蓋在坤地頗有順理之性，唯東夷从大，大、人也，夷俗仁，仁者壽，有君子不死之國。孔子曰：道不行，欲之九夷，乘桴浮於海，有以也。𦍋、古文羌如此。（4 上羊部）

初印本如此，宋本、葉本、趙本、《五音韵譜》、《集韵》、《類篇》及小徐皆作「牧」，與《史記索隱》、《廣韵》所引合。今剜改作「从」字，繆甚。（《汲訂》17a）

宋本、初印本及《廣韻》、《集韻》、《類篇》、《韻會》、《書牧誓・釋文》引「从」竝作「牧」，《繫傳》作「從」當是後人改。（《校錄》）

濤案：……皆引作「西戎牧羊人也」，蓋古本如是，今本作「从」誤。……毛本「从羊」字斷不通。（《古本考》）

謹案：《史記索隱》三十卷，唐司馬貞撰。

**《史記正義》**

軺　小車也。从車，召聲。（14 上車部）

軺、小車也。（《舊説文錄・貨殖正義》）

小車也者，《史記・貨殖傳正義》引同，《平準書索隱》引同。（《義證》卷 46）

---

〔註 74〕《四部叢刊》史部。

〔註 75〕《句讀》卷 16。

謹案：《史記正義》一百三十卷，唐張守節撰。是條《史記正義》所引
釋義與今本同。

## 晉灼《漢書集注》

俚　聊也。从人，里聲。（8 上人部）

《漢書・季布傳贊注》晉灼引許愼曰：「俚、賴也」，蓋古本如是。（《古
本考》卷 8 上）

謹案：《漢書音義》十七卷，晉晉灼撰，見《新唐書・藝文志》，可由
今本《漢書》〔註76〕中考知其說。

## 臣瓚《漢書音義》

佽　便利也。从人，次聲。《詩》曰決拾既佽，一曰遞也。（8 上人部）

「便利也」者，《漢書・宣帝紀》「應募佽飛射士」……臣瓚曰：「本秦
左弋官也，武帝改曰『佽飛』，在上林苑中結矰繳，弋鳧雁萬頭，以供
祀宗廟。許愼曰：『佽、便利也』，便利矰繳以弋鳧雁，故曰『佽飛』」。
（《義證》卷 24）

謹案：「臣瓚」者，王國維《古本竹書紀年輯證》曰：「《水經注》稱薛
瓚《漢書集注》，裴駰《史記集解序》、顏師古《漢書敍例》作
『臣瓚』，以爲『莫知姓氏』，裴氏又稱其書名《漢書音義》，皆
與酈氏異。《穆天子傳》敍錄有校書郎傅瓚者曾參與校理之役，
《史記索隱》以爲即臣瓚，又引劉孝標說以爲于瓚。《敍例》謂
臣瓚『舉駁前說，喜引《竹書》』。《索隱》以爲傅瓚，疑是」。
是條所引釋義與今本全同。

## 《漢書注》

校　木囚也。从木，交聲。（6 上木部）

校、木囚也。（《舊說文錄・漢書趙充國傳注》）

《漢書・趙充國傳注》師古引《說文》云：「校、木囚也，亦謂以木相貫，
遮闌禽獸也」，是古本有「一曰以木相貫」云云，今本奪　《古本考》

謹案：《漢書注》一百二十卷，唐顏師古撰。是條《漢書注》所引釋
義與今本同。又考《漢書》原文，〔註77〕「亦謂以木相貫……」

〔註76〕《四部叢刊》史部，上海涵芬樓借常熟瞿氏鐵琴銅劍樓藏北宋景祐刊本。

以下當爲顏氏引《說文》後之說解，沈濤誤以師古之說連上合讀爲《說文》語，故以爲古本有「一曰」以下奪文，其說非是。

## 《校漢書按語》

戚　戉也。从戉，未聲。（12 下戉部）

戚、戉也。（《舊說文錄・校漢書按語司馬相如》）

謹案：《校漢書按語》，南唐張泌撰，《宋史・藝文志》著錄有「張泌《漢書刊誤》一卷」，今見王先謙〈前漢補注序例〉所引。是條《校漢書按語》所引釋義與今本同。

## 《續漢志注》

肋　脅骨也。从肉，力聲。（4 下肉部）

肋、脅骨也。（《舊說文錄・續漢志五行注》）

謹案：《續漢書》八十篇，晉司馬彪撰，南朝梁劉昭爲之作注，並將〈志〉八篇析爲三十卷，補入原本無〈志〉的《後漢書》中，有中國國家圖書館藏宋王叔邊刻本《後漢書》。〔註 78〕是條《續漢志注》所引釋義與今本同。

## 《後漢書注》

禱　告事求福也。从示，壽聲。（1 上示部）

告事求福曰禱。（《舊說文錄・後漢書明紀注》）

影宋《書鈔》卷九十引作「告事求福爲禱」，按：上文「精意以享爲禋」，下文「地反物爲祆」，同此語例。（《校議議》）

又《音義》卷十二、卷二十五兩引作「告事求請爲禱」，卷二十二又引作「告事求神曰禱」，作「請」、作「神」皆傳寫譌誤，非所據本有不同也。（《古本考》）

謹案：《後漢書注》一百二十卷，唐章懷太子李賢撰。是條《後漢書注》引作「告事求福曰禱」，與許書「禋」字「精意以享爲禋」、「祆」

---

〔註 77〕《漢書・趙充國傳》：「校聯不絕」，師古曰：此校謂用木自相貫穿以爲固者，亦猶《周易》「荷校滅耳」也。《周禮》：「校人掌王馬之政」、「六廄成校」，蓋用關械闌養馬也。《說文解字》云：「校、木囚也」，亦謂以木相貫，遮闌禽獸也。今云「校聯不絕」，言營壘相次。

〔註 78〕《中華再造善本》唐宋編史部。

字「地反物爲祆」之說解體例相同，《北堂書鈔》、《一切經音義》
引句法亦同，〔註 79〕疑唐本有作「告事求福曰禱」者。《段注》
則同今本。

## 《晉書》

三曰形聲（十五上說文敍）

宋本、葉、趙本、宋明所刊《五音韵諩》皆同，本無可疑者。而萬曆
戊戌庸妄人所刊《五音韵諩》，開卷有許氏〈自序〉、許沖〈上書〉，
標目至爲惡劣，獨作「三曰諧聲」，學者惑之，乃云「諧」字勝「形」
字。抑不知鄭仲師作「諧聲」，《說文》作「形聲」，見於《周禮疏》
甚顯白，且《晉書‧衛恆傳》、《魏書‧江式傳》、《漢‧藝文志注》、《封
氏聞見記》皆引《說文》「三曰形聲」，蓋「指事」、「象形」形其形也，
「形聲」形其聲也。如《班志》言「象聲」，得其解而可不疑矣，附
箸於此。（《汲訂》68b）

謹案：《晉書》一百三十卷，唐房玄齡、令狐德棻、李延壽等修，有中
國國家圖書館藏宋刻本。〔註 80〕

## 《晉書音義》

裎　袒也。从衣，呈聲。（8 上衣部）

裎、袒也，直貞反。（《舊說文錄‧晉書音義卷中》）

謹案：《晉書音義》三卷，唐何超撰。

## 《梁書》

《說文考異三編徵引書目‧唐》

謹案：《梁書》五十六卷，唐姚思廉撰。俟考。

## 《魏書》

三曰形聲（15 上說文敍）

宋本、葉、趙本、宋明所刊《五音韵諩》皆同，本無可疑者。而萬曆

---

〔註 79〕　《北堂書鈔》卷 90，祈禱二十六。玄應《一切經音義》卷 12《雜寶藏經》「禱
　　　　賽」條、卷 22《瑜珈師地論》「厭禱」條、卷 25《阿毗達磨順正理論》「厭禱」
　　　　條。

〔註 80〕　《中華再造善本》唐宋編史部。

戊戌庸妄人所刊《五音韵諟》，開卷有許氏〈自序〉、許沖〈上書〉，標目至爲惡劣，獨作「三日諧聲」……《晉書・衛恆傳》、《魏書・江式傳》、《漢・藝文志注》、《封氏聞見記》皆引《說文》「三曰形聲」。（《汲訂》68b）

謹案：《魏書》一百三十卷，北齊魏收修，有上海涵芬樓影印宋蜀大字本。〔註81〕

## 《隋書》

旐　龜蛇四游，以象營室，游游而長。从㫃，兆聲。《周禮》曰縣鄙建旐。（7上㫃部）

《隋書・禮儀志》引「許慎曰：旐有四游，以象營室」，乃檃括其詞，非古本如是。（《古本考》）

謹案：《隋書》八十五卷，唐魏徵等修，有中國國家圖書館藏宋刻本。〔註82〕是條《隋書》所引已檃括原書說解，沈濤之說是，當以今本爲正。

## 《南史》

砭　以石刺病也。从石，乏聲。（9下石部）

李延壽《南史・卷五十九王僧孺傳》「砭、以石刺病也」，按：《御覽》八百卌卷引此爲《梁書》，今本《梁書・僧孺傳》無此一節而《南史》有之。（《小學述聞》）（《寒秀艸堂筆記》卷一6a）

謹案：《南史》八十卷，唐李延壽修，有中國國家圖書館藏宋刻本。〔註83〕是條原文所引釋義與今本全同。

## 《新唐書》

鼨　豹文鼠也。从鼠，冬聲。（10上鼠部）

濤案：《尔疋・釋獸釋文》、《御覽・九百十一獸部》、《一切經音義》卷一所引皆同今本，惟《唐書・盧若虛傳》云：「此許慎所謂鼨鼠，豹文而形小」，疑盧所見古本如是。（《古本考》）

〔註81〕《百衲本二十四史》冊219～268。

〔註82〕《中華再造善本》唐宋編史部。

〔註83〕《中華再造善本》唐宋編史部。

謹案：《新唐書》二百二十五卷，宋歐陽修等修，有上海涵芬樓影印宋
嘉祐刊本配他本。〔註84〕

## 《兩漢刊誤補遺》

粲　糤粲，散之也。从米，殺聲。（7上米部）

《地理志》「二百里蔡」，《刊誤》曰：「蔡讀如蔡蔡叔之蔡。仁傑曰按：
《左傳正義》『周公殺管叔而蔡蔡叔』，蔡字本粲字，隸書改作粲，遂
失本體。《說文》曰：『粲、散之也，从米殺聲』，然則粲與蔡皆當作粲」。
（《義證》卷21）

謹案：《兩漢刊誤補遺》十卷附錄一卷，宋吳仁傑撰，有清乾隆《知不
足齋叢書》本。〔註85〕

# 編年類

## 《資治通鑑釋文》

苽　雕苽，一名蔣。从艸，瓜聲。（1下艸部）

俊案：「菰」或作「苽」，史炤九上引有「也」字，十二上引下句有「也」
字，十七下又引「苽」同。（《考異補》1下）

謹案：《資治通鑑釋文》三十卷，宋史炤撰，有上海涵芬樓景印烏程蔣
氏密韻樓藏宋刊本。〔註86〕

## 《通鑑釋文辯誤》

癮　寐而未厭。从瘳省，米聲。（7下瘳部）

寐　寐而猒也。從瘳省，米聲。（《繫傳》通釋第14）

鉉本作「未厭」，誤甚。胡身之《通鑑釋文辯誤》引作「米厭」，「米」
即「寐」之譌。蓋古本作「寐」而「寐厭」一譌作「米」，再譌作「未」，
要不若小徐本為長。（《段注》7下）

謹案：《通鑑釋文辯誤》十二卷，元胡三省撰，有中國國家圖書館藏元
刻本。〔註87〕

---

〔註84〕《百衲本二十四史》冊399～438。
〔註85〕《百部叢書集成》第29種。
〔註86〕《四部叢刊》初編史部。
〔註87〕《中華再造善本》金元編史部。

## 《資治通鑑注》

冂　小兒蠻夷頭衣也，从冂，二其飾也，凡冂之屬皆从冂（7 下冂部）

《小徐》、《韵會・廿號》引「小兒」下有「及」字，孫云：《通鑑・晉紀注》引作「小兒蠻夷蒙頭衣也」。《校議》）

謹案：《資治通鑑》二百九十四卷，宋司馬光撰，元胡三省注，有國家圖書館藏明天啓五年長洲陳氏刊本。

## 《資治通鑑綱目集覽》

繾　粗緒也。从糸，璽聲。（13 上糸部）

《綱目集覽》引《說文》「繾、粗絲經緯不同者」，然王幼學元人也，今宋版皆作「粗緒也」，《玉篇》作「繾」，從小篆璽，云「粗細經緯不同者」，與王氏所引，只差「絲」作「細」耳，或是《說文》原文。（《句讀》卷 25）

謹案：《資治通鑑綱目集覽》五十九卷，元王幼學撰，有國家圖書館藏明洪武二十一年梅溪書院刊本（殘存五十卷）。

# 雜史類

## 《國語注》

餕　燕食也。从食，芺聲。《詩》曰飲酒之餕。（5 下食部）

「燕食也」者，韋注《國語》引作「宴安私飲也」。（《義證》卷 14）

謹案：《國語》二十一卷，吳韋昭注，有杭州葉氏藏明嘉靖翻宋本。

〔註 88〕

## 《國語音》

殖　脂膏久殖也。从𠣤，直聲。（4 下𠣤部）

濤案：《國語舊音》引作「脂膏久也」，蓋古本如是。許君以「脂膏久」釋「殖」字，說解中不得更有此字。（《古本考》）

謹案：《國語音》一卷，不著撰人，有馬國翰《玉函山房輯佚書》輯本。

〔註 89〕

〔註 88〕《四部叢刊》史部。
〔註 89〕《玉函山房輯佚書》卷 80，經編春秋類。

## 《國語補音》

蕃　艸茂也。从艸，番聲。（1 下艸部）

「蕃」作「番」，宋庠《國語補音》卷一。知同案：宋氏謂蕃庶字《說文》但作「番」，誤甚。「番」在下「釆」部，系獸足名，「蹞」本字。嘗謂書學自漢以降，爲宋代最疏，自《廣韻》、《集韻》諸編，不辨正俗，譌謬亦多，傅會穿鑿，音義淆惑，動失本原。如此之言，尤誣妄不可信。（《商議》）（《考異補》引）

謹案：《國語補音》三卷，宋宋庠撰，有國家圖書館藏宋紹興間刊明南監修補本。

## 《剡川姚氏本戰國策》

灓　漏流也。从水，䜌聲。（11 上水部）

灓　漏流也。從水，䜌聲。（《繫傳》通釋第 21）

「漏流也」者……《魏策》「昔王季歷葬於楚山之尾，灓水齧其墓」，姚伯聲曰：「《說文》『灓、漏流也，一曰潰也』，墓爲漏流所潰，故曰『灓水齧其墓』」。（《義證》卷 34）

謹案：《剡川姚氏本戰國策》三十三卷，宋姚宏校刊，有清嘉慶八年黃丕烈讀未見書齋刊本。

# 傳記類

## 《姓解》

《說文考異三編徵引書目·北齊》

謹案：《姓解》三卷，北齊邵思撰。俟考。

# 時令類

## 《玉燭寶典》

天　顛也，至高無上。从一大。（1 上一部）

俊案：《玉燭寶典一》引「天、巓也，主高無上從顚也，青徐以舌頭言之文理也，然高遠也，又謂之玄縣也，如懸物如上也」與此異，竊疑「主」當作「至」，「青徐」以下見《釋名》，此恐誤引。「文理也」恐

有誤，「如上」之「如」當作「在」。（《考異補》）

謹案：《玉燭寶典》十二卷，隋杜臺卿撰，今有遵義黎氏校刊日本貞和四年楓山官庫藏鈔本。〔註90〕是條《玉燭寶典》所引與今本不同，又有涉《釋名》而誤衍，皆當以今本爲正。

## 地理類

### 《水經注》

郡　周制天子地方千里，分爲百縣，縣有四郡，故《春秋傳》曰上大夫受郡是也，至秦初置三十六郡以監其縣。从邑，君聲。（6下邑部）

濤案：《水經·河水注》引「上大夫縣，下大夫郡」，與《左傳》合，蓋今本傳寫奪「縣下大夫受」五字。（《古本考》）

謹案：《水經注》四十卷，後魏酈道元撰，有中國國家圖書館藏殘宋刻本〔註91〕、國家圖書館藏明嘉靖十三年吳郡黃省曾刊本。是條《水經注》引無「琅邪」二字，是爲節引，當以今本爲正。

### 《北戶錄》

笎　《北戶錄》引「長節謂之笎」，是古本有「笎」篆。《玉篇》「笎、長節竹也，之恭切」。（《古本考》）

謹案：《北戶錄》一卷，唐張彥遠撰，有國家圖書館藏傳鈔宋臨安府太廟前尹家書籍舖刊本。今本《說文》無「笎」字。

### 《長安志》

《說文考異三編徵引書目·宋》

謹案：《長安志》一卷，北宋宋敏求（1019～1079）撰。俟考。

### 《太平寰宇記》

潁　水出潁川陽城乾山，東入淮。从水，頃聲。豫州浸。（11上水部）

潁　水出潁川陽城乾山，東入淮。從水，頃聲。豫州浸。（《繫傳》通釋第21）

「水出潁川陽城乾山」者，《寰宇記》引本書作「陽乾山」，《括地志》、《晉地道記》竝作「陽乾山」。（《義證》卷33）

---

〔註90〕《古逸叢書》下冊，頁403～512。
〔註91〕《中華再造善本》金元編史部。

　　　謹案：《太平寰宇記》二百卷，宋樂史撰，有日本國宮內廳書陵部藏殘
　　　　宋本。〔註92〕

## 《北道刊誤志》

祺　地反物爲祺也。从示，芺聲。（1上示部）

　　俊案：《北道刊誤志》引「祆、胡神也，唐官有祆正，一曰胡謂神爲祆，
　　關中謂天爲祆」。（《考異補》1上）

　　謹案：《北道刊誤志》一卷，宋王瓘撰，有清道光錢氏據墨海金壺刊版
　　　　重編增輯《守山閣叢書》本。〔註93〕

## 《河朔訪古記》

　　《說文考異三編徵引書目‧元》

　　謹案：《河朔訪古記》三卷，元納新撰。俟考。

# 政書類

## 《唐律疏義》

璽　王者印也，所以主土。从土，爾聲。璽、籀文从玉。（13下土部）

　　璽者印也。（《舊說文錄‧唐律疏義卷一》）

　　《唐律疏義》引「璽者印也」，乃傳寫奪一字，非古本無之，《大唐類要‧
　　一百三十一□部》、《左氏‧襄二十九年正義》、《御覽‧六百八十二儀
　　式部》所引皆有「王」字可證。（《古本考》）

　　謹案：《唐律疏義》三十卷，唐長孫無忌等撰，有上海涵芬樓景印吳縣
　　　　氏滂喜齋藏宋刊本。〔註94〕是條《唐律疏義》所引用重文「璽」
　　　　字，釋義則誤脫「王」字，當從今本爲正，沈說是。

## 《魏王花木志》

薁　嬰薁也。从艸，奧聲。（1上艸部）

　　《魏王花木志》：「燕薁、實如龍眼，黑色，《說文》謂之嬰薁」。（《義
　　證》卷3）

---

〔註92〕　《宋本太平寰宇記》8冊，北京中華書局2000年出版。
〔註93〕　《百部叢書集成》第52種。
〔註94〕　《四部叢刊》三編史部。

－153－

謹案：《魏王花木志》一卷，唐闕名撰，有國家圖書館藏清順治四年兩
浙督學李際期刊《說郛》本。〔註95〕是條《魏王花木志》所引
釋義與今本全同。

## 《通典》

詠　歌也。从言，永聲。（3 上言部）

詠、歌也，从言永聲也。（《舊說文錄・通典卷百四十五》）

謹案：《通典》二百卷，唐杜佑撰，有宮內廳書陵部藏北宋本。〔註96〕
是條《通典》所引與今本全同。

## 《通志》

甚　尤安樂也。从甘，甘、匹耦也。（5 上甘部）

「從甘，甘、匹耦也」者，《通志》引作「從甘匹，匹、耦也」，《字鑑》
引作「從甘從匹，匹、耦也」。（《義證》卷 14）

謹案：《通志》兩百卷，宋鄭樵撰，有國家圖書館藏元至大間福州路三
山郡庠刊元明遞修本。

## 《漢制考》

程　品也，十髮爲程、十程爲分、十分爲寸。从禾，呈聲。（7 上禾部）

程　程品也，十髮爲程、一程爲分、十分爲寸。從禾，呈聲。（《繫傳》通
釋第 13）

宋本、葉本、《五音韵譜》、《集韵》、《類篇》及小徐本及宋王氏《漢志
攷》所引皆作「一程」，惟《趙抄本》作「十程」，乃譌字，而毛本從
之，非也。（《汲訂》29a）

《類聚・五十四》、《御覽・刑法部》皆引作「十發爲程、十程爲寸」，「發」
乃「髮」字傳寫之誤。段先生曰：「百髮爲分，斷無是理」，蓋古本當
如二書所引，今本「爲分十分」四字衍。（《古本考》）

謹案：《漢制攷》四卷，南宋王應麟撰，今有民國十一年上海涵芬樓影
印《學津討原》本。〔註97〕是條小徐本、《漢志攷》及他書引作

〔註95〕《說郛》卷 104。

〔註96〕《宮內廳書陵部藏北宋版通典》，東京汲古書院昭和 55 年（1980 年）出版。

〔註97〕《百部叢書集成》第 46 種。

　　「一程爲分」，《藝文類聚》、《太平御覽》二書引作「十發爲程、
十程爲寸」，未知孰是，姑存疑待考。

## 《營造法式》

　　《說文考異三編徵引書目・宋》

　　　　謹案：《營造法式》三十四卷，宋李誡撰。俟考。

## （四）子　部

　　以下輯錄子部典籍引用《說文》異文者，得 48 種。

## 儒家類

### 《荀子注》

　　鞙　引軸也。从革，引聲。（3 下革部）

　　　　《說文》言器械多云「所以」，以、用也，而淺人往往刪之。如唐楊倞
　　　引「鞙、所以引軸者也」，今本但云「鞙、引軸也」可證。（《汲訂》62b）
　　　　《左傳音義》引《說文》「軸也」，今《說文》「引軸也」，唐楊倞云：「所
　　　以引軸也」語尤備。（《又考》）
　　　　《荀子・禮論注》引作「所以引軸也」，蓋古本如是，今本奪「所以」
　　　二字。（《古本考》）
　　　　謹案：《荀子注》二十卷，唐楊倞注，有遵義黎氏校刊影宋台州本。
　　　　　　　〔註 98〕

### 《帝範》

　　芒　艸耑。从艸，亡聲。（1 下艸部）

　　　　俊案：《帝範注》引「茫、破也」與此異，乃眞唐本也。（《考異補》）
　　　　謹案：《帝範》二卷，唐太宗御撰，有清乾隆武英殿聚珍本。〔註 99〕

### 《孔子集語》

　　正　是也。从止，一以止。凡正之屬皆从正。（2 下正部）

　　　　俊案：宋薛據《孔子集語・一》引曰：「孔子席不正不坐，割不正不食，

〔註 98〕《古逸叢書》上冊，頁 265～488。
〔註 99〕《百部叢書集成》第 27 種。

不飲盜泉之水，積正也」，今無之，疑是佚文。(《考異補》)

謹案:《孔子集語》二卷，宋薛據撰，有國家圖書館藏明嘉靖間四明范
氏刊配補清刊本。

## 農家類

### 《齊民要術》

杍　棠棣也。从木，多聲。(6 上木部)

濤案:《齊民要術‧十》引「棠棣，如李而小、子如櫻桃」，是古本有
「如李而小」八字，今奪，「子」疑當作「實」。(《古本考》)

謹案:《齊民要術》十卷，北魏賈思勰撰，有上海涵芬樓影江寧鄧氏群
碧樓藏明鈔本。〔註100〕

## 醫家類

### 《新修本草》

《說文考異原編補編徵引書目‧梁魏唐》

謹案:《新修本草》五十四卷，唐蘇恭等撰。俟考。

### 《本草圖經》

楊　木也。从木，易聲。(6 上木部)

「蒲柳也」三字各本作「木也」二字，今據《藝文類聚》、《初學記》、
蘇頌《本艸圖經》所引皆作「蒲柳也」訂正。(《說文解字讀‧楊》)

謹案:《本草圖經》五十四卷，宋蘇頌撰。

## 曆算類

### 《九章算術音義》

飱　餔也。从夕食。(5 下食部)

「餔也」者，《左傳釋文》、李籍《九章算術音義》所引竝同。(《義證》
卷 14)

---

〔註100〕《四部叢刊》初編子部。

謹案：《九章算術音義》一卷，魏劉徽撰，唐李籍音義，有南宋刻本。
〔註101〕是條《九章算術音義》所引釋義與今本全同。

## 術數類

### 《五行大義》

木 冒也，冒地而生，東方之行。从屮，下象其根。凡木之屬皆从木。（6 上木部）

《五行大義‧釋五行名》引「木」下有「者」字、「冒」上有「言」字、「从」上有「字」字，皆引書者以意貫屬之，非古本如是。惟「生」作「出」、「根」下有「也」字，則蕭氏所據今本不同也。（《古本考》）

謹案：《五行大義》五卷，隋蕭吉撰，有《宛委別藏》日本刻佚存叢書本。〔註102〕

### 《開元占經》

麟 大牝鹿也。从鹿，粦聲。（10 上鹿部）

麒 仁獸也，麋身、牛尾、一角。从鹿其聲。（10 上鹿部）

《開元占經‧一百十六獸占》引「麟、仁獸也，麋身、牛尾、狼蹄、一角，角端有肉，王者至仁則出」。（《古本考》）

謹案：《開元占經》一百二十卷，唐瞿曇悉達撰，有《秘書集成》本。〔註103〕

### 《稽瑞》

《說文考異原編補編徵引書目‧梁魏唐》

謹案：《稽瑞》一卷，唐劉賡撰。俟考。

## 藝術類

### 《歷代名畫記》

畫 界也。象田四界，聿所以畫之。凡畫之屬皆从畫。（3 下畫部）

---

〔註101〕《中國歷代算學集成》第一編，山東人民出版社影印出版。
〔註102〕《續修四庫全書》子部術數類冊 1060。
〔註103〕《秘書集成》冊 9～12，北京團結出版社影印出版。

張彥遠《法書名畫記》引作「畛也，象田畛，畔所以畫也」。(《校議》)

謹案：《歷代名畫記》十卷，唐張彥遠撰，有明崇禎虞山毛氏汲古閣刻《津逮秘書》本。〔註104〕

## 《廣川書跋》

盉　調味也。从皿，禾聲。(5上皿部)

《廣川書跋》引《説文》「調味器也」，沾「器」字非。(《段注》5上)

謹案：《廣川書跋》十卷，宋董逌撰，有國家圖書館藏明萬曆十八年王元貞金陵刊本。

# 雜家類

## 《風俗通義》

喌　呼雞重言之。从吅，州聲，讀若祝。(2上吅部)

《御覽・九百十八羽族部》引《風俗通》曰：「呼雞朱朱，雞本朱公所化，今呼雞者朱朱也，謹案：《説文》解『喌喌，二口爲讙，州其聲也，讀若祝』，祝者誘致禽畜和順之意，喌與朱音相似耳」，應劭所引《説文》聲讀皆與今本同，而訓解似不相同。(《古本考》)

謹案：《風俗通義》十卷，漢應劭撰，有上海涵芬樓借常熟瞿氏鐵琴銅劍樓藏元大德間刊本。〔註105〕

## 《顏氏家訓》

勿　州里所建旗，象其柄有三游，雜帛、幅半異，所以趣民，故遽稱勿勿。凡勿之屬皆从勿。(9下勿部)

《顏氏家訓・勉學篇》、《韻會・一東》引作「所以趣民事，故忽遽者稱勿勿」。(《校議》)

《顏氏家訓・勉學篇》引「勿者、州里所建之旗也，象其柄及三游之形，所以趣民事，故忽遽者稱爲勿勿」，詞義較完，蓋古本如是。《韻會・一東》引亦同，是小徐本尙不誤也。《廣韻・八物》引同今本，乃後人據今本改，「者」字乃顏氏所足。(《古本考》)

〔註104〕《百部叢書集成》第22種。
〔註105〕《四部叢刊》正編第23種。

謹案：《顏氏家訓》二卷，北齊顏之推撰，有上海商務印書館影縮印江安傅氏雙鑑樓藏明刊本。〔註 106〕是條《顏氏家訓》所引「所以趣民事，故忽遽者稱爲勿勿」二句與今本不同，《古今韻會舉要・一東》引作「勿者、州里所建之旗，象其柄及三斿之形，所以趣民事，故忽遽者稱勿勿」，〔註 107〕二者相近。《段注》同今本，《句讀》則據改作「所以趣民事，故悤遽者稱爲勿勿」，其說曰：「以上皆依《顏氏家訓》及《韻會・一東》「悤」字注引改補」。〔註 108〕

## 《封氏聞見記》

三曰形聲（說文敘）

《宋本》、《葉趙本》、宋明所刊《五音韵譜》皆同，本無可疑者。而萬曆戊戌庸妄人所刊《五音韵譜》，開卷有許氏〈自序〉、許沖〈上書〉，標目至爲惡劣，獨作「三曰諧聲」……《晉書・衛恆傳》、《魏書・江式傳》、《漢・藝文志注》、《封氏聞見記》皆引《說文》「三曰形聲」。（《汲訂》68b）

謹案：《封氏聞見記》十卷，唐封演撰，有國家圖書館藏明崇禎七年常熟馮氏鈔本。

## 《蘇氏演義》

《說文考異原編補編徵引書目・梁魏唐》

謹案：《蘇氏演義》一卷，唐蘇鶚撰。俟考。

## 《刊誤》

《說文考異原編補編徵引書目・梁魏唐》

謹案：《刊誤》二卷，唐李涪撰。俟考。

## 《宋景文筆記》

鳻　鳥聚皃，一曰飛皃。从鳥，分聲。（4 上鳥部）

「鳥聚皃」者，《宋景文筆記》引同。（《義證》卷 10）

---

〔註 106〕《四部叢刊》初編子部。

〔註 107〕《古今韻會舉要》平聲一東「忽」。

〔註 108〕《句讀》卷 18。

謹案:《宋景文筆記》三卷,宋宋祁(996~1061)撰,有清文淵閣《四
庫全書本》。〔註109〕

## 《東觀餘論》

瓿　甊也。从瓦,音聲。(12 下瓦部)

「甊也」者,《東觀餘論》引同。(《義證》卷40)

謹案:《東觀餘論》四卷,宋黃伯思(1079~1118)撰,有故宮博物院
藏明昭武李春熙校刊本。

## 《容齋隨筆五集》

汜　水別復入水也,一曰汜窮瀆也。从水,巳聲。《詩》曰江有汜。(11 上
水部)

汜　水別復入也。從水,巳聲。《詩》曰江有汜,一曰汜窮瀆也。(《繫傳》
通釋第21)

「一曰汜窮瀆也」者,《容齋續筆》「水絕於巳,故汜字之訓,《說文》
以爲窮瀆」。(《義證》卷34)

謹案:《容齋隨筆》五集,宋洪邁(1123~1202)撰,有上海涵芬樓
景印宋刊本配北平圖書館藏刊本常熟瞿氏鐵琴銅劍樓藏明弘
治活字本。〔註110〕是條洪氏所引爲一曰之說,與今本全同。

## 《鶴山渠陽讀書雜鈔》

旝　建大木,置石其上,發以機,以追敵也。从放,會聲。《春秋傳》曰旝
動而鼓,《詩》曰其旝如林。(7 上放部)

「建大木置石其上發以機以追敵也」者,徐鍇本作「發其機以礧敵」,
《讀書雜鈔》、《左傳釋文》、《六書正譌》引竝同。(《義證》卷20)

謹案:《鶴山渠陽讀書雜鈔》二卷,宋魏了翁(1178~1237)撰,有明
萬曆繡水沈氏刻《寶顏堂祕笈》本。〔註111〕

## 《困學紀聞》

郿　左馮翊郿陽亭。从邑,屠聲。(6 下邑部)

---

〔註109〕《景印四庫全書》冊862,台灣商務印書館影印出版。

〔註110〕《四部叢刊》續編子部。

〔註111〕《四庫全書存目叢書》子部雜家類冊95,莊嚴出版社影印出版。

言左馮翊郡郃陽縣有䣛亭也，今各本作「䣛陽亭」，誤，依王伯厚《詩地理攷》所引改正。但《困學紀聞》引《說文》「左馮翊䣛陽亭」，蓋伯厚時《說文》已有誤，作「䣛陽」者伯厚所隨見引用，故有不同耳。（《說文解字讀》）

謹案：《困學紀聞》二十卷，南宋王應麟（1223～1296）撰，有上海涵芬樓影江安傅氏雙鑑樓藏元刊本。〔註 112〕

## 《考古質疑》

殿　擊聲也。从殳，㞥聲。（3 下殳部）

葉大慶《考古質疑》「嘗考許慎《說文》：『殿、堂之高大者也』」。（《義證》卷 44）

謹案：《考古質疑》六卷，宋葉大慶撰，有清乾隆敕刻武英殿聚珍本。〔註 113〕

## 《履齋示兒編》

橐　囊也。从橐省，石聲。（6 下橐部）

「囊也」者……《釋文》引《說文》云：「無底曰囊，有底曰橐」，孫弈《示兒編》亦引之。（《義證》卷 18）

謹案：《履齋示兒編》二十三卷，宋孫弈撰，有清《知不足齋叢書》本。〔註 114〕《段注》云：「又《詩釋文》引《說文》『無底曰囊，有底曰橐』，與今本絕異」。

## 《甕牖閒評》

瓊　赤玉也。从玉，敻聲。（1 上玉部）

俊案：《甕牖閒評·三》、李㪺《日聞錄·一》引「瓊、赤玉也」，據此是不當依段改「亦玉」。（《考異補》）

謹案：《甕牖閒評》八卷，宋袁文撰，有清乾隆敕刻武英殿聚珍本。〔註 115〕是條《甕牖閒評》引與今本同。

---

〔註 112〕《四部叢刊》三編。

〔註 113〕《百部叢書集成》第 27 種。

〔註 114〕《百部叢書集成》第 29 種。

〔註 115〕《百部叢書集成》第 27 種。

## 《續博物志》

《說文考異三編徵引書目・唐》

謹案:《續博物志》十卷,宋李石撰。俟考。

## 《演繁露》

《說文考異原編補編徵引書目・宋》

謹案:《演繁露》十六卷,宋程大昌(1123~1195)撰。俟考。

## 《學林》

《說文考異三編徵引書目・宋》

謹案:《學林》十卷,宋王觀國撰。俟考。

## 《日聞錄》

瓊　赤玉也。从玉,夐聲。(1 上玉部)

俊案:《甕牖閒評・三》、李狪《日聞錄・一》引「瓊、赤玉也」,據此是不當依段改「亦玉」。(《考異補》)

謹案:《日聞錄》一卷,元李狪撰,有清道光錢氏據墨海金壺刊版重編增輯《守山閣叢書》本。〔註 116〕是條《日聞錄》引與今本同。

# 類書類

## 《北堂書鈔》

笛　七孔筩也。从竹,由聲。羌笛三孔。(5 上竹部)

《北堂書鈔》引作「七孔角」,「角」乃「筩」字傳寫之誤,蓋淺人據今本改。(《古本考》)

謹案:《北堂書鈔》一百六十卷,唐虞世南撰,有清光緒十四年南海孔廣陶三十有三萬卷堂校注重刻陶宗儀傳鈔宋本。〔註 117〕是條類書所引與今本不同,當以今本為正,沈濤之說是。

## 《藝文類聚》

旰　晚也。从日,干聲。《春秋傳》曰日旰君勞。(7 上日部)

〔註 116〕《百部叢書集成》第 52 種。
〔註 117〕《唐代四大類書》第 1 冊,清華大學出版社影印出版。

－162－

旰　日晚也，從日，干聲，春秋傳曰日旰君勞（《繫傳》通釋第 13）

　　旰、日晚也。（《舊說文錄・藝文類聚卷一》）

　　謹案：《藝文類聚》一百卷，唐歐陽詢撰，有南宋紹興刻本。〔註 118〕

## 《初學記》

露　潤澤也。从雨，路聲。（11 下雨部）

　　露、潤澤也，从雨，路聲。（《舊說文錄・初學記卷二》）

　　謹案：《初學記》三十卷，唐徐堅等撰，有日本宮內廳書陵部藏宋刻本。
　　　　〔註 119〕是條《初學記》所引釋義與今本全同。

## 《白氏六帖事類集》

圃　種菜曰圃。从囗，甫聲。（6 下口部）

　　《初學記》卷廿四、《宋刊白帖》卷三、《御覽》卷百九十七引作「樹
　　菜」，按：「園」下云「樹果」，明此亦「樹」。（《校議》）

　　謹案：《白孔六帖》三十卷，唐白居易撰、宋孔傳續，有民國二十二年
　　　　吳興張芹伯影印南宋紹興間明州刻本。〔註 120〕是條所引「種」
　　　　誤作「樹」，《校議》之說非是。《段注》云：「馬融《論語注》曰：
　　　　『樹菜蔬曰圃』，元應引《倉頡解詁》曰：『種樹曰園，種菜曰圃』」，
　　　　故知《白孔六帖》所引蓋誤涉馬融注而誤，當以今本為正。

## 《秘府略》

　　《說文考異三編徵引書目》

　　謹案：《秘府略》一千卷，日人滋野貞主等撰。俟考。

## 《事類賦》

雲　山川气也。从雨，云象雲回轉形。凡雲之屬皆从雲。（11 下雲部）

　　雲、山川气也。（《舊說文錄・事類賦注雲賦》）

　　謹案：《事類賦》三十卷，宋吳淑撰並注，有中國國家圖書館藏宋紹興
　　　　十六年刻本。〔註 121〕是條《事類賦》所引釋義與今本全同。

〔註 118〕《唐代四大類書》第 2 冊。

〔註 119〕《日本宮內廳書陵部藏宋元版漢籍影印叢書》第一輯。

〔註 120〕《唐代四大類書》冊 3，頁 1935～2216。

〔註 121〕《北京圖書館古籍珍本叢刊》子部類書類冊 75。

## 《太平御覽》

卒　隸人給事者衣爲卒，卒、衣有題識者。（8 上衣部）

　　宋本如此，葉本、趙本、《五音韵諊》、《集韵》、《類篇》皆作「隸人給事者衣爲卒」。按《太平御覽》引亦同宋本，宋本是也。（《汲訂》34a）

　　《御覽》引無「衣」字，《一切經音義》卷十一引亦無，《玉篇》「隸人給事」也。（《校錄》）

　　《一切經音義》卷十一引「隸人給事者曰卒，古以染衣題識表其形也」，蓋古本如是。《御覽・三百兵部》引作「隸人給事者爲卒，衣有題識者也」，則稍有刪節矣。今本誤衍誤奪，遂不可讀。（《古本考》）

　　謹案：《太平御覽》一千卷，北宋李昉、扈蒙等編纂，有上海涵芬樓影印中華學藝社借照日本帝室圖書寮京都東福寺東京岩崎氏靜嘉堂文庫藏宋蜀刊本。〔註 122〕

## 小說家類

### 《世說新語注》

　　《說文考異三編徵引書目・南朝宋》

　　謹案：《世說新語》三卷，南朝宋劉義慶撰，南朝梁劉孝標注。俟考。

### 《妝樓記》

姅　婦人污也。从女，半聲。《漢律》曰見姅變不得侍祠。（12 下女部）

　　「婦人污也」者……張泌《裝樓記》「……姅音半，《說文》云『婦人污也』，一名入月」。（《義證》卷 39）

　　謹案：《妝樓記》一卷，南唐張泌撰，有清乾隆馬俊良輯《龍威秘書》本。〔註 123〕是條《妝樓記》所引釋義與今本全同。

### 《南村輟耕錄》

幘　髮有巾曰幘。从巾，責聲。（7 下巾部）

　　《輟耕錄》「《說文》『髮有巾曰幘』，幘即巾也」。（《義證》卷 23）

　　謹案：《南村輟耕錄》三十卷，元陶宗儀（1316～1403）撰，有上海涵

---

〔註 122〕宋本《太平御覽》，北京中華書局影印出版。
〔註 123〕《百部叢書集成》第 32 種。

芬樓景吳縣潘氏藏元刊本。〔註124〕是條《南村輟耕錄》所引釋義與今本全同。

## 釋家類

### 《法苑珠林》

震　劈歷振物者。从雨，辰聲。《春秋傳》曰震夷伯之廟。(11 下雨部)

《法苑珠林》卷四引作「霹靂動也」，「動」乃「物」字之誤。(《古本考》)

謹案：《法苑珠林》一百二十卷，唐釋道世撰，有上海影印宋版藏經會影印南宋《磧砂藏》本。〔註125〕

### 《止觀輔行傳弘決》

青　東方色也，木生火。从生丹，丹青之信言必然。凡青之屬皆从青。(5 下青部)

《止觀輔行傳宏決》〔註126〕五之一引「青者、美色也」，疑傳寫有誤，未必古本如是。(《古本考》)

謹案：《止觀輔行傳弘決》十卷，唐釋湛然撰，有清光緒潘祖蔭輯刊《滂喜齋叢書》本。〔註127〕

### 玄應《一切經音義》

敲　橫擿也。从攴，高聲。(3 下攴部)

兩宋本、宋刊《五音韵譜》、《集韵》、《類篇》、毛本如此，惟趙本作「橫擿」，明刊《五音韵譜》同。玫唐貞觀中釋彳應作《大唐眾經音義》，卷十二、十三、十六、十七凡四引皆作「擿」。《說文》無「擿」有「築」，築也，「築」、「槁」、「擿」皆「築」之變也，《說文》作「橫擿」，當由轉寫而變耳。手部「擿、投也」，作「橫擿」則為築石投人之義。(《汲訂》14a)

此引失實，卷九、卷十一、卷十二、卷十五兩引、卷十六凡六引皆作

---

〔註124〕《四部叢刊》廣編。

〔註125〕《中華大藏經》第一輯冊第 62～63。

〔註126〕「宏」本當作「弘」，清人避乾隆帝諱而易字。

〔註127〕《百部叢書集成》第 68 種。

「搹」，非四引也，若卷十三、卷十七實不引。(《說文訂訂》3a)

《一切經音義》婁引作「橫搹也」蓋譌，《說文》無「搹」。(《校錄》)

本書無「搹」字，「搹」即「摘」字之別。殳部「毃、擊頭也」，《左氏定二年傳》「奪之杖以敲之」，《釋文》云「《說文》作毃，云擊頭也」，訓此「敲」云「橫擿也」。是唐本《說文》「毃」、「敲」本二字，元應不應誤令為一，其「下擊」之訓，他卷皆引于《說文》之上，則非許說可知。(《古本考》)

謹案：《一切經音義》二十五卷，唐釋玄應撰，有南宋《磧砂藏本》。[註128] 是書彙集四百五十餘部佛教經論中之詞語，分經逐卷注釋，於詞語下注明反切與釋義，引用典籍極為豐富，是輯佚、校勘、訓詁的重要資料。據陳煥芝《玄應一切經音義引說文考》之統計，引《說文》凡 1299 條。[註129] 是條玄應《一切經音義》六引與今本不同，沈濤以為玄應誤「毃」、「敲」二字為一，其說是。《義證》：「《方言》：『楚凡揮棄物謂之敲』，與擿義合」，[註130] 《段注》本仍作「橫擿」未改。

## 《華嚴經音義》

槁 木枯也。从木，高聲。(6 上木部)

槁、木枯也 《舊說文錄‧沙門慧苑華嚴音義卷七十二》

謹案：《華嚴經音義》二卷，唐釋慧苑撰，有上海影印宋版藏經會影印宋《磧砂藏本》。[註131] 是條《華嚴經音義》所引釋義與今本全同。

## 慧琳《一切經音義》

訥 言難也。从言从內。(3 上言部)

卷四十一、八十七引皆作「从言內聲」，《大徐本》作「从言从內」，《小徐本》作「內聲」，與《音義》所引合。(《一切經音義引說文箋》卷 3)

謹案：《一切經音義》二百卷，唐釋慧琳撰，有日本元文三年至延享三年

[註128] 《中華漢語工具書書庫》冊 52 頁 485～冊 53 頁 83。
[註129] 陳煥芝：《玄應一切經音義引說文考》(中國文化學院中研所碩士論文，1969 年)，「提要」，頁 1。
[註130] 《義證》卷 8。
[註131] 《中華大藏經》第一輯冊第 59。

獅谷白蓮社刻本。〔註132〕據陳光憲《慧琳一切經音義引說文考》之統計，全書引《說文》凡一萬一千餘見，引文計 2541，其引同二徐本者共 953 字。〔註133〕至於《慧琳音義》引《說文》之細目，可參《慧琳一切經音義引用書索引》第 3 冊 11 劃「許慎」條。

## 《續一切經音義》

旭　日旦出皃。从日，九聲，讀若勖。一曰明也。（7 上日部）

旭、日旦出也。（《希麟續一切經音義引說文考》1a）

謹案：《續一切經音義》十卷，遼釋希麟撰，有日本元文三年至延享三年獅谷白蓮社刻本。〔註134〕

# 道家類

## 《老子道德經古本集註》

璧　瑞玉圜也。从玉，辟聲。（1 上玉部）

「瑞玉圜也」者，范應元《老子注》引無「圜」字。（《義證》卷 2）

謹案：《老子道德經古本集註》二卷，有上海涵芬樓影江安傅氏雙鑑樓藏本。〔註135〕

## 《莊子崔譔注》

肎　骨閒肉肎肎箸也。从肉从冎省。一曰骨無肉也。（4 下肉部）

陸氏《莊子音義》曰：「……崔云：『許叔重曰：骨間肉肎肎著也』」。（《說文解字讀・肎》）

謹案：《莊子》十卷，東晉崔譔注，《舊唐書・經籍志》著錄，已亡佚，今可見陸德明《釋文》所引。

## 《列子釋文》

褐　編枲韤，一曰粗衣。从衣，曷聲。（8 上衣部）

---

〔註132〕《續修四庫全書》經部小學類冊 196～197。
〔註133〕陳光憲：《慧琳一切經音義引說文考》（中國文化學院中研所碩士論文，1970年 6 月），頁 9。
〔註134〕《續修四庫全書》經部小學類冊 197。
〔註135〕《續古逸叢書》第 17 種，頁 1～80。

褐、粗衣也。(《舊說文錄・列子力命釋文》)

謹案:《列子釋文》,唐殷敬順撰,有明正統十年本。〔註136〕是條《列子釋文》所引爲一曰義,與今本全同。

## (五)集 部

以下輯錄集部典籍引用《說文》異文者,得 11 種。

### 《楚辭補注》

特　朴特,牛父也。从牛,寺聲。(2 上牛部)

屈賦〈天問〉「焉得夫朴牛」,王逸注:「朴、大也」,洪補注曰:「《說文》云『特牛、牛父也,言其朴特』」……洪慶善引《說文》解說九字與今本不同,疑洪氏所得爲善本,俟攷。(《說文解字讀》)

謹案:《楚辭補注》十七卷,宋洪興祖撰,有清道光李錫齡輯刊《惜陰軒叢書》本。〔註137〕

### 《文選李善注》

騁　直馳也。从馬,粤聲。(10 上馬部)

騁、直馳也。(《舊說文錄・文選西都賦注》)

謹案:《文選注》六十卷,唐李善注,有日本足利學校藏宋明州刊本。〔註138〕是條《文選注》所引釋義與今本全同。據劉青松《昭明文選李善注徵引說文解字研究》之統計,共引《說文》1194 條,與今本有異者 791 條。〔註139〕

### 《二京解》

郂　周文王所封,在右扶風美陽中水鄉。从邑,支聲。岐、郂或从山支聲,因岐山以名之也,枝、古文郂从枝从山。(6 下邑部)

「因岐山以名之也」者,薛綜注《西京賦》引作「岐山在長安西美陽縣界,山有兩岐,因以名焉」。(《義證》卷 19)

謹案:〈西京賦〉三國吳薛綜注,存於今本《文選》中。

---

〔註136〕《中華道藏》四輔眞經冊 15,華夏出版社影印出版。

〔註137〕《百部叢書集成》第 58 種。

〔註138〕《足利學校秘籍叢刊》,東京汲古書院影印出版。

〔註139〕劉青松:《昭明文選李善注徵引說文解字研究》(北京師範大學碩士論文,2006 年 5 月)「緒論」,頁 3。

## 《古文苑》

罧　積柴水中以聚魚也。从网，林聲。（7 下网部）

「積柴水中以聚魚也」者，《古文苑・蜀都賦注》引同。（《義證》卷 23）

謹案：《古文苑》二十一卷，宋章樵注，有中國國家圖書館藏宋端平三年常州軍刻淳祐六年盛如杞重修本。〔註 140〕

## 《文苑英華辯證》

《說文考異三編徵引書目・宋》

謹案：《文苑英華辯證》十卷。俟考。

## 《歐陽行周文集》

尉　从上案下也。从尸，又持火，以尉申繒也。（10 上火部）

歐陽詹〈同州韓城縣西尉廳壁記〉云：「《說文》曰：『尉、畏也，亦慰也、主也，故字從示寸』」……馥按：此說與本書大異，或誤引他書之文。（《義證》卷 31）

謹案：《歐陽行周文集》十卷，唐歐陽詹撰，有國家圖書館藏南宋蜀刊本。

## 《杜工部草堂詩箋》

藿　尗之少也。从艸，靃聲。（1 下艸部）

《草堂詩箋・三十五》引「藿、豆葉也」，《文選・阮籍詠懷詩注》引「藿、豆之葉也」，與此異，沈氏濤曰：「蓋古本如是」。《儀禮・公食大夫注》、《楚辭・愍命注》皆云：「藿、豆葉也」與許解合。《詩・采菽》云：「采菽采菽」，《箋》云：「菽、大豆也，采之者、采其葉以爲藿」。〈小苑〉云：「中原有菽，庶民采之」，《正義》云：「經言采菽，明采取其葉，故云藿也」。《廣雅・釋艸》：「豆角謂之莢，其葉謂之藿」，古人言「藿」無不以爲「豆葉」者。尗、豆一物，今本「少」字誤。（《考異補》）

謹案：《杜工部草堂詩箋》四十卷，有遵義黎氏校刊覆麻沙本。〔註 141〕

## 《施顧註東坡先生詩》

燭　庭燎火燭也。从火，蜀聲。（10 上火部）

---

〔註 140〕《中華再造善本》唐宋編集部。
〔註 141〕《古逸叢書》中冊，頁 137～538。

「庭燎火燭也」者,《御覽》引作「庭燎火炬也」,《藝文類聚》引作「庭燎大燭」,《施注蘇詩》引同。(《義證》卷31)

　謹案:《施顧註東坡先生詩》四十二卷,宋蘇軾撰,施元之、顧禧注,有上海圖書館藏宋嘉泰六年淮東倉司景定三年鄭羽補刻本。

　〔註142〕

## 《黃氏集千家註杜工部詩史補遺》

《說文考異三編徵引書目・宋》

　謹案:《黃氏集千家註杜工部詩史補遺》十卷。俟考。

## 《山谷外集詩注》

《說文考異三編徵引書目・宋》

　謹案:《山谷外集詩注》十卷,宋史容撰。俟考。

## 《會稽三賦注》

《說文考異三編徵引書目・宋》

　謹案:《會稽三賦注》一卷,宋王十朋撰、宋周世則注、宋史鑄增注。俟考。

## 【分　析】

　　本節略依傳統四部之分類,輯考清代《說文》校勘著作中《說文》異文的材料,並進行以下分析:

　　1. 清代學者徵引古書中的《說文》異文多以釋義爲主,其徵引體例有「某書引作某」的略引方式,如:《校議》卷9上:「髮、《君子偕老疏》引作『益髮也』」;以及「某書某卷(某部)引作某」詳引書名、卷數的方式,如:《古本考》卷1上:「禷、濤案:《廣韻・八語》引作『祠也』,蓋古本如是」。透過略引或詳引的方式,摘錄相關異文,再配合輔本(小徐本、唐寫本木部殘卷)與引用他校資料(經傳注疏、字書、韻書)進行分析,最後以案語定異文之優劣及是非,或可據異文改正今本;或論斷異文有隱括、衍奪之誤,當以今本爲正,經過嚴謹的資料蒐集與考證,結論的可信度當然提高。

　　2. 本節分類輯考《說文》異文材料,共計得159種,表列如下:

---

〔註142〕《中華再造善本》唐宋編集部。

| 分　類 | 數　量 |
|---|---|
| 經部 | 34 |
| 經部小學類<br>　字書<br>　韻書 | 27 |
| 史部 | 39 |
| 子部<br>　類書<br>　佛經音義 | 48 |
| 集部 | 11 |
| **總計 159** ||

　　筆者於《漢學研究集刊》第六期曾發表〈清代《說文》校勘材料輯錄析論——以他書所引異文爲論述中心〉〔註143〕一文，當時輯錄所得爲 88 種，如今輯得的數量又增加近一倍，主要原因有二：首先是增加了桂馥《說文義證》中所徵引的材料，其次是參考了王仁俊《說文考異補》書前的兩篇徵引書目，王氏所徵引多由清刻叢書所收之唐宋人筆記、文集中輯出，而其所處時代已爲晚清，復自黎庶昌所刊《古逸叢書》中取材，可惜王氏之書於台灣未能目睹全帙，部分條目之考論只得俟諸來日。

　　3. 再從古籍時代性的角度切入，依照其時代先後、重要著作及其性質重新整理表列如下：

| 時　代 | 徵引《說文》的重要著作 | 著作性質 |
|---|---|---|
| 兩　漢 | 鄭玄三禮注<br>風俗通義 | 古注疏<br>私家著述 |
| 魏　晉 | 晉灼漢書音義<br>莊子崔譔注 | 古注疏 |
| 南北朝 | 皇侃論語義疏、史記集解<br>水經注<br>玉篇（原本玉篇）<br>齊民要術、顏氏家訓 | 古注疏<br><br>字　書<br>私家著述 |

〔註143〕拙著：〈清代《說文》校勘材料輯錄析論——以他書所引異文爲論述中心〉，《漢學研究集刊》第 6 期（2008 年 6 月），頁 129～164。

| 隋　唐 | 五經正義、經典釋文<br>史記索隱、史記正義<br>漢書顏注<br>文選注<br>五經文字、九經字樣<br>北堂書鈔、藝文類聚<br>白孔六帖、初學記<br>玄應一切經音義、慧琳一切經音義 | 古注疏<br><br><br><br>字　書<br>類　書<br><br>佛經音義 |
|---|---|---|
| 宋　元 | 論語疏、孟子疏、爾雅疏<br>類篇、汗簡<br>龍龕手鑑<br>六書故、字鑑<br>廣韻、集韻<br>古今韻會舉要<br>太平御覽 | 古注疏<br>字　書<br><br><br>韻　書<br><br>類　書 |

　　從相關古籍的時代及著作性質來看，東漢時期引用《說文》者，即有鄭玄《三禮注》與應劭《風俗通義》，尤其是鄭玄的時間與許慎最近，可惜引文只有寥寥數條。而後魏晉、六朝以《玉篇》為最重要，尤其是清末於日本發現的《原本玉篇殘卷》；唐代義疏之學發達，字樣學也逐漸成形，此時的古注疏、字書、類書與佛教音義書大量援引《說文》，〔註144〕顯示出《說文》在此時的地位與重要性。宋元以後徵引《說文》的著作，則以字書、韻書等小學關係書為多，其價值在於對二徐本的考訂。

　　4. 透過清代學者考訂唐以前各種古書，可以得見唐以前《說文》面目，即清代校勘著作中，屢屢言及的「古本」、「六朝舊本」與「唐本」。大陸學者周祖謨也認為上考唐宋類書及各書音義箋注，除校定二徐本外，尚可求唐本《說文》之舊：

　　　　夫《說文》一書，近世流傳者皆為宋初徐鉉之刊定本。徐氏校訂之
　　　　時所取之異本必多，惜皆不傳。今日所可取證者，惟其弟徐鍇之《說
　　　　文繫傳》而已。鍇書成於南唐，亦經宋人所改竄，已非其舊。不有
　　　　唐本，終難定二徐之精麤美惡也。是以清代之治《說文》者，除校
　　　　定二徐本外，猶必上考之於唐宋類書及各書音義箋注等，以求唐本

―――――――――――
〔註144〕如《經典釋文》、《文選注》、《一切經音義》，每書所引條數皆超過千條。

之舊，意即在此。〔註145〕

## 三、近代《說文》異文研究之成果

### 【說　明】

　　筆者數年前撰寫碩士論文《唐五代韻書引說文考》時，於第一章緒論之「前人研究成果」，曾列舉現代學者《說文》異文研究之篇目，計得專書 19 部與論文 6 篇。這幾年持續收集相關資料，並利用網際網路搜索引擎、國家圖書館全國博碩士論文資訊網與中國期刊網之檢索，所得篇目日漸增多。今以「論著目錄」方式呈現，俾利學者參考。

　　一、篇目收錄時限為 1911 年～2009 年 6 月。

　　二、著作類型分為「專書」、「期刊論文」與別裁自專書中的「單篇」。

　　三、依傳統四部分類，經部小學類為數較多且重要，於經部後別立一類，
　　　　每類之中再依書籍性質與時間先後排列。

　　四、典籍收錄時代與前小節「異文書目類考」同以宋、元為年代下限，
　　　　明代以後著作徵引《說文》者置於附錄。

　　五、每條篇目著錄內容依次為作者、書名（篇名）、（期刊名或論文集名
　　　　稱、裁篇來源）、（期刊頁碼或裁篇頁碼）、出版時間、（學位論文之指
　　　　導教授），為求格式之統一，出版時間一律採用西元紀年。

　　六、遇有原為學位論文，後修訂出版；或同一論文後來另收錄於論文集、
　　　　同一論文於期刊連續刊載者，皆合為同一條篇目。

　　七、附錄部分收錄其他相關研究篇目。

### （一）經　部

葉程義　《禮記正義》引《說文》考　《禮記正義》引書考　頁 1061～1065
　　　　政治大學中研所碩士論文　熊公哲指導　1969 年

馬萃澤　《五經正義》引《說文》考　吉林師範大學學報（人社版）　2005
　　　　年第 5 期　頁 70～72 轉頁 91　2005 年 10 月

孫福國　《五經正義》引《說文》研究　山東師範大學漢語言文字學碩士論
　　　　文　吳慶峰指導　2007 年 4 月

李威熊　《經典釋文》引《說文》考　政治大學中研所碩士論文　高明指導

---

〔註145〕周祖謨：〈唐本說文與說文舊音〉，《問學集》下冊頁 725。

　　　　1971 年 6 月

## （二）經部小學類

### 字書之屬

張舜徽　唐寫本玉篇殘卷校說文記　舊學輯存　頁 509～640　齊魯書社
　　　　1988 年〔1942〕

曾忠華　《玉篇》零卷引《說文》考　台灣商務印書館　1970 年 7 月

曾忠華　《玉篇》零卷引《說文》考（一）　大陸雜誌　第 36 卷第 1 期　頁
　　　　19～22　1968 年

曾忠華　《玉篇》零卷引《說文》考（二）　大陸雜誌　第 36 卷第 2 期　頁
　　　　28～32　1968 年

曾忠華　《玉篇》零卷引《說文》考（三）　大陸雜誌　第 36 卷第 3 期　頁
　　　　30～32　1968 年

柯金虎　《大廣益會玉篇》引《說文》考　政治大學中研所碩士論文　高明
　　　　指導　1970 年

朱學瓊　《玉篇》引《說文》考異　國立編譯館館刊　第 3 卷第 2 期　頁 89
　　　　～132　1974 年 12 月

沈壹農　原本《玉篇》引述唐以前舊本《說文》考異　政治大學中研所碩士
　　　　論文　陳新雄指導　1986 年

陳建裕、高其良　《玉篇零卷》與《說文》的校勘　南都學壇（哲社版）　第
　　　　18 卷第 5 期　頁 59～60　1998 年

朱葆華　《原本玉篇》　中文自學指導　1998 年 2 月

劉友朋、高薇薇、頓嵩元　顧野王《玉篇》及《玉篇》對《說文》的匡正　劉
　　　　天中學刊　第 13 卷第 3 期　頁 56～59　1998 年 6 月

王紫瑩　原本《玉篇》引《說文》研究　中央大學中研所碩士論文　許師錟
　　　　輝指導　1999 年 5 月

馮　方　《原本玉篇殘卷》引《說文》與二徐所異考　古籍整理研究學刊　2000
　　　　年第 2 期　頁 56～58　2000 年

楊秀恩　《玉篇殘卷》等五種材料引《說文》研究　河北師範大學碩士論文
　　　　張標指導　2002 年 4 月

姚永銘　顧野王之《說文》研究索隱　古漢語研究　2002 年第 1 期（總第 54

期）　頁 24～27　2002 年 3 月

馮　方　《原本玉篇殘卷》徵引《說文‧言部》訓釋輯校（一）　古籍整理
　　　　研究學刊　2002 年第 6 期　頁 93～95　2002 年 11 月

楊秀恩　《玉篇殘卷》等五種材料引《說文》研究　河北科技大學學報（社
　　　　科版）　第 3 卷第 2 期　頁 28～32　2003 年 6 月

侯小英　從《原本玉篇殘卷》看段校《說文》　重慶三峽學院學報　第 20 卷
　　　　第 3 期　頁 42～44　2004 年

劉又辛　《原本玉篇》引《說文》箋校補　劉又辛語言學論文集　頁 78～170
　　　　北京商務印書館　2005 年 12 月

劉又辛　《原本玉篇》引《說文》箋校補　文史　2005 年第 1 輯　頁 42～44
　　　　2005 年

鄧春琴　《原本玉篇殘卷》引《說文解字》釋義方式說略　樂山師範學院學
　　　　報　第 21 卷第 6 期　頁 53～55　2006 年 6 月

徐前師　唐寫本《玉篇》校段注本《說文》　上海古籍出版社　2008 年 1 月

許　剛　張舜徽先生《唐寫本玉篇殘卷校說文記》的學術價值　學習與實踐
　　　　2008 年第 3 期　頁 158～160

蘭天峨、賀知章　《原本玉篇殘卷》糸部引《說文》考異　寧夏大學學報（人
　　　　文社會科學版）第 30 卷第 5 期　頁 39～49　2008 年 9 月

陳飛龍　《龍龕手鑑》引書考——《說文解字》　《龍龕手鑑》研究　頁 933
　　　　～959　政治大學中研所博士論文　高明、林尹指導　1974 年

李義活　《字鑑》引《說文》考　文化大學中研所碩士論文　1983 年 1 月　陳
　　　　新雄指導

魏曉麗　《字鑑》所引《說文》異文　《《字鑑》研究　頁 28～38　陝西師範
　　　　大學碩士論文　黨懷興指導　2002 年 5 月

韓相雲　六書故引《說文》考異　師範大學中研所碩士論文　許師錟輝指導
　　　　1986 年 5 月

張智惟　《六書故》引述情形　戴侗《六書故》研究　頁 81～119　逢甲大學
　　　　中研所碩士論文　宋建華指導　2000 年

盧鳳鵬　《六書故》引唐本《說文》「槭」篆試析　畢節師範高等專科學校學
　　　　報　第 21 卷第 2 期　頁 89～91　2003 年 6 月

黨懷興　《六書故》所引唐本《說文》考　宋元明六書學研究　頁 282～294

中國社會科學出版社　2003 年 12 月

黨懷興　六書故所引唐本《說文解字》考　《陝西師範大學學報（哲社版）第 28 卷第 4 期　頁 152～157　1999 年 12 月

黨懷興　《六書故》所引蜀本《說文》考　宋元明六書學研究　頁 294～298　中國社會科學出版社　2003 年 12 月

## 韻書之屬

劉燕文　《切韻》殘卷 S.2055 所引之《說文》淺析　1983 年全國敦煌學術討論會文集・文史遺書編下　頁 320～333　1983 年

單周堯　《切韻》殘卷 S2055 引《說文》考　2000 年敦煌學國際學術討論會文集：紀念敦煌藏經洞發現暨敦煌學百年　甘肅民族出版社　2003 年〔註 146〕

翁敏修　唐五代韻書引《說文》考　古典文獻研究輯刊三編第 23 冊　花木蘭文化出版社　2006 年 9 月

翁敏修　唐五代韻書引《說文》考　東吳大學中研所碩士論文　許師錟輝指導　2000 年 6 月

徐朝東　蔣藏本《唐韻》引《說文》考　訓詁學會 2006 年學術年會暨慶祝劉又辛教授從教 60 周年學術研討會　2006 年〔註 147〕

曾忠華　《廣韻》引《說文》考　國文學報　第 5 期　頁 23～45　1976 年 6 月

熊桂芬　《廣韻》所引《說文》與大徐本考異　長江學術　2003 年第 6 期

王勝忠　《廣韻》引《說文》之研究　屏東師範學院語教系碩士論文　柯明傑指導　2004 年

張　雋　《廣韻》引證《說文解字》說略　《廣韻》訓詁專題研究　頁 19～30　南京師範大學碩士論文　2005 年 4 月

溫英明　《廣韻》徵引《說文》研究　北京師範大學碩士論文　2007 年 5 月

黃桂蘭　《集韻》引《說文》考　文史哲出版社　1974 年

黃桂蘭　《集韻》引《說文》考　政治大學中研所碩士論文　1973 年 6 月　高明指導《韻會》引《說文》箋　稿本 5 冊　中國國家圖書館藏（民國間普通古籍，字 131.69/99）

---

〔註 146〕本條資料由台師大蔡忠霖教授熱心提供，謹此致謝。
〔註 147〕本條資料轉引自徐前師《唐寫本玉篇校段注本說文》頁 9。

花登正宏　《古今韻会挙要》所引《說文解字》考——とくに巻二十五につ
　　　　　いて　人文研究　第 38 卷第 4 分冊　頁 1〜18　1986 年 12 月
中前千里　《古今韻会挙要》に引く《說文解字》について　漢語史の諸問
　　　　　題　頁 341〜366　京都大學人文科學研究所　1988 年 3 月
花登正宏　再論《古今韻會舉要》所引的《說文解字》　第一屆國際暨第三
　　　　　屆全國訓詁學學術研討會論文　頁 269〜282　1997 年 4 月
呂慧茹　《古今韻會舉要》引《說文》考　東吳大學中研所碩士論文　許師
　　　　鋖輝指導　2001 年 6 月

## （三）史　部

班吉慶　漢書顏注引證《說文》述評　揚州師院學報（社科版）　1994 年第
　　　　3 期　頁 112〜120　1992 年 11 月
馮玉濤　《史記》三家注引《說文》校補大徐　寧夏大學學報（人社版）　第
　　　　24 卷第 5 期（總第 107 期）　頁 5〜8　2002 年
徐前師　《史記》《後漢書》注引《說文》瑣議　雲夢學刊　第 27 卷第 1 期
　　　　頁 141〜142　2006 年 1 月
鄭成益　正史唐人注引《說文》考　輔仁大學中研所碩士論文　王初慶指導
　　　　2005 年
鄭德坤　水經注引書考——《說文解字》　水經注引書考　頁 37　藝文印書
　　　　館　1974 年 12 月
林紀昭　《令集解》所引《說文》攷　關西大學東西學術研究所紀要　頁 1
　　　　〜38　關西大學東西學術研究所　1973 年 3 月〔註 148〕

## （四）子　部

### 類書類

徐傳雄　唐人類書引《說文》考　輔仁大學中研所碩士論文　高明指導　1970
　　　　年
劉建鷗　唐類書引《說文》考　黎明文化事業公司　1982 年 10 月
山口角鷹　《倭名抄》所引《說文》考　日本漢字史論考　頁 175〜189　松

---

〔註 148〕《令集解》是日人惟宗直本於九世紀後半期（中國唐貞觀年間）所編纂的法
　　　　制書，記載了古代明法家們對於大寶、養老令等條文在施行的解釋上所作的
　　　　修正，今有田中讓氏舊藏典籍古文書抄本。

雲堂書店　1985 年 7 月

山口角鷹　《倭名抄》所引《說文》考（二）　日本漢字史論考　頁 195〜208　松雲堂書店　1985 年 7 月

翁敏修　《倭名類聚抄》引《說文》考　東方人文學誌　第 6 卷第 4 期　頁 187〜216　2007 年 12 月

**釋家類**

丁福保　說文解字詁林後敘　說文解字詁林　1924 年

丁福保　重印說文古本攷敘　說文古本考民國十五年重印本　1926 年

陳煥芝　玄應《一切經音義》引《說文》考　中國文化學院中研所碩士論文　高明指導　1969 年

姜　磊　玄應《一切經音義》引《說文》研究　寧夏大學碩士論文　馮玉濤指導　2006 年 5 月

姜　磊　玄應《一切經音義》校勘大徐本例說　寧夏大學學報（人社版）　第 28 卷第 2 期（總第 133 期）　頁 45〜47　2006 年

姜　磊　玄應《一切經音義》校補大徐本例說　科技信息　2008 年第 14 期　頁 518 轉 520　2008 年

胡樸安　讀〈一切經音義彙編提要〉　樸學齋讀書記　國學彙編第一集　1912 年

陳光憲　慧琳《一切經音義》引《說文》考　中國文化學院中研所碩士論文　高明指導　1970 年 6 月

施俊民　《慧琳音義》與《說文》的校勘　辭書研究　1992 年第 1 期（總第 71 期）　頁 109〜116　1992 年 1 月

徐時儀　《說文解字》的引用參證　慧琳音義研究　頁 95　上海社會科學院出版社　1997 年 11 月

任　敏　《慧琳音義》引用《說文》略考　河北師範大學漢語言文字學碩士論文　張標指導　2002 年 4 月

徐時儀　《一切經音義》引《說文》考　中國語學研究開篇 25　2006 年 5 月

黃仁瑄　高麗藏本慧苑音義引《說文》的異文問題　語言研究第 28 卷第 3 期　頁 122〜126　2008 年 7 月

（五）集　部

董　憨　《文選》李注引《說文》箋　天津益世報（人文週刊第 10 期）　1937
　　　　年 3 月 12 日

溫文錫　李善文選注引說文考緒論　學粹第 8 卷第 5.6 期　1955 年

李達良　李善文選注引說文考　香港中文大學聯合書院學報　第 4 期　頁 2
　　　　～103　1965 年

李達良　李善文選注引說文校記　香港中文大學聯合書院學報第 9 期　頁 39
　　　　～48　1971 年

小林靖幸　文選李善注所引《說文解字》1　文藪 1　1975 年

小林靖幸　文選李善注所引《說文解字》2　文藪 2　1976 年

小林靖幸　文選李善注所引《說文解字》3　文藪 3　1976 年

金德均　《文選》李善注引《說文》考　韓國外國語大學碩士論文　1982 年

郭景星　文選李善注引說文考異　南京出版公司　1989 年 6 月

張文霞　《文選》李善注引《說文》資料研究　河北大學碩士論文　薛克謬
　　　　指導　2001 年 6 月

張文霞　淺析《文選》李善注引《說文》之被釋字　晉東南師範專科學校學
　　　　報第 20 卷第 1 期　頁 52～54　2003 年 2 月

劉青松　《昭明文選》李善注徵引《說文解字》研究　北京師範大學碩士論
　　　　文　朱小健指導　2006 年 5 月

張文霞　《文選》李善注所引《說文》釋義情況與大徐本之比較研究　宜賓
　　　　學院學報 2007 年第 1 期　頁　2007 年

劉青松　李善《文選注》對《說文解字》釋義的改造　河北科技大學學報哲
　　　　社版　頁 78～82 轉頁 94　2007 年 12 月

孫富中　唐鈔《文選集注》所引《說文》考異　文教資料（初中版）2003 年
　　　　第 2 期　頁 43～46　2003 年

翁敏修　唐鈔《文選集注》引《說文》考　第二十屆中國文字學國際學術研
　　　　討會論文集　頁 285～308　國立中山大學中文系　2009 年 5 月

【附錄】

胡吉宣　六朝《說文》輯注 〔註 149〕

---

〔註 149〕本條資料轉引自胡氏〈原本玉篇引書考〉。

鮑國順　段玉裁校改說文之研究　政治大學中研所碩士論文　高明指導
　　　　1974 年

鄭錫元　《說文》段注校勘許書之例──據各書所引《說文》　《說文》段
　　　　注發凡　頁 72～81　師範大學國文所碩士論文　許師錟輝指導
　　　　1982 年

趙　堅　段注校勘《說文》釋例　辭書研究 1985 年第 5 期　頁 29～34

錢超塵　《本草綱目》所引《說文》考　說文解字研究第 1 輯　河南大學出
　　　　版社　頁 416～425　1991 年 8 月

徐元南　《說文解字》段注改大徐篆體之研究　政治大學中研所碩士論文　簡
　　　　宗梧指導　1997 年

王貴元、楊光榮　《說文段注》的校字例　古籍整理研究學刊 1999 年第 2 期
　　　　頁 34～37

楊光榮　《說文段注》據求本字本義校改例　井岡山師範學院學報第 22 卷第
　　　　1 期　頁 19～20　2001 年 2 月

方以智　《通雅》引《說文》研究　香港中文大學碩士論文　2005 年 7 月文
　　　　映霞

李淑萍　康熙字典引用說文概況　康熙字典研究論叢　頁 177～183　文津出
　　　　版社　2006 年 3 月

趙　青　《說文》段注校改質疑　長江大學學報（社會科學版）第 29 卷第 2
　　　　期　頁 116～118　2006 年 4 月

李淑萍　康熙字典及其引用說文與歸部之探究　古典文獻研究輯刊三編冊 24
　　　　～25　花木蘭文化出版社　2006 年 9 月

李淑萍　康熙字典及其引用說文與歸部之探究　中央大學中研所博士論文
　　　　蔡信發指導　2000 年

趙　瑩　《爾雅義疏》引用《說文》研究　北京師範大學碩士論文　李運富
　　　　指導　2007 年 6 月

梁鳳居　淺談《說文解字注》中的校勘　現代語文（語言研究版）2007 年第
　　　　11 期　頁 120～121

翁敏修　清代《說文》校勘材料輯錄析論──以他書所引異文爲論述中心　漢
　　　　學研究集刊第 6 期　頁 129～164　2008 年 6 月

龐貴聰　《字彙》引《說文》之研究　嘉義大學中研所碩士論文　陳茂仁指

導　2008 年 6 月

## 【分析】

　　以上收錄篇目共計 84 種，其中專書 27 種、單篇 57 種，另有附錄 16 種，已較筆者撰寫碩士論文時蒐集的數量更多兩倍有餘。今就相關篇目分析如下：

　　1. 從著作時間來看：自清人對《說文》進行校勘之後，此研究工作近代學者仍持續不輟。筆者目前搜集到撰寫時間最早的，是民國二年胡樸安《樸學齋讀書記》中所載〈讀一切經音義彙編提要〉，其後著作續出，最新資料爲徐前師 2008 年 1 月由上海古籍出版社出版的《唐寫本玉篇校段注本說文》，以及黃仁瑄發表於《語言研究》第 28 卷第 3 期的〈高麗藏本慧苑音義引《說文》的異文問題〉。

　　2. 以學位論文爲撰寫主流：由於小學研究多涉專業，難度較高，故《說文》異文研究的著作性質以學位論文爲主。從本次整理的資料顯示，台灣地區相關研究早年是由高明先生指導的一系列學位論文肇始，包括了：曾忠華《玉篇零卷引說文考》、陳煥芝《玄應一切經音義引說文考》、陳光憲《慧琳一切經音義引說文考》、柯金虎《大廣益會玉篇引說文考》、徐傳雄《唐人類書引說文考》、李威熊《經典釋文引說文考》等。〔註150〕這些論文以唐以前類書與佛經音義爲主要研究對象，高先生認爲可據以考見唐以前《說文》之原貌，其說曰：

> 唐以前書引《說文》者甚眾，類書如：虞世南《北堂書鈔》、歐陽詢
> 《藝文類聚》、徐堅《初學記》，字書如：顧野王《玉篇》、張參《五
> 經文字》、唐玄度《九經字樣》，經史子集古注如：鄭玄《三禮注》、
> 顏師古《漢書注》、酈道元《水經注》、李善《文選注》，音義書如：
> 陸德明《經典釋文》、玄應《一切經音義》、慧琳《一切經音義》……
> 之類，莫不可供參稽，苟一一蒐錄而訂正之，則唐以前《說文》之
> 原本，猶不難考見也。〔註151〕

早期論文寫作，受到了閱讀資料困難、影印不易及電腦尚未普及等不利因素影響，考證容或疏略，但仍有其開創性價值。其次是許師錟輝指導的學位論文，包括韓相雲《六書故引說文考異》、王紫瑩《原本玉篇引說文研究》、拙著《唐五代韻書引說文考》、呂慧茹《古今韻會舉要引說文考》等，則擴張研究範圍，

---

〔註150〕以上著作皆完成於民國 58 年到 60 年之間。

〔註151〕高明：〈玉篇零卷引說文考序〉，《玉篇零卷引說文考》（台北：商務印書館，1970 年 7 月），書首。

以字書、韻書為研究重心。這些由文字學教授指導學生進行研究的學位論文，立論嚴謹、考證詳實，於《説文》校勘確有助益，所以蔡信發先生於《一九四九年以來臺灣地區説文論著專題研究》一書中，給予這些學位論文正面評價：

> 《説文》博、碩士論文成績之評估，約言之，以「文獻類」最為顯著，緣於其針對《説文》，或蒐采唐前稱引《説文》資料，詳考二徐本之異同；或引用元、明資料，辨明二徐本之變遷；或就字義，或就形構，或就説解，或就文例，分別投入心力，逐一辨析，故成果俱在，彙而集之，自能漸復許本之舊，踪近其真，然則其功效易顯，當可驗收。〔註152〕

至於單篇論文撰寫的角度則較為寬廣，舉凡古經傳注疏、字書、類書各層面皆有涉及，只是囿於字數限制，大多未能深入。

3. 就所收八十餘種資料觀察其研究對象：首先是字書與韻書佔極大比例，字書部分共有 28 篇，以《原本玉篇》為研究重心（17 篇），其他還包括《字鑑》、《龍龕手鑑》與《六書故》；韻書部分共有 15 篇，包括《廣韻》、《集韻》、《古今韻會舉要》以及敦煌出土的唐五代《切韻》殘卷。字書與韻書兩者合計共 43 篇，已佔總篇數過半的 52.4%，主要原因當即《説文》為字書之祖，自然為後代字書、韻書所徵引。此外《一切經音義》（12 篇）與《文選》李善注（11 篇）也是近代學者關注較多的研究對象。

4. 仍有值得繼續研究之處：

（1）有近人尚未深入研究的異文材料：將近人研究之篇目與上節《説文》校勘異文書目作比對，發現還有許多唐代及唐以前的異文材料近人尚未注意，如：魏晉時期有晉灼《漢書音義》；南北朝有酈道元《水經注》、賈思勰《齊民要術》、顏之推《顏氏家訓》及裴駰《史記集解》等；唐代則有文字音義類的《五經文字》與《九經字樣》，都值得進一步深入研究。

（2）加強域外漢學之了解：在此次收集的篇目中，利用網際網路檢索，獲得了數篇由日本學者發表的論文篇目，如：花登正宏對《古今韻會舉要》引《説文》的研究，以及小林靖幸對《文選》李善注引《説文》的研究等。另外也發現到除了本國古籍外，更可以擴大研究視野至域外漢籍，例如：日本漢籍《令集解》撰成於初唐貞觀年間、《倭名類聚抄》則成書於五代後唐時

---

〔註152〕蔡信發：《一九四九年以來臺灣地區説文論著專題研究》（台北：文津出版社，2005 年 11 月），頁 236～237。

期，皆去古未遠，若取之比勘我國唐以前《說文》異文材料，相信對校勘《說文》必定有所助益。

# 第三節　歸納傳本《說文》致誤之類型

「校勘」是文獻整理工作的基礎，目的在透過文獻資料的比對，發現所據底本的錯誤。進一步根據校勘成果，進而歸納出古書致誤的各種類型，包括誤字、奪文、衍文、倒文等，即屬於「校勘學」的範疇。

透過著述考與今人異文研究成果的分析，可以得知清代《說文》校勘研究多引用相關材料逐卷、逐字考釋，並沒有全面歸納今本《說文》致誤的類型；而今人的研究則著重於專書徵引《說文》材料，歸納今本致誤類型，但侷限於研究主題所考專書之內。最早如：張舜徽〈唐寫本玉篇殘卷校說文記〉以《原本玉篇》比勘今本《說文》，歸納出傳寫譌脫之例有五；說解衍奪竄亂則有三十例；〔註153〕李威熊《經典釋文引說文考》就其考訂所得，歸納《經典釋文》所引是而今本非者爲二十六例。〔註154〕

本節參考許師錟輝《文字學簡編・基礎篇》所論，〔註155〕依許書說解文字的內容與次序，運用清代學者之校勘成果，歸納今本《說文》致誤的類型爲「篆文之誤」、「說解之誤」、「重文之誤」三類，依次論述，「說解之誤」則依傳統校勘方式再細分爲「誤字」、「奪字」、「衍字」、「倒字」、「語助詞之譌誤」與「其他」六小類，各約舉數例說明。

## 一、篆文之誤

《說文》的性質屬於字書，故其校勘內容與傳統古籍不同之處，在於除了異文比對之外，尚包括篆文形體的考訂。本節分爲「篆文與說解並奪」、「正篆形體有誤」二部分。

---

〔註153〕傳寫譌脫之例如：「有許書本有其文而今本脫奪者」、「有許書本爲一字而今本分爲二字」等，說解衍奪竄亂之例如：「有以形近而譌者」、「有以音近而譌者」等，《舊學輯存》頁509～513。

〔註154〕《經典釋文引說文考》第三章「經典釋文所引說文與今本之比較」，其例有：「宋本形似而誤者」等、「宋本形音相近或音近而誤者」等、「宋本形義相近或義近而誤者」等。

〔註155〕《文字學簡編・基礎篇》第七章「《說文解字》概述」，頁110。

## （一）篆文與說解並奪

頋　頭佳也。从頁，斤聲，讀又若鬢。（《繫傳》通釋第 17 頁部）

按：今鉉本無此字，而《集韵》、《類篇》皆引「《說文》頋、頭佳兒」，《集韵》、《類篇》所據皆鉉本也。然則鉉本本有此篆此解，而轉刊脫之耳。（《汲訂》36b）

謹案：段說是，考證見第五章 9 上頁部。

掔　摩也。从手，研聲。（《繫傳》通釋第 23 手部）

初印本「掖」後無「掔」，宋本、葉本、趙本皆同，《五音韵諩》亦無「掔」字，今剜補「掔」篆，解云：「摩也，从手研聲，禦堅切」，蓋依小徐按補者，在四次以前。據《集韵》、《類篇》引《說文》，則鉉本固有「掔」篆，後脫之耳。（《汲訂》51a）

謹案：段說是，考證見第五章 12 上手部。

## （二）篆文形體有誤

藍　染青艸也。从艸，監聲。

藍　瓜葅也。从艸，監聲。

藍　瓜葅也，從艸，監聲。臣次立按：前已有藍，注云：染青艸也，此文當從艸濫聲，傳寫之誤也。（《繫傳》通釋第 2 艸部）

篆體當作「蘫」，說解當作「濫聲」，前已有「藍、染青艸」，此必轉寫誤。（《校議》）

謹案：嚴說是，考證見第五章 1 下艸部。

昒　尚冥也。从日，勿聲。

昒　尚冥也，從日，勿聲。臣鍇曰：今《史記》作昒同。（《繫傳》通釋第 13 日部）

傳曰：「今《史記》作昒同」，足徵《說文》自作「昒」也。（《繫傳校錄》卷 13）

謹案：考證見第五章 7 上日部。

## 二、說解之誤

　　說解之誤包括傳統校勘中的誤字、奪字、衍字等，是清代學者校勘時最著重的部分。以下分為「誤字」、「奪字」、「衍字」、「倒字」、「語助詞之譌誤」

與「其他」六類，依序說明。

## （一）誤　字

### 形近而誤

盗　械器也。从皿，必聲。

　　「械器也」者，《廣韻》、《集韻》、《類篇》竝引作「拭器」，《集韻》引
　　亦同。（《義證》卷 14）

　　謹案：考證見第五章 5 上皿部。

梲　木杖也。从木，兌聲。

　　《後漢書・禰衡傳注》引作「梲、大杖也」，蓋古本如是，今本作「木」
　　者誤。（《古本考》）

　　謹案：沈說是，考證見第五章 6 上木部。

### 形音相近或音近而誤

落　凡艸曰零、木曰落。从艸，洛聲。（一下艸部，《段注》40）

　　《禮・王制》、《尒雅・釋詁》釋文皆引「艸曰苓木曰落」，是古本作「苓」
　　不作「零」。（《古本考》）

　　謹案：考證見第五章 1 下艸部。

趀　蒼卒也。从走，宋聲，讀若資。（二上走部，《段注》64）

　　小徐及《夬・釋文》引作「倉卒也」。（《校議》）

　　謹案：考證見第五章 2 上走部。

### 形義相近或義近而誤

縟　繁采色也。从糸，辱聲。

　　《後漢書・延篤傳注》及李注文選《西都賦》、《月賦》引「色」竝作
　　「飾」，當不誤。（《校錄》）

　　謹案：鈕說是，考證見第五章 13 上糸部。

除　殿陛也。从自，余聲。

除　殿陛也，从自，余聲。臣鍇曰：王粲賦云循階除而下也（《繫傳》通釋
　　第 28 自部）

　　《玉篇》「殿、階也」，嚴云：《文選注》屢引及《御覽》卷百八十五引
　　並作「殿、階也」。（《校錄》）

謹案：考證見第五章 14 下自部。

## 涉前後說解而誤

熏　火煙上出也。从屮从黑，屮、黑熏黑也。

熏　火煙上出也。從屮從黑，屮、黑熏象。（《繫傳》通釋第 2 中部）
　　宋本作「熏黑也」，誤。（《校議》）
　　謹案：考證見第五章 1 下屮部。

## 涉他書說解而誤

翩　飛聲也。从羽，歲聲。《詩》曰鳳皇于飛，翽翽其羽。
　　《卷阿·釋文》引作「羽聲也」，別引《字林》「飛聲也」。按《鄭箋》、
　　《玉篇》皆云「羽聲」，此涉《字林》改。（《校議》）
　　謹案：嚴說是，此涉《字林》說解而誤，考證見第五章 4 上羽部。

## （二）奪　字

### 奪一字

誣　加也。从言，巫聲。
　　加下當有言字，《一切經音義》卷十、卷廿三引「加言曰誣」，卷十一、
　　卷十五、卷十七、卷廿一引作「加言也」。《六書故》第十一引唐本作
　　「加諸也」，「諸」即「言」之誤。（《校議》）
　　謹案：嚴說是，考證見第五章 3 上言部。

疽　癰也。从疒，且聲。

疽　久癰也。从疒，且聲。（《繫傳》通釋第 14 疒部）
　　《小徐》、《後漢·劉焉傳注》、《一切經音義》卷九、卷十八、卷二十
　　皆引「久癰也」，是古本有「久」字。（《古本考》）
　　謹案：沈說是，考證見第五章 7 下疒部。

### 奪數字或奪文句

籥　管樂也。从龠，虒聲。籛、籥或从竹。

籥　管樂也，七孔。从龠虒聲。籛、籥或从竹。（《繫傳》通釋第 4 龠部）
　　嚴氏說《一切經音義》兩引皆有「七孔」字，桂氏《義證》引諸書七
　　孔、八孔、六孔各不同，而推求皆合，說見《義證》，是宜有「七孔」
　　二字。（《二徐箋異》）
　　謹案：田說是，考證見第五章 2 下龠部。

桎　足械也。从木，至聲。

　　《周禮‧掌囚釋文》、《御覽》卷六百四十四引「足械也」下有「所以質地」。（《校議》）

梏　手械也。从木，告聲。

梏　手械也，所以告天也。從木告聲。（《繫傳》通釋第 11 木部）

　　《周禮‧掌囚釋文》引「梏、手械也，所以告天，桎、足械也，所以質地」，《御覽‧六百四十四刑法部》引同，是古本有「所以告天」、「所以質地」八字，此蓋申明从告、从至之意，所謂聲亦兼義也，二徐不知而妄刪之，誤矣。（《古本考》）

　　謹案：沈說是，考證見第五章 6 上木部。

## （三）衍　字

### 衍一字

杠　牀前橫木也。从木，工聲。

　　「橫」下二徐衍「木」字，《篇》、《韵》亦無。按「橫、闌木也」，「闌、門遮也」，言「牀前橫」知是木爲遮闌。（《木部箋異》）

　　謹案：莫說是，考證見第五章 6 上木部。

廌　解廌獸也，似山牛一角，古者決訟令觸不直。象形，从豸省。

　　《玉篇》云「解廌獸，似牛而一角，古者決訟令觸不直者，見《說文》」，是古本無「山」字……《御覽》卷八百九十獸部引亦無「山」字。（《古本考》）

　　謹案：沈說是，考證見第五章 10 上廌部。

### 衍數字或文句

咼　口戾不正也。从口，冎聲。

　　《玉篇》及《廣韻‧十三佳》亦云「口戾也」，蓋古本皆無「不正」二字。言「戾」於義已瞭，何煩言「不正」乎，淺人妄加，其鄙俗正不待辨。（《古本考》）

　　謹案：沈說是，考證見第五章 2 上口部。

### 涉前後說解而衍

矞　以錐有所穿也。从矛从冏。一曰滿有所出也。

　　《廣韵‧六術》引作「一曰滿也」，無「有所出」三字。（《校議》）

謹案：考證見第五章 3 上 **冏** 部。

**誤衍小徐繫傳語為正文**

禜　設縣蕝為營，以禳風雨雪霜水旱癘疫於日月星辰山川也。从示，榮省聲。一曰禜、衛使灾不生，《禮記》曰：雩禜祭水旱。

禜　設縣蕝為營，以禳風雨雪霜水旱癘疫於日月星辰山川也，從示從營省聲，一曰禜、衛使灾不生。臣鍇按：禮記曰：雩禜祭水旱（《繫傳》通釋第 1 示部）

《繫傳》「禮記」上有「臣鍇曰」三字，樹玉按：〈祭法〉本作「雩宗」，《鄭注》云：「宗當為禜」，楚金因引其文，後人不察混入《說文》，大謬。（《校錄》）

謹案：鈕說是，考證見第五章 1 上示部。

禂　禱牲馬祭也。从示，周聲。《詩》曰既禂既禂。

禂　禱牲馬祭也。從示，周聲。臣鍇按：《詩》曰既禂既禂（《繫傳》通釋第 1 示部）

「既禂既禂」《詩》作「既伯既禱」，鉉本為許所引《詩》……疑鍇本引「既伯既禱」以證「禂」即「伯」之義，鉉附會改易入許書。（《繫傳校勘記》卷上）

謹案：王說是，考證見第五章 1 上示部。

## （四）倒　字

噴　野人言之。从口，質聲。

噴　野人之言，從口，質聲（《繫傳》通釋第 3）

《廣韻》引作「野人之言」，與小徐同。（《二徐箋異》）

謹案：小徐本作「野人之言」是，考證見第五章 2 上口部。

彉　弩滿也。从弓黃聲，讀若郭。

彉　滿弩也。从弓黃聲，讀若郭。（《繫傳》通釋第 24）

《繫傳》及《玉篇》、《韻會》引作「滿弩也」。（《校錄》）

《御覽·卷三百四十八兵部》引「彉、滿弓也」，「彉」即「彉」之別體，「弓」乃「弩」字之誤，《玉篇》引作「滿弩也」。（《古本考》）

《玉篇》引作「滿弩」與《韻會》同，大徐本誤到。（《二徐箋異》）

謹案：田說是，當從小徐本作「滿弩也」，考證見第五章 12 下弓部。

## （五）語助詞之譌誤

### 語助詞之譌

　　黹　會五采繪色。从黹，綷省聲。

　　黹　會五采繪。从黹，綷省聲。（《繫傳》通釋第 14 黹部）

　　　　《繫傳》無「色」字，《廣韻》引「色」作「也」。（《校錄》）

　　　　謹案：考證見第五章 7 下黹部。

　　瀧　雨瀧瀧皃。从水，龍聲。

　　瀧　雨瀧瀧也。從水，龍聲。（《繫傳》通釋第 21 水部）

　　　　《小徐》、《廣韵・一東》引作「雨瀧瀧也」，按「溝」、「沔」、「滔」下
　　　　詞例同，此作「皃」非，云「瀧瀧」則皃在其中。（《校議》）

　　　　謹案：嚴說是，考證見第五章 11 上水部。

### 誤奪語助詞

　　嚳　急告之甚也。从告，學省聲。

　　　　按本注似當作「急也、告之甚也」，告之甚即教令窮極也　《補考》

　　　　「急」下當有「也」字，《一切經音義》卷三、卷四、卷十、卷十一、
　　　　卷十二、卷十五、卷廿二、卷廿三、卷廿五引作「急也」，卷十五引作
　　　　「急也、酷之甚也」。（《校議》）

　　　　謹案：考證見第五章 2 上告部。

　　榜　所以輔弓弩。从木，旁聲。

　　　　「弩」下「也」《篇》引有，二徐無。（《木部箋異》）

　　　　謹案：考證見第五章 6 上木部。

### 誤衍語助詞

　　榷　水上橫木所以渡者也。从木，寉聲。

　　　　「水上橫木所以渡者也」者，《御覽》引云：「水上橫木所以渡也」。（《義
　　　　證》卷 17）

　　　　謹案：考證見第五章 6 上木部。

　　狙　玃屬。从犬，且聲。一曰狙犬也暫齧人者，一曰犬不齧人也。

　　　　《文選・劇秦美新注》引「狙犬」下無「也」字，不誤。（《校議議》）

　　　　謹案：嚴說是，考證見第五章 10 上犬部。

## （六）其　他

### 二徐私改諧聲

袷　大合祭先祖親疏遠近也。从示合。《周禮》曰三歲一袷。

袷　大合祭先祖親疎遠近也。從示，合聲。《周禮》曰三歲一袷。臣鍇：詳此義則誤多「聲」字也。（《繫傳》通釋第 1 示部）

大徐本作「從示合」，刪「聲」字，然鍇猶曰：「誤多聲字」，而原文「合聲」尚存，若大徐則徑刪「聲」字，小徐本遠勝大徐。（《校定本》）

謹案：朱說是，考證見第五章 1 上示部。

芟　刈艸也。从艸从殳。

芟　刈艸也。從艸，殳聲。（《繫傳》通釋第 2 艸部）

小徐、《韵會·十五咸》引作「殳聲」，按：木部「楬、讀若芟刈之芟」，是殳聲也。（《校議》）

謹案：嚴說是，考證見第五章 1 上艸部。

### 因避諱而改

湫　隘下也，一曰有湫水，在周地。《春秋傳》曰晏子之宅湫隘，安定朝那有湫泉。从水，秋聲。

《封禪書》、《地理志》、《郡國志》作「湫淵」，此作「泉」沿避唐諱。（《校議》）

謹案：嚴說是，考證見第五章 11 上水部。

### 譌誤情況非一

謦　失气言，一曰不止也。从言，龖省聲，傅毅讀若慴。謦、籀文謦不省。

當作「失气也，一曰言不止也」，傳寫到耳，《史記》項羽紀索隱、驃騎傳索隱、《文選·東都賦注》、《一切經音義》卷十七、卷十九引作「失气也」，《玉篇》「謦、言不止也，讀若慴」，《晉書音義》卷上引作「讀若摺」。（《校議》）

謹案：考證見第五章 3 上言部。

譯　傳譯四夷之言者。从言，睪聲。

《文選·司馬長卿喻蜀檄注》引「譯、傳也，傳四夷之語也」，蓋古本如是。《後漢書·和帝紀注》引「譯、傳四夷之語也」、《文選·東京賦注》引「譯、傳四夷之語者」，是古本「傳」下總無「譯」字，許君以

「傳」釋「譯」，不得更言「譯」也。「者」下當有「也」字，章懷、崇賢兩引皆有所節。《魏都賦注》引「四夷」作「四方」，蓋傳寫之誤。（《古本考》）

謹案：沈說是，考證見第五章 3 上言部。

## 三、重文之誤

《說文》收錄正篆之外的字形（包括古今字、異體字），稱爲「重文」，共有一千一百六十三字，主要可歸納爲古文類、籀文類與篆文類三種。〔註156〕本節約舉今本《說文》重文之譌誤，分爲「衍重文」、「二字重文互有衍奪」、「奪重文之說解」三部分。

### （一）衍重文

鼹 陋也。从餔，茻聲。茻、籀文嗌字，隘、籀文鼹从自益。

鼹 陋也，從餔，茻聲，隘、籀文鼹從自（《繫傳》通釋第 28 榃部）

末五字非校語，乃譌字耳。（《校議議》）

謹案：考證見第五章 14 下榃部。

### （二）二字重文互有衍奪

饡 孰食也。从食，雝聲。

飴 米糵煎也。从食，台聲。𩛿、籀文飴从異省。

《一切經音義》卷二十引無「煎」字。（《校錄》）

謹案：考證見第五章 5 下食部。

### （三）奪重文之說解

櫑 龜目酒尊，刻木作雲雷象，象施不窮也。从木，畾聲。罍、櫑或从缶，蠱、櫑或从皿，𤭖、籀文櫑。

櫑 龜目酒樽，刻木作雲雷，象施不窮也。從木，畾亦聲。罍、櫑從從缶，蠱、櫑或從皿，𤭖、籀文櫑從缶回。臣鍇曰：回、缶，雷之象也。（《繫傳》通釋第 11 木部）

《繫傳》下有「從缶回」三字。（《校錄》）

「從缶回」三字大徐無。（《木部箋異》）

謹案：考證見第五章 6 上木部

# 第四節　材料運用之突破——重視出土文獻

　　研究古器物文字的活動肇始於漢代，許慎在〈說文序〉中即以「古文」名之，〔註157〕《漢書‧郊祀志》中也有李少君、張敞等人考釋銘文的記載。而近年來竹簡、帛書的相繼出土，不但提供了經學、史學、古文字學大量且重要的研究材料，也使得「出土文獻」（包括了甲骨文、鐘鼎文及簡帛）〔註158〕與考訂《說文》之關係更爲密切。裘錫圭曰：

> 《說文》不但保存了大量早於隸書的古漢字字形，而且還把這樣一些單字以及關於字義、字形結構和字的用法的古說保存了下來：這些單字從不見於其他傳世古書，但是卻見於出土的古文字資料。這些古說既不見於其他傳世古書，但是卻跟出土的古文字資料相合。這既說明《說文》對出土古文字的研究的重要性實際上超出了一般人的估計，同時也說明只有通過出土古文字才能比較充分地認識《說文》的巨大價值。〔註159〕

　　本節略舉數例，呈現清代學者以出土文獻考訂《說文》之內容。

中　而也。从口，丨上下通。屮、古文中，䇂、籀文中。（1 上丨部）

中　和也。从口，丨丄丅通。䇂、籀文中，屮、古文中。（《繫傳》通釋第 1）

　　　　吳彝頌敦作「𣎆」，卯敦作「𣂈」。（《句讀》卷 1）

　　謹案：王筠《句讀》已就金文字形與「䇂」不同處起疑，可惜未有深
　　　　　論。考「中」字金文作「𣂈」（《金文編》中父辛爵）、「中」（《金
　　　　　文編》中盉）、「𣎆」（《金文編》休盤）、「𣎆」（《金文編》盂鼎），

---

〔註157〕〈說文序〉：「郡國亦往往於山川得鼎彝，其銘即前代之古文，皆自相似」。

〔註158〕「近一世紀以來，中國的出土文獻，計其對學術界影響最大的，約有四類，分別爲甲骨文及金文文獻、簡帛文獻、石刻文獻和敦煌文獻。」，鄭吉雄：〈出土文獻研究方法論文集初輯導言〉，《出土文獻研究方法論文集初輯》（台北：台灣大學出版中心，2005 年 9 月）。

〔註159〕〈說文與出土古文字〉，《說文解字研究第一輯》（開封：河南大學出版社，1991年 8 月），頁 64。

商承祚曰：「上下有斿，象因風左右偃也」，〔註160〕羅振玉曰：「斿或在左、或在右，斿蓋因風而左右偃也……斿不能同時既偃於左，又偃於右矣」，〔註161〕許師錟輝曰：「象旗幅、旗杠、旗斿之形，其斿或左向，或右向，或一斿、二斿、三斿不等……和也、內也，皆中斿之義所引申……此獨體也。許書云『从口丨』，此據篆文爲說，非是」，〔註162〕師說是，許慎誤據篆文釋義及釋形，而「」字形之誤，在於同一旗而斿各異向，實在違背常理。又「中」字下收有古文「」、籀文「」兩重文，惟二徐本之次第不同，大徐本古文在前，小徐本則是籀文在前，《段注》本直接刪去「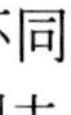」字，今考小徐本「丨」部末「文三、重二」下，張次立曰：「今重一，補遺籀文中一字，共重二」，據此則知許書原無籀文「」，此重文當爲宋人所增，段氏據小徐而刪去之，可也。

友　同志爲友。从二又相交，友也。、古文友，、亦古文友。（3下又部）

習、古文友，焦山古鼎銘「王乎史習作冊」，乃史友也。（《惠記》）

、此蓋《說文續添》，焦山鼎有「」字，從二又相交，明此誤也。（《校議》）

習字疑誤，從二又不从羽，从羽無義。讀鐘鼎文，悟古本作「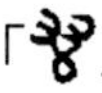」，正取二又相交，焦山、無專鼎銘友字作「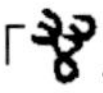」，盧氏見曾〈焦山志〉摹鼎文作「」……古文變篆隸，非寫書沿誤，即版刻轉譌。（《彊識編》）

習、此字見周無專鼎，金石家亦釋作「友」。（《許記》）

謹案：清代學者已根據銅器銘文校勘，考金文作「」（《金文編》毛公旅鼎）、「」（《金文編》多友鼎）、「」（《金文編》大史友甗），羅振玉曰：「从『』乃从『』傳寫之譌，从『』又爲『』之譌也」，〔註163〕許師錟輝就各金文字形釋古文「」曰：「从

〔註160〕商承祚：《說文中之古文考》（台北：學海出版社，1979年5月），頁8。

〔註161〕羅振玉：《增訂殷虛書契考釋》（台北：藝文印書館，1975年），中卷。

〔註162〕《說文重文形體考》第二章「考實篇」，頁343～347。

〔註163〕同上注。

友从甘、友亦聲，許書古文『習』，由此而譌變……字从甘，示同心之言，其臭如蘭之義」，〔註164〕師說是，古文「習」字形當爲「習」、「習」形體之譌變，或從口作「喦」，口、甘義近可相通用。〔註165〕

受　相付也。从受，舟省聲。（4 下受部）

「舟省聲」未詳。（《校議議》）

今本蓋仿隸作篆者改之……鐘鼎文作「習」，從舟不省。（《句讀》卷 8）

謹案：「受」之篆文作「舟」，許慎云「舟省聲」，於篆形未能明其說解之旨，段玉裁曰：「『舟省聲』蓋許必有所受之」，未能詳加解釋。考金文「受」字作「受」（《金文編》盂鼎）、「受」（《金文編》頌鼎）、「受」（《金文編》受父乙觶）等形，舟形或直立、或橫置，皆完整不省；至漢魏碑文作「受」（《隸辨》夏承碑）、「受」（《隸辨》衡方碑），始見隸省之痕跡。故王筠《句讀》曰：「鐘鼎文作『習』，從舟不省」，吳大澂《古籀補》釋從舟之義曰：「兩手持舟，舟承尊之器」，王、吳二說皆是，利用古文字材料，可證成許書「舟省聲」之釋音正確無誤。

# 第五節　清代《說文》校勘之價值

以上各節分別由「校勘方法」、「運用異文材料」、「歸納傳本說文致誤之類型」、「運用出土文獻材料」等方面，詮釋清代說文校勘學之具體內涵，本節論述清代校勘《說文》之價值。

## 一、歸納古籍引《說文》之條例

清代說文校勘著作除了校訂文字之外，也於著作中歸納了數條古籍引《說文》之條例，值得吾人參考。

### 唐人引《說文》舉例

張行孚《說文發疑》六卷，卷 5〈唐人引說文舉例〉，以《釋文》、《後漢

〔註164〕《說文重文形體考》第二章「考實篇」，頁 382～383。

〔註165〕如《說文·口部》「昏」重文古文從甘作「昏」是也。

書李賢注》、《文選李善注》等諸家所引異文，整理得「字從隸體而解說引《說文》者」、「字從相承俗解而解說引《說文》者」、「誤引此字之解說爲彼字之解說」等條例，以論唐人引《說文》之得失。其說曰：

> 唐人諸書所引《說文》，近儒每據之以增減今本。然徧攷諸書所引，
> 實各有條例，非盡今本《說文》譌奪，亦非盡諸書所引有誤也……然
> 則唐人所引《說文》，固有足以訂正今本者，而其采擇，不亦戛難乎？

## 《篇》、《韻》所引《說文》如大徐

琮　瑞玉大八寸，似車釭。從玉，宗聲。（1 上玉部）

「瑞玉大八寸」《玉篇》、《廣韻》二冬。知同案：《篇》、《韻》所引《說文》如大徐注義者十居七八，蓋出陳彭年等改定，非復顧野王、孫強、陸法言、孫愐之舊。乃至兩書引文句之多寡或完或否，恒若分支明出一手，其或不同徐本，有足資考定者，特黜竄未盡爾。（《商議》）（《考異補》引）

謹案：此例說明《玉篇》、《廣韻》已有宋人之刪改，非原本舊貌。二書引《說文》同大徐者，蓋出陳彭年等改定；而與大徐有異，足資考定者，當是當時刪改未盡者。專門論著可參柯金虎《大廣益會玉篇引說文考》與王勝忠《廣韻引說文之研究》。

## 《御覽》多鈔襲舊典

葭　葦之未秀者。從艸，叚聲。（1 下艸部）

荔　艸也，似蒲而小，根可爲刷。從艸，劦聲。（1 下艸部）

「似蒲而小，根可爲刷，葭灰候以律管」《御覽》卷一千。知同按：「葭灰」非「荔」注，當屬上「葭」字。《御覽》多鈔襲舊典，《說文》「葭」、「荔」聯文，他書並引，輯《御覽》者因贅及之，然可見「葭」原有此注，當本作「以候律管」。（《商議》）（《考異補》引）

謹案：鄭氏此例說明編輯《御覽》者多因襲舊典，其說可從，據〈太平廣記・表〉記載，《御覽》是依據《修文殿御覽》（已佚）、《藝文類聚》、《文思博要》等前代類書而來。至於鄭氏據《御覽》所引，以爲「葭」字下原有「以候律管」諸字，其說未允。〔註166〕

---

〔註166〕沈濤《古本考》亦據《御覽》所引，以爲古本有「灰候以律管」五字。考鄭
　　　　氏云：「《說文》『葭』、『荔』聯文，他書並引」，然今本《說文》字次爲「葭」、

## 《韻會》引《説文》兼用二徐本

三　天地人之道也。从三數。凡三之屬皆从三。（1 上三部）

三　天地人之道也。從三數。凡三之屬皆從三。（《繫傳》通釋第 13）

「數名，天地人之道也，於文一偶二爲三，成數也」《韻會》十三覃。

知同案：《韻會》引《説文》兼用兩徐本，意在擇善而從，依小徐者較多，會觀全文自見。近代學者以謂專主小徐，非也。且或於訓詁簡奧與脱略處，不免以意增成，令其易解。亦徑有失檢引誤、憑肊改增者，當細別審定。（《商議》）（《考異補》引）

謹案：此例説明《韻會》（《古今韻會舉要》）引《説文》非專主小徐，而是擇善而從，兼用兩徐本。又《韻會》所引亦有以意增成、失檢引誤之處，據以考訂時須多加留意。

## 《韻會》引《説文》下接言於文若何

三　天地人之道也。从三數。凡三之屬皆从三。（1 上三部）

「數名，天地人之道也，於文一偶二爲三，成數也」《韻會》十三覃。

知同案：……《韻會》注例有引《説文》訓解下接言於文若何者，原非許注而混亂不分，遂有乍爲所惑，認所據小徐本如此者。（《商議》）（《考異補》引）

謹案：此例據《韻會》「三、於文一偶二爲三，成數也」，説明《韻會》引《説文》於訓解後有續言「於文若何」者，當非許書之原文，據以考訂《説文》時須留意。

## 《韻會》云「某或作某」

跛　行不正也。从足，皮聲。一曰足排之，讀若彼。（2 下足部）

「行不正，从足皮聲，一曰足排之，或作岥」《韻會》二十哿。知同案：《説文》一字異形分列兩部者，在《韻會》每於一字下合引之，云：「某或作某」，如舉「重文」之例，非所見小徐本此有重文「岥」之。（《商議》）（《考異補》引）

---

「萊」、「荔」，「葭」、「荔」二字並非聯文；又「灰候以律管」未見於其他書籍對「葭」字之説解，《御覽・地部七》「金門山」條引楊泉《物理論》：「宜陽金山竹爲律管，河內葭莩爲灰，可以調氣」，筆者認爲《御覽》引「葭灰候以律管」五字當另外斷句，是他書之引文。

謹案：此例據《韻會》「跛、或作㱿」，說明《韻會》有云：「某或作某」，
如舉《說文》「重文」之例者，當是《說文》一字異形分列兩部，
即今所謂異體字，據以考訂《說文》時須留意。

## 二、研究內容之擴展

《說文》全書之通例，段玉裁於注中時有闡發，可參近人呂景先之《說
文段注指例》。清代說文校勘著作於校訂文字的同時，也注意到了全書體例。
如陳韻珊《清嚴可均之說文學研究》〔註 167〕、陳茂松《嚴可均說文校議研
究》〔註 168〕兩本學位論文，皆有專節論述嚴可均《說文校議》所論許書通
例。

筆者在論文寫作過程中，發現另有兩部較多討論到許書體例的著作：段
玉裁《汲古閣說文訂》與鄭知同《說文商議》，其說尚未受到學者注意。本小
節以此二書為主，摘錄其中論及許書體例之條目，分為「說解」、「引經」、「音
讀」及「其他」，依次論述。

### （一）說　解

#### 《說文》或言「屬」或言「別」

澥　勃澥，海之別也。从水，解聲。一說澥即澥谷也。（11 上水部）

澥　勃澥，海之別名也。從水，解聲。一說澥即澥谷。（《繫傳》通釋第
21）

今依小徐剜改，補字云：「勃澥海之別名也」。凡《說文》或言「屬」
或言「別」，禾部「稗、禾別也」，謂別於禾而亦禾之屬也。此云「海
之別」，謂別於海而亦海之屬也。凡言「屬」而別在其中，言「別」而
屬在其中。（《汲訂》44b）

謹案：是條說明許慎釋義使用「屬」與「別」的差異，《段注》本沿用
《汲訂》之說。言「屬」而別在其中，言「別」而屬在其中，「屬」
為總名，是大範圍之通稱；而「別」為別名，屬於「屬」其中
的小範圍。

〔註167〕陳韻珊：《清嚴可均之說文學研究》（台灣大學中研所博士論文，1996 年 1 月）。
〔註168〕陳茂松：《嚴可均說文校議研究》（逢甲大學中研所碩士論文，1998 年），第
四章「《說文校議》之評析」，頁 196。

## 許書言「謂」多不言「曰」

霖　霖雨也，南陽謂霖霖。从雨，仸聲。（11 下雨部）

今剡補云：「南陽謂霖雨曰霖」，凡古人書言「謂」則不言「曰」，如《毛傳》「婦人謂嫁曰歸」，本亦無「曰」字，無者是也。許書言「謂」多不言「曰」，而淺人每增之。（《汲訂》48a）

謹案：是條說明許慎以「謂」字釋義的用法，《段注》本「霖」下則未言此例。〔註 169〕段氏提出「許書言謂多不言曰」之說解例，並舉《毛傳》爲證，其說可參，將此例作爲校勘時的參考。

## 《說文》言器械多云「所以」

鉉　舉鼎也，《易》謂之鉉，《禮》謂之冪。从金，玄聲。（14 上金部）

初印本如此，各本及《集韵》、《類篇》皆同，當云「所以舉鼎也」。《說文》言器械多云「所以」，以、用也，而淺人往往刪之。（《汲訂》62b）

謹案：是條說明許慎多以「所以」說解器械名物，卻往往遭後人刪去，《段注》本「鉉」下未言此例，而徑改釋義作「鉉、所以舉鼎也」。此例可作爲校勘時的參考，如三下革部：「靱、引軸也，从革引聲」，《荀子・禮論注》引作「所以引軸也」，戚學標《又考》：「《左傳音義》引《說文》『軸也』，今《說文》「引軸也」，唐楊倞云『所以引軸也』語尤備」、沈濤《古本考》：「《荀子・禮論注》引作『所以引軸也』，蓋古本如是，今本奪『所以』二字」，《段注》於「靱」字下云：「凡許書『所以』字，淺人往往刪之」，是知「所以引軸也」語意較爲完備。

## 一物兩名並不加「一名」

苢　芣苢，一名馬舄，其實如李，令人宜子。从艸，吕聲。《周書》所說。（1 下艸部）

許君凡注一物兩名並不加「一名」，如：「江蘺、蘼蕪」、「蔖楚、銚弋」、「茅蒐、茹蘆」、「菩蔞、果蠃」之類皆是，此一名及上「蘘荷一名蒚蒩」恐皆後人所增。《韵會》改引「一曰」更非，「一曰」是偁別義，全書語例不可亂也。（《商議》）（《考異補》引）

謹案：是條鄭氏由本書「蘺」、「蒇」、「蒐」、「薔」等詞例，提出「一
物兩名並不加一名」之例，並認爲「莒」、「蘘」二字說解中之
「一名」當爲後人所增，其說可參，將此例作爲校勘時的參考。

## 二徐本多脫別義

芮　芮芮艸生皃。从艸，內聲，讀若汭。（1 下艸部）

二徐本注中多脫別義，見於唐宋人引往往有之，並當依補。（《商議》）
（《考異補》引）

謹案：是條鄭氏由《文選·西征賦》引作「小貌」，提出「二徐本多脫
別義」之例，以爲可據古籍所引異文增補二徐本所脫落之別義，
此例可作爲校勘時的參考，惟此條之考證尚待商榷。〔註170〕

## 《說文》舊注時有闌入正文

藤　乾梅之屬。从艸，橑聲。《周禮》曰饋食之籩，其實乾藤，後漢長沙王
始煮艸爲藤。（1 下艸部）

《說文》舊注時有闌入正文未刪者，如此「長沙王」句疑非許語，既
無關古「藤」義，許君亦不得言「後漢」。（《商議》）（《考異補》引）

謹案：是條鄭氏由文義與「後漢」語二處，疑「後漢長沙王始煮艸爲
藤」當非許書原文，提出「說文舊注時有闌入正文」之例，其
說可參，將此例作爲校勘時的參考，《校議》：「『後漢』下十字
當是校語，東漢人不自偁後漢也」、《義證》亦云：「『後漢』二
字非許氏所稱，後人加之」。

## 疊　字

啾　嘆也。从口，叔聲。（2 上口部）

嘆　啾嘆也。从口，莫聲。（2 上口部）

凡縣聯字例詳注上一文，「啾」下當云：「啾嘆、某某也」，今脫去……
但疊字有有不可分言者、有可分言者，凡可分者則次字注不復爰舉，
仍注以上義。（《商議》）（《考異補》引）

透　透迤，衺去之皃。从辵，委聲。（2 下辵部）

〔註170〕如《校議議》：「余謂『小貌』二字必非『芮』下說解，字从艸，上下文皆言
艸也，不當訓『小貌』」，《句讀》則改作：「芮、芮芮艸小兒」。

迆　衺行也。从辵，也聲。夏書曰東迆北會予匯。（2 下辵部）

「逶迆」疊字……古疊字有可分者，此可分者，此可獨言逶、言迆……凡兩字成文不可分者，許於次字下但復舉兩字注之。或可分者，即一字合注一字分注如此。因注中有此兩例，今本注文改亂，或合或分，失其當者在在皆是。以此例求之，尚多可考定。（《商議》）（《考異補》引）

謹案：鄭氏所謂「疊字」之例即《段注》所稱之「連綿字」（連綿詞），在許書中爲數甚多，如「瑾瑜」、「茱萸」、「銀鐺」等，但由於傳寫已久，譌誤難免，也呈現了各種不同的情況，段玉裁在注中已多所校訂，〔註171〕鄭氏但分「疊字」之例爲二，失之簡略。

### 字書相傳有此等文

趠　走意。从走，夒聲。（2 上走部）

「行」有安意，「走」有急意，此注文言行言走之別。已上十數字並不見經典，意是《蒼頡》、《凡將》、《訓纂》諸篇舊裁，漢氏已不通行，故許止總言行走，其用莫能分別。凡全書部屬多文，往往並有此類，如：「草」、「木」、「水」、「魚」各部字，止注「艸也」、「木也」、「水也」、「魚名」，例是不可具詳。字書相傳有此等文，據形知其爲艸木若水若魚而已，其爲何艸木與水之所在、魚之形狀不可詳也。然此猶許君登記以存古者，其先秦以上別國異文奇僻，不關世用，當時撿別裁汰者，蓋猶不知凡幾。（《商議》）（《考異補》引）

謹案：鄭氏此例在說明許書釋義但言「艸也」、「木也」、「水也」者，必爲《蒼頡》、《凡將》、《訓纂》等相傳字書有此等文，其意在載記以存古，不得以其字未見於經典而輒指爲許氏妄增。

## （二）引　經

### 《說文》所偁經傳再舉而文異

奯　空大也。从大，歲聲，讀若詩施罟濊濊。（10 下大部）

周氏本、葉本及《類篇》皆作「泧泧」，按：《說文》水部「濊」下引

---

〔註171〕相關研究可參趙錚：〈從說文解字注看段玉裁的連綿詞觀〉，《湖北大學學報》（哲學社會科學版）第 30 卷第 5 期（2003 年 9 月），頁 85～88、郭瓏：〈段玉裁對說文解字連綿詞訓釋所作校補考〉，《蘭州大學學報》（社會科學版）第 33 卷第 5 期（2005 年 9 月），頁 67～72。

「施罟濊濊」，然說文所偁經傳再舉而文異多矣，不得言「濊」是「泧」非也。王氏、宋本作「濊濊」，趙本、《五音韵諩》及毛本作「濊濊」，則又兩本互異。（《汲訂》42a）

> 謹案：是條說明《說文》引經再舉而文字互異者，《段注》本「蘪」下未言此例。「引經」爲說文重要條例之一，清代學者已有專著論述，如吳玉搢《說文引經考》、程際盛《說文解字引經考》等，亦可參閱近人馬宗霍《說文解字引經考》。

## 引經文句異今傳本

呬　東夷謂息爲呬。从口，四聲。《詩》曰犬夷呬矣。（2上口部）

> 知同案：凡許引經文句異今傳本，可通者爲據諸家別文，不可通者偶由傳寫紊亂。近代注家或指爲約據舉經語，或徑目以誤記。夫以五經無雙之碩儒，正定萬有餘字，形聲義析及毫釐，引經獨如是牕疏，有此事乎？愚茲不信。（《商議》）（《考異補》引）

> 謹案：鄭氏此例說明許慎爲五經無雙之碩儒，書中引經文句有異於今日傳本者，可通者爲諸家別文，而不可通者多爲傳寫紊亂，不得徑以爲誤記。今《毛詩·緜》作「混夷駾矣，維其喙矣」，段玉裁、許槤皆謂此作「犬夷呬矣」當爲三家詩。

## 凡引經傳有證字義字形字音者

去　不順忽出也。从到子。《易》曰突如其來，如不孝子突出不容於內也。凡去之屬皆从去。朿、或从到古文子，即《易》突字。（14下去部）

此引經說「从倒子」之意，凡引經傳有證字義者，有證字形者，有證字音者……不孝子突出不容於內，故字从倒子，又申之云「去」即《易》突字也，謂「去」與「突」音義俱同。（《汲訂》66a）

> 謹案：鄭氏此例說明許書引經之作用，其說當承段氏而來，一上示部「祝、易曰兌爲口爲巫」，段注曰：「凡引經傳有證義者、有證形者、有證聲者」。

## （三）音　讀

## 讀若

皇　大也。从自，自始也。始皇者，三皇大君也。自讀若鼻，今俗以始生

子爲鼻子。(1 上王部)

「自」即「鼻」之最初字,後來經典分用,音義並殊,非古也……許君注中擬讀凡數千文,自來咸認爲止是協音,例不用本字。不知《說文》中擬音者半,擬音兼以詳字義之用者亦半,其條理凡有數端,而取同字異形擬讀一類尤縣,或以明此文即彼文,或以見古初字即繼出字,此注其義例之先見者也。……欲識《說文》古篆,此爲一大要領,而後儒皆忽之,先揭其指於此。(《商議》)(《考異補》引)

吅 驚嘑也。从二口。凡吅之屬皆从吅,讀若讙。(2 上吅部)

「吅」即「讙」之冣初字也,許云:「吅讀若讙」而應劭稱「《說文》二口之字爲讙」,是謂許君說「吅」即「讙」字,此漢儒述許書最早之說。後來咸認《說文》讀法止是準音,不用本字。不知全編中每取同文擬讀,或以明古初字即繼出字,或以明此一文即彼一文,率舉同字異形爲音,即以比合文義,不可枚舉。今得應氏明文,以例其他,可謂信而有徵。於是《說文》中此等古字,可盡識而皆有用,發其凡於此。(《商議》)(《考異補》引)

齭 齒傷酢也。从齒,所聲,讀若楚。(2 下齒部)

陸機〈與弟士衡詩〉:「慷慷含辛楚」,即此字,「辛楚」猶「辛酸」,後來亦言「酸楚」,俗作「憷」、「齼」。《集韻》:「痛也」,故或云「痛楚」、「悽楚」,俗云「苦楚」,亦皆相似。「讀若楚」,以叚借字擬音之例。(《商議》)(《考異補》引)

謹案:「讀若」爲說文重要條例之一,錢大昕、王筠已提出「讀若」並非只是單純擬音性質。〔註172〕鄭氏於此三字下,進一步說明「讀若」的作用有三,首先是:「見古初字即繼出字」,即是今日所謂的「古今字」,如「自」、「鼻」之例是;其次是「此文即彼文」、「同字異形」,即是今日所謂的「異體字」;最後則是「以叚借字擬音」,則可明兩字的假借關係,如「齭」、「楚」之例是,確爲識見。〔註173〕

〔註172〕錢大昕《潛研堂文集》卷 3:「許氏所云『讀若』、所云『讀與同』,皆古書假借之例,不特寓其音,即可通其字,音同而義亦隨之」。《釋例》卷 11:「注家之例,云『讀若』者明其音也,云『讀爲』者注其字也。《說文》無『讀爲』者,與說經不同也。然有第明其音者,有兼明假借者,不可一概論也」。

〔註173〕馮玉濤分析「讀若」有五種作用:說明同源字、說明異體字、說明古今字、

## 《說文》形聲字聲旁有不合韵部者

趭　獨行也。从走，匀聲，讀若榮。（2 上走部）

「榮」从熒省聲，在庚韵，「匀聲」在眞韵，「趭」讀若「榮」，古音之變。古文字有正音、有變音，亦有方音之不同，《說文》形聲字其聲旁或有不合韵部者，當以此例言之。文字非一時所製，時分今古，則有變音。亦非一地所作，地異南北，則有方音。凡求通古聲韵與《說文》形聲字，不明乎此，動多膠窒，乃音學之一大綱紐。（《商議》）（《考異補》引）

謹案：鄭氏針對《說文》形聲字聲符有不合聲音關係之字，提出「古文字有正音有變音」、「有方音之不同」的論點，以爲時分今古，則有變音；地異南北，則有方音，確爲研究形聲字識見。許師錟輝於〈說文形聲字聲符不諧音析論〉〔註 174〕一文，根據許書中形聲字聲符不諧音的「琊」、「毒」、「蓏」等五十七字，逐字析論，提出了「說文釋形之誤」、「說文字形之誤」、「無聲字多音」、「聲韻輾轉相諧」、「後世音變」五種原因，更爲後出轉精之說。

## （四）其　他

## 《說文》同部之字爲次第

疻　瑕也。从疒，巿聲。（7 下疒部）

初印本如此……惟《集韵》及小徐「瑕」作「瘕」，非也，今剟改同小徐。按：《說文》同部之字以義爲次第而類書之，上文云「瘕、女病也」，遠隔三十字，假令「疻」訓「瘕」，則當列於「瘕」篆後矣。（《汲訂》30b）

謹案：段氏提出「《說文》同部之字以義爲次第」例，認爲「疻」字當訓爲「瑕」而不當從小徐作「瘕」，可作爲校勘《說文》時的參考。

## 唐代《說文》、《字林》並重

犉　牛白脊也。从牛，孚聲。（2 上牛部）

《廣韵・十七薛》：「犉、牛白脊，出《字林》」，唐代《說文》、《字林》並重，引者隨舉一種，非《說文》本無其字，他稱《說文》爲《字林》者視此。（《商議》）（《考異補》引）

說明通假字、爲被釋字注音，見〈說文解字讀若作用類考〉，《寧夏大學學報》（社會科學版）1996 年第 3 期，頁 11～22。

〔註 174〕許師錟輝：〈說文形聲字聲符不諧音析論〉，《東吳中文學報》第 1 期，頁 1～19。

謹案：鄭氏據《廣韻》「𠬝」字，提出「唐代說文字林並重」之說，其說可參。唐代無論開科取士或是字樣學的開展，皆以《說文》、《字林》爲本，如：《新唐書‧選舉志》：「凡書學，先口試，通，乃墨試《說文》、《字林》二十條，通十八爲第」、敦煌殘卷 S388〈群書新定字樣序〉：「右依顏監《字樣》，甄錄要用者，考定折衷、刊削紕繆……其字一依《說文》及《石經》、《字林》等書」。〔註175〕

## 今徐本多溢數百文，係唐以前人增附

噂　聚語也。从口，尊聲。《詩》曰噂沓背憎。（2上口部）

人部有「僔、聚也」，引詩「僔沓背憎」，《詩‧釋文》云：「噂、《說文》作僔」不及此，疑此篆注出後人因今詩所加，許所據《毛詩》古文作「僔」不作「噂」也……許書九千三百餘文，今徐本多溢數百文，系唐已前人增附不少而者。「口」「言」兩部、「走」「辵」「彳」「行」四部，其中同義同音之字尤夥，故不免後來往往綴竄，非許原文，惜不能考還原本之舊。（《商議》）（《考異補》引）

謹案：鄭氏疑《說文》本作「僔」，「噂」字爲後人因今詩所加，並提出「今徐本多溢數百文，系唐已前人增附」之說，其說可參，可惜因傳寫已久，無法考還原本之舊。

## 三、運用出土文獻考訂《說文》之先導

繼清代學者以出土文獻作爲考訂《說文》之新材料後，近代學者又以新出土或新發現之出土文獻持續研究，成果豐碩，實可謂「前修未密，後出轉精」。惟運用出土文獻之態度必須謹愼，不可恣意擅改《說文》，或輒指《說文》爲非，王初慶教授曰：

有志從事《說文》學研究者，當自勵自強，本諸《說文》形義之推究，同時愼選古文字學術之菁華，相爲表裏，再推及古文獻之訓讀及歷代字書之形義變遷，必能有直指古籍之精義焉。然以古文字學之得，輕言《說文》可廢者，則吾不知其可也。〔註176〕

〔註175〕參見拙著《唐五代韻書引說文考》（台北：花木蘭文化出版社，2006年9月），第二章第一節「唐代之說文學」。

〔註176〕王初慶：〈談治說文學與治古文字學之關係〉，第十二屆中國文字學全國學術研討會論文集，頁31～42。

　　以下分爲「證成許書之可信」、「補文獻之用字實例」、「考訂篆形、說解之誤」與「造字假借的確證」四部分說明，主要參考了以下專書與單篇論文：

魯實先先生《假借溯原》

許師錟輝《說文重文形體考》

張建葆《說文假借釋義》

季旭昇《說文新證》

王初慶〈談治說文學與治古文字學之關係〉

裘錫圭〈考古發現的秦漢文字資料對於校讀古籍的重要性〉

張顯成〈說文收字釋義文獻用例補缺──以簡帛文獻證說文〉

陳徽治〈70 年代出土的竹簡帛書對說文解字研究之貢獻〉

劉釗〈談考古資料在說文研究中的重要性〉

王貴元〈張家山漢簡與說文解字合證──說文解字校箋補遺〉

## （一）證成許書之可信

戍　守邊也。从人持戈。（12 下戈部）

　　謹案：「戍」之篆文作「戍」，雖從「人」、「戈」構形，但無法與「从人持戈」之說解完全相合。考字於甲文作「𢨋」（《甲編》1.22.6），金文作「𢨋」（《金文編》父辛甗），即充分象人持戈之形，張秉權曰：「從大持戈，會戍守之意」，〔註177〕其說是，其後形體有所省略，「戍」（《金文編》令簋）、「戍」（《金文編》陳章壺）之形，已與《說文》篆形相近。利用古文字材料，可證成許書「从人持戈」之釋形（義在形中）正確無誤。

𣪊　米一斛舂爲八斗也。从𣎴从殳。凡𣪊之屬皆从𣪊。（7 上𣪊部）

糳　糲米一斛舂爲九斗曰糳。从𣪊，丵聲。（7 上𣪊部）

　　謹案：《段注》本改「𣪊」之說解爲「九斗」、「糳」之說解爲「八斗」，其於「𣪊」字注曰：「《九章算術》曰：『糲米率三十，粺米二十七，糳米二十四』……《毛詩》鄭箋：『米之率糲十粺九糳八』……米部曰『粺、𣪊也』，是則『𣪊』與『粺』皆一斛舂爲九斗明甚」，又於「糳」下曰：「詩《生民》、《召旻》音義、《左傳·桓二年

---

〔註177〕張秉權：《殷墟文字丙編考釋》（台北：中央研究院歷史語言研究所，1957 年），頁 286。

音義》皆引《字林》：『氋、子沃反，糲米一斛舂為八斗也』，與《九章筭術》、《毛詩‧鄭箋》皆合……各本『八斗』譌『九斗』繆誤顯然」，其說獲得了桂馥、王筠、嚴章福等人的認同。然今考《睡虎地秦墓竹簡‧秦律十八種倉律》：「糲米一石為糳（氋）米九斗，九（斗）為毀（毇）米八斗」、《張家山漢墓竹簡‧算術書》：「糲米一石為糳米九斗，糳米（九）斗為毀（毇）米八斗」，〔註 178〕兩出土秦簡所記內容與今本《說文》同，可證成許書兩字之釋義本正確無誤，裘錫圭曰：「段玉裁因為《九章算術》、《詩經》鄭箋所記的各種粗細小米的比例……這樣改，看起來似乎很有道理，所以得到很多人的同意。現在秦簡出土，才知道《說文》并不錯」。〔註 179〕

### （二）補文獻之用字實例

叴　卜問也。从卜，召聲。（3 下卜部）

謹案：「叴」字但見於字書（《玉篇》、《類篇》），韻書（《廣韻》、《集韻》），經典未見實際用例，故《段注》曰：「疑此即後人杯捝字，後人所增」。今考西周周原甲骨 H11：5「叴曰：子，叴曰：其」、H31：4「叴曰：毋……既，弗克入□」，前辭皆用「叴」字及其卜問之本義，李學勤曰：「前人研究《說文》，于此字不得其解……現在看西周卜辭，此字用法與『貞』相同，可知段氏之說是不正確的」。〔註 180〕出土甲骨可補文獻之用字例，並為許書可信之確證。

---

〔註 178〕張家山二四七號漢墓竹簡整理小組：《張家山漢墓竹簡二四七號墓釋文修訂本》（北京：文物出版社，2006 年 5 月），頁 144。

〔註 179〕裘錫圭：〈考古發現的秦漢文字資料對於校讀古籍的重要性〉，《古代文史研究新探》（南京：江蘇古籍出版社，1992 年 6 月），頁 19。裘氏又曰：「《九章算術》和鄭箋所記比例與《說文》所據的《漢律》不同的原因，還有待研究」（頁 20）。裘氏雖認為段改非是，但對清代學者仍有高度尊敬之意，故其於此文最末曰：「我們在舉例的時候指摘了王念孫、段玉裁、孫詒讓等大師的個別疏失之處，這并不說明他們不高明。我們看到的很多古代文字資料，是他們根本不知道的，如果段玉裁看到了《秦律》，就決不會再根據《九章算術》去改《說文》了」（頁 40）。

〔註 180〕李學勤：〈續周原甲骨〉，《周易溯源》（成都：巴蜀書社，2006 年 1 月），頁 198（原發表於《人文雜誌》1986 年第 1 期）。

瘍　目病，一曰惡气箸身也，一曰蝕創。从疒，馬聲。（7 下疒部）

謹案：「瘍」字但見於字書（《玉篇》、《類篇》）、韻書（《廣韻》、《集韻》），《義證》：「『目病』也者，謂目病生瞖也……『蝕創』也者，《廣雅》『瘍、創也』」，經典未見實際用例。今考馬王堆漢墓帛書《五十二病方》456〜457：「瘍者癰而潰，用良叔（菽）、雷矢……搗之，以傅空（孔）中」，正用「瘍」字及其敗瘡之義，出土帛書可補文獻之用字例，並爲許書可信之確證。

懼　恐也。从心，瞿聲。愳、古文。（10 下心部）

謹案：「懼」之重文古文作「愳」，但收錄於字書（《玉篇》、《類篇》）、韻書（《集韻》），經典未見實際用例。今考馬王堆漢墓帛書《老子》80：「奈何以柔愳之也」，正用古文「愳」字，今本《老子》六十四章則作「奈何以死懼之」，出土帛書可補文獻之用重文例，並爲許書可信之確證。

麾　旌旗所以指麾也。从手靡聲。（12 上手部）

謹案：此「指揮」、「麾下」之本字，經典通行多作「麾」，如：《左傳·成十六年》：「楚人謂『夫旌、子重之麾也』」、《書·牧誓》：「王左杖黃鉞，右秉白旄以麾」，「麾」字但見於字書（《玉篇》、《類篇》）、韻書（《廣韻》、《集韻》），經典未見實際用例。今考尹灣漢墓簡牘《武庫永始四年兵車器集簿》六正第二欄：「乘輿（輿）麾七百一十八」，〔註181〕正用「麾」字及其旌旗指麾之本義，出土簡牘可補文獻之用字例，並爲許書可信之確證。

## （三）考訂篆形與說解之誤

透過出土文獻字形或內容的比對，可考訂《說文》於傳鈔過程中所產生的篆形及說解之誤，如篆形部分可參考林聖峰《大徐本說文獨體與偏旁變形研究》。〔註182〕以下略舉數例。

麵　麥糱屑也，十斤爲三斗。从麥，商聲。（5 下麥部）

〔註181〕連雲港市博物館等編：《尹灣漢墓簡牘》（北京：中華書局，1997 年 9 月），圖版頁 17，釋文頁 106。

〔註182〕林聖峰：《大徐本說文獨體與偏旁變形研究》（台灣師範大學國研所碩士論文，2005 年）。

謹案：《御覽》引作「十三斤爲三斗」，清代學者多圍繞《九章算術》之說而沒有令人滿意的結果。今考《睡虎地秦墓竹簡・秦律十八種倉律》：「麥十斗爲麴三斗」、《張家山漢墓竹簡・算術書》：「程禾、……麥十斗麴三斗」，〔註183〕「斤」之隸體作「⼗」（《隸辨》巴官鐵盆銘），與「斗」字形體相近，根據兩出土竹簡，知今本《說文》「斤」字爲「斗」之形誤，裘錫圭曰：「『麴』字注解裡的『斤』字應改爲『斗』」。〔註184〕

柘　百二十斤也，稻一柘爲粟二十升，禾黍一柘爲粟十六升大半升。从禾，石聲。（7 上禾部）

謹案：清代學者已懷疑許書說解中「二十升」、「十六升」、「大半升」之「升」字有誤，如《汲訂》、《校錄》，今出土《睡虎地秦墓竹簡・秦律十八種倉律》、《張家山漢墓竹簡・算術書》竹簡皆作「斗」字，考證見第五章 7 上禾部。

撮　四圭也，一曰兩指撮也。从手，最聲。（12 上手部）

撮　四圭也。从手，最聲。亦二指撮也。（《繫傳》通釋第 23）

謹案：清代學者已疑「兩」字當作「三」，如嚴氏《校議》、鈕氏《校錄》，馬王堆漢墓帛書《五十二病方》有作「三指撮」者，可爲確證，考證見第五章 12 上手部。

野　郊外也。从里，予聲。壄、古文野从里省从林。（13 下里部）

野　郊外也。從里，予聲。壄、古文野從林。（《繫傳》通釋第 26）

謹案：重文古文字形作「壄」，二徐於字形之說解卻不同，清代學者已產生懷疑，金文作「𡐬」（《金文編》克鼎）、「壄」（《金文編》楚王酓儀鼎），皆從林從土，考證見第五章 13 下里部。

### （四）造字假借之確證

戩　止也。从攴，旱聲。《周書》曰戩我干艱。（3 下攴部）

謹案：「戩」從「旱」得聲，《說文・日部》：「旱、不雨也」，與止之義無涉，聲符「旱」不兼義者，當爲他字之假借。首先求之本

〔註183〕《張家山漢墓竹簡二四七號墓釋文修訂本》頁 144。

〔註184〕〈考古發現的秦漢文字資料對於校讀古籍的重要性〉，《古代文史研究新探》頁 19。

書，《說文・玉部》：「玗、琅玗也，珇、古文玗」、《說文・禾部》：「稈、禾莖也，秆、稈或从干」，許師錟輝曰：「『旱』从『干』聲，『旱』與『干』同音。以其音同，故相通作」，〔註185〕師說是。又求之聲義關係，《說文・干部》：「干、犯也，从反入、从一」，許慎釋形、釋義皆有誤，「干」之本義爲大盾，六書當屬獨體象形，〔註186〕「規」之訓「止」，則爲持盾捍衛之引申義；考兩者聲韻關係，「旱」從「干」得聲，符合假借的條件。又徵諸典籍與銅器銘文，《史記・游俠列傳》：「雖時扞當世之文罔」，《索隱》：「『扞』即『捍』也」；魯實先先生曰：「干者所以蔽身抗敵，是以自『干』而孳乳爲『規』與『扞』……大鼎『王乎善夫誅召大以舁友入玟』，義謂：王令膳夫誅召大與其屬員，入宮以資扞衛，是即『規』之本字從干聲之證」，〔註187〕其說是，「旱」當爲「干」之假借，古文字材料可爲六書造字假借之確證。

廄　馬舍也。从广，㱿聲。《周禮》曰馬有二百十四匹爲廄，廄有僕夫。（9下广部）

　　謹案：「廄」從「㱿」得聲，《說文・殳部》：「㱿、揉屈也」，與馬舍之義無涉，聲符「㱿」不兼義者，當爲他字之假借。考馬部：「驫、衆馬也」，馬舍爲衆馬所居，於義相合；考諸聲韻關係，「㱿、居又切」、「驫、甫虬切」，兩字古音同爲幽攝，屬段玉裁第三部，符合假借的條件。復徵之銅器銘文，《三代吉金文存》有「驫羌鐘」，「驫」即古「廄」字，張建葆先生曰：「馬舍乃衆馬所居，自當從驫爲聲……『廄』於殷周古文乃從驫聲，至篆文則假『㱿』爲『驫』，是知假借爲造字之準則者」，〔註188〕其說是，「㱿」當爲「驫」之假借，古文字材料可爲造字假借之證。

〔註185〕許師錟輝：《說文重文諧聲考》（嘉新水泥公司文化基金會研究論文第59種，1968年8月），「同音諧聲考」，頁6。
〔註186〕見魯實先先生〈說文正補〉，其說是。
〔註187〕魯實先先生：《假借遡原》（台北：文史哲出版社，1973年10月），頁177～180。
〔註188〕《說文假借釋義》序，頁4。

## 第六節　清代《說文》校勘之缺失

本節針對清代校勘《說文》之缺失，分項論述如後：

### 一、說解過簡

在此次研究過程中，發現許多清代《說文》校勘著作都有說解過分簡單的情況。其原因可歸納為以下兩點：

（一）但舉出其他版本或他校資料的內容（包括古籍、異文），未有考釋：清代《說文》校勘著作往往於某字之下只說明「他本作某」，或「某書作某」、「某書所引異文作某」，此但為單純的資料呈現，未能深入考證。舉以下 6 字為例：

珩

珩　佩上玉也，所以節行止也。从玉，行聲。（1 上玉部）

　　「行止」《玉篇》引作「行步」。（《校議》）

宅

宅　所託也。从宀，乇聲。（7 下宀部）

宅　所託居也。從宀，乇聲。（《繫傳》通釋第 14）

　　《繫傳》「所託居也」。（《又考》9a）

舁

舁　共舉也。从臼从廾。凡舁之屬皆从舁。讀若余。（3 上舁部）

舁　共舉也。從臼廾。凡舁之屬皆從舁。讀若余。（《繫傳》通釋第 6）

　　《繫傳》「廾」上無「从」字。（《校錄》）

麳

麳　來麳麥也。从麥，來聲。（5 下麥部）

　　《御覽》引《說文》曰：「麳、周所受來麳也，一麥三鋒，象其芒刺之形，天下來也」。（《惠記》卷 5）

薔

薔　星無雲也。从日，燕聲。（7 上日部）

薔　星無雲暫見也。從日，燕聲。（《繫傳》通釋第 13）

　　《鍇本》「星無雲」下有「暫見」二字。（《席記》卷 7）

治

治　水出東萊曲城陽丘山，南入海。从水，台聲。（11 上水部）

治 水出東萊曲城陽丘山，南入海。從水，台聲。(《繫傳》通釋第 21)

　　《地理志》、《郡國志》皆作「曲成」。(《校議議》)

　　（二）證據不足：清代學者於考證中只使用「當作」、「疑」等說明個人意見，證據明顯不足，所以未能遽信其說。舉以下 6 字為例：

**牟**

牟 牛鳴也。从牛，象其聲气从口出。(2 上牛部)

　　當作「從口出」。(《校議》)

**杲**

杲 明也。从日在木上。(2 上木部)

　　當補「讀若稾」。(《補考》11b)

**孜**

孜 汲汲也。从攴，子聲。《周書》曰孜孜無怠。(3 下攴部)

　　當作「伋伋」也。(《校議》)

**營**

營 市居也。从宮，熒省聲。(7 下宮部)

　　當作「帀居」也。(《惠記》卷 7)

**風**

風 八風也，東方曰明庶風，東南曰清明風，南方曰景風，西南曰涼風，西方曰閶闔風，西北曰不周風，北方曰廣莫風，東北曰融風，風動蟲生，故蟲八月而化。从虫凡聲。凡風之屬皆从風。飌、古文風。(13 下風部)

　　疑校者所加。(《校議議》)

**窞**

窞 口滿食。从口，窞聲。(13 下口部)

　　「口滿食」當脫「也」字。(《小箋》)

## 二、考證錯誤

　　《說文》固然傳鈔已久，每有謬誤，但歷代引用《說文》的古籍，本身也有傳鈔版本、引文體例等問題，因此運用這些異文材料，態度必須十分謹慎。清代學者徐承慶云：

　　　按《說文》一書，徐鉉固云「錯亂疑脫，不可盡究」，後儒欲加訂定，

使爲完書，志則大矣，然去古日遠，稽攷尤難，是正文字，必審知其誤而改之。如本書譌舛，義不可通，而他書所引較然明白者，始可據以勘定，不得因援引異文，遽斷爲《說文》之誤也。

《玉篇》、《類篇》大抵皆宗許氏，《廣韻》本於《唐韻》，所引《說文》可信者多；《古文四聲韻》、《集韻》、《佩觿》、《汗簡》各自成書，《韻會》雖主小徐，亦多定以臆見；戴侗、周伯琦說多杜撰，每與《說文》乖違，張參、唐元度不通六書；陸元朗時誤以《字林》爲《說文》，《正義》書非一手，詞有異同；李善、李賢注釋本書，隨文徵引，字或更易，《一切經音義》往往約舉其詞，又或於所引之下別舉他說，時復申以己意，皆不容并視爲本文。他如：《執文類聚》、《初學記》、《太平御覽》、《事類賦注》諸書，所采亦有增省之字，至於單詞孤證，尤不宜據改正文。宋刻及鈔本轉寫豈必無譌？《龍龕手鑑》繆於形聲，更不足道。好學深思之士，當慎其所從，潛心以核之，未可輕議竄易也。〔註189〕

徐氏「本書譌舛不可通，而他書所引較然明白者，姑可據以勘定，不得因援引異文，遽斷爲《說文》之誤」、「好學深思之士，當慎其所從，潛心以核之，未可輕議竄易也」之說，以及對各種古籍引《說文》的評論，可爲吾人運用《說文》異文材料時的重要參考。而清代學者或因古籍本身版本的文字出入（如《史記》、《文選》），或是個人對於文本釋義、斷句的解讀有誤，導致了考證結果的錯誤。其例有：

## 祖

祖　始廟也。从示，且聲。（1 上示部）

《初學記・十三禮部》引晉嵇含《祖道賦》云：「《說文》祈請道神謂之祖」，是古本有「一曰祈請道神」云云……又案《藝文類聚・十一歲時部》引嵇含社賦序云：「《說文》祈請道神謂之社」，此即《初學記》所引《祖道賦序》之文，蓋「祖」、「社」二字形相近而誤。。（《古本考》）

謹案：今檢嚴可均輯《全上古三代秦漢三國六朝文・祖道賦序》原文：

「說者云：祈請道神謂之祖」，嚴氏注：「《藝文類聚》、《初學記》俱作《說文》，誤」，是知《初學記》、《藝文類聚》已誤「說者」

為「說文」於先，而沈氏又據以考訂，更成誤說，此即錢竹汀
《十駕齋養新錄》「唐人引說文不皆可信」說之意。

## 箾

箾　以竿擊人也。從竹，削聲。虞舜樂曰箾韶。（5上竹部）

《廣韻・四覺》引「箾以竿擊人又舞者所執」，蓋古本有「一曰舞者所
執也」七字。（《古本考》）

謹案：沈說非是，考《唐韻・入覺》：「箾、《說文》以竹擊人，又舞者
　　　所執，加」，「又舞者所執」五字當為韻書注文，是編者對《說
　　　文》「虞舜樂曰箾韶」之補充釋義，非《說文》古本如此。

## 校

校　木囚也。從木，交聲。（6上木部）

《漢書・趙充國傳注》師古引《說文》云：「校、木囚也，亦謂以木相
貫，遮闌禽獸也」，是古本有「一曰以木相貫」云云，今本奪。（《古本
考》）

謹案：考《漢書》「校聯不絕」句原文，「以木相貫……」以下當為師
　　　古注，沈濤誤以師古之說連上合讀為《說文》語，故以為古本
　　　有「一曰」以下奪文，其說非是。

以上所舉諸例，均是清代學者運用材料的錯誤，值得留意，黃季剛先生
《文字學筆記》中對此也有詳盡的說明：

自段君以來，好雜引他書訂補《說文》。不悟五季以往，鏤版未廣，
流行書籍，胥賴傳鈔，其間容有脫誤。……若依段君所改，則《說
文》脫誤十有其九，恐古書斷爛，不至若是之甚。蓋他書所引《說
文》與本書不同者，厥有三因：憑記憶而誤書，一也；改《說文》
以就己意，二也；以非《說文》為《說文》，三也。唐人時以《字
林》為《說文》。是其錯誤不在本書而在引者。……治《說文》者
但當遵守大徐，求其義例，必不得已，再取小徐《繫傳》證之，然
亦當慎之又慎矣。此外諸書，存一家之說則可，據以改本書，則不
可也。〔註190〕

〔註190〕《黃侃國學講義錄》頁122。

## 三、異文校勘資料尚有不足

　　《說文》自東漢成書以來，流傳已逾一千九百年，但身為字書的特殊屬性，使它雖然成為學者注解古籍的參考，或作為科舉考試與編纂工具書（字書、韻書）的輔助工具，卻未能受到更多重視，造成了版本不足與他校資料偏重古籍異文的情況。

　　清末陸續發現的唐寫本《木部殘卷》、日本《口部殘卷》、《心部殘卷》，雖只殘存寥寥數字，洵可補二徐本之不足。而清代學者所使用的異文材料據本章第二節所考，已多達 160 種，雖對古籍幾乎已蒐羅殆盡，然中國古籍數量之夥，單憑一己之力從事整理工作，雖若段若膺、桂未谷、嚴鐵橋之博學，仍不免有所遺漏。所幸近代大型叢書（如《續修四庫全書》、《四庫未收書輯刊》）的陸續出版，以及域外文獻之交流，都使我們能補清人徵引之不足。就筆者目前蒐羅所及，尚可據今人研究成果增補以下書目：

1. 《事始》　　唐代類書，參見劉建鷗《唐類書引說文考》，《事始》今有《鳴沙石室佚書初編》本。

2. 《龍筋鳳髓判》　　唐代類書，參見劉建鷗《唐類書引說文考》，《龍筋鳳髓判》今有《四庫全書》本。

3. 《文選鈔》　　唐代總集類，參見孫富中〈唐鈔《文選集注》所引《說文》考異〉，《文選集注》今有上海古籍出版社 2000 年 7 月影印出版之《唐鈔文選集注彙存》。

4. 《令集解》　　域外漢籍（初唐貞觀年間），參見林紀昭〈《令集解》所引《說文》攷〉，《令集解》今有田中讓氏舊藏典籍古文書抄本。

5. 《倭名類聚抄》　　域外漢籍（五代後唐），參見拙著〈《倭名類聚抄》引《說文》考〉，《倭名類聚抄》今有明治十六年（1883 年）刊狩谷望之校訂十卷本《箋注倭名類聚抄》。

# 第五章 清代《說文》校勘成果之發揚

　　「校勘」是文獻整理工作的基礎，目的在透過文獻資料的比對，發現所據底本的錯誤。經過縝密考證後，撰寫「校勘記」，最後形成一部精校、完善的「校定本」，便是校勘成果的完整呈現。

　　本章參酌清代各家《說文》校勘著作與近人相關研究，將清代校勘《說文》之成果作一總結與發揚。依許書十四篇次第，採用最基本「底本附校勘記」的形式，〔註1〕逐條考論今本《說文》致誤之處，先列校勘底本（大徐本）、輔本（小徐本），其次廣列清人校勘說法，並就莫友芝舊藏唐寫本《說文木部殘卷》、唐五代《切韻》系韻書，以及陸續於日本發現之《原本玉篇》、慧琳《一切經音義》、《文選集注》等新發現材料加以證成，信能加強論說的可信度。惟因全面校訂之工程浩大，一時之間無法克竟全功，先略舉數十條明其大要，待日後持續續補。

　　本章撰作之目的，在於表彰乾嘉以來學者殫精竭慮，研治許學之功，並力求恢復許書之真；而考證態度則客觀求實，不敢虠自托大，謂己說必為定論，謹以丁仲祜之語為準繩：

　　　　余不敢固執己見，謂所引各條皆足據為典要也。

　　　　余所謂發見一隙之明者，如是而已。〔註2〕

---

〔註 1〕 「選擇一個作為校勘基礎的底本來和其他資料互校，工作完成後，連同底本和校勘記一並發表出來，這乃是發表校勘成果的主要形式。……這種方式的優點是存真，它既沒有以意改動正文，又沒有以意取舍異文，而是先詳盡地搜集有關資料，再加以判斷，甚至不加判斷，留待讀者自己思考和決定。」《校讎廣義・校勘編》第七章第三節「底本附校勘記」，頁 465〜470。

〔註 2〕 丁福保：〈說文解字詁林後敘〉。

# 一　上

## 示　部

禔　安福也。从示，是聲。《易》曰禔既平。

《易·坎卦釋文》引作「安也」，《玉篇》訓「福也、安也」，當本《說文》。(《校錄》)

《史記·相如傳索隱》、《易·坎卦釋文》、《文選》難蜀父老、弔魏武帝文注皆引「禔、安也」，是古本無「福」字。《易·復卦釋文》引陸績曰：「禔、安也」，《顏氏家訓·書證》引《蒼頡篇》曰：「禔、安也」，是「禔」本訓「安」，陸與許皆用孟氏《易》，孟氏亦必訓「安」。《玉篇》、《廣韻》皆云：「禔、安也，福也」，乃一本《說文》，一本《廣雅》耳，淺人見《篇》、《韻》兼有福訓，遂於許書妄增「福」字，誤甚。(《古本考》)

謹案：沈濤提出《史記索隱》、《易釋文》、《文選注》等他書引文與底本（大徐本）不同，其次用「《易·復卦釋文》引陸績說」與「《顏氏家訓·書證》引《蒼頡篇》」兩條古訓解爲佐證，最後說明今本致誤之由，乃淺人以《玉篇》、《廣韻》之文妄改《說文》，其說可從。《段注》本改作「禔、安也」，其說曰：「本『安』下有『福』，今依李善《文選注》」。

祫　大合祭先祖親疏遠近也。从示合。《周禮》曰三歲一祫。

祫　大合祭先祖親疎遠近也，從示，合聲，周禮曰三歲一祫。臣鍇：詳此義則誤多聲字也(《繫傳》通釋第1)

小徐、《韵會》十七洽引作「合聲」，按《說文》聲兼義者過半，大徐不知多亦聲而擅刪「聲」字二百五十五，此大惑也。(《校議》)

大徐本作「從示合」，刪「聲」字，然鍇猶曰：「誤多聲字」，而原文「合聲」尚存，若大徐則徑刪「聲」字，小徐本遠勝大徐。(《校定本》)

謹案：是條二徐本不同，朱氏《校定本》之說是，小徐本「合聲」爲長，此即錢大昕所謂「二徐私改諧聲」之例。《句讀》、《通訓定聲》皆改作「合聲」，《詁林》「祫」字下丁福保曰：「《慧琳音義》九十七卷十頁『祫』注引《說文》『從示合聲』，大徐本刪『聲』字，宜補」。

禜　設緜蕝爲營，以禳風雨雪霜水旱癘疫於日月星辰山川也。从示，榮省聲。一曰禜、衛使災不生，《禮記》曰：雩禜祭水旱。

禜　設緜蕝爲營，以禳風雨雪霜水旱癘疫於日月星辰山川也。從示從營省聲。一曰禜、衛使災不生。臣鍇按：《禮記》曰：雩禜祭水旱。（《繫傳》通釋第 1）

　　《禮記》乃小徐通釋所引，議刪。（《校議》）

　　《繫傳》「禮記」上有「臣鍇曰」三字，樹玉按：〈祭法〉本作「雩宗」，《鄭注》云：「宗當爲禜」，楚金因引其文，後人不察混入《說文》，大謬。（《校錄》）

　　謹案：嚴、鈕二說是，「禮記曰」以下六字當爲小徐語，非許書原文，《段注》本已刪去此六字，其說曰：「鉉本此下引『禮記曰雩禜祭水旱』，誤用鍇語爲正文也」。

裯　禱牲馬祭也。从示，周聲。《詩》曰既禂既裯。

裯　禱牲馬祭也。從示，周聲。臣鍇按：《詩》曰既禂既裯。（《繫傳》通釋第 1）

　　《繫傳》「詩」上有「臣鍇按」三字，則引詩非《說文》。（《校錄》）

　　「既禂既裯」《詩》作「既伯既禱」，鉉本爲許所引《詩》……疑鍇本引「既伯既禱」以證「裯」即「伯」之義，鉉附會改易入許書。（《繫傳校勘記》）

　　謹案：「詩曰」以下四字當爲小徐語，非許書原文，《段注》本已刪去此四字，其說曰：「鍇引『詩曰既禂既裯』，詩無此語，鉉又誤入正文」。

# 玉　部

瑞　以玉爲信也。从玉耑。

瑞　以玉爲信也。從玉耑。臣鍇曰：瑞訓信也，耑音端，端、諦也，故不言「從玉耑聲」，或有「聲」字誤也。（《繫傳》通釋第 1）

　　本作「從玉耑聲」，爲徐鍇所刪而鉉本從之者也，非是　《斠詮》卷 1

　　鍇以爲「瑞」字不當從耑聲，故削之，不知「耑」、「瑞」乃聲之轉，《說文》「惴」字亦從耑聲，是其證也，削去「聲」字非是。（《王記》）

瑞當作「耑聲」，據《通釋》云：「或有聲字誤也」，則小徐所見或本作「耑聲」。(《校議》)

謹案：諸家之説是，此亦「二徐私改諧聲」之例，《段注》本已改作「从玉耑聲」，《詁林》「瑞」字下丁福保曰：「《慧琳音義》二十四卷七頁、四十五卷二十頁、八十三卷六頁『瑞』注引《説文》皆作『從玉耑聲』，此奪『聲』字，宜補」。

碧　石之青美者。从玉石，白聲。

《一切經音義》卷十一、《御覽》卷八百九引無「青」字。(《校議》)

謹案：丁福保曰：「《慧琳音義》三卷九頁、五卷六頁『碧』注引《説文》皆無『青』字」，[註3] 兩部《一切經音義》與《御覽》所引均無「青」字，然《校錄》、《古本考》、《句讀》則認為今本為是。今考蔣斧所藏《唐韻·入昔》：「碧、色也，《説文》石文美者，方亻反，一，加」，「文」為「之」字之形誤，與《一切經音義》、《御覽》所引同無「青」字，是知唐本《説文》實無「青」字。

# 一　下

## 屮　部

熏　火煙上出也。从屮从黑，屮、黑熏黑也。

熏　火煙上出也。從屮從黑，屮、黑熏象。(《繫傳》通釋第2)

宋本作「熏黑也」，誤。(《校議》)

宋本「象」作「黑」，非。(《校錄》)

謹案：是條大徐本作「黑熏黑」，當涉前文釋形語「從黑」而誤，鈕、嚴二氏之説是，當從小徐本，《段注》本已改作「黑熏象」。

## 艸　部

落　凡艸曰零、木曰落。从艸，洛聲。

---

[註3]　《詁林》玉部「碧」字下，見《慧琳音義》卷3《大般若經》：「紅碧、《説文》云：『石之美者，從王從石白聲也』」、卷5《大般若經》：「碧綠、《説文》云：『石之美者也，故從玉從石白聲也』」。

《釋詁》釋文引「零」作「苓」,無「凡」字。(《校錄》)

濤案:《禮・王制》、《尒雅・釋詁》釋文皆引「艸曰苓木曰落」,是古本作「苓」不作「零」。(《古本考》)

謹案:考俄藏敦煌韻書殘卷《ДХ01372・入鐸》:「落、《說文》『草曰苓、木曰落也』」,〔註4〕所引與《釋文》同,是知唐本《說文》當作「苓」,沈說可從。又《說文・艸部》:「苓、卷耳也,从艸令聲」,「苓」爲草名,亦非凋落義,然則作「零」或「苓」皆爲同音通假,其本字當爲「蘦」。〔註5〕

芟　刈艸也。从艸从殳。

芟　刈艸也。從艸,殳聲。(《繫傳》通釋第2)

小徐、《韵會・十五咸》引作「殳聲」,按:木部「楬、讀若芟刈之芟」,是殳聲也。(《校議》)

殳聲,大徐「從殳」,非。(《繫傳校錄》卷2)

謹案:嚴、王二氏之說是,此亦大徐私改諧聲之例,當從小徐作「殳聲」。《詁林》「芟」字下丁福保曰:「《慧琳音義》五十一卷六頁『芟』注引《說文》『從艸殳聲』,小徐引同,大徐奪『聲』字」,又《慧琳音義》卷83《大唐三藏玄奘法師本傳》:「芟夷、上所銜反,《毛詩》『芟、除草也』,《說文》『從艸殳聲』」皆其確證。

藍　染青艸也。从艸,監聲。

藍　瓜菹也。从艸,監聲。

藍　瓜菹也。從艸,監聲。臣次立按:前已有藍,注云:染青艸也,此文當從艸濫聲,傳寫之誤也。(《繫傳》通釋第2)

篆體當作「蘫」,說解當作「濫聲」,前已有「藍、染青艸」,此必轉寫誤。(《校議》)

《廣韻》二十三談云:「蘫、瓜菹」、又五十四闞云:「蘫、瓜菹也,出《說文》」,若如今本則與染青艸之字無別矣。(《古本考》)

謹案:是條二徐本篆文「蘫」及釋形與前文「藍」字全同,當爲傳寫之誤,宋代張次立校補小徐本時已指陳其誤。又《唐韻・去闞》:「蘫、

---

〔註4〕 《唐五代韻書集存》下冊,頁2。
〔註5〕 《爾雅・釋詁》:「蘦、落也」。

－219－

瓜蓏，出《說文》，加」，﹝註6﹞所引與《廣韻‧去闞》同，是知晚唐《說文》尙不誤也。《段注》本已改篆文作「蘫」，其說曰：「各本篆作『藍』，解誤作『監聲』，今依《廣韵》、《集韵》訂」。

# 二 上

## 告 部

嚳 急告之甚也。从告，學省聲。

　　按本注似當作「急也、告之甚也」，告之甚即教令窮極也。（《補考》）

　　「急」下當有「也」字，《一切經音義》卷三、卷四、卷十、卷十一、卷十二、卷十五、卷廿二、卷廿三、卷廿五引作「急也」，卷十五引作「急也、酷之甚也」。（《校議》）

　　《一切經音義》卷三引作「急也、甚也」，卷十五引作「急也、酷之甚也」，所引雖不同而「急」下同有「也」字，明是二義。（《校錄》）

　　謹案：是條今本「急」下誤脫「也」字，因此誤合二義爲「急告之甚也」
　　　　　一義，戚、鈕氏之說是，《原本玉篇‧告部》：「嚳、口薦反，《說
　　　　　文》：『嚳、急也，告之也』」（羅振玉影本）亦其確證，﹝註7﹞當
　　　　　據補。

## 口 部

噴 野人言之。从口，質聲。

噴 野人之言。從口，質聲。（《繫傳》通釋第3）

　　宋本、葉本作「言之」，誤。（《汲訂》7a）

　　《廣韻》引作「野人之言」，與小徐同。（《二徐箋異》）

　　謹案：是條大徐誤倒「之言」二字爲「言之」，導致語意不明，當從小
　　　　　徐。又《玉篇‧口部》：「噴、之日切，野人之言也」、《唐韻‧

﹝註6﹞《唐五代韻書集存》下冊，頁672。

﹝註7﹞《原本玉篇殘卷》頁60、263。黎庶昌將《原本玉篇》刻入《古逸叢書》時於
　　　正文旁刻入「甚」字，《詁林》「嚳」字下沈乾一曰：「《唐寫本玉篇》『嚳』注
　　　引作『急也告之甚也』，蓋古本原爲二義」，陳光憲《慧琳一切經音義引說文
　　　考》曰：「《唐寫本玉篇》注引『《說文》急也告之甚也』，與慧琳引同，蓋古
　　　本如是也」，二說皆承黎氏本而來。

入質》：「嘖、野人之言，出《說文》，加」，﹝註8﹞所引與《廣韻》
同，皆其確證，《段注》本已改作「野人之言」。

咼　口戾不正也。从口，冎聲。

「元應引作『口戾也』，《玉篇》同，則『不正』似是庾注，『戾』與『不
正』無二義也」。（《句讀》卷3）

《一切經音義》卷六引及《玉篇注》作「口戾也」。（《校錄》）

《玉篇》及《廣韻·十三佳》亦云「口戾也」，蓋古本皆無「不正」二
字。言「戾」於義已瞭，何煩言「不正」乎，淺人妄加，其鄙俗正不
待辨。（《古本考》）

謹案：王、沈二說是，《倭名抄》卷2疾病部：「喎僻、《說文》云：『咼、
口戾也』」，與《慧琳音義》三引同無「不正」二字，《詁林》
「咼」字下丁福保曰：「《慧琳音義》二十四卷十七頁、二十七
卷二十六頁、六十六卷十一頁『咼』注引《說文》『口戾也』」，
考《廣韻·十三佳》、《玉篇》引同。言『戾』於義已明瞭，何
煩更言『不正』，今本爲後人竄改顯然」，當據群書刪「不正」
二字。

## 吅　部

嚴　教命急也。从吅，厰聲。

《廣韵·廿八嚴》引「命」作「令」。（《校議》）

《廣韻·二十八嚴》引「教命」二字作「令」，蓋古本亦有如是作者，
義得兩通。（《古本考》）

「教命急也」者，《廣韻》引作「嚴令急也」，《五音集韻》、《六書故》
引作「教令」。（《義證》卷5）

謹案：群書所引雖稍有不同，惟「命」皆作「令」，考《原本玉篇·吅
部》：「嚴、《說文》『教令急也』」，﹝註9﹞亦其確證，是知今本「令」
形義相近而誤作「命」，當據正。張舜徽曰：「作『教令』者是也，
證之《唐寫本玉篇》所引，知《許書》原本如此」。﹝註10﹞

﹝註8﹞　《唐五代韻書集存》下冊，頁693。
﹝註9﹞　《原本玉篇殘卷》頁147。
﹝註10﹞　《舊學輯存》頁550。

# 走 部

越　蒼卒也。从走，宋聲，讀若資。

　　小徐及《夬・釋文》引作「倉卒也」。(《校議》)

　　《廣韻》引及《玉篇》注作「倉卒也」。(《校錄》)

　　謹案：是條今本「蒼」當爲「倉」字之誤，考《廣韻・平脂》：「越、《說文》云『倉卒也』」、《玉篇・走部》：「越、千尺、千私二切，倉卒也」皆作「倉卒」，英國藏敦煌韻書《S2055・平脂》：「趙、按《說文》『倉卒』」〔註11〕、《裴韻・平脂》「越、《說文》『食卒』」〔註12〕亦其確證，《段注》本已改作「倉卒也」，其說曰：「『倉』俗從艸，誤」。

趍　趨趙，攵也。从走，多聲。

趙　趨趙也。从走，肖聲。

　　下文「趙」篆下各本及《類篇》、《集韵》皆云：「趨趙也」，蓋由俗「趍」字作「趨」，學者不知有直离之「趍」，故凡「趍趙」皆作「趨趙」耳。(《汲訂》8a)

　　《玉篇》引作「趍趙攵也」，《廣韻》引作「趍趙攵也」，攵當不誤。(《校錄》)

　　謹案：段、鈕二氏之說是，是條今本「趨趙」當作「趍趙」，可據《玉篇・走部》、《廣韻・平支》所引正。又《王韻・平支》：「趍、《說文》『趍趙久』，《玉篇》爲趨字，失，後人行之大謬，不考趍從多音支聲，趨從芻聲」，〔註13〕據此，可知當時傳本《說文》必作「趍趙」，《玉篇》誤爲「趨趙」，故韻書作者於注文中考察「趍」、「趨」二字之聲音關係而加以駁正。考《說文》「趍」之前一字爲「越、趨也，从走氏聲」，「趨趙」之訓當涉上篆之說解而誤，下一字「趙」之訓解當同改爲「趍趙」，俾得互訓。《段注》本已改爲「趍、趍趙、攵也，从走多聲」、「趙、趍趙也，从走肖聲」，是也。

---

〔註11〕《唐五代韻書集存》上冊，頁153，字本當從「宋」，韻書俗寫從「甫」。

〔註12〕《唐五代韻書集存》上冊，頁548，字本當從「宋」，韻書從「市」，「卒」俗寫作「卒」。

〔註13〕《唐五代韻書集存》上冊，頁440。

# 二　下

## 辵　部

逮　唐逮及也。从辵，隶聲。

　　《韻會》兩引竝無「唐逮」二字，《一切經音義》卷一、《華嚴經音義》
　　卷四十六引及《玉篇》注竝作「及也」，則「唐逮」二字蓋後人增。（《校
　　錄》）

　　《一切經音義》卷二引「逮、及也」，蓋古本無「唐逮」二字，「逮」之
　　訓「及」見於傳注者甚多，而「唐逮」之語他書未見。（《古本考》）

　　謹案：鈕、沈二說是，《韻會》與諸經音義〔註14〕引皆作「及也」，「唐
　　　　　逮」二字是為衍文，當刪。

遘　不行也。从辵，鞻聲，讀若住。

逗　止也。从辵，豆聲。

　　謹案：「遘」下「讀若住」三字，當為「逗」字之說解。段玉裁於「从
　　　　　辵鞻聲」下注曰：「按：『鞻、馬小皃，从馬垂聲，讀若箠』，
　　　　　則『遘』不得讀若住……疑此字當在十六、十七部，下文『讀
　　　　　若住』三字當在『从辵豆聲』之下」，其說是，《P2011·去候》：
　　　　　「逗、豆留，近代作豆音，《說文》又句反，又土豆反」、《裴
　　　　　韻·去候》：「逗、丶留，《說文》丈句反，止也，又吐豆反」、《唐
　　　　　韻·去候》：「逗、丶留，《說文》音住」〔註15〕皆其確證。又《說
　　　　　文》無「住」字，段氏於「讀若住」下注曰：「按『住』當作
　　　　　『侸』，人部曰『侸、立也』，立部曰『立、住也』，『住』即『侸』
　　　　　之俗也」。綜上所論，《說文》「逗」本當音「侸（住）」（丈句
　　　　　反），許慎以「讀若住」釋音，後世音變又讀為俎豆之「豆」（吐
　　　　　豆反），《史記·韓長儒列傳索隱》：「應劭云：逗曲行而避敵，
　　　　　音豆，又音住，住謂留止也」是其書證。今當從韻書所引並段
　　　　　氏之說，改正為：「遘、不行也，从辵鞻聲」、「逗、止也，从

---

〔註14〕玄應《一切經音義》卷2《大般涅槃經》卷1「逮得」條、慧苑《華嚴經音義》
　　　　卷46「逮十力地」條。

〔註15〕《唐五代韻書集存》上冊頁336、602、下冊頁679，韻書《P2011》「又」當
　　　　為「丈」字之形誤。

走豆聲，讀若住」，段氏由聲韻關係始發其疑，今日更能得唐
五代韻書爲佐證，恢復許書原貌。

## 龠 部

龥　管樂也。从龠，虍聲。籅、龥或从竹。

龥　管樂也，七孔。从龠，虍聲。籅、龥或从竹。（《繫傳》通釋第 4）

「龥、管樂也」下當補「有七孔」三字，《一切經音義》卷十八卷十九
引皆有，小徐但作「七孔」無「有」字。（《校議》）

《繫傳》有「七孔」二字，《一切經音義》卷十八引下有「有七孔」
三字，《玉篇》「籅」注云：「管有七孔也」，則元應所引不誤。（《校錄》）

嚴氏說《一切經音義》兩引皆有「七孔」字，桂氏《義證》引諸書七
孔、八孔、六孔各不同，而推求皆合，說見《義證》，是宜有「七孔」
二字。（《二徐箋異》）

謹案：嚴說是，考《原本玉篇・龠部》：「龥、《說文》『管有七孔也』」
　　〔註16〕、《裴韻・平支》：「籅、《說文》作劍龥，『樂管、七孔』」，
　　〔註17〕兩書所引皆爲當有「七孔」之確證。是知二徐互有奪文，
　　大徐奪「有七孔」三字，小徐、《裴韻》引奪「有」字，皆當
　　據補。

# 三　上

## 矞 部

矞　以錐有所穿也。从矛从矞。一曰滿有所出也。

《廣韵・六術》引作「一曰滿也」，無「有所出」三字。（《校議》）

《廣韻・六術》引作「一曰滿也」，乃傳寫奪「有所出」三字，非古本
如是。（《古本考》）

謹案：沈說非是，考《原本玉篇・矞部》：「矞、以錐有所穿也，一曰
　　滿也」，〔註18〕與《廣韻》引同，《詁林》「矞」字下周雲青曰：

---

〔註16〕《原本玉篇殘卷》頁 67。
〔註17〕《唐五代韻書集存》上冊，頁 547，韻書所引「龥」俗省作「龣」，又誤倒「管
　　　樂」二字。
〔註18〕《原本玉篇殘卷》頁 112。

「唐寫本《玉篇》『矞』注引《說文》『以錐有所穿也，一曰滿也』，《廣韻・六術》引同，蓋古本如是。今二徐本作『一曰滿有所出也』，『有所出』三字乃傳鈔者承上文『有所穿』而衍，宜刪」，其說可從。一曰義之「有所出」三字，當據《原本玉篇》與《廣韻》引刪去。

## 十　部

肸　響，布也。从十从肖。

肸　響，布也。從十肖聲。（《繫傳》通釋第 5）

「響」當作「蠁」，《文選・甘泉賦注》、《上林賦注》引作「蠁」。（《校議》）

「響布也」當依《文選注》引作「肸、蠁布也」，「響」文選皆作「蠁」。（《繫傳校勘記》卷 5）

《文選・甘泉》、《上林賦注》皆引「肸、蠁布也」，蓋古本作「蠁」不作「響」。（《古本考》）

謹案：諸說皆是，《句讀》已改作：「肸、蠁，布也」，〔註19〕《段注》本改作：「肸、肸蠁，布也」。考《說文・虫部》：「蠁、知聲蟲也」，《文選・蜀都賦》：「天帝運期而會昌，景福肸蠁而興作」，李善注：「《上林賦》曰『肸嚮布寫』」，呂向注：「肸蠁、濕生蟲蚊類是也，其羣望之，如氣之布寫也」。《文選鈔》：「《漢書音義》『司馬彪曰肸、過也，芬芳之過，若蠁蟲之布寫』，《說文》『肸、蠁布也』」，〔註20〕當據改。

## 言　部

誣　加也。从言，巫聲。

加下當有言字，《一切經音義》卷十、卷廿三引「加言曰誣」，卷十一、卷十五、卷十七、卷廿一引作「加言也」。《六書故》第十一引唐本作「加諸也」，「諸」即「言」之誤。（《校議》）

《一切經音義》卷一引作「加言曰誣」，卷十五、十七、二十一引竝作

---

〔註19〕《句讀》卷 5，當連篆讀作「肸蠁、布也」。
〔註20〕《唐鈔文選集注彙存》（上海：上海古籍出版社，2000 年 7 月），第 1 冊頁 73。

「加言也」，則「言」字當有。(《校錄》)

《一切經音義》卷十一、卷十五、卷十七、卷二十一凡四引皆作「加言也」，卷十引「加言曰誣」，是古本有「言」字，今奪。(《古本考》)

謹案：嚴、鈕、沈諸說皆是，考《原本玉篇·言部》：「誣、《說文》『加言也』」，〔註21〕所引與《一切經音義》屢引同，是其確證。是知今本誤奪「言」字，《句讀》作：「加言也」，其說曰：「依元應引補」。〔註22〕

診　離別也。从言，多聲，讀若《論語》跢予之足。周景王作洛陽診臺。

謹案：考《原本玉篇·言部》：「診、《說文》『分離也，周景王作洛陽診臺』，《聲類》『離別也』」，〔註23〕是知「離別」之訓，實涉《聲類》說解而誤，當據正。千載之後幸賴《原本玉篇》之流傳，得以恢復許書之舊，清代學者未及以《原本玉篇》校勘。

詯　膽气滿聲在人上。从言，自聲。

謹案：「膽气滿聲在人上」語意不明，考《原本玉篇·言部》「詯、《說文》膽滿氣也……《聲類》在人上也」，〔註24〕是知許書「聲在人上」四字實誤涉《聲類》爲正文，又奪去「類」字而與「膽气滿」連文，遂不可通。《詁林》「詯」字下周雲青曰：「唐寫本《玉篇》『詯』注引《說文》『膽滿氣也』，蓋古本如是。野王又引《聲類》『在人上也』，今二徐本傳鈔誤竄入《聲類》語，又敓『類』字，宜後之讀者不能解也」，其說可從，清代學者未及以《原本玉篇》校勘。

讋　失气言，一日不止也。从言，龖省聲，傅毅讀若慴。讋、籀文讋不省。

當作「失气也，一日言不止也」，傳寫到耳，《史記》項羽紀索隱、驃騎傳索隱、《文選·東都賦注》、《一切經音義》卷十七、卷十九引作「失气也」，《玉篇》「讋、言不止也，讀若慴」，《晉書音義》卷上引作「讀若摺」。(《校議》)

《一切經音義》卷十九引作「失氣也，一日言不止也」，李注《文選·

---

〔註21〕《原本玉篇殘卷》頁 14。
〔註22〕《句讀》卷 5。
〔註23〕《原本玉篇殘卷》頁 15。
〔註24〕《原本玉篇殘卷》頁 17。

東都賦注》引作「失氣也」,《玉篇》訓「言不止也」,與所引竝合,後人妄以「言」字移在上,遂不可通。(《校錄》)

《文選·東都賦注》、《史記·項羽紀索隱》、《一切經音義》卷十皆引「讋、失氣也」、卷九引「讋、失气也,讋、怖也,一日言不止也」,蓋古本如是。「一日不止也」語頗不詞,據元應所引,則古本「言」字在「一日」以下,今本傳寫誤倒,又奪「怖也」一訓耳。《玉篇》亦云:「言不止也」,當本許書。又案:《晉書音義》卷二「愵」作「摺」,乃傳寫有誤。(《古本考》)

> 謹案:三家之說皆是,《原本玉篇·言部》:「讋、《說文》失气也,一日言不止也」,〔註25〕與《一切經音義》卷19引全同,是其確證,今本「言」字誤倒於後,釋義下又奪一「也」字,皆當據正。

譯　傳譯四夷之言者。从言,睪聲。

《後漢·和紀注》、《文選》東京賦注、魏都賦注、諭巴蜀檄注引「之言」作「之語」。(《校議》)

《後漢書·和帝紀注》引作「傳譯四夷之語也」,《玉篇》:「傳言也」。(《校錄》)〔註26〕

《文選·司馬長卿喻蜀檄注》引「譯、傳也,傳四夷之語也」,蓋古本如是。《後漢書·和帝紀注》引「譯、傳四夷之語也」、《文選·東京賦注》引「譯、傳四夷之語者」,是古本「傳」下總無「譯」字,許君以「傳」釋「譯」,不得更言「譯」也。(《古本考》)

> 謹案:《段注》本改作「傳四夷之語者」,《原本玉篇·言部》:「譯、《說文》傳四夷之語也」,〔註27〕張舜徽曰:「《唐寫本玉篇》但作『傳四夷之語也』亦無譯字,與《選注》所引合,可據以訂正今本之誤衍」,〔註28〕其說是,《文選鈔·王元長三月三日曲水詩序》:「《說文》云:譯、傳四夷之語也」〔註29〕亦其確證。今本誤衍「譯」字,又誤「語」為「言」字,當據群書所引正。

---

〔註25〕　《原本玉篇殘卷》頁23。
〔註26〕　考《後漢書·和帝紀》永元九年「永昌徼外蠻夷及撣國重譯奉貢」,注:「《說文》曰:譯、傳四夷之語也」,鈕氏誤倒「譯傳」二字。
〔註27〕　《原本玉篇殘卷》頁34。
〔註28〕　《舊學輯存》頁544。
〔註29〕　《唐鈔文選集注彙存》第2冊頁826。

# 三　下

## 革　部

靷　引軸也。从革，引聲。

　　《說文》言器械多云「所以」，以、用也，而淺人往往刪之。如唐楊倞引「靷、所以引軸者也」，今本但云「靷、引軸也」可證。(《汲訂》62b)

　　《荀子・禮論注》引作「所以引軸也」。(《校議》)

　　《左傳音義》引《說文》「軸也」，今《說文》「引軸也」，唐楊倞云：「所以引軸也」語尤備。(《又考》)

　　《荀子・禮論注》引作「所以引軸也」，蓋古本如是，今本奪「所以」二字。(《古本考》)

　　謹案：諸說是，今本奪「所以」二字，當據補。

## 鬲　部

骹

　　謹案：德藏韻書殘卷《ＴⅡＤ1・去嚴》：「骹、《說文》云義闕，未詳」，〔註30〕「骹」字二徐本《說文》皆未見。《玉篇・鬲部》：「骹、蒲悶切，起也」，《集韻・平咍》：「骹、麰也，一曰糜中塊」，「起也」、「麰也」、「糜中塊」皆爲後起之義。考《說文》有「闕」例，即〈敘〉所謂：「其有所不知，蓋闕如也。」，韻書注云：「《說文》云義闕」，足證當時傳本《說文》確有「骹」字，今本誤奪，當據韻書所引補篆文及說解爲：「骹、闕」，可惜部內之字次已無從得知，故依《義證》之例置於「鬲」部之末。

## 攴　部

鈙　持也。从攴，金聲，讀若琴。

　　《廣韻・沁韻》引及《玉篇注》竝作「持止也」。(《校錄》)

　　《廣韻・五十二沁》引作「持止也」，蓋古本有「止」字，今奪。(《古本考》)

---

〔註30〕周祖謨輯《唐五代韻書集存》(台北：學生書局，1994 年 4 月)，下冊，頁 777。

謹案：沈說是，考《唐韻‧去沁》：「鈙、《說文》云：持止，亦作搇」，
〔註31〕所引與《玉篇》、《廣韻》引同，是其確證，今本誤奪「止」
字，當據群書所引補。

# 四 上

## 鼻 部

䶔 臥息也。从鼻，干聲。讀若汗。
《一切經音義》卷十一、卷十四、卷十五、卷十七、卷十九引作「臥
息聲也」。（《校議》）
《一切經音義》卷十一、十四、十五、十七竝引作「臥息聲也」。（《校
錄》）
《一切經音義》卷十一、卷十四、卷十五、卷十七、卷十九皆引「䶔、
臥息聲也」，蓋古本如此，今本奪「聲」字。下文「鼾、臥息也」，蓋
爲「鼾」爲臥息，「䶔」爲臥息聲，二字微有別。（《古本考》）
謹案：沈說是，《廣韻‧平寒》：「臥氣激聲」，眾經音義屢引皆作「臥
息聲也」，〔註32〕當據補。王筠《句讀》已改作「臥息聲也」。
〔註33〕

## 羽 部

翽 飛聲也。从羽，歲聲。《詩》曰鳳皇于飛，翽翽其羽。
《卷阿‧釋文》引作「羽聲也」，別引《字林》「飛聲也」。按《鄭箋》、
《玉篇》皆云「羽聲」，此涉《字林》改。（《校議》）
《詩‧卷阿釋文》引作「羽聲也」，蓋古本如是。《釋文》又引《字林》
云「飛聲也」，則今本乃據《字林》改耳。（《古本考》）
謹案：嚴、沈二說是，唐代以《說文》、《字林》二書並重，〔註34〕後
人則《說文》、《字林》二書時有相混。段玉裁曰：「《詩‧釋文》

---

〔註31〕 《唐五代韻書集存》下冊，頁 680。
〔註32〕 玄應《一切經音義》卷 11「䶔眠」、卷 14「䶔睡」、卷 15「䶔眠」、卷 17「䶔
聲」、卷 19「䶔睡」凡五引。
〔註33〕 《句讀》卷 7。
〔註34〕 見本書第二章胡秉虔〈取字林補說文〉；第四章鄭知同「唐代說文字林並重」。

引《說文》『羽聲也』,《字林》『飛聲也』,此俗以《字林》改《說
文》之證」,王筠《句讀》已改爲「羽聲也」。

# 四　下

## 骨　部

髑　髑髏、頂也。从骨,蜀聲。

《一切經音義》一引《埤蒼》「髑髏、頭骨也」。(《義證》卷 11)

謹案:慧琳《一切經音義》卷 5「髑髏」、卷 13「髑髏」、卷 75「髑髏」
凡三引,以及希麟《續一切經音義》卷 1「髑髏」引俱作「頂骨」,
丁福保曰:「今本奪『骨』字,宜據補」,其說可從。

髀　股也。从骨,卑聲。脾、古文髀。

「股」下脫「外」字,《釋畜・釋文》、《文選・七命注》、《一切經音義》
卷三、卷十二、卷十四、卷十九、卷廿四、《太平御覽》卷三百七十二
引作「股外也」……「外」字議補。(《校議》)

錢宮詹云:「《御覽》引作『股外也』」,樹玉謂《釋畜・釋文》及李注
《文選・七命》、《一切經音義》卷三、卷十二、卷十四、卷二十四引
竝有「外」字。(《校錄》)

《爾雅・釋畜釋文》、《文選・七命注》、《一切經音義》卷三、卷十二、
卷十四、卷十九、卷二十四、《御覽・三百七十二人事部》皆引「髀、
股外也」,是古本「股」下有「外」字,今本奪。(《古本考》)

謹案:諸說皆是,慧琳《一切經音義》、希麟《續一切經音義》屢引作
「股外」亦其確證。〔註35〕《段注》本已改爲「股外也」,其說
曰:「各本無『外』,今依《爾雅音義》、《文選・七命注》、《元
應書》、《太平御覽》補」。

〔註35〕《詁林》「髀」字下丁福保曰:「《慧琳音義》四卷十三頁、九卷八頁、十二
卷十五頁、七十二卷十一頁、《希麟續音義》六卷八頁髀注引《說文》『股外
也』,考《爾雅音義》、《文選・七命注》引同,二徐本奪『外』字,宜補」,
其說是。

# 五　上

## 皿　部

　　盛　黍稷在器中以祀者也。从皿，成聲。

　　盛　黍稷在器中也。從皿成。(《繫傳》通釋第 9)

　　　　小徐、《御覽》卷七百五十六引無「以祀者」三字。(《校議》)

　　　　《韻會》引同，《繫傳》作「黍稷在器中也」。(《校錄》)

　　　　《御覽・七百五十六器物部》引「盛、黍稷在器中也，齍、黍稷之器以
　　　　祀者」，蓋古本如是。(《古本考》)

　　　　大徐本「也」字上有「以祀者」三字，案此因「齍」字下有此三字而
　　　　益之也。「盛」字義廣，「齍」字義狹，小徐是也。(《繫傳校錄》)

　　　　大徐「以祀者」三字疑涉「齍」說解而衍。《史記・孝文紀》「以給宗
　　　　廟粢盛」，《集解》引應劭「在器中曰盛」，它多類此，從小徐為合。(《二
　　　　徐箋異》)

　　　　謹案：王筠、田潛二說為是，「以祀者」三字當涉《說文》下一字「齍」
　　　　　　　之說解而誤衍，慧琳《一切經音義》兩引亦為確證，〔註 36〕當
　　　　　　　據小徐及群書所引刪正。

　　盉　械器也。从皿，必聲。

　　　　「械器也」者，《廣韻》、《集韻》、《類篇》並引作「拭器」，《集韻》引
　　　　亦同。(《義證》卷 14)

　　　　謹案：今本「械」當作「拭」，「械」、「拭」形近而易混，蔣斧舊藏《唐
　　　　　　　韻・入質》：「盉、拭器也，出《說文》也，加」，與《廣韻》、《集
　　　　　　　韻》、《類篇》所引同，亦其確證，〔註 37〕當據群書所引改正。《段
　　　　　　　注》本已改為「拭器」，其說曰：「《廣韵》、《集韵》、《類篇》皆
　　　　　　　作『拭』……此作『拭』者，說解中容不廢俗字，抑後人改也……
　　　　　　　今各本作『械器』，非古本」。

---

〔註 36〕慧琳《一切經音義》卷 10「桮盛、《說文》云黍稷在器也，從皿成聲也」，又
　　　　卷 57「盛金盉、《說文》云盛黍稷在器也，從皿成聲」。

〔註 37〕《唐五代韻書集存》下冊頁 694。《詁林》「盉」字下周雲青曰：「唐寫本《唐
　　　　韻・五質》『盉』注引《說文》『拭器也』，蓋古本如是，《集韻》、《類篇》引
　　　　同，今二徐本作『械』，係形近之誤，宜改」，其說是。

# 五　下

## 食　部

饔　孰食也。从食，雖聲。

飴　米糱煎也。从食，台聲。𩝔、籀文飴从異省。

《六書故》弟廿八引作「異省聲」。（《校議》）

《一切經音義》卷二十引無「煎」字。（《校錄》）

謹案：《原本玉篇·食部》：「饔、於恭反，……《說文》『熟食也』，𩝔、《說文》籀文饔字也。飴、習之反，……《說文》『米』，餲、《說文》亦飴字也，飤、《字書》亦飴字也」，〔註38〕可證今本「饔」、「飴」二字重文互有奪誤，試加疏解如下：一、「𩝔」為「饔」之籀文重文，「餲」為「飴」之重文，今本《說文》誤置「𩝔」於「飴」之下，又奪「餲」字：考《龍龕手鏡·食部》：「餲、俗，飤、古，飴、正，以之反，餳也，三」、「𩝔、籀文，饔、正，饔、今，於容反，孰食也，三」，〔註39〕與《原本玉篇》引同，是其確證，丁福保又舉《慧琳音義》為證，其說可從。〔註40〕二、推其致誤之由，當自今本《大廣益會玉篇》始：《玉篇·食部》：「飴、翼之切，餳也，餲、同上，𩝔、籀文，飤、古文」，其以「餲」、「飤」為「飴」之異體，與《原本玉篇》、《龍龕手鏡》同，惟誤繫「𩝔、籀文」於「飴」下。宋代治許書者，誤以此為根據改動許書。綜上所論，當據《原本玉篇》、《龍龕手鏡》二書，重新調整正篆、重文與說解為：「饔、孰食也，从食雖聲，𩝔、籀文饔」、「飴、米糱煎也，从食台聲，餲、飴从異」，方近許書原貌。

---

〔註38〕《原本玉篇殘卷》頁80。

〔註39〕《龍龕手鏡》頁499～500。

〔註40〕《詁林》「饔」字下丁福保曰：「《慧琳音義》卷九十二七頁『饔』注引《說文》『籀文从共作𩝔』，唐寫本《玉篇》『饔』下正作『籀文𩝔』，而『飴』下別有『重文餲』。據此『饔』下宜補『𩝔、籀文饔从異省』」、「飴」字下曰：「唐寫本《玉篇》『飴』下載《說文》重文餲，今二徐本奪，誤錄『饔』之籀文『𩝔』，宜刪，而補重文『餲』。」

## 韋　部

韝　射臂決也。从韋，冓聲。

《御覽》卷三百五十引作「射臂揎也」，此作「臂決」，疑涉下「韘」
之說解而改。（《校議》）

謹案：嚴說可從，《御覽・兵部》「射捍、《說文》曰韝、射臂揎也」
〔註 41〕、《倭名抄》「《說文》云：韝、射臂沓也」，〔註 42〕考
《說文》「韝」之次字爲「韘、射決也，所以拘弦、以象骨，
韋系、著右巨指，从韋枼聲」，「射臂揎」與「射決」別爲二物，
「韝」爲著於左臂之衣，射時韜藏其臂，非射時可以蔽膚斂衣；
「韘」爲著於右手巨指拘弦之物，不當混淆。王筠《句讀》已
據《御覽》改作「韝、射臂揎也」。〔註 43〕

# 六　上

## 木　部

橈　曲木。从木，堯聲。

橈　曲也。從木，堯聲。（《繫傳》通釋第 11）

《繫傳》、《韻會》作「曲也」，蓋脫，《玉篇》引作「曲木也」。（《校錄》）

《大徐》「也」作「木」，《玉篇》引作「曲木也」。（《繫傳校錄》）

《玉篇》引「曲木也」。（《古本考》）

謹案：二徐本文字有異，蓋各有脫誤，《段注》本已改爲「曲木也」，
可從。

櫑　龜目酒尊，刻木作雲雷象，象施不窮也。从木，畾聲。櫑、櫑或从缶，
櫑、櫑或从皿，櫑、籒文櫑。

櫑　龜目酒樽，刻木作雲雷，象施不窮也。從木，畾亦聲。櫑、櫑或從缶，
櫑、櫑或從皿，櫑、籒文櫑從缶回。臣鍇曰：回、缶，雷之象也。（《繫
傳》通釋）

《繫傳》下有「從缶回」三字。（《校錄》）

---

〔註41〕《御覽》卷 350。
〔註42〕《倭名抄》卷 2，「沓」爲「揎」之借字。
〔註43〕《句讀》卷 10。

「從缶回」三字大徐無。(《木部箋異》)

謹案：考《說文木部殘卷》：「𣚁、籀文櫑從缶回」，與小徐本同，且楚金於說解後有「回、缶，雷之象也」之語，是知本當有「從缶回」三字，今本奪，當據補，《段注》本已改作「𣚁、籀文櫑從缶回」。又《說文木部殘卷》說解字音為「從木晶、丶亦聲」，大徐作「從木晶聲」而小徐作「從木、晶亦聲」，《段注》本改作「從木從晶、晶亦聲」，疑唐寫本為是。

柵　編樹木也。从木从冊，冊亦聲。

柵　編豎木也。從木，刪省聲。(《木部殘卷》)

《一切經音義》卷十八、十九引「樹」作「豎」，當不誤，《玉篇注》亦作「豎」，《廣韻》引譌作「堅編木」。(《校錄》)

「柵、編豎木也」，《一切經音義》十四、十八引同，十九引木下有「者」字，，二徐「豎」作「樹」，小徐無「也」字，按作「豎」是。(《木部箋異》)

謹案：鈕、莫二氏之說是，《倭名類聚抄》卷3：「柵、《說文》云：『柵、編豎木也』」，與《木部殘卷》、《玉篇》、《一切經音義》諸引同，皆其確證。《段注》本改作「編豎木也」，當為許書原貌，俗寫作「豎」，《廣韻》則形譌作「堅」，今本音相近而譌作「樹」。又今本釋音作「从木从冊、冊亦聲」，小徐作「從木冊聲」，《木部殘卷》作「從木刪省聲」，三者各異而眾說紛紜。〔註44〕由比擬義」的角度思考，「冊」象柵欄「編豎木」之形，故以小徐「從木冊聲」為長。

杠　牀前橫木也。从木，工聲。

杠　牀前橫也。從木，工聲。(《木部殘卷》)

《初學記》引無「橫」字，《玉篇注》「牀前橫也」。(《校錄》)

「橫」下二徐衍「木」字，《篇》、《韵》亦無。按「橫、闌木也」，「闌、門遮也」，言「牀前橫」知是木為遮闌。(《木部箋異》)

謹案：《玉篇》、《廣韻》所引與《木部殘卷》同，莫氏之說可從。言「橫」

---

〔註44〕《段注》從小徐作「从木冊聲」，田潛《二徐箋異》謂大徐本是，莫友芝《木部箋異》則謂許書本有刪、冊二聲。

　　　　足以示門遮之義，今本誤衍「木」字，當據群書刪。

科　勺也。从木从斗。（6上木部）

科　勺也。從木，斗聲。（《繫傳》通釋第11）

科　勺也。從木，斗聲。（《木部殘卷》）

　　「斗聲」小徐、《韵會・七虞》引同，大徐作「从斗」。（《木部箋異》9a）

　　謹案：小徐與《韻會》引同《木部殘卷》，而大徐則改爲「从木从斗」
　　　　會意。《段注》本改作「科、勺也，從木斗聲」，其說曰：「鉉本
　　　　作『從斗』，非也」，其說是。

梲　木杖也。从木，兌聲。

梲　大杖也。從木，兌聲。（《木部殘卷》）

　　《後漢・禰衡傳注》、《一切經音義》卷十六、《韵會・七曷》引作「大
　　杖也」。（《校議》）

　　《後漢書・禰衡傳注》引作「梲、大杖也」，蓋古本如是，今本作「木」
　　者誤。（《古本考》）

　　「大杖」二徐誤「木杖」，《後漢・禰衡傳注》、《一切經音義》卷十六、
　　《韵會》竝引作「大杖」。（《木部箋異》）

　　謹案：沈、莫二氏之說是，《廣韻・入沒》：「梲、大杖」、《字彙・木部》：
　　　　「梲、《說文》『大杖也』」與《木部殘卷》皆其證，「大」、「木」
　　　　形近而易混，當據群書所引改正爲「大杖」。

榜　所以輔弓弩。从木，旁聲。

榜　所以輔弓弩也。從木，旁聲。（《木部殘卷》）

　　《玉篇》、《廣韻》引下有「也」字。（《校錄》）

　　「弩」下「也」《篇》引有，二徐無。（《木部箋異》）

　　謹案：《集韻・平庚》：「榜、所以輔弓弩也」，與《木部殘卷》、《玉篇》、
　　　　《廣韻》引同有「也」字，是知今本誤奪語助詞「也」，當據群
　　　　書補。

臬　射準的也。从木从自。李陽冰曰：自非聲，從劓省。

臬　射準的也。從木，自聲。（《繫傳》通釋第11）

臬　躲準的也。從木，自聲。（《木部殘卷》）

　　《繫傳》、《韻會》作「从木自聲」，是也。（《校錄》）

大徐引「李陽冰曰：自非聲，从劀省」，是古本作「自聲」矣，今本蓋大徐以爲非聲而改之。(《古本考》)

舊本當是「自聲」，淺人因李陽冰語易之也。(《二徐箋異》)

謹案：鈕、沈二氏之說是，此亦大徐私改諧聲之例，大徐因李陽冰語而改爲會意，當從小徐作「自聲」，《木部殘卷》是其確證。《段注》本改作「從木自聲」，其說曰：「李陽冰曰：『自非聲』，以去、入爲隔礙也」。

榷　水上橫木所以渡者也。从木，隺聲。

榷　水上橫木所以渡也。從木，隺聲。(《木部殘卷》)

「水上橫木所以渡者也」者，《御覽》引云：「水上橫木所以渡也」。(《義證》卷 17)

《玉篇》：「水上橫木渡，今之略彴也」。(《校錄》)

「者」大徐無。(《木部箋異》)

謹案：考《倭名抄》卷 3 居處部：「橋、《說文》云：『橋、水上橫木所以渡也』」[註45]、《五經文字・木部》：「榷、水上橫木所以渡」，與《木部殘卷》、《玉篇》、《御覽》引同無「者」字，皆其確證。是知今本誤衍語助詞，當據群書刪。

桎　足械也。从木，至聲。

桎　足械也，所以質地。從木，至聲。(《木部殘卷》)

《周禮・掌囚釋文》、《御覽》卷六百四十四引「足械也」下有「所以質地」。(《校議》)

《周禮・掌囚釋文》引作「梏、手械也，所以告天，桎、足械也，所以質地」。(《校錄》)

《周禮・掌囚釋文》引「梏、手械也，所以告天，桎、足械也，所以質地」，《御覽・六百四十四刑法部》引同，是古本有「所以告天」、「所以質地」八字，此蓋申明从告、從至之意，所謂聲亦兼義也，二徐不知而妄刪之，誤矣。(《古本考》)

---

〔註45〕《說文・木部》：「橋、水梁也，从木喬聲」，《倭名抄》於「橋」下引「榷」字之說解。

　　　謹案：沈說是，《木部殘卷》與《慧琳音義》二引〔註46〕皆其確證，今
　　　　　　本誤奪「所以質地」四字。《段注》本已改作「桎、足械也，所
　　　　　　以質地，從木至聲」，其說曰：「『所㠯質地』四字，依《周禮音
　　　　　　義》補」。

梏　手械也。从木，告聲。

梏　手械也，所以告天也。從木，告聲。（《繫傳》通釋第 11）

梏　手械，所以告天。從木，告聲。（《木部殘卷》）

　　《掌囚釋文》、《御覽》卷六百四十四引「手械也」下有「所以告天」
　　《校議》

　　《繫傳》下有「所以告天也」五字，《韻會》引亦有作而無「也」字，
　　與《周禮釋文》引合。（《校錄》）

　　　謹案：《木部殘卷》與《慧琳音義》二引皆其確證，今本誤奪「所以告
　　　　　　天」四字。《段注》本已改作「梏、手械也，所以告天，從木告
　　　　　　聲」，其說曰：「『所㠯告天』四字，依《周禮音義》補」。

# 六　下

## 邑　部

郿　左馮翊郿陽亭。从邑，屠聲。

　　「左馮翊郿陽亭」者，《集韻》、《類篇》、《詩地理攷》竝引作「郃陽亭」。
　　（《義證》卷 19）

　　　謹案：今本釋義誤涉篆文作「郿陽亭」，《段注》已改作「左馮翊郃陽
　　　　　　亭」，注曰：「謂左馮翊郃陽有郿亭也，各本作『郿陽亭』誤，
　　　　　　今依《集韵》、《類篇》、王伯厚《詩地理考》正」，其說是。

邾　江夏縣。从邑，朱聲。

邾　江夏縣。從邑，朱聲。一曰魯有小邾國。臣鍇按：杜預曰魯國鄒縣也

---

〔註46〕《慧琳音義》卷 13《大寶積經》卷 41：「桎梏、《說文》『桎足械也，所以至
地也；梏手械也，所以告天也』，並左形右聲字也」、卷 84《集古今佛道論衡》
卷 3：「桎梏、《說文》『桎、足械也，所以桎地也；梏、手械也，所以梏天也』，
並左形右聲」。《詁林》「桎」字下丁福保曰：「今二徐本逸『所以質地』、『所
以告天』二語，宜據補」，其說是。

（《繫傳》通釋第 12）

《繫傳》「聲」下空一字，下有「曰魯有小邾國」六字，《韻會》引作「一曰魯有小邾國」，則後人妄刪此句也，《玉篇注》「江夏縣亦魯附庸國」。（《校錄》）

「一曰魯有小邾國」七字《說文》所無，按《繫傳》臣鍇曰：「魯國鄒縣也」，此語正發明「魯小邾國」之義，是未校定以前之《說文》本有此七字矣。（《繫傳攷異》）

許君凡偁「一曰」者皆別一義，鍇本「邾」下有「一曰魯有小邾國」七字，是許書原文，鉉本刪此七字，非是。《玉篇》「邾」下云「江夏縣亦魯附庸國」，說解分明，其即爲根據許書無疑。（《校定本》）

謹案：上引清人諸說皆是，大徐本誤奪「一曰魯有小邾國」七字，當據小徐補。

# 七　上

## 日　部

昒　尙冥也。从日，勿聲。

昒　尙冥也，從日，勿聲。臣鍇曰：今《史記》作昒同（《繫傳》通釋第 13）

小徐、《韵會·六月》引篆體作「曶」。（《校議》）

傳曰：「今《史記》作昒同」，足徵《說文》自作「曶」也。（《繫傳校錄》）

謹案：王筠之說是，《P3694·入沒》：「曶、《說文》『尙冥也』」、《裴韻·入紇》：「昒、尙冥，又出爲詞，《說文》作『曶』」，〔註47〕兩韻書所引作「曶」皆其確證。是知《說文》篆形本當爲下形上聲的「曶」，後來爲了與形體相近曰部之「曶」字〔註48〕區別，而改爲左形右聲的「昒」，惟小徐尙存其眞，《段注》已改正篆文作「曶」。

旰　晚也。从日，干聲。《春秋傳》曰：日旰君勞。

旰　日晚也。從日，干聲。《春秋傳》曰：日旰君勞。（《繫傳》通釋第 13）

〔註47〕《唐五代韻書集存》上冊頁 190、612。
〔註48〕《說文》五上曰部：「曶、出气詞也」。

小徐、《藝文類聚》卷一、《文選・謝元暉詶王晉安詩注》、《韵會・十五翰》引作「日晚也」。(《校議》)

《文選・謝朓詶王晉安詩注》引「旰、日晚也」,蓋古本有「日」字,今奪。(《古本考》)

謹案:沈濤之說是,大徐誤奪「日」字,當據小徐及群書所引補。王筠《句讀》已據《文選注》增改作「日晚也」。〔註49〕

## 禾 部

秬 百二十斤也,稻一秬爲粟二十升,禾黍一秬爲粟十六升大半升。从禾,石聲。

按隸書「斗」字多作「升」,故譌而爲「升」。(《汲訂》)

隸書「斗」作「𠦊」,則「升」乃「斗」之譌。米部:「粟重一秬爲十六斗大半斗」、「稻重一秬爲粟二十斗」是其證。(《校錄》)

謹案:「二十升」、「十六升」、「大半升」三「升」字皆當作「斗」,《說文》米部「粲、稻重一秬爲粟二十斗」、「糲、粟重一秬爲十六斗大半斗」皆其證,《段注》本已改三「升」字爲「斗」,其說曰:「『斗』宋刻皆譌作『升』,毛本又誤改『斤』,今正。」又考《睡虎地秦墓竹簡・秦律十八種倉律》:「稻禾一石爲粟廿斗」、《張家山漢墓竹簡・算術書》:「程禾、程曰:禾粟一石爲粟十六斗泰半斗……程曰:稻禾一石爲粟廿斗」,〔註50〕兩出土竹簡皆作「斗」字。審之本校法及出土文獻,更可明《段注》校勘之精實。

# 七 下

## 穴 部

竈 穿地也。从穴,㲋聲。一曰小鼠,《周禮》曰大喪甫竈。

竈 穿地也,从穴,㲋聲。一曰小鼠聲,《周禮》曰大喪甫竈。(《繫傳》通釋第14)

《繫傳》作「小鼠聲」,《玉篇》同。(《斠詮》)

---

〔註49〕《句讀》卷13。
〔註50〕《張家山漢墓竹簡二四七號墓釋文修訂本》頁144。

一曰小鼠聲，《玉篇》同，大徐挩「聲」字。(《繫傳校錄》卷14)

謹案：王說是，考《裴韻・去祭》：「竁、《說文》穿地，一曰小鼠聲，《周礼》大喪用〝也」，〔註51〕其引與小徐《玉篇》同，是其確證，大徐本誤奪「聲」字，當從小徐。《段注》已改作「一曰小鼠聲」，其說曰：「『聲』字據《玉篇》補，宋本『小鼠』下皆空一字，必是『聲』字耳。『竁』入聲如『猝』，於鼠聲相似」。

## 疒 部

疽　癰也。从疒，且聲。

疽　久癰也。从疒，且聲。(《繫傳》通釋第14)

《繫傳》作「久癰也」，《韻會》同。(《斠詮》)

今本脫「久」字，當從《眾經音義》補。(《補考》)

《小徐》、《後漢・劉焉傳注》、《一切經音義》卷九、卷十八、卷二十皆引「久癰也」，是古本有「久」字。(《古本考》)

謹案：戚、沈二氏之說是，《倭名抄》卷二疾病部：「疽、說文云『疽、久癰也』」與《慧琳音義》二引〔註52〕、小徐本同，皆其確證，當據補「久」字。《段注》本已改作「久癰也」，其說曰：「《後漢書・劉焉傳注》、元應《一切經音義》皆引『久癰』，與小徐合」。

## 黹 部

黼　會五采繪色。从黹，綷省聲。

黼　會五采繪。從黹，綷省聲。(《繫傳》通釋第14)

《廣韵・十八隊》引作「會五采繪也」，疑此「繪色」誤。(《校議》)

《繫傳》無「色」字，《廣韻》引「色」作「也」。(《校錄》)

謹案：嚴說是，《原本玉篇・黹部》：「黼、子內反，會五采繪也」，〔註53〕所引正與《廣韻》同，亦其確證。是知二徐互有譌誤，大徐本語

---

〔註51〕《唐五代韻書集存》上冊，頁590，韻書「用」爲「甫」字之形譌。

〔註52〕《慧琳音義》卷40《觀自在菩薩如意心陀羅尼呪經》：「疽癖、《說文》云『疽、久癰也，从疒且聲』」、卷46《大智度論》卷12：「疽瘡、《說文》『疽、久癰也』」。

〔註53〕《原本玉篇殘卷》頁192。

助詞「也」誤作「色」，蓋形近而誤；小徐本則奪「也」字，皆當據群書所引正。《段注》本已改作「會五采繒也」，其說曰：「『也』本作『色』，今依《廣韵》訂」。

## 八　上

### 人　部

儺　行人節也。从人，難聲。《詩》曰：佩玉之儺。

儺　行有節也。從人，難聲。《詩》曰：佩玉之儺。（《繫傳》通釋第15）

《玉篇》及《詩・竹竿釋文》引同，宋本「有」作「人」誤。（《校錄》）

謹案：鈕說是，考《說文》「儺」之上一字爲「儦、行皃，从人麃聲，《詩》曰：行人儦儦」，此作「行人節」當涉上文引《詩》「行人儦儦」而誤，當據小徐與群書改正。《段注》本已改作「行有節也」。

### 衣　部

裛　書囊也。从衣，邑聲。

「邑聲」下當有「一曰纏也」，《後漢書・班固上注》、《文選・西都賦注》、《琴賦注》引「裛、纏也」，《韵會・十六葉》引「邑聲」下有「又纏也」。（《校議》）

《玉篇注》「囊也、纏也、衣帊也」，《文選・西都賦注》、《琴賦注》、《後漢書・班固傳注》引並作「纏也」，恐非。（《校錄》）

疑古本作「裛、纏也，一曰書囊也」，二徐以一解爲正解，而裛之本義晦矣。（《古本考》）

謹案：《段注》本改作「裛、纏也，从衣邑聲」，其說曰：「各本作『書囊也』，今依《西都賦》、《琴賦注》、《後漢書・班固傳注》所引正」。沈濤之說可參，《說文》「裛」之前一字爲「裹、纏也，从衣果聲」，「纏也」之訓不應奪漏；又《文選鈔・蜀都賦》：「《說文》『裛、纏也』」，〔註54〕亦爲確證。

---

〔註54〕《唐鈔文選集注彙存》第1冊頁44。

# 八 下

## 舟 部

艐　船著不行也。从舟，夋聲。讀若葷。

　　《廣韵・一東》、《韵會・一東》引作「船箸沙不行」，此脫「沙」字。（《校議》）

　　《玉篇注》同，《廣韻》引作「船著沙不行也」。（《校錄》）

　　謹案：嚴說是，「船著不行」語意難明不可通，《廣韻・平東》：「艐、《說文》云：『艐、舩著沙不行也』」、《古今韻會舉要・平東》：「艐、《說文》『船著沙不行，从舟夋聲』」、《倭名類聚抄》卷三舟事類：「《說文》云：『艐、船著沙不行也』」、《原本玉篇・舟部》：「艐、《說文》『舩著沙不行也』」，〔註55〕皆爲今本誤奪之確證，當據改。《段注》本改作「船箸沙不行也」，其說曰：「『沙』字各本奪，今依《廣韻》一東、三十三箇所引補」。

## 欠 部

歛　監持意口閉也。从欠，緘聲。

　　《玉篇》作「堅持」，按「監」誤。（《校議》）

　　「監持意」別本「監」作「堅」，《玉篇》同，是也。（《繫傳校錄》）

　　謹案：王筠之說是，「監持」詞意難明不可通，考《廣韻・平鹽》：「歛、堅持意」、《廣韻・平咸》：「歛、堅持意口閉也」、《集韻・平沾》：「歛、持意堅固謂之歛，一曰口閉」，皆爲當作「堅持」之證。《段注》本改作「堅持意口閉也」，其說曰：「『堅』字各本作『監』，今依《篇》、《韵》正」。

# 九 上

## 頁 部

頋　面前岳岳也。从頁，岳聲。

---

〔註55〕《原本玉篇殘卷》頁 344。

頟　前面岳岳也。從頁，岳聲。(《繫傳》通釋第 17)

「面前岳岳也」者，《龍龕手鑑》引作「面前頟頟」。(《義證》)

《說文韻譜》「面前頟頟」，《玉篇》同。(《繫傳校錄》)

《龍龕手鑑》引作「面前頟」，故屬傳寫有奪，而古本「岳岳」必作「頟頟」。本部「頟、頭頟頟大也」、「顛、面色顛顛皃」、「顦、面瘦淺顦顦也」、「顡、頭顡謹皃」、「項、頭項項謹皃」，皆不改字，此解亦不應改字爲「岳」，當是二徐妄改。(《古本考》)

謹案：二徐本釋義均有誤，沈氏活用本校法與他校法，據異文資料與本書本部「頟」、「顛」、「顦」、「顡」、「項」五字說解用字均與本篆同爲佐證，其說可從，當據改。

頲　狹頭頲也。从頁，廷聲。

《玉篇》引無「頲」字，「狹頭頲」語亦不詞，段先生曰：疑當作狹頭頲頲也。(《古本考》)

謹案：是條《段注》本說解仍作「狹頭頲也」，惟注曰：「疑當作『狹頭頲頲也』」，考法藏敦煌韻書《P3693‧上迥》：「頲、狹頭頲〻也，出《說文》也」〔註 56〕所引，足以證成段氏之疑，是知今本誤奪一「頲」字，當據韻書所引補。

頎　頭佳也。从頁，斤聲，讀又若鬢。(《繫傳》通釋第 17)

按：今鉉本無此字，而《集韻》、《類篇》皆引「《說文》頎、頭佳皃」，《集韻》、《類篇》所據皆鉉本也。然則鉉本本有此篆此解，而轉刊脫之耳。(《汲訂》36b)

《集韻》引作「頭佳皃」，《六書故》同。(《義證》卷 27)

大徐挩此篆。(《繫傳校錄》卷 17)

謹案：「頎」字大徐本無，小徐本則繫於「頠」字之後。《段注》本已補其字，注云：「按『頎』篆併解各本奪，今依小徐本及《集韻》、《類篇》、《韻會》所引訂補」，其說是，今當據小徐、《段注》及群書所引，增補篆文及說解爲：「頎、頭佳也，从頁斤聲，讀又若鬢」。

---

〔註 56〕《唐五代韻書集存》上冊，頁 173。

# 司 部

司　臣司事於外者。从反后。

《玉篇》引「者」下有「也」字。（《校錄》）

謹案：是條今本「者」下誤奪語助詞「也」，《S2055・平之》：「司、按
《說文》『臣司事於外者也，從反后』」〔註57〕亦其確證，當據
補「也」字。

# 九　下

# 山　部

屼　山也，或曰弱水之所出。从山，几聲。

水部作「溺」，本字也，此作「弱水」假借他部說解，不拘通俗。（《校
議議》）

謹案：11 上水部：「溺、水自張掖刪丹西至酒泉合黎餘波入于流沙，
从水弱聲，桑欽所說。」，嚴氏以爲「弱」爲「溺」之假借，不
拘通俗字，《義證》則云：「『弱』當作『溺』」，《段注》本直接
改作「或曰溺水之所出」，其說曰：「『溺』各本作『弱』誤，今
正」，其說是。

嶅　山名。从山，敄聲。

《玉篇》「亡刀切，丘也，或作垫」，《廣韻》止收去聲遇，亦訓「丘也」。
（《校錄》）

謹案：今本「嶅」字之訓與他書不同，段玉裁已從字義與部內字次的
角度產生懷疑，其說曰：「按此篆許書本無，後人增之。許書
果有是山，則當廁於山名之類矣」。考《原本玉篇・山部》：「嶅、
亡力反，《說文》『嶅、丘也』，野王案：《尒雅》『前高浚下曰
嶅丘』」〔註58〕、《唐韻・去遇》：「嶅、丘也，出《說文》，加」，
〔註59〕兩者皆可證今本之誤，當據改爲「丘也」。〔註60〕徐灝

---

〔註57〕《唐五代韻書集存》上冊，頁 154。

〔註58〕《原本玉篇殘卷》頁 434。

〔註59〕《唐五代韻書集存》下冊，頁 645。

〔註60〕《詁林》「嶅」字下周雲青曰：「唐寫本《唐韵・十遇》『嶅』注引《說文》『丘
也』，唐寫本《玉篇》引同，二徐本誤作『山名』，非是」，其說是。

《說文解字注箋》曰：「此當作『丘名』，後人因其字从山，改爲『山名』耳」，〔註61〕其說適可解釋今本致誤的原因。

# 十　上

## 廌　部

廌　解廌獸也，似山牛一角，古者決訟令觸不直。象形，从豸省。

《御覽》卷八百九十引作「似牛」，無「山」字。（《校議》）

《玉篇》云「解廌獸，似牛而一角，古者決訟令觸不直者，見《說文》」，是古本無「山」字……《御覽》卷八百九十獸部引亦無「山」字。（《古本考》）

謹案：沈說是，《裴韻·去霽》：「廌、作見反，ˋ舉也，《說文》『宅買，解ˋ獸，似牛一角』，爲黃帝觸邪臣，三」，〔註62〕所引與《玉篇》、《御覽》引皆同無「山」字，亦其確證。《段注》本已改作「侣牛一角」，其說曰：「各本皆作『似山牛』，今刪正，《玉篇》、《廣韵》及《太平御覽》引皆無『山』也」。

## 犬　部

狙　玃屬。从犬，且聲。一曰狙犬也暫齧人者，一曰犬不齧人也。

《文選·劇秦美新注》引「狙犬」下無「也」字，不誤。（《校議議》）

謹案：嚴說是，今本一曰義「狙犬」後誤衍語助詞「也」字，《S2055·平魚》：「狙、猨，按《說文》『一曰狙犬暫齧人，一曰不潔人』，又七鹿反也」〔註63〕是其確證。《段注》本改作「一曰犬暫齧人者」，其說曰：「犬下各本有『也』字，今依李善《劇秦美新注》刪」。

---

〔註61〕《說文解字注箋》九下山部。

〔註62〕《唐五代韻書集存》上冊，頁595，韻書「宅買」奪「反」字，《廣韻·上蟹》：「廌、解廌，宅買切」可證。

〔註63〕《唐五代韻書集存》上冊，頁157，韻書「潔」當爲「齧」字之誤。

# 十 下

## 夭 部

奔　走也。从夭，賁省聲。與走同意，俱从夭。

奔　走也。從夭，卉聲。與走同意，俱从夭。臣鍇曰：夭、曲也，走則夭
　　其趾，故走從夭奔，卉非聲，疑奔走於艸卉。（《繫傳》通釋第 20）

小徐作「卉聲」，〈通釋〉云「卉非聲」，大徐輒改為「賁省」，不知賁
亦卉聲。（《校議》）

大徐「賁省聲」，非。（《繫傳校錄》）

「賁」即從「卉聲」，譾人以小徐有「卉非聲」語故易之。（《二徐箋異》）

謹案：嚴、田二氏之說是，考「奔」博昆切，段氏第五類十三部；「卉」
　　　許偉切，段氏第六類十五部，《段注》本已改作「从夭卉聲」，其
　　　說曰：「大徐作『賁省聲』，非，此十三部與十五部合音」。〔註64〕

## 幸 部

籟　窮理罪人也。从幸从人从言，竹聲。

理字沿唐避諱，《廣韵·一屋》作「窮治皋人也」。（《校議》）

《廣韻·一屋》引「窮治皋人也」，蓋古本如此，今誤作「理」，當緣唐
時避諱所改，後未更正耳，《玉篇》亦云「窮治罪人也」。（《古本考》）

謹案：嚴、沈二說是，原文當作「治」，避唐高宗諱而改作「理」，「窮
　　　治」之用詞例見於《禮記·月令注》、《周禮·大司馬注》、《書·
　　　康誥疏》。《段注》本已改作「窮治」，其說曰：「『治』各本作『理』，
　　　唐人所改也，今依《篇》、《韵》正」。

# 十一 上

## 水 部

灌　水出盧江雩婁，北入淮。从水，蘿聲。

灌　水出盧江雩婁，北入淮。從水，蘿聲。（《繫傳》通釋第 21）

---

〔註64〕音韻考證之依據，反切採大徐本所附孫愐之音切，古韻分部依段玉裁〈今韵
　　　　古分十七部表〉。

《繫傳》「盧」作「廬」，玉篇「灉水出廬江」。(《校錄》)

大徐「盧」捝「广」。(《繫傳校錄》)

「澺」篆說解二徐本均作「廬」，吕此証之與《漢志》合，作「廬」是也。(《二徐笺異》)

謹案：田氏首先提出二徐本文字有異，是爲「對校」；其次以本書本部「澺」字訓解與《漢書・地理志》爲佐證，〔註65〕說明小徐作「廬」爲長，其說可從，《段注》本已改作「水出廬江雩婁北入淮」。

淀　回泉也。从水，旋省聲。

《一切經音義》卷十八引作「回淵也」，此作「泉」沿唐避諱。(《校議》)

《一切經音義》卷十八引「淀、回淵也」，蓋古本如是，今本「泉」字後人避唐諱改。(《古本考》)

謹案：嚴、沈二氏之說是，今本「回泉」相沿避唐高祖諱而改字，古本當作「回淵」。

決　行流也。从水从夬。盧江有決水，出於大別山。

決　行流也。從水，夬聲。盧江有決水，出大別山。(《繫傳》通釋第 21)

小徐、《韵會・九屑》引作「夬聲」，無「於」字。(《校議》)

《繫傳》、《韻會》作「从水夬聲」……《廣韻》兩收，屑無「於」字，《韻會》引亦無「於」。(《校錄》)

謹案：小徐「从水夬聲」爲是，此亦大徐私改諧聲之例。又《裴韻・入屑》：「決、〝絕，《說文》『流行也，又水名，出大別山』，從彳非」，〔註66〕所引與群書同無「於」字，是其確證。《段注》本已改作「從水夬聲，盧江有決水，出大別山」。

湒　雨下也。从水，咠聲。一曰沸涌皃。

湒　雨下也。從水，咠聲。一曰霵涌也。(《繫傳》通釋第 21)

小徐、《韵會・十四緝》引作「霵涌也」。(《校議》)

---

〔註65〕《說文・水部》：「澺、水出廬江入淮」，《漢書・地理志上》卷28：「廬江郡……雩婁」，顏師古注：「決水北至蓼入淮，又有灉水，亦北至蓼入決，過郡二，行五百一十里」。

〔註66〕《唐五代韻書集成》上冊，頁 612，韻書「流行」二字爲「行流」之誤倒。

謹案：二徐本互有譌誤，考《原本玉篇·水部》：「湆、子立反，《說文》『雨下皃也，一曰沸也』」〔註67〕、《篆隸萬象名義·水部》：「湆、子立反，沸、雨下皃」、《唐·入緝》：「湆、雨皃，出《說文》，加」，〔註68〕三引皆有「皃」字，是爲二徐本誤奪之確證。又二徐本一曰之「涌」字，諸書所引亦無，當涉上文「湁、湁湆鬻也，从水拾聲」而誤衍，《玉篇·水部》：「湆、雨下也，沸也」可證。綜上所論，當據群書改正今本爲「湆、雨下皃也，从水咠聲，一曰沸也」。

潦 雨水大皃。从水，尞聲。

《采蘋疏》、《一切經音義》卷一引作「雨水也」，《文選》南都賦注、長笛賦注、司馬紹統贈顧榮詩注、曹顏遠思友人詩注引皆無「大皃」。（《校議》）

《詩·采蘋正義》、《一切經音義》卷一、《文選》長笛賦注、陸士衡贈顧彥先詩注、曹顏遠思友詩注皆引「潦、雨水也」，南都賦注、司馬紹統贈顧榮詩注引「潦、雨水」，是古本無「大皃」二字。（《古本考》）

謹案：二徐本皆誤語助詞「也」爲「大皃」二字，《段注》本已改作「雨水也」，其說曰：「各本作『雨水大皃』，今依《詩·采蘋正義》、《文選·陸機贈顧彥先詩注》、《眾經音義》卷一訂」，《原本玉篇·水部》：「潦、《說文》：『雨水也』」是其確證，〔註69〕當據群書所引正。

瀧 雨瀧瀧皃。从水，龍聲。

瀧 雨瀧瀧也。從水，龍聲。（《繫傳》通釋第21）

《小徐》、《廣韵·一東》引作「雨瀧瀧也」，按「溝」、「沛」、「滔」下詞例同，此作「皃」非，云「瀧瀧」則皃在其中。（《校議》）

《繫傳》及《廣韻》引「皃」作「也」。（《校錄》）

〔註67〕《原本玉篇殘卷》頁357，《詁林》「湆」字下沈乾一曰：「《唐寫本玉篇》『湆』注引《說文》『雨下皃也』，今二徐本奪『皃』字，宜據補」，其說是。
〔註68〕《唐五代韻書集成》下冊，頁720，韻書引誤奪「下」字。
〔註69〕《原本玉篇殘卷》頁357。

－248－

謹案：嚴氏藉異文材料比對、詞例推勘法，考證今本語助詞之誤，其
　　　說是。《段注》本已改作「雨瀧瀧也」，其說曰：「『也』大徐作
　　　『兒』，今依《小徐》及《廣韵》」。《原本玉篇・水部》：「瀧、
　　　《說文》：『雨瀧丶也』」亦其確證，〔註70〕當依《小徐》為長。

湫　隘下也。一曰有湫水、在周地。《春秋傳》曰晏子之宅湫隘，安定朝那
　　有湫泉。从水，秋聲。

湫　隘下也。從水，秋聲。有湫水，在周地，《春秋傳》曰晏子之宅湫隘，
　　安定朝那有湫泉。(《繫傳》通釋第 21)

　　「安定朝那有湫泉」者，「泉」當為「淵」，唐人避諱改之。(《義證》
　　卷 35)

　　「泉」當作「淵」，唐人避諱改之。(《句讀》)

　　《封禪書》、《地理志》、《郡國志》作「湫淵」，此作「泉」沿避唐諱。(《校
　　議》)

　　「湫泉」《漢志》作「湫淵」，蓋避唐諱而改。(《繫傳校勘記》)

　　謹案：諸家之說是，《段注》本已改作「安定朝那有湫淵」，其說曰：
　　　　　「『淵』各本作『泉』，唐人避諱改也，今正」，今本因避唐高
　　　　　祖之諱而改「淵」為「泉」，《原本玉篇・水部》：「湫、《說文》
　　　　　『湫水、在周地，安定朝那有湫淵』」〔註71〕亦其確證。

# 十一下

## 仌　部

凓　寒也。从仌，栗聲。

凓　寒也。從仌，栗聲。(《繫傳》通釋第 22)

　　當作「寒兒」，小徐作「寒貌也」，《韵會・四質》引作「寒兒」。(《校議》)

　　《繫傳》「寒兒也」，《韻會》「寒兒」，《玉篇注》「凓洌、寒兒」。(《校錄》)

　　謹案：嚴說是，大徐本誤奪「兒」字，當依小徐補，王筠《句讀》已
　　　　　改作「寒兒也」。〔註72〕

---

〔註70〕《原本玉篇殘卷》頁 357。
〔註71〕《原本玉篇殘卷》頁 365。
〔註72〕《句讀》卷 22

## 雨　部

霾　風雨土也。从雨，貍聲。《詩》曰：終風且霾

《尒疋》云「風而雨土也」，《傳》同。（《斠詮》）

謹案：今本誤奪「而」字，《段注》本改作「風而雨土曰霾」，慧琳《一切經音義》卷42《大佛頂經》卷4：「成霾、《說文》『霾、風雨而土也，從雨貍聲』」是其證。

# 十二上

## 手　部

撮　四圭也，一曰兩指撮也。从手，最聲。

撮　四圭也。從手，最聲。亦二指撮也。（《繫傳》通釋第23）

「兩」當作「三」，小徐作「二指撮也」，「二」即「三」之誤，《漢律曆志上》「應劭曰：『四圭曰撮，三指撮之也』」，《玉篇》「撮、三指取也」。（《校議》）

「二」當是「三」，蓋後人不察改爲「兩」也。（《校錄》）

謹案：大徐之「兩」與小徐之「二」皆當作「三」，《漢書律曆志》、《玉篇》皆作「三」。今考馬王堆漢墓帛書《五十二病方》作「三指撮」，劉釗曰：「『三指撮』一語是指將拇、食、中三指指頭合並撮取藥物的一種估量單位，爲醫學用語，這爲清人對《說文》的校正提供了新的證據」，〔註73〕其說可從。又《詁林》「撮」字下丁福保曰：「《慧琳音義》五十三卷六頁『撮』注引《說文》『四圭也，三指撮也』……是古訓『四圭』及『三指』之證，今二徐本誤，宜據改」，〔註74〕亦爲「三指撮」之確證。

掔　摩也。从手，研聲。（《繫傳》通釋第23）

初印本「掖」後無「掔」，宋本、葉本、趙本皆同，《五音韵譜》亦無

---

〔註73〕劉釗：〈談考古資料在說文研究中的重要性〉，《中國古文字研究第一輯》（長春：吉林大學出版社，1999年6月），頁231。

〔註74〕慧琳《一切經音義》卷53：「多撮、《說文》『四圭也，三指撮也，從手最聲』」，又卷77：「撮寫、《說文》『三指撮也，從手最聲』」，兩引皆作「三指撮」。又據卷73：「撮摩、《字林》云『撮手取也』，《古今正字》云『亦兩指撮也，從手最聲也』」，是知今本《說文》「兩指撮」當爲後人據他書所誤改。

「挧」字，今剜補「挧」篆，解云：「摩也，从手研聲，禦堅切」，蓋依小徐按補者，在四次以前。據《集韻》、《類篇》引《說文》，則鉉本固有「挧」篆，後脫之耳。（《汲訂》51a）

《集韻》、《類篇》「挧」下引《說文》，則原有此文，寫漏也。（《義證》卷 38）

大徐无此字，汲古補於部末。（《繫傳校錄》）

謹案：桂說是，「挧」字大徐本無，小徐本則繫於手部「摩」字之後。

　　《段注》本已補其字，注云：「宋本奪此字，今依小徐、《集韻》、《類篇》補」，今當據小徐、《段注》及群書所引，增補今本篆文及其說解爲：「挧、摩也，从手研聲」。

# 十二下

## 戌　部

戌　斧也。从戈，乚聲。《司馬法》曰：夏執玄戌，殷執白戚，周左杖黃戌、右秉白髦。凡戌之屬皆从戌。（《繫傳》通釋第 24）

戌　大斧也。從戈，乚聲。《司馬法》曰：夏執玄戌，殷執白戚，周左杖黃戌、右把白旄。凡戌之屬皆從戌。

　　「斧」上脫「大」字，小徐、《顧命・釋文》、《續漢・輿服志上注》、《一切經音義》卷二、《御覽》卷六百八十、《廣韻・十月》、《韵會・六月》引作「大斧也」。（《校議》）

　　《御覽・六百八十儀式部》、《書・顧命釋文》、《續漢書・輿服志注》、《一切經音義》卷二、《廣韻・十月》皆引作「大斧也」，是古本有「大」字。（《古本考》）

　　《廣韻》、《一切經音義》引並作「大斧也」，《書・顧命釋文》亦有「大」字，与小徐合，大徐本敓。（《二徐箋異》）

謹案：諸說是，大徐本誤奪「大」字，當依小徐與群書所引補，《段注》本已改作「大斧也」。

## 弓　部

彉　弩滿也。从弓，黃聲，讀若郭。

彉　滿弩也。從弓，黃聲，讀若郭。(《繫傳》通釋第 24)

《繫傳》及《玉篇》、《韻會》引作「滿弩也」。(《校錄》)

《御覽‧卷三百四十八兵部》引「彉、滿弓也」，「彉」即「彉」之別體，「弓」乃「弩」字之誤，《玉篇》引作「滿弩也」。(《古本考》)

《玉篇》引作「滿弩」與《韻會》同，大徐本誤到。(《二徐箋異》)

謹案：田說是，今本誤倒作「弩滿」，當據小徐與《玉篇》、《韻會》所引正。《段注》本已改爲「滿弩也」，其說曰：「『滿弩』者張而滿之，或作『弩滿』，非也」。

# 十三上

## 糸　部

縟　繁采色也。从糸，辱聲。

《後漢書‧延篤傳注》及李注文選《西都賦》、《月賦》引「色」竝作「飾」，當不誤。(《校錄》)

文選《西都賦》、《月賦》、《劉越石答盧諶詩》、《七啓》等注、《後漢書‧延篤傳注》所引「色」皆作「飾」，是古本作「飾」不作「色」，《景福殿賦》、《長笛賦》注引奪「繁」字而「色」仍亦作「飾」。(《古本考》)

謹案：沈說是，今本「色」當作「飾」，當據《後漢書注》及《文選注》改，《原本玉篇‧糸部》：「縟、《說文》繁采飾也」〔註 75〕亦其確證。《段注》本改爲「緐采飾也」，其說曰：「各本作『色』，今依文選《西都賦》、《月賦》、《景福殿賦》、《劉越石答盧諶詩》注正」。

綸　青絲綬也。从糸，侖聲。

《文選‧西都賦注》、《御覽》卷八百十九引作「糾青絲綬也」。(《校議》)

《文選‧西都賦注》、顏師古《急就篇注》、《漢書‧景帝紀注》、《後漢書‧班彪傳注》、《御覽‧八百十九布帛部》皆引「綸、糾青絲綬也」，是古本有「糾」字。(《古本考》)

---

〔註 75〕《原本玉篇殘卷》頁 147。

謹案：沈說是，考《原本玉篇・糸部》：「綸、《說文》糾青絲綬也」，
〔註76〕所引與《文選》、《御覽》群書所引同，是其確證。《段注》本已改作「糾青絲綬也」，其說曰：「各本無『糾』字，今依《西都賦李注》、《急就篇顏注》補。糾、三合繩也，糾青絲成綬是爲綸」。

緋　亂系也。从糸，弗聲。

《一切經音義》卷十二引作「亂麻也」，按《玉篇》亦云「亂麻」。（《校議》）

《一切經音義》卷十二緼引《說文》作「緼緋、亂麻也」，蓋即「緋」注。（《校錄》）

謹案：鈕說是，《原本玉篇・糸部》：「緋、《說文》乱麻也」，〔註77〕所引與《玉篇》、《玄應音義》引皆同，是其確證。張舜徽曰：「二徐本譌『麻』作『系』，而義難通，宜據改」，〔註78〕其說可從。

# 十三下

## 土　部

壚　剛土也。从土，盧聲。

《禹貢・釋文》、《韵會・七虞》引作「黑剛土也」，此脫黑字。（《校議》）

《書・禹貢釋文》、《正義》皆引作「黑剛土也」，以「壏、赤剛土」例之，是古本有「黑」字，今奪。（《古本考》）

「剛土也」者，《類篇》引作「黑剛土也」，《韻會》、《書・釋文》引同，洪注《楚詞》引亦同。（《義證》卷44）

謹案：嚴、沈二說是，以本書「壚」之次字「壏、赤剛土也」之例及群書所引，知今本誤奪「黑」字。《段注》本已改作「黑剛土也」，其說曰：「各本無『黑』字，依《韵會》則小徐有，《尚書・正義》所引同，今補」。

---

〔註76〕《原本玉篇殘卷》頁14。
〔註77〕《原本玉篇殘卷》頁172。
〔註78〕《舊學輯存》頁636。

## 里 部

野　郊外也。从里，予聲。壄、古文野从里省从林。

野　郊外也。從里，予聲。壄、古文野從林。(《繫傳》通釋第 26)

疑此重文作「壄」，解云「古文野从里省从林」在上文「予聲」下，校者據說解補而又誤耳，《集韻》「野、古作壄」此其證。(《校議議》)

謹案：嚴章福之說是，考金文作「埜」(《金文編》克鼎)、「埜」(《金文編》楚王酓忎鼎)，字皆從林從土，羅振玉曰：「《玉篇》埜林部、壄土部並注『古文野』，殆『埜』爲顧氏原文，所見許書尚不誤，『壄』則宋重脩時所增也」，〔註79〕許師錟輝曰：「野從予聲，聲不示義，此後起形聲字……許書古文本當作『埜』，與甲文金文同體，後人見篆文从予聲，因妄改古文作『壄』」，〔註80〕師說是。又敦煌韻書《P3693·上馬》：「野、以者反，三，《說》古文作此『埜』」亦其確證，是知唐本《說文》古文正作「埜」。

## 十四上

## 金 部

鍑　釜大口者。从金，复聲。

鍑　釜而大口者。從金，复聲。(《繫傳》通釋第 27)

《繫傳》「釜」下有「而」字，《一切經音義》卷二引作「如釜而大口」，卷十八引作「如釜而口大」，《玉篇注》「似釜而大也」，則「如」字、「而」字竝應有。(《校錄》)

濤案：《御覽·七百五十七器物部》、《一切經音義》卷二皆引「鍑、如釜而大口」，卷十八引「鍑、如釜而口大」，蓋古本作「如釜而大口者」，今本奪「如」、「而」二字。(《古本考》)

謹案：鈕、沈二說是，考《唐韻·入屋》：「鍑、《說文》云如釜而大口，或作鍑，加」，〔註81〕所引正與《御覽》、《一切經音義》引同，

---

〔註79〕《增訂殷虛書契考釋》中卷。
〔註80〕《說文重文形體考》第二章「考實篇」，頁 539～541。
〔註81〕《唐五代韻書集存》下冊，頁 686。

是其確證，今本誤奪「如」、「而」二字。《段注》本已改作「如
釜而大口者」，其說曰：「『如』、『而』二字依元應補」。

鏌　鏌鋣也。从金，莫聲。

鏌　鏌鋣、大戟也。從金，莫聲。（《繫傳》通釋第 27）

　　小徐作「鏌鋣、大戟也」，《史記・賈誼傳集解》、《後漢・杜篤傳注》、
《文選・羽獵賦注》、《御覽》卷三百五十二、《韵會・十藥》引皆同，
此脫「大戟」二字。（《校議》）

　　《繫傳》及《韻會》引作「鏌鋣、大戟也」，李注《文選・羽獵賦》、章
懷太子注《後漢書・杜篤傳》引並有「大戟」二字，蓋後人妄刪也。（《校
錄》）

　　《史記・賈生傳集解》、《漢書・賈誼傳注》、《文選・羽獵賦》李善注竝
引云「鏌邪、大戟也」，鍇本同，鉉本刪「大戟」二字，非。（《許記》）

　　謹案：諸家之說是，大徐本誤奪「大戟」二字。《段注》本已改作「鏌
　　　　鋣、大戟也」，其說曰：「大徐無『大戟』字，小徐及臣瓚《賈
　　　　誼傳注》、李善《羽獵賦注》、李賢《杜篤傳注》引許皆同，淺
　　　　人但知莫邪爲劒，故刪之也」。

# 十四下

## 自　部

除　殿陛也。从自，余聲。

除　殿陛也。從自，余聲。臣鍇曰：王粲〈賦〉云循階除而下也（《繫傳》
　　通釋第 28）

　　文選《懷舊賦注》、《曹子建贈丁儀詩注》、《陸士衡贈顧榮詩注》、《謝
惠連詠牛女詩注》、《御覽》卷百八十五引作「殿、階也」。（《校議》）

　　《玉篇》「殿、階也」，嚴云：《文選注》屢引及《御覽》卷百八十五引
並作「殿、階也」。（《校錄》）

　　謹案：今本「陛」當作「階」，形義相近而誤，小徐注曰：「王粲《賦》
　　　　云：循階除而下也」，又《原本玉篇・自部》：「除、《說文》『殿

階也』」，〔註82〕所引與《文選》注屢引及《御覽》引皆同，亦其確證。張舜徽曰：「『陞』、『階』二字，在《許書》雖互訓，與《唐寫本玉篇》合，蓋《許書》原文也，今二徐本誤『階』爲『陞』，宜據改」，〔註83〕其說是。

阺　水自也。从自，辰聲。

《玉篇》、《廣韻》並訓「小阜」，《集韻》引亦同。（《校錄》）

謹案：今本「水」當作「小」，考《原本玉篇・言部》：「阺、《說文》小阜也」，〔註84〕與群書所引同，是其確證。張舜徽曰：「『小』、『水』二字，形近易譌誤，故今本誤爲『水』，宜據改正」，〔註85〕其說是。

## 餚　部

齜　陋也。从餚，莤聲。莤、籀文嗌字，隘、籀文齜从自益。

齜　陋也。從餚，莤聲。隘、籀文齜從自。（《繫傳》通釋第28）

末五字非校語，乃譌字耳。（《校議議》）

謹案：考《原本玉篇・餚部》：「齜、《說文》『陋也』，《字書》今爲隘字也，在阜部」，〔註86〕張舜徽曰：「《唐寫本玉篇》所引《許書》，但有《說文》而無重文，且云『字書今爲隘字』，可證顧氏所見之《許書》，與今本異。今本有『隘』篆者，乃後人所增。……《許書》原本，當以大徐本爲正。但刪去『隘、籀文齜从自益』七字，而義已足」，〔註87〕其說是，二徐本之籀文「隘」皆當刪去。

〔註82〕《原本玉篇殘卷》頁502。

〔註83〕《舊學輯存》頁609。

〔註84〕《原本玉篇殘卷》頁505。

〔註85〕《舊學輯存》頁610。

〔註86〕《原本玉篇殘卷》頁510。

〔註87〕《舊學輯存》頁610。

# 第六章 結 論

　　清代《說文》研究風氣極盛，於全書疏解、闡發體例、新附、引經等各研究主題，專著迭出，各擅勝場。透過本文全面性的關照與處理，可對清代治許書的基礎工作——「校勘」，描繪出清晰的輪廓，進而架構為完整的「清代《說文》校勘學」。

## 第一節　本文內容要點

### 一、整理現存清代《說文》校勘著作，撰成著述考

　　（一）清代《說文》校勘著述的總數量與內容性質，各家目錄記載不同，詳略亦有別。在確認取材範圍之後，即目求書，於本文第三章「清代說文校勘著述考」，對相關著述作全面性的蒐集整理。

　　1. 首先參酌各家書目，調整著作分為「校唐寫本」、「校大徐本」、「校小徐本」、「參校二徐」、「校群書引說文」、「其他」六類，盡量完整涵括所有著作。其次依類收錄著述共 103 種，除數量視現存各種許學書目有所增益之外，更詳考各書之內容、篇卷、版本與現今主要典藏地，以利學術研究。相關著述為珍貴稿本、鈔本與海內孤本者，於全書最末附有書影。

　　2. 藉由各目錄的交互比對，發現多部未為人知或鮮見流傳以為亡佚的清代《說文》校勘著作，值得吾人進一步深入研究，擴展清代《說文》校勘學的內容。例如：

　　嚴章福之《說文續議》，《書目考錄》云：「今不詳存處」，今殘稿本藏於

傅斯年圖書館。

姚文田之《說文摘錄》，諸家書目未著錄，稿本今藏北京大學圖書館。

姚文田之《說文解字考異》，《清代許學考》云：「未見傳本」，稿本今藏中國國家圖書館（筆者於上海圖書館曾目驗許槤鈔本）。

姚覲元之《說文校疑》，各家目錄未細考，筆者於上海圖書館目驗原書，判斷此書爲姚覲元欲增補其先祖姚文田《說文解字考異》之作。

鄭知同之《說文解字考異商議》，《許學考》云：「未刊」，《清代許學考》云：「原稿不知尚存與否」，今可據王仁俊《說文考異補》所引保存其說。

林昌彝之《說文二徐定本校證辨譌》，《許學考》云：「未見傳本」，《書目考錄》云：「今不知藏於何處」，今國家圖書館藏有著者之手定底稿本。

嚴可均、姚文田合輯之《舊說文錄》，各家目錄未細考，筆者於上海圖書館目驗原書，判斷此書爲《說文長編》中「群書引說文類」。

（二）著述考的撰作，也體現了「辨章學術，考鏡源流」重要的文獻學價值，以下分爲四點說明。

1. **辨著述之異同**　　清代《說文》校勘著作有書名相同而作者實不同者，如姚文田、鈕樹玉、顧廣圻、張行孚四人皆有題名作《說文考異》之著述，內容不盡相同，必須加以區別；《汲古閣說文訂》亦爲段玉裁與任大椿兩人同名之著作。又有書名相同作者不同，而實爲一書者，如嚴可均、丁授經之《說文訂訂》是。

2. **明著述之延續性**　　「前修未密，後出轉精」，著述考撰寫過程中，可以清楚看出清代《說文》校勘著作的延續性，後來學者對於前人著作加以訂正、駁議，或據其書繼續深入探討，都使得清代《說文》校勘成果更爲豐碩。例如段玉裁之《汲古閣說文訂》，嚴可均續有《說文訂訂》之訂補；嚴可均之《說文校議》，族弟嚴章福續爲《說文校議議》，而顧廣圻則著《說文辨疑》專駁嚴氏之失；姚文田之《說文解字考異》，後有姚覲元《說文校疑》、鄭知同《說文解字考異商議》，而王仁俊《說文考異補》出於最後，又有輯佚鄭氏之說的價值。

3. **補前代目錄考證人物之未備**　　學術研究的價值之一，即是「知人論世」，著述考撰寫過程中，除了著作的蒐集外，更對較不爲人注意的作者生平詳加稽考。如丁授經著有《說文訂訂》，《書目考錄》云：「丁授經事迹待考」，今可據《清史稿》丁杰傳附傳考見其事。又如《許學考》記鄭知同之事甚爲

簡略，今可據黎汝謙〈鄭伯更傳〉增補。

　　4. 正前代目錄之失　　清代《說文》著作數量眾多，前代目錄欲全數蒐羅，已非易事，考證錯誤亦在所難免。本文撰作時間在後，不但善本書籍閱覽條件已有改善，各公私立機構新編目錄與網路線上檢索亦十分發達，自然能以前人為基礎而有所訂正。如前代目錄有考證之失，《清代許學考》論王筠之《汪刻繫傳考正》云：「諸家書目未見著錄，疑即《說文繫傳校錄》而重出」，今目驗上海圖書館藏稿本《汪刻繫傳考正》原書，可知此書即為《繫傳校錄》之初稿。前代目錄又有分類之疏失，如《清代許學考》第一篇為「校勘類」，但卻將宦懋庸之《慧琳大藏音義引說文考》著錄於雜著類雜考之屬，造成了檢索不便。至於目錄編輯中明顯關於作者或書名的訛誤字，詳見本文附錄一〈取材目錄勘誤表〉。

　　（三）為呈現筆者文獻蒐集之用心，以及方便學者利用，本書附錄二〈校勘著述取材來源表〉以《許學考》、《清代許學考》、《中國文字學書目考錄》、《中國古籍善本書目》等重要取材目錄編為欄目，將所著錄書籍之頁碼、代號及版本重要典藏地，總錄為一編，庶得明其原本。

## 二、整理清代《說文》校勘之異文材料

　　（一）清代學者運用異文材料校勘《說文》的專門著作，主要以二種方式呈現：首先是整理群書引《說文》的資料彙編，但錄異文內容並附記出處，以供進一步考證、研究之用。其次則是在校勘著述中，先摘錄異文內容，再與底本、輔本及各種相關佐證書等資料做比對，最後以個人案語定異文之優劣是非。

　　（二）清代學者徵引古書中的《說文》異文多以釋義為主，其徵引體例有二：

1. 「某書引作某」的略引方式，如：《校議》卷9上：「髮、《君子偕老疏》引作『益髮也』」。
2. 「某書某卷（某部）引作某」詳引書名、卷數的方式，如：《古本考》卷1上：「禜、濤案：《廣韻‧八語》引作『祠也』，蓋古本如是」。

　　（三）依照四部分類，輯考《說文》異文材料，計得典籍達159種。從相關古籍的時代及著作性質來看，早自東漢時期鄭玄《三禮注》與應劭《風俗通義》，魏晉六朝《玉篇》、唐代古注疏、字書、類書與佛教音義書的大量

援引《說文》,直到宋元以後字書、韻書等小學關係書。除了完整呈現清代學者徵引文獻之詳密外,更可清楚了解《說文》一書於歷代流傳、引用的學術價值。

## 三、編輯近代《說文》異文研究論著目錄

以 1911 年～2009 年 6 月為收錄時限,收錄民國以來《說文》異文研究論著目錄,計得 84 種,包含專書 27 種、單篇 57 種,另有附錄 16 種,完整呈現近人之研究成果。

## 四、闡明清代《說文》校勘學之內涵

(一)**校勘《說文》之方法** 參考陳垣《校勘學釋例》書中所論「校法四例」,並根據洪湛侯《中國文獻學新編》分為「對校法」、「本校法」、「他校法」、「理校法」及「校法的綜合運用」,爰舉數例說明清代學者於校勘著作中所使用的校勘方法。

(二)**歸納傳本《說文》致誤之類型** 依照許書說解文字的內容與次序,運用清代學者之校勘成果,歸納《說文》致誤的類型為「篆文之誤」、「說解之誤」(細分為「誤字」、「奪字」、「衍字」、「倒字」、「語助詞之譌誤」與「其他」類)、「重文之誤」三大類,依次論述,各約舉數例說明。

(三)**校勘材料的突破——利用出土文獻** 略舉數例,呈現清代學者以出土文獻考訂《說文》之內容。

## 五、總結清代《說文》校勘之價值與缺失

(一)清代《說文》校勘之價值

1. 具體歸納古籍引《說文》之條例。
2. 研究內容之擴展。
3. 運用出土文獻考訂《說文》之先導。

(二)清代《說文》校勘之缺失

1. 說解過簡。
2. 考證錯誤。
3. 異文校勘資料尚有不足。

## 六、總結與發揚清代說文校勘成果

　　以清代《說文》校勘爲基礎，並利用近人研究成果，依許書十四篇次第，採用「底本附校勘記」的形式，逐條考論今本《說文》致誤之處。除臚列清人校勘論證外，並就莫友芝舊藏唐寫本《說文木部殘卷》、唐五代《切韻》系韻書，以及陸續於日本發現並傳回之《原本玉篇》、《慧琳一切經音義》、《文選集注》等新發現材料加以證成，加強考證的可信度。

# 第二節　本文與研治許學之關聯

　　最後想談談本論文完成後，於研治許學之些許心得，以及今後《說文》校勘值得繼續研究的方向。

## 一、由校勘角度論二徐之優劣

　　在論文撰寫過程中，除了整理清代學者校勘成果之外，也留心諸家於著作序跋或隨文考證中對於二徐本的討論，試圖評論二徐之優劣。今敘述如下：
　　清代學者有以大徐本爲勝者，如李兆洛〈說文繫傳跋〉：

> 二徐之于《說文》，功力竝深，才亦相隶，宋人所以重《繫傳》者，徒以《繫傳》所附通論諸篇，原本《說文》，旁推交通，致爲妍美。而通釋視大徐雖時出新意，而不及大徐之淳確；又其引書似都不檢本文，略以意屬，亦不若大徐之通敏。惟兄弟祖述鄶氏，重規疊榘，無敢逾越，實足發明叔重遺業，訂正其所不及，故學者推崇之，不能偏廢也。

其說以爲小徐有「通釋雖時出新意，而不及大徐之淳確」及「引書略以意屬，亦不若大徐之通敏」之弊。
　　其有以小徐本爲勝者，如胡煜《校補說文解字繫傳》：

> 傳許君之書者，稱大小徐。大徐有校勘之力，而新坿之字，淺而不經，又刪許君之書，以就後世之音，亦失之固。小徐《繫傳》發明許義，雖朱翱反切，亦用後世之音，而解說形聲，多存許君之舊。將欲窺許君之堂奧，必兼資二徐，而核其指歸，則小徐爲勝。

謝章鋌〈答張玉珊書〉曰：

> 自有《說文》二千年來，眞面不得見，唐本既已失傳，傳者止大小徐二本。大徐摹刻者多，舉世盛行。小徐直至乾隆中葉始顯，其勢

> 不敵大徐，考訂家直儕之《玉篇》、《字林》、《廣韻》、《集韻》之中，
> 以備字書之一種。夫眞本《說文》既不得見，大小徐俱治《說文》，
> 似不宜有所軒輊。況大徐學不及小徐，其定本多從小徐之說，而有
> 時反失其意。

而於二徐抱持平之論者，有承培元《校勘記》：

> 許書之存于今者，唐以前無完本，僅散見于經史百家疏注音義之中。
> 唐以後所傳唯二徐，楚金多仍舊書本，其失也不免承譌蹈譌；鼎臣
> 多所正是，其失也在襍采陽冰楚金之說，羼亂許書。然則非楚金無
> 以正鼎臣之失，非唐人疏注所引無以正楚金之失也。

綜合以上各家之說，以及筆者於論文撰寫過程中，進行校勘工作所得到的實際
經驗，大徐本屬於奉敕校定性質，官方色彩濃厚，具有定於一尊的優勢，這可
由其後官方編撰《類篇》、《集韻》等書時，均以大徐本爲參考可知。然由校勘
的角度來看，筆者自數年前撰寫碩士論文《唐五代韻書引說文考》時，即已發
現小徐本的內容與今日可見之唐五代異文校勘材料更爲接近，其學術價值實高
於大徐本。故個人以爲二徐本各有所長，「許書之存于今者，唐以前無完本，僅
散見于經史百家疏注音義之中，唐以後所傳唯二徐」，大徐本有守護古籍流傳之
功，小徐本則多存許君之舊，兩者皆應尊重，當如李兆洛所言：「兄弟祖述鄦氏，
實足發明叔重遺業，訂正其所不及，故學者推崇之，不能偏廢也」。

## 二、可為增訂《續修四庫全書》之參考

上海古籍出版社於 1996 年起陸續出版之《續修四庫全書》，多方搜求善
本，印刷精美，頗利學者使用。其於經部小學類，亦收錄了許多重要的清代
《說文》校勘著述，例如：段玉裁《汲古閣說文訂》、錢坫《說文解字斠詮》、
嚴可均《說文校議》、王筠《說文繫傳校錄》等。本文第三章「清代說文校勘
著述考」，進而從各圖書館藏目錄、線上檢索中，發現數部迄今僅見於書目所
載，未能廣爲流傳的清代重要《說文》校勘著述，如：中國國家圖書館藏姚
文田之《說文解字考異》、北京大學圖書館、上海圖書館藏王仁俊之《說文考
異補》、上海圖書館藏嚴可均、姚文田之合輯《舊說文錄》與國家圖書館藏林
昌彝之《說文二徐定本校證辨譌》等，衷心希望日後增修《續修四庫全書》
時能補收入，以利學術研究。

## 三、異文材料的繼續研究

首先是清代學者所使用的古籍材料雖已多達一百六十餘種，但仍有遺

漏，可繼續增補其不足。其次是清代學者已有運用，而近人尚未注意的異文材料，如：晉灼《漢書音義》、酈道元《水經注》、賈勰《齊民要術》、顏之推《顏氏家訓》等，都值得再深入研究。最後則是晚清以後新發現、新公佈的古籍，以及域外漢籍的部分，如：《說文木部殘卷》、《原本玉篇殘卷》、慧琳《一切經音義》、《文選集注》、《令集解》、《倭名類聚抄》等。

## 四、可纂集眾說成為「說文彙校」

在論文撰寫過程中，發現清代《說文》校勘著述的著作體例，大多依許書十四篇次第逐字考釋，若要得一字之詳解，就必須同時翻揀各書，頗為不便。建議可仿傚《經典釋文彙校》〔註1〕與《釋名匯校》〔註2〕之例，專就「校勘」為研究重心，先蒐集本文「著述考」著錄之著作，重新依許書五百四十部首之次第分別部居，匯集眾家校勘之說成為「說文彙校」，檢一字則諸說皆備，既方便又省時。

## 五、全面校定《說文》

「說文彙校」是《說文》校勘的基本工作，最後則希望以本文第五章「清代說文校勘成果之發揚」的研究成果為基礎，參酌「說文彙校」與近人之研究成果，全面校定《說文》。於大徐、小徐兩宋本傳寫之譌誤衍奪，得《段注》校勘所長，去其以意臆改之處，並以嚴謹的校勘論證、考訂（包括古籍異文書證、佐證小學關係書、清人及近人的考證以及新發現材料的證成），得出一部重新整理的《說文解字》精校本，除了能彰顯清代學者考訂之功外，對於學術研究以及文字學教學工作必定有所助益。

---

〔註1〕　黃焯：《經典釋文彙校》（北京：中華書局，2006年7月），本書以徐乾學通志堂經解本為底本，參校北京圖書館藏宋元兩朝遞修本及唐石經唐寫本影宋本，並附清儒盧氏《考證》、阮氏《校記》，及今人黃季剛、吳承仕之說。
〔註2〕　任繼昉：《釋名匯校》（濟南：齊魯書社，2006年11月），本書以《四部叢刊》影印江南圖書館藏明嘉靖翻宋本為底本，參校其他各本。

# 參考書目

【說明】

一、「參考書目」分爲兩部分：

「引用書目」：包含論文正文中引用到的各種專書、論文。

「知見書目」：撰寫論文過程中，收集、瀏覽過與本研究主題相關的專書、
論文。

二、論文中引用近人異文研究之相關論文，詳見第四章第二節「近代說文異
文研究之成果」，參考書目不重複收錄，以省篇幅。

# 引用書目

## 一、古　籍

### （一）經　部

1. 〔漢〕許慎著〔宋〕徐鉉校定說文解字（大徐本）。

上海涵芬樓影日本岩崎氏靜嘉堂宋刊本，四部善本叢書初編，台灣商務
印書館。

清嘉慶九年孫星衍平津館校刊本（平津館叢書），百部叢書集成四二，
藝文印書館。

清同治十二年番禺陳昌治據孫星衍平津館改刻一篆一行本，香港中華書
局。

2. 〔南唐〕徐鍇，說文解字繫傳（小徐本）。

上海商務印書館印常熟瞿氏藏殘宋本，四部叢刊初編，台灣商務印書館。
清道光十九年祁寯藻刊本，文海出版社。

3. 〔漢〕許慎著、〔清〕段玉裁注，說文解字注，清嘉慶二十年經韵樓刻本，書銘出版公司。

4. 〔清〕高翔麟，說文字通，南京圖書館藏清道光十八年刻本，續修四庫全書·經部小學冊 222，上海古籍出版社。

5. 〔清〕孫經世，惕齋經說，清道光二十三年刻本，續修四庫全書·經部群經總義類冊 176，上海古籍出版社。

6. 〔清〕江藩，國朝漢學師承記，清道光二十三年刻本，續修四庫全書·經部群經總義類冊 179，上海古籍出版社。

7. 〔清〕朱駿聲，說文通訓定聲（通訓定聲），清道光二十八年朱氏臨嘯閣本，武漢市古籍書店。

8. 〔清〕王筠，說文釋例（釋例），清道光三十年刻本，北京中華書局。

9. 〔清〕王筠，說文解字句讀（句讀），清道光三十年刻本，北京中華書局。

10. 〔清〕李祖望輯，小學類編，清咸豐二年江都李氏半畝園刊本，傅斯年圖書館藏。

11. 〔清〕桂馥，說文義證（義證），清咸豐二年楊墨林刻連筠簃叢書本，齊魯書社。

12. 〔清〕俞樾編，詁經精舍三集，清同治七年八年官師課合刻本，中國歷代書院志冊 15，江蘇教育出版社。

13. 〔清〕徐承慶，說文解字注匡謬，復旦大學圖書館藏清張氏寒松閣抄本，續修四庫全書·經部小學類冊 214，上海古籍出版社。

14. 〔清〕徐灝，說文解字注箋，上海辭書出版社圖書館藏清光緒二十年徐氏刻民國四年補刻本，續修四庫全書·經部小學類冊 225，上海古籍出版社。

15. 〔清〕許頌鼎、許溎祥輯，許學叢刻，清光緒十三年海甯許氏古均閣刻本，傅斯年圖書館藏。

16. 〔清〕尹彭壽，國朝治說文家書目，清光緒二十一年尚志堂刊本，傅斯年圖書館藏。

17. 〔清〕皮錫瑞，經學歷史，清光緒三十二年思賢書局刻本，續修四庫全書·經部群經總義類冊 179，上海古籍出版社。

18. 〔清〕張炳翔輯，許學叢書，清光緒長洲張炳翔儀鄦廬刻本，藝文印書館百部叢書集成第 85 種。

19. 〔清〕黎經誥，許學考，民國十二年鉛字排印本，華文書局。

20. 許學四書，編者未詳，民國二十年影印本，傅斯年圖書館藏。

21. 吳甌輯，穆香館叢書，民國二十四年遼陽吳氏影印本，說文解字研究文獻集成・古代卷冊 10。

22. 王時潤，許學考目，民國百城圖書館石印本《經傳釋詞》，國家圖書館藏。

## (二) 史 部

1. 〔清〕嵇璜等奉敕撰，皇朝通志，乾隆三十二年武英殿本，國學基本叢書，新興書局。

2. 〔清〕鄭澐修、〔清〕邵晉涵纂，杭州府志，清乾隆四十九年刻本，續修四庫全書・史部地理類冊 701～703，上海古籍出版社。

3. 〔清〕王鳴盛，十七史商榷，復旦大學圖書館藏清乾隆五十二年洞涇草堂刻本，續修四庫全書・史部史評類冊 452～453，上海古籍出版社。

4. 〔清〕沈葆楨、〔清〕吳坤修修，〔清〕何紹基、〔清〕楊沂孫纂，安徽通志，清光緒四年刻本，續修四庫全書・史部地理類冊 651～655，上海古籍出版社。

5. 〔清〕曾國荃、〔清〕張煦等修，〔清〕王軒、〔清〕楊篤等纂，山西通志，清光緒十八年刻本，續修四庫全書・史部地理類冊 641～646，上海古籍出版社。

6. 〔清〕繆荃孫纂錄，續碑傳集，四部善本叢書，四部善本叢書館。

7. 清國史 (14 冊)，復旦大學圖書館藏嘉業堂鈔本，北京中華書局，1993 年。

8. 〔清〕張曜等修，〔清〕孫葆田等纂，山東通志，民國四年山東通志刊印局鉛印本，中國省志彙編第 12 號，華文書局。

9. 項元勛編，臺州經籍志，民國四年浙江省立圖書館排印本，書目三編第 63 種，廣文書局。

10. 楊虎城、邵力子修，宋伯魯、吳廷錫纂，續修陝西通志稿，民國二十三年鉛印本，中國省志彙編第 15 號，華文書局。

11. 李厚基等修，沈瑜慶、陳衍等纂，福建通志，民國二十七年刻本，地方志書目文獻叢刊冊 22～26，北京圖書館出版社。

12. 劉顯世、吳鼎昌修，任可澄、楊恩元纂，貴州通志，民國三十七年鉛印本，地方志書目文獻叢刊冊 37～39，北京圖書館出版社。

13. 趙爾巽等，清史稿，廣文書局書目五編第 83 種，1928 年關內排印本。

14. 陶湘編，昭代名人尺牘小傳續集，近代中國史料叢刊續編第 75 輯冊 745～748，文海出版社，1980 年。

15. 〔清〕劉錦藻，皇朝續文獻通考，民國商務印書館十通本，續修四庫全書・史部政書類冊 815～821，上海古籍出版社。

16. 〔清〕章學誠著，葉瑛校注，文史通義校注，北京中華書局，1994 年 3 月。

## （三）子　部

1. 〔清〕盧文弨，龍城札記，復旦大學圖書館藏清抱經堂叢書本，續修四庫全書·子部雜家類冊 1149，上海古籍出版社。

2. 〔清〕錢大昕，十駕齋養新錄，復旦大學圖書館藏清抱經堂叢書本，續修四庫全書·子部雜家類冊 1151，上海古籍出版社。

3. 〔清〕黃奭，黃氏逸書考，清道光黃氏刻民國二十三年江都朱長圻補刊本，廣陵書社。

4. 〔清〕馬國翰，玉函山房輯佚書，清光緒九年嫏嬛館刻本，續修四庫全書·子部雜家類冊 1200～1205，上海古籍出版社。

## （四）集　部

1. 〔清〕孫原湘，天眞閣集，華東師範大學圖書館藏清嘉慶五年刻增修本，續修四庫全書·集部別集類冊 1487～1488，上海古籍出版社。

2. 〔清〕錢大昕，潛研堂文集，清嘉慶十一年刻本，續修四庫全書·子部雜家類冊 1438，上海古籍出版社。

3. 〔清〕翁方綱，復初齋文集，清李彥章校刻本，續修四庫全書·集部別集類冊 1455，上海古籍出版社。

4. 〔清〕嚴可均，鐵橋漫稿，浙江圖書館藏清道光十八年四錄堂刻本，續修四庫全書·集部別集類冊 1488～1489，上海古籍出版社。

5. 〔清〕嚴元照，悔菴學文，叢書集成續編·別集類冊 193，新文豐出版公司。

6. 〔清〕桂馥，晚學集，上海圖書館藏清道光二十一年孔憲彝刻本，續修四庫全書·集部別集類冊 1458，上海古籍出版社。

7. 〔清〕陳用光，太乙舟文集，浙江圖書館藏清道光二十三年孝友堂刻本，續修四庫全書·集部別集類冊 1493，上海古籍出版社。

8. 〔清〕莊述祖，珍埶宧文鈔，中國科學院圖書館藏清刻本，續修四庫全書·集部別集類冊 1475，上海古籍出版社。

9. 〔清〕譚獻，復堂日記，清光緒十三年仁和譚氏刻本，歷代日記叢鈔 63，學苑出版社。

10. 〔清〕宦懋庸，莘齋文鈔，清光緒二十年川東道署刊本，傅斯年圖書館藏。

11. 〔清〕尹彭壽，斠經室初集，清光緒二十一年尚志堂刊本，傅斯年圖書館藏。

12. 〔清〕黎汝謙，夷牢溪廬文鈔，清光緒二十七年羊城刻本，續修四庫全書·集部別集類冊 1567，上海古籍出版社。

13. 〔清〕孫葆田，校經室文集，民國五年吳興劉承幹求恕齋刻十一年增刻

本，山東文獻集成第 1 輯冊 39，山東大學。

14. 〔清〕謝章鋌，賭棋山莊全集，近代中國史料叢刊續編第 15 輯冊 141～150，文海出版社，1975 年。

15. 〔清〕俞樾，兒笘錄，說文解字研究文獻集成・古代卷第 7 冊，作家出版社，2007 年。

16. 〔清〕李慈銘著、由雲龍輯，越縵堂讀書記，上海書店出版社，2000 年6 月。

## 二、專　著

1. 羅振玉，雪堂校刊群書敘錄，江蘇廣陵古籍刻印社，（1918）1998 年 1月。

2. 胡樸安，中國文字學史，台灣商務印書館，（1925）1992 年 9 月。

3. 羅振玉，增訂殷虛書契考釋，藝文印書館，（1927）1975 年。

4. 丁山，中國語言文字學要著，廣州中山大學印行，1927 年。

5. 劉師培，劉師培全集（劉申叔先生遺書），中共中央黨校出版社，（1934）1997 年 6 月。

6. 王國維，古史新證，清華大學出版社，（1935）1994 年 12 月。

7. 商承祚，說文中之古文考，學海出版社，（1940）1979 年 5 月。

8. 陳垣，校勘學釋例，上海書店出版社，（1959）1997 年 7 月。

9. 張舜徽，中國古代史籍校讀法，雲南人民出版社，（1962）2004 年 11 月。

10. 姚名達，中國目錄學史，台灣商務印書館，1965 年 7 月。

11. 周祖謨，問學集（2 冊），北京中華書局，（1966）2004 年 7 月。

12. 許師錟輝，說文重文形體考，文津出版社，1973 年 3 月（原用民國紀年）。

13. 魯實先先生，假借遡原，文史哲出版社，1973 年 10 月（原用民國紀年）。

14. 王力，中國語言學史，復旦大學出版社，（1981）2006 年 3 月。

15. 周祖謨輯，　唐五代韻書集存，學生書局，（1983）1994 年 4 月。

16. 張舜徽，舊學輯存（3 冊），齊魯書社，1988 年 10 月。

17. 來新夏等著，中國古代圖書事業史，上海人民出版社，1991 年 7 月。

18. 曹先擢等編，說文解字研究第一輯，河南大學出版社，1991 年 8 月。

19. 張建葆，說文假借釋義，文津出版社，1991 年 12 月（原用民國紀年）。

20. 姜聿華，中國傳統語言學要籍述論，書目文獻出版社，1992 年 12 月。

21. 洪湛侯，中國文獻學新編，杭州大學出版社，1994 年 5 月。

22. 林慶彰，學術論文寫作指引，萬卷樓圖書公司，1996 年 9 月（原用民國

紀年）。

23. 王彥坤，古籍異文研究，萬卷樓圖書公司，1996 年 12 月（原用民國紀年）。

24. 劉志成，中國文字學書目考錄，巴蜀書社，1997 年 8 月。

25. 連雲港市博物館等編，尹灣漢墓簡牘，北京中華書局，1997 年 9 月。

26. 徐時儀，慧琳音義研究，上海社會科學院出版社，1997 年 11 月。

27. 張其昀，説文學源流考略，貴州人民出版社，1998 年 1 月。

28. 高小方，中國語言文字學史料學，南京大學出版社，1998 年 3 月。

29. 〔清〕楊守敬撰、謝承仁主編，楊守敬集，湖北人民出版社，1998 年 4 月。

30. 程千帆、徐有富，校讎廣義・校勘編，齊魯書社，1998 年 4 月。

31. 劉師兆祐，中國目錄學，五南圖書出版公司，1998 年 7 月（原用民國紀年）。

32. 漆永祥，乾嘉考據學研究，中國社會科學出版社，1998 年 12 月。

33. 許師錟輝，文字學簡編・基礎篇，萬卷樓圖書公司，1999 年 3 月。

34. 鄭偉章，文獻家通考（3 冊），北京中華書局，1999 年 6 月。

35. 海外珍藏善本叢書，唐鈔文選集注彙存（3 冊），上海古籍出版社，2000 年 7 月。

36. 班吉慶，漢字學綱要，江蘇古籍出版社，2001 年 12 月。

37. 潘景鄭，著硯樓讀書記，遼寧教育出版社，2002 年 7 月。

38. 陽海清、褚佩瑜、蘭秀英合編，文字聲韻訓詁知見書目，湖北人民出版社，2002 年 10 月。

39. 管錫華，漢語古籍校勘學，巴蜀書社，2003 年 12 月。

40. 向光忠主編，説文學研究第一輯，崇文書局，2004 年 1 月。

41. 葉樹聲、許有才，清代文獻學簡論，安徽大學出版社，2004 年 1 月。

42. 倪其心，北京大學出版社，校勘學大綱，2004 年 7 月第 2 版。

43. 葉國良、鄭吉雄、徐富昌編，出土文獻研究方法論文集初集，臺灣大學出版中心，2005 年 9 月。

44. 蔡信發，一九四九年以來臺灣地區説文論著專題研究，文津出版社，2005 年 11 月。

45. 巴蜀書社，周易溯源，李學勤，2006 年 1 月。

46. 黃侃著、黃延祖重輯，黃侃國學講義錄，北京中華書局，2006 年 5 月。

47. 張家山二四七號漢墓竹簡整理小組，張家山漢墓竹簡二四七號墓（釋文修訂本），文物出版社，2006 年 5 月。

48. 黃焯彙校、黃延祖重輯，經典釋文彙校，北京中華書局，2006 年 7 月。
49. 任繼昉，釋名匯校，齊魯書社，2006 年 11 月。
50. 王叔岷，斠讎學（補訂本），北京中華書局，2007 年 6 月。

## 三、學位論文

1. 林明波，清代許學考，省立師範大學國文研究所碩士論文，楊家駱教授指導，嘉新水泥公司文化基金會研究論文第 28 種，1964 年（原用民國紀年）。
2. 許師錟輝，說文重文諧聲考，嘉新水泥公司文化基金會研究論文第 59 種，1968 年 8 月（原用民國紀年）。
3. 陳韻珊，清嚴可均之說文學研究，台灣大學中研所博士論文，張以仁教授指導，1996 年 1 月。
4. 陳茂松，嚴可均說文校議研究，逢甲大學中研所碩士論文，宋建華教授指導，1998 年。
5. 趙伏，《說文釋例》「存疑」研究，河北大學漢語文字學碩士論文，薛克謬教授指導，2001 年 6 月。
6. 劉新民，清代《說文》學專著之書目研究，中國科學院研究生院碩士論文，2002 年。
7. 黃慧萍，錢大昕《說文》學之研究，屏東教育大學語教系碩士論文，柯明傑教授指導，2005 年 1 月（原用民國紀年）。

## 四、目　錄

## （一）清　代

1. 〔清〕錢泰吉，曝書雜記，式訓堂叢書，百部叢書集成第 73 種，藝文印書館。
2. 〔清〕孫星衍，孫氏祠堂書目，光緒九年德化李氏木犀軒刻本，中國著名藏書家書目匯刊・明清卷冊 24，北京商務印書館。
3. 〔清〕許宗彥，鑒止水齋藏書目，中國國家圖書館藏北平圖書館傳抄南陵徐氏藏抄本，中國著名藏書家書目匯刊・明清卷冊 26，北京商務印書館。
4. 〔清〕陳世溶，問源樓書目初編，天津圖書館藏清抄本，中國著名藏書家書目匯刊・明清卷冊 26～27，北京商務印書館。
5. 〔清〕陳揆，稽瑞樓書目，光緒三年吳縣潘氏八囍齋刻本，中國著名藏書家書目匯刊・明清卷冊 28，北京商務印書館。

6. 〔清〕朱記榮,國朝未刊遺書志略,清光緒八年徐氏觀自得齋刊本,叢書集成續編‧總類冊3,新文豐出版公司。

7. 〔清〕陸心源,皕宋樓藏書志,十萬卷樓刊本,書目續編第28種,廣文書局。

8. 〔清〕朱記榮,行素草堂目睹書目,清光緒十一年朱氏槐廬家塾刊本,書目類編冊57～60,成文出版社。

9. 〔清〕丁丙,善本書室藏書志,清光緒二十七年原刊本,書目叢編第10種,廣文書局。

10. 〔清〕莫友芝撰,藏園訂補郘亭知見傳本書目,傅增湘訂補、傅熹年整理,民國藏園排印本,北京中華書局,1993年6月。

11. 〔清〕姚燮,大梅山館藏書目,清華大學圖書館藏民國馬氏平妖堂抄本,中國著名藏書家書目匯刊‧明清卷冊30,北京商務印書館。

12. 〔清〕張之洞撰、范希曾補正,書目答問,三聯書局,1998年6月。

13. 〔清〕張鈞衡,適園藏書志,民國五年南林張氏家塾刊本,書目續編第30種,廣文書局。

14. 〔清〕唐翰,安雅樓藏書目錄,中國國家圖書館藏民國二十六年國立北平圖書館抄本,中國著名藏書家書目匯刊‧近代卷冊2,北京商務印書館。

15. 〔清〕丁日昌,持靜齋書目,清同治九年豐順丁氏刻民國廣州華英書局印本,中國著名藏書家書目匯刊‧近代卷冊2～3,北京商務印書館。

16. 〔清〕朱學勤,別本結一廬書目,民國七年湘潭葉氏觀古堂刻本,中國著名藏書家書目匯刊‧近代卷冊3,北京商務印書館。

17. 〔清〕方功惠,碧琳瑯館書目,中國國家圖書館藏民國二十一年國立北平圖書館抄本,中國著名藏書家書目匯刊‧近代卷冊4,北京商務印書館。

18. 〔清〕龔易圖,大通樓藏書目錄簿,中國國家圖書館藏民國間長樂鄭氏抄本,中國著名藏書家書目匯刊‧近代卷冊5,北京商務印書館。

19. 〔清〕孔廣陶,三十有三萬卷堂書目略,中國國家圖書館藏抄本,中國著名藏書家書目匯刊‧近代卷冊6,北京商務印書館。

20. 〔清〕周星貽,書鈔閣行篋書目,中國國家圖書館藏民國元年海寧費寅復齋抄本,中國著名藏書家書目匯刊‧近代卷冊9,北京商務印書館。

21. 〔清〕黎庶昌,拙尊園存書目,中國國家圖書館藏抄本,中國著名藏書家書目匯刊‧近代卷冊9,北京商務印書館。

22. 〔清〕楊守敬,故宮所藏觀海堂書目,民國二十一年排印本,中國著名藏書家書目匯刊‧近代卷冊10,北京商務印書館。

23. 〔清〕繆荃孫,愚齋圖書館藏書目錄,民國二十一年鉛印本,中國著名

藏書家書目匯刊・近代卷冊 11～13，北京商務印書館。

24. 〔清〕吳引孫，揚州吳氏測海樓藏書目錄，民國二十年北平富晉書社石印本，中國著名藏書家書目匯刊・近代卷冊 14，北京商務印書館。

25. 〔清〕蕭名湖，如園架上書鈔目，清光緒二十四年益陽蕭氏如園刻本，中國著名藏書家書目匯刊・近代卷冊 15，北京商務印書館。

26. 〔清〕朱福榮，博野蔣氏寄存書目，民國二十三年國立北平圖書館鉛印本，中國著名藏書家書目匯刊・近代卷冊 16，北京商務印書館。

27. 〔清〕徐世昌，書髓樓藏書目，民國二十四年鉛印本，中國著名藏書家書目匯刊・近代卷冊 17～18，北京商務印書館。

28. 〔清〕李盛鐸，天津延古堂李氏舊藏書目，中國國家圖書館藏民國二十五年天津南開大學木齋圖書館油印本，中國著名藏書家書目匯刊・近代卷冊 18，北京商務印書館。

29. 〔清〕葉德輝，葉氏觀古堂藏書目，中國國家圖書館藏清光緒葉氏元尚齋稿本，中國著名藏書家書目匯刊・近代卷冊 21，北京商務印書館。

30. 〔清〕羅振玉，羅氏藏書目錄，遼寧省圖書館藏民國抄本，中國著名藏書家書目匯刊・近代卷冊 23，北京商務印書館。

31. 張元濟，海鹽張氏涉園藏書目錄，民國三十五年上海合眾圖書館鉛印本，中國著名藏書家書目匯刊・近代卷冊 24，北京商務印書館。

32. 徐乃昌，積學齋藏書目，中國國家圖書館藏稿本，中國著名藏書家書目匯刊・近代卷冊 25～26，北京商務印書館。

33. 趙詒琛，趙氏圖書館藏書目錄，民國十五年崑山趙氏鉛印本，中國著名藏書家書目匯刊・近代卷冊 26，北京商務印書館。

34. 胡思義，新昌胡氏問影樓藏書目錄，民國十七年上海鉛印本，中國著名藏書家書目匯刊・近代卷冊 27，北京商務印書館。

35. 國立北平圖書館編，梁氏飲冰室藏書目錄，民國二十二年國立北平圖書館鉛印本，中國著名藏書家書目匯刊・近代卷冊 28，北京商務印書館。

36. 葉景葵，杭州葉氏卷盦藏書目錄，民國四十二年上海合眾圖書館鉛印本，中國著名藏書家書目匯刊・近代卷冊 30，北京商務印書館。

37. 蔣汝藻，傳書堂善本書目，中國國家圖書館藏民國抄本，中國著名藏書家書目匯刊・近代卷冊 30，北京商務印書館。

38. 慕學勳，蓬萊慕氏藏書目，民國排印本，中國著名藏書家書目匯刊・近代卷冊 31，北京商務印書館。

39. 劉承幹，嘉業堂藏書樓書目，復旦大學圖書館藏民國抄本，中國著名藏書家書目匯刊・近代卷冊 32，北京商務印書館。

40. 徐則恂，東海藏書樓書目，民國十三年鉛印本，中國著名藏書家書目匯刊・近代卷冊 34～35，北京商務印書館。

41. 劉復，半農書目，中國國家圖書館藏稿本，中國著名藏書家書目匯刊·近代卷冊 37，北京商務印書館。

42. 上海合眾圖書館編，涇縣胡氏樸學齋藏書目錄，線裝油印本。

43. 〔清〕丁丙、丁仁，八千卷樓書目，民國十二年聚珍仿宋版，書目四編第 66 種，廣文書局。

44. 〔清〕甘鵬雲，崇雅堂書錄，民國二十四年潛江甘氏息園聚珍本，書目五編第 81 種，廣文書局。

45. 〔清〕耿文光，萬卷精華樓藏書記，山右叢書初編，中華書局，1993 年。

46. 山東省圖書館編，山東省圖書館藏海源閣書目，齊魯書社，1999 年 12 月。

## （二）現　代

1. 諸橋轍次，靜嘉堂文庫漢籍分類目錄，靜嘉堂文庫，1930 年。

2. 日本皇室宮內省圖書寮編，圖書寮漢籍善本書目， 1930 年 12 月。

3. 江蘇省立國學圖書館編，江蘇省立國學圖書館圖書總目，書目四編第 68 種，廣文書局，1933 年。

4. 故宮博物院圖書館編，故宮普通書目， 1934 年故宮博物院圖書館排印本，書目類編冊 17～冊 18，成文出版社。

5. 孫殿起，販書偶記，上海古籍出版社，（1936）1999 年 5 月。

6. 北京人文科學研究所編印，北京人文科學研究所藏書目錄， 1938 年 5 月。

7. 田中乾男編，文求堂展觀書目， 1954 年排印本，書目類編冊 114，成文出版社。

8. 梁子涵編，中國歷代書目總錄，中華文化出版事業委員會出版，1955 年。

9. 上海圖書館編，上海圖書館善本書目， 1957 年排印本，書目類編冊 23，成文出版社。

10. 四川省圖書館藏古籍目錄，1958 年油印本，書目類編冊 23～冊 26，成文出版社。

11. 杭州大學圖書館編，杭州大學圖書館善本書目， 1965 年 7 月。

12. 大阪府立圖書館編，大阪府立圖書館漢籍目錄·四部之部， 1966 年 3 月。

13. 彭國棟，重修清史藝文志，台灣商務印書館，1968 年。

14. 中央研究院歷史語言研究所編，中央研究院歷史語言研究所普通本線裝書目， 1970 年 11 月。

15. 國立台灣大學圖書館編，國立台灣大學普通本線裝書目，1971 年 12 月。

16. 續修四庫全書提要,商務印書館,1972 年。

17. 東北大學附屬圖書館編,東北大學所藏和漢書古典分類目錄·漢籍, 1974 年。

18. 大阪大學文學部編,懷德堂文庫圖書目錄,1976 年 3 月。

19. 東洋文庫編,東洋文庫所藏漢籍分類目錄,1978 年 12 月。

20. 京都大學人文科學研究所編,京都大學人文科學研究所漢籍目錄,同朋舍,1981 年。

21. 東京大學東洋文化研究所編,東京大學東洋文化研究所漢籍分類目錄,1981 年 3 月。

22. 二松學舍大學附屬圖書館編,二松學舍大學附屬圖書館漢籍目錄, 1988 年 3 月。

23. 武作成,清史稿藝文志補編,北京中華書局,1982 年 4 月。

24. 王重民,中國善本書提要,上海古籍出版社,1983 年。

25. 宋慈抱原著、項士元審訂,兩浙著述考,浙江人民出版社,1985 年 3 月。

26. 上海圖書館編,中國叢書綜錄,上海古籍出版社,1986 年 2 月。

27. 國立中央圖書館特藏組編,國立中央圖書館善本書目, 1986 年 12 月增訂二版。

28. 北京圖書館編,北京圖書館古籍善本書目,書目文獻出版社,1987 年。

29. 鄧又同,香港學海書樓藏書目錄,香港學海書樓 1988 年 4 月。

30. 中國古籍善本書目,中國古籍善本書目編輯委員會編,上海古籍出版社,1989 年。

31. 蔣元卿編,皖人書錄,黃山書社,1989 年 12 月。

32. 中國人民大學圖書館古籍整理研究所編,中國人民大學圖書館古籍善本書目,中國人民大學出版社,1991 年 2 月。

33. 中國科學院圖書館整理,續修四庫全書總目提要·經部,北京中華書局,1993 年。

34. 中國社會科學院文學研究所圖書館編,中國社會科學院文學研究所藏古籍善本書目, 1993 年 2 月。

35. 王紹曾主編,山東文獻書目,齊魯書社,1993 年 12 月。

36. 嚴寶善,販書經眼錄,浙江古籍出版社,1994 年 12 月。

37. 北京圖書館普通古籍組編,北京圖書館普通古籍總目·文字學門,書目文獻出版社,1995 年 4 月。

38. 東京大學總合圖書館編,東京大學總合圖書館漢籍目錄,東京堂,1995 年 7 月。

39. 周彥文，日本九州大學文學部書庫漢籍目錄，文史哲出版社，1995 年 10月。

40. 早稻田大學圖書館編，早稻田大學圖書館所藏漢籍分類目錄， 1996 年 3月。

41. 李晴編，新疆大學圖書館藏古籍書目，新疆大學出版社，1996 年 10 月。

42. 常書智、李龍如主編，湖南省古籍善本書目，岳麓書社，1998 年 6 月。

43. 陽海清主編，中南西南地區省市圖書館館藏古籍稿本提要，華中理工大學出版社，1998 年 11 月。

44. 陽海清，中國叢書廣錄，湖北人民出版社，1999 年 4 月。

45. 北京大學圖書館編，北京大學圖書館藏古籍善本書目，北京大學出版社，1999 年 6 月。

46. 郎煥文主編，歷代中州名人存書版本錄，中州古籍出版社，1999 年 10月。

47. 王紹曾主編，清史稿藝文志拾遺，北京中華書局，2000 年 9 月。

48. 姜尋編，中國拍賣古籍文獻目錄，上海書店出版社，2001 年 12 月。

49. 山西大學圖書館編，山西大學圖書館線裝書目錄，山西古籍出版社，2002年 3 月。

50. 中國歷史博物館圖書資料信息中心編，中國歷史博物館藏普通古籍目錄，北京圖書館出版社，2002 年 6 月。

51. 姜尋編，中國古舊書刊拍賣目錄，北京圖書館出版社，2002 年 8 月。

52. 北京師範大學圖書館古籍部編，北京師範大學圖書館古籍善本書目，北京圖書館出版社，2002 年 7 月。

53. 浙江圖書館圖書館古籍部編，浙江圖書館古籍善本書目，浙江教育出版社，2002 年 11 月。

54. 王欣夫撰，鮑正鵠、徐鵬標點整理，蛾術軒篋存善本書錄，上海古籍出版社，2002 年 12 月。

55. 中國清華大學圖書館編，清華大學圖書館藏善本書目，清華大學出版社，2003 年 1 月。

56. 施廷鏞，中國叢書綜錄續編，湖北人民出版社，2003 年 3 月。

57. 張宗茹、王恆柱編纂，山東師範大學圖書館館藏古籍書目，齊魯書社，2003 年 5 月。

58. 李國慶，美國俄亥俄州立大學圖書館中文古籍書錄，廣西師範大學出版社，2003 年 9 月。

59. 遼寧省圖書館、吉林省圖書館、黑龍江省圖書館主編，東北地區古籍線裝書聯合目錄，遼海出版社，2003 年 12 月。

60. 賈晉華主編，香港所藏古籍書目，上海古籍出版社，2003 年 12 月。

61. 饒國慶、袁慧、袁良植編，伏跗室藏書目錄，寧波出版，2003 年 12 月。

62. 姜尋編，中國古籍文獻拍賣圖錄年鑑 2001～2002 年，北京圖書館出版社，2003 年。

63. 香港中文大學圖書館系統編，香港中文大學圖書館中國古籍目錄，2004 年。

64. 蘇州圖書館編，蘇州圖書館藏古籍善本提要‧經部，鳳凰出版社，2004 年 5 月。

65. 中國中山大學圖書館編，中山大學圖書館古籍善本書目，廣西師範大學出版社，2004 年 10 月。

66. 何遠景主編，內蒙古自治區線裝古籍聯合目錄，北京圖書館出版社，2004 年 11 月。

67. 姜尋編，中國古籍文獻拍賣圖錄年鑑 2003 年，北京中華書局，2004 年 11 月。

68. 竇水勇編，北京琉璃廠舊書店古書價格目錄，線裝書局，2004 年 11 月。

69. 周振鶴編，晚清營業書目，上海書店出版社，2005 年 4 月。

70. 翁連溪主編，中國古籍善本總目，線裝書局，2005 年 5 月。

71. 韓全寅初主編，國所藏中國漢籍總目，學古房，2005 年 5 月。

72. 竇水勇編，江南舊書店古書價格目錄，廣陵書社，2005 年 6 月。

73. 姜尋編，中國古籍文獻拍賣圖錄年鑑 2004 年，北京中華書局，2005 年 12 月。

## （三）叢　書

1. 廣文書局，書目叢編，1967 年。

2. 廣文書局，書目續編，1967 年。

3. 廣文書局，書目三編，1969 年。

4. 廣文書局，書目四編，1970 年。

5. 廣文書局，書目五編，1972 年。

6. 嚴靈峰編輯，書目類編，成文出版社，1978 年 5 月。

7. 北京中華書局，清人書目題跋叢刊，1995 年 8 月。

8. 徐蜀、宋安莉編，中國近代古籍出版發行史料叢刊，北京圖書館出版社，2003 年 5 月。

9. 韋力編，中國近代古籍出版發行史料叢刊補編，北京線裝書局，2006 年。

10. 孫學雷主編，地方志書目文獻叢刊，北京圖書館出版社，2004 年 12 月。

11. 林夕主編，中國著名藏書家書目匯刊・明清卷，北京商務印書館，2005年。

12. 林夕主編，中國著名藏書家書目匯刊・近代卷，北京商務印書館，2005年。

## 五、單篇論文

1. 馬敍倫，清人所著說文之部書目初編草稿，圖書館學季刊第 1 卷 1 期，1926 年。

2. 馬太玄，說文解字考異稿本，中山大學圖書館週刊第三卷 3～4 期，1928年 7 月。

3. 李克弘，說文書目輯略，中山大學圖書館週刊第四卷第 1～2 期，1928年。

4. 裘錫圭，考古發現的秦漢文字資料對於校讀古籍的重要性，古代文史研究新探，頁 1～44，江蘇古籍出版社，1992 年 6 月（原發表於中國社會科學 1980 年第 5 期）。

5. 裘錫圭，《說文》與出土古文字，說文解字研究第 1 輯，頁 64～70 轉頁86，河南大學出版社，1991 年 8 月。

6. 趙麗明，清代關於大徐本說文的版本校勘，說文解字研究第 1 輯，頁 374～384，河南大學出版社，1991 年 8 月。

7. 常耀華，《玉篇》版本源流考述，平頂山師專學報 1994 年第 9 卷第 1 期（總第 16 期），頁 90～92，1994 年。

8. 許師錟輝，《說文》形聲字聲符不諧音析論，東吳中文學報第 1 期，頁 1～19，1995 年 5 月。

9. 馮玉濤，說文解字「讀若」作用類考，寧夏大學學報（社科版）1996 年第 3 期，頁 11～22，1996 年。

10. 王初慶，談治說文學與治古文字學之關係，第十二屆中國文字學全國學術研討會論文集，頁 31～42，2001 年 3 月。

11. 張顯成，說文收字釋義文獻用例補缺——以簡帛文獻證說文，古漢語研究 2002 年第 3 期，頁 31～36，2002 年。

12. 陳徽治，70 年代出土的竹簡帛書對《說文解字》研究之貢獻，漯河職業技術學院學報第 2 卷 1 期，頁 71～73，2003 年 3 月。

13. 趙錚，從說文解字注看段玉裁的連綿詞觀，湖北大學學報第 30 卷 5 期，頁 85～88，2003 年 9 月。

14. 張標、陳春風，說文學的回顧與前瞻，說文學研究第一輯，頁 30～46，崇文書局，2004 年 1 月。

15. 郭瓏，段玉裁對說文解字連綿詞訓釋所作校補考，蘭州大學學報第 33 卷第 5 期，頁 67～72，2005 年 9 月。

16. 吳國升，王筠《說文句讀》對古文字材料的利用，淮北煤炭師範學院學報第 27 卷 2 期，頁 102～105，2006 年 4 月。

17. 陳東輝，20 世紀上半葉「四庫學」研究綜述，漢學研究通訊第 25 卷第 2 期，頁 38，2006 年 5 月。

18. 劉釗，談考古資料在說文研究中的重要性，中國古文字研究第一輯，頁 223～241，吉林大學出版社，1999 年 6 月。

19. 翁敏修，《說文長編》相關著述考錄，第十九屆中國文字學全國學術研討會，頁 45～62，新文京開發出版公司，2009 年 4 月。

# 知見書目

## 一、古　籍

1. 〔清〕清高宗敕撰，皇朝文獻通考（清朝文獻通考），民國四十七年影印清乾隆年間武英殿本，國學基本叢書，新興書局。

2. 〔清〕謝啓昆，小學考，影印清光緒十四年浙江書局刊本，漢語大詞典出版社。

3. 〔清〕顧修撰、朱學勤增訂，彙刻書目，清光緒十二年上海福瀛書局增訂重編本，書目五編第 77 種，廣文書局。

4. 〔清〕羅振玉撰，彙刻書目（續），民國三年范氏雙魚室校刊本，書目五編第 78 種，廣文書局。

## 二、專　著

1. 呂景先，說文段注指例，正中書局，（1946）1992 年 12 月。

2. 張舜徽，廣校讎略，華中師範大學出版社，（1962）2004 年 3 月。

3. 高明，高明小學論叢，黎明文化事業公司，（1978）1980 年 9 月再版。

4. 陸宗達，說文解字通論，北京出版社，1981 年 10 月。

5. 王仁祿，說文研究，瑞成書局，1982 年 7 月（原用民國紀年）。

6. 張舜徽，中國文獻學，中州書畫社，1982 年 12 月。

7. 郭在貽，訓詁叢稿，上海古籍出版社，1985 年 2 月。

8. 東北師大古籍整理研究所辭書編輯室編著，中國古籍整理研究論文索引，上海古籍出版社，1985 年 2 月。

9. 王欣夫，文獻學講義，台灣商務印書館，(1986) 1992 年 1 月臺灣初版（原用民國紀年）。

10. 昌彼得、潘美月，中國目錄學，文史哲出版社，1986 年 9 月（原用民國紀年）。

11. 屈萬里、昌彼得著，圖書版本學要略，潘美月增訂，中國文化大學出版部，1986 年 10 月（原用民國紀年）。

12. 張舜徽，說文解字導讀，中國國際傳播出版社，(1990) 2008 年 6 月。

13. 應裕康、王忠林，說文研究，復文出版社，1991 年 1 月（原用民國紀年）。

14. 蘇寶榮，《說文解字》導讀，陝西人民出版社，1993 年 8 月。

15. 陳光政，段注說文以聲勘誤之研究，復文圖書出版社，1993 年 9 月。

16. 孫欽善，中國古文獻學史，北京中華書局，1994 年 2 月。

17. 張其昀，中國文字學史，江蘇教育出版社，1994 年 6 月。

18. 王仁祿，段氏文字學，藝文印書館，1995 年 10 月（原用民國紀年）。

19. 余國慶，說文學導論，安徽教育出版社，1995 年 10 月。

20. 來新夏主編，清代目錄提要，齊魯書社，1997 年 1 月。

21. 高路明，古籍目錄與中國古代學術研究，江蘇古籍出版社，1997 年 10 月。

22. 余慶蓉、王晉卿，中國目錄學思想史，湖南教育出版社，1998 年 4 月。

23. 支偉成，清代樸學大師列傳，岳麓書社，1998 年 8 月。

24. 祝敏申，《說文解字》與中國古文字學，復旦大學出版社，1998 年 12 月。

25. 周祖謨，文字音韻訓詁論集，北京大學出版社，2000 年 12 月。

26. 朱承平，故訓材料的鑒別與應用，暨南大學出版社，2001 年 6 月。

27. 曾貽芬、崔文印，中國歷史文獻學，學苑出版社，2001 年 6 月。

28. 吳新楚，《周易》異文校證，廣東人民出版社，2001 年 8 月。

29. 郭康松，清代考據學研究，崇文書局，2001 年 8 月。

30. 王俊義，清代學術探研錄，中國社會科學出版社，2002 年 8 月。

31. 國務院古籍整理出版規劃小組編，古籍點校疑誤彙錄，北京中華書局，2002 年 10 月。

32. 王貴元，說文解字校箋，學林出版社，2002 年 12 月。

33. 黃裳著、董寧文編，清刻本，中國版本文化叢書，江蘇古籍出版社，2002 年 12 月。

34. 江慶柏等，稿本，中國版本文化叢書，江蘇古籍出版社，2002 年 12 月。

35. 王貴平，家刻本，中國版本文化叢書，江蘇古籍出版社，2002 年 12 月。

36. 劉琳、吳洪澤，古籍整理學，四川大學出版社，2003 年 7 月。

37. 楊燕起、高國抗，中國歷史文獻學（修訂本），北京圖書館出版社，2003 年 9 月。

38. 張標，20 世紀《說文》學流別考論，北京中華書局，2003 年 10 月。

39. 來新夏，古籍整理講義，鷺江出版社，2003 年 11 月。

40. 王紹曾，目錄版本校勘學論集，上海古籍出版社，2005 年 1 月。

41. 董蓮池，說文解字考正，作家出版社，2005 年 1 月。

42. 朱承平，異文類語料的鑒別與應用，岳麓書社，2005 年 7 月。

43. 全國古籍整理出版規劃領導小組辦公室編，古籍整理出版叢談，廣陵書社，2005 年 7 月。

44. 曹林娣，古籍整理概論，北京大學出版社，2007 年 1 月。

45. 羅炳良，清代乾嘉歷史考證學研究，北京圖書館出版社，2007 年 2 月。

46. 張湧泉、傅傑，校勘學概論，江蘇教育出版社，2007 年 4 月。

47. 殷寄明，《說文解字》精讀，復旦大學出版社，2007 年 4 月。

48. 王叔岷，斠讎別錄，北京中華書局，2007 年 6 月。

49. 鄧聲國，文獻學與小學論考，齊魯書社，2007 年 7 月。

50. 姚孝遂，許慎與說文解字，作家出版社，2008 年 1 月。

51. 杜澤遜，文獻學概要（修訂本），北京中華書局，2008 年 1 月。

## 三、學位論文

1. 沈秋雄，說文段注質疑，台灣師範大學國研所碩士論文，周何教授指導，1973 年。

2. 林慶勳，段玉裁之生平及其學術成就，文化大學中研所博士論文，林尹、潘重規、陳新雄教授指導，1978 年。

3. 鄭錫元，說文段注發凡，台灣師範大學國研所碩士論文，許師錟輝指導，1983 年 4 月。

4. 洪阿李說文字形研究——以靜嘉堂、汲古閣、平津館、段注本第一卷為對象，台灣師範大學國研所在職進修碩士論文，季旭昇教授指導，1996 年。

5. 林聖峰，大徐本說文獨體與偏旁變形研究，台灣師範大學國研所碩士論文，季旭昇教授指導，2005 年。

6. 陳東輝，清人學術筆記中的《說文》《爾雅》研究，浙江大學碩士論文，2006 年。

## 四、單篇論文

1. 説文古本攷校勘記，北京大學研究所國學門月刊一卷 6 號。

2. 説文古本攷校勘記（續 4 期），北京大學研究所國學門月刊一卷 7.8 號合刊。

3. 沈兼士編，系統的文字學參考書目舉要，北京大學研究所國學門月刊一卷五期，頁 494～503，1927 年。

4. 高明，説文解字傳本考，東海學報第 16 卷，頁 1～19，1975 年 6 月。

5. 高明，説文解字傳本續考，東海學報第 18 卷，頁 1～24，1977 年 6 月。

6. 陳煒湛，許學管窺，説文解字研究第 1 輯，頁 55～63，1991 年 8 月。

7. 周復綱，莫友芝與唐寫本説文殘卷，許慎與《説文》研究論集，頁 188～202，1991 年 8 月。

8. 詹鄞鑫，《説文》篆文校正芻議，古漢語研究 1996 年第 3 期（總第 32 期），頁 10～14，1996 年。

9. 羅會同，説文的流傳與校定，寶雞文理學院學報（人文社會科學版）1997 年第 1 期（總第 60 期），頁 65～67，1997 年 3 月。

10. 蘇鐵戈，説文解字的版本與注本，古籍整理研究學刊 1997 年第 4 期（總第 68 期），頁 43～45 轉頁 15，1997 年 7 月。

11. 舒懷，高郵王氏父子《説文》研究緒論，古漢語研究 1997 年第 4 期（總第 37 期），頁 65～70。

12. 時建國，清代「小學」的發展和成就，圖書與情報 1998 年第 2 期，頁 42～47 轉頁 57。

13. 時建國，清代「小學」的發展和成就（續），圖書與情報 1998 年第 3 期，頁 39～40 轉頁 38。

14. 苗潤田，回歸原典——乾嘉學派的文化努力，中國儒學史——明清卷，頁 288～303，廣東教育出版社，1998 年 6 月。

15. 傅杰，清代校勘學述略，浙江學刊 1999 年第 3 期，頁 112～121。

16. 王貴元，説文解字版本考述，古籍整理研究學刊 1999 年第 6 期，頁 41～43 轉頁 34。

17. 松田清，小島祐馬旧蔵「対支文化事業」関係文書，京都大學人文科學研究所所報「人文」第 46 號，1999 年 11 月。

18. 黃宇鴻，近二十年來「説文學」研究的回顧與思考，欽州師範高等專科學校學報 2001 年第 2 期，頁 28～35，2001 年 6 月。

19. 劉新民，清代説文解字的論著研究，圖書情報工作 2002 年第 2 期，頁 122～123 轉頁 63。

20. 高田時雄，狩野直喜，京大東洋學の百年，頁 4～36，京都大學學術出

版會，2002 年 5 月。

21. 徐富昌，典籍異文之鑒別與運用——以簡帛本與今本《老子》為例，出土文獻研究方法論文集初集，頁 99～188，臺灣大學出版中心，2005 年 9 月。

22. 蔣鵬翔，《説文解字注》文獻學方法初探，康定民族師範高等專科學校學報第 15 卷第 2 期，頁 40～頁 44，2006 年 4 月。

23. 吳國升，王筠《説文句讀》對古文字材料的利用，淮北煤炭師範學院學報第 27 卷 2 期，頁 102～105，2006 年 4 月。

24. 洪燕梅，論出土簡牘文字於清代《説文》研究之證補作用，第四屆國際暨第九屆全國清代學術研討會，2008 年 6 月。

25. 孫微、張嵐，杜詩校勘學述略，欽州學院學報第 23 卷第 4 期，頁 51～頁 56，2008 年 8 月。

# 附錄一　校勘著述取材勘誤表

## 【說明】

筆者於論文寫作期間，檢索相關史志、藏書目錄時，遇有著錄書名、人名之錯誤，輒隨手是正，別爲一編，名曰：〈校勘著述取材勘誤表〉，以供參考。

## 史志目錄

### 《清史稿藝文志》

經部・小學類字書之屬

「王氏讀說文記一卷　說文解字校勘記一卷　王念孫撰」

案：此誤分一書爲二，當改正。

「說文校義三十卷　姚文田、嚴可均同撰」

案：書名當作《說文校議》。

「說文古字考十四卷　沈濤撰」

案：書名當作《說文古本考》。

## 官修目錄

### 《東北地區古籍線裝書聯合目錄》

經部・小學類說文之屬

「續說文雜識一卷　清許槤撰」

案：書名當作《讀說文雜識》。

## 《江蘇省立國學圖書館圖書總目》

卷七經部・小學類字書之屬一（說文）

「說文校訂本二卷　清寶應朱士瑞，光緒九年刊本，叢六二」

案：作者當作「朱士端」，書名當作《說文校定本》。

## 《四川省圖書館藏古籍目錄》

經部・小學類二字書

「說文解字觀詮　十四卷、十四冊，清錢玷學」

案：作者當作「錢坫」，書名當作《說文解字斠詮》。

「說文二徐箋異　二冊，清吳炤撰，清光緒日本刻本」

案：作者當作「田吳炤」。

「續說文雜識　不分卷、一冊，清許槤撰、榮縣趙熙批」

案：書名當作《讀說文雜識》。

## 《中國社會科學院文學研究所藏古籍善本書目》

語言文字學

「繫傳校錄三卷　王筠輯，鈔本二冊」

案：書名當作《繫傳校錄》。

# 私家藏書目錄

## 《孫氏祠堂書目》

內編卷一小學字書類

「說文補考一卷又一卷」

案：當作「《又考》一卷」。

## 《問源樓書目初編》

卷一下經部・小學字書之屬

「說文解字斠箋十四卷」

案：書名當作《說文解字斠詮》。

## 《三十有三萬卷堂書目略》

卷三經部・小學類字書之屬

「說文測議七卷，董詰」

案：作者當作「董詔」。

## 《八千卷樓書目》

卷三經部・小學類字書之屬

　「說文拈字七卷　國朝王玉撰，石印本」

　　案：作者當作「王玉樹」。

# 專科目錄

## 《清人所著說文之部書目初編草稿》

頁 104

　「說文解字定本　李威，見葉銘說文書目」

　　案：作者當作「李威」。

頁 118

　「說文逸字輯補　王廷鼎，原刊本、小學類編本」

　　案：書名當作《說文逸字輯說》。

頁 127

　「一切經音義引說文箋　田芙炤」

　　案：作者當作「田吳炤」。

## 《許學考目》

　「說文繫考異四卷　清汪憲，八杉齋本」

　　案：書名當作《說文繫傳考異》。

　「說文古本考十四卷　清沈濤，滂喜齋本　說文古本考十四卷　清潘祖蔭」

　　案：此誤分一書為二，當改正為「說文古本考十四卷　清沈濤，潘祖蔭滂喜齋本」。

## 《說文書目輯略》

　「說文拈字　七卷，清王玉撰，石印本」

　　案：作者當作「王玉樹」。

　「唐本說文本部箋異　一卷，清莫友芝撰，刊本、莫氏叢書本」

　　案：書名當作《唐本說文木部箋異》。

　「說文逸字輯說　四卷，清廷鼎撰，刊本」

案：作者當作「王廷鼎」。

「說文校定本　二卷，朱士瑞，咫進齋本、春雨樓叢書本」

案：作者當作「朱士端」。

「說文二徐箋異　田炎炤，石印本」

案：作者當作「田吳炤」。

## 特種目錄

### 《受古書店舊書目》

1928 年第 2 期

「說文解字斠詮十四卷　嘉定錢坫，初印」

案：書名當作《說文解字斠詮》。

### 《萃文書局書目》

1929 年 3 月

「說文逸字辨正　二卷，鄭珍」

案：作者當作「李楨」，書名當作《說文逸字辨證》。

## 域外漢籍目錄

### 《大阪府立圖書館漢籍目錄·四部之部》

經部·小學類說文之屬

「說文二除箋異　一四卷、二冊，田潛撰」

案：書名當作《說文二徐箋異》。

### 《靜嘉堂文庫漢籍分類目錄》

經部·小學類字書

「說文校義　三十卷，清姚文田嚴可均撰，清同治刊」

案：書名當作《說文校議》。

### 《東洋文庫所藏漢籍分類目錄·經部》

第九小學類二字書之屬

「說文大小徐本錄異一卷　清章鋌撰」

案：作者當作「謝章鋌」。

## 《東京大學總合圖書館漢籍目錄》

經部・小學類說文之屬

「說文繫傳校錄三十卷　清王筠撰、清劉燿椿校，咸豐七年安邱男彥洞刊本」

案：版本當作「咸豐七年安邱男彥侗刊本」。

## 《早稻田大學圖書館所藏漢籍分類目錄》

經部・小學類說文之屬

「說文大小徐本錄異　清謝章鋌」

案：作者當作「謝章鋌」。

# 附錄二　校勘著述取材來源表

## 【說　明】

　　爲求目錄蒐集之完備，以及日後便於檢索，筆者於論文撰寫之初便草擬格式，於翻閱目錄、檢得一書時，即同時記錄目錄來源、頁碼與校勘著述之書名、主要版本、典藏地。今擇取重要目錄如：《中國古籍善本書目》、《清代許學考》、《中國文字學書目考錄》等，依第三章之分類，製成「校勘著述取材來源表」。

## 一、校唐寫本

| 書名／作者 | 國朝書目 | 許學考 | 清人草稿 | 清代許學考 | 書目考錄 | 善本書目 | 知見書目 | 版本‧出處／典藏地 |
|---|---|---|---|---|---|---|---|---|
| 唐寫本說文解字木部箋異　莫友芝 | 頁 5 | 卷 5‧16 | 頁 103 | 頁 21 | 頁 207 | 4367-4368 | 00954-00966 | 清同治三年曾國藩刻本 |
| 唐本說文解字木部箋異質疑　柯紹忞 | | | | | 頁 208 | | | 遼寧省圖書館藏 |
| 唐本說文眞僞辨　黃以周 | | 卷 5‧27 | 頁 103 | 頁 22 | 頁 208 | | | 《詁經精舍三集》目錄 |
| 唐寫本說文訂　方勇 | | | 頁 126 | 頁 22 | 頁 583 | | | |

## 二、校大徐本

| 書名／作者 | 國朝書目 | 許學考 | 清人草稿 | 清代許學考 | 書目考錄 | 善本書目 | 知見書目 | 版本・出處／典藏地 |
|---|---|---|---|---|---|---|---|---|
| 汲古閣說文訂 段玉裁 | 頁 1 | 卷 2・12 | 頁 104 | 頁 2 | 頁 191 | 4234-4235 | 01007-01015 | 清嘉慶二年袁廷檮五硯樓刻本 |
| 說文訂訂 嚴可均 | | 卷 2・16 | 頁 104 | 頁 3 | 頁 192 | | 01017 | 清光緒十三年《許學叢刻》本 |
| 汲古閣說文訂 任大椿 | | | | | | | | 《中國叢書廣錄》5303 |
| 說文解字斠詮 錢坫 | 頁 2 | 卷 3・19 | 頁 105 | 頁 176 | 頁 208 | 4238 | 01144-01150 | 清嘉慶十二年錢氏吉金樂石齋刻本 |
| 說文補考 戚學標 | 頁 6 | 卷 12・29 | 頁 111 | 頁 23 | 頁 221 | | 01116-01118 | 清嘉慶九年涉縣官署刻本 |
| 說文又考 戚學標 | 頁 6 | 卷 12・29 | 頁 111 | 頁 23 | 頁 221 | | 01116-01118 | 清嘉慶九年涉縣官署刻本 |
| 說文校議 嚴可均、姚文田 | 頁 2 | 卷 3・1 | 頁 105 | 頁 4 | 頁 195 | 4285-4287 | 01030-01040 | 清嘉慶二十三年《四錄堂類集》本 |
| 說文續議 嚴章福 | | | | | | | 01044 | 傅斯年圖書館藏 |
| 說文校議議 嚴章福 | | 卷 3・5 | 頁 105 | 頁 6 | 頁 196 | 4394 | 01041-01043 | 清豫恕堂鈔本 |
| 說文辨疑 顧廣圻 | 頁 10 | 卷 3・3 | 頁 105 | 頁 5 | 頁 197 | 4307-4308 | 01045-01056 | 清光緒二十七年《聚學軒叢書》本 |
| 說文解字考異 姚文田 | 頁 2 | 卷 3・13 | 頁 105 | 頁 7 | 頁 199 | 4279-4284 | 01019-01026 | 上海圖書館藏許槤鈔本 |
| 說文校疑 姚覲元 | | | | | 頁 212 | 4380 | 01113 | 上海圖書館藏稿本 |
| 說文解字考異商議 鄭知同 | | 卷 17・16 | 頁 107 | 頁 182 | 頁 199 | | | |
| 說文考異補 王仁俊 | | | 頁 105 | 頁 11 | 頁 200 | 4416 | 01027-01029 | 北京大學圖書館藏稿本 |
| 說文解字校錄 鈕樹玉 | 頁 12 | 卷 3・21 | 頁 104 | 頁 8 | 頁 201 | 4254、4265 | 01060-01065 | 清光緒十一年江蘇書局刻本 |
| 說文考異 顧廣圻 | | | 頁 104 | 頁 10 | 頁 202 | 4306 | 01057-01058 | 中國國家圖書館藏劉履芬鈔本 |

| | | | | | | | |
|---|---|---|---|---|---|---|---|
| 說文辨異　翟云升 | | | | 頁202 | 4319-4321 | 01151-01153 | 中國國家圖書館藏清松南書廬鈔本 |
| 說文校補　壽昌 | | | | 頁212 | 4386 | 01067 | 南京圖書館藏 |
| 說文校譌字　錢大昕 | | | | | | | 《十駕齋養新錄》卷四 |
| 說文測議・惜逸董詔 | 卷23・5 | | | 頁266 | | 00334-00335 | 別裁 |
| 說文拈字・訂誤王玉樹 | 頁10 | 卷23・12 | | 頁272 | | | 別裁 |
| 說文管見・說文佚句　胡秉虔 | 卷22・14 | | | 頁273 | | | 別裁 |
| 說文管見・取字林補說文　胡秉虔 | 卷22・14 | | | 頁273 | | | 別裁 |
| 讀說文解字小箋・文字刊誤　梁運昌 | 卷22・16 | | | 頁286 | | 00865-00866 | 別裁 |
| 何義門校說文　何焯 | 卷2・34 | 頁105 | 頁16 | 頁193 | 4220 | 01003-01004 | 上海圖書館藏清道光十二年葉名澧鈔本 |
| 說文集校　胡重 | | 頁104 | 頁16 | 頁209 | | | |
| 說文解字校勘記　王念孫 | 卷22・2 | 頁105 | 頁17 | 頁194 | 4239 | 01005-01006 | 清種松書屋鈔本 |
| 校正說文　车庭 | | | | | | 01059 | 雪泥屋遺書目錄　山東省博物館藏 |
| 古均閣說文校勘記　許槤 | | | | 頁206 | 4369 | 01066 | 中國國家圖書館藏稿本 |
| 說文校字錄　汪文臺 | 卷3・23 | 頁104 | 頁10 | 頁210 | | 00582 | |
| 說文校勘記　吳芳鎮 | | | | 頁207 | | 01070 | 中國國家圖書館藏鈔本 |
| 說文校字記　陳昌治 | | 頁104 | 頁12 | 頁212 | | 00572 | 同治十二年羊城富文齋刊本 |
| 汲古閣說文解字校記　張行孚 | | 頁105 | 頁4 | 頁193 | | 00564-00569 | 《叢書集成三編》 |
| 宋本說文校勘表田潛 | | | | | | 01074 | 中國國家圖書館藏鈔本 |

| | | | | | | | |
|---|---|---|---|---|---|---|---|
| 說文解字定本 李威 | | 卷 2・33 | 頁 104 | 頁 12 | 頁 206 | | |
| 小字本說文簡端記 朱駿聲 | | | 頁 105 | 頁 11 | 頁 289 | | |
| 說文解字校勘記 蔣維培 | | | 頁 104 | 頁 11 | | | |
| 說文解字校勘記 柳興恩 | | 卷 3・23 | 頁 104 | 頁 10 | 頁 210 | | |
| 說文校案 奚世幹 | | | 頁 126 | | 頁 583 | | 《續修四庫提要》頁 1125 |
| 說文五校 譚獻 | | 卷 3・4 | 頁 104 | 頁 17 | 頁 211 | | |
| 說文校本 徐灝 | | | 頁 104 | 頁 17 | 頁 211 | | |
| 說文校本 席齡 | | | 頁 104 | 頁 17 | 頁 211 | | |
| 說文校本 許克勤、王仁俊 | | | 頁 104 | 頁 17 | 頁 211 | | |
| 校勘說文解字 法偉堂 | | | | | | | 《山東通志》卷一百三十 |
| 玉篇跋 桂馥 | | | | | | | 《晚學集》卷三 |
| 說文玉篇校錄 鈕樹玉 | | | | 頁 22 | | | 《說文校錄》附錄 |
| 惠氏讀說文記 惠棟 | 頁 9 | 卷 22・1 | 頁 105 | 頁 18 | 頁 280 | 4222 | 00685-00696 清嘉慶借月山房匯鈔本 |
| 席氏讀說文記 席世昌 | 頁 9 | 卷 22・2 | 頁 105 | 頁 19 | 頁 281 | | 00867-00876 清嘉慶借月山房匯鈔本 |
| 說文抄 王筠 | | | | | 頁 214 | 4346-4347 | 00931-00932 《說文釋例・鈔存》 |
| 讀說文記 許槤 | 頁 11 | 卷 22・20 | 頁 105 | 頁 20 | 頁 282 | 4370 | 00323-00324 光緒十四年《古均閣遺著》本 |
| 說文釋例・挩文 王筠 | | 卷 8・14 | | 頁 155 | 頁 259 | | 別裁 |
| 說文釋例・衍文 王筠 | | 卷 8・14 | | 頁 155 | 頁 259 | | 別裁 |
| 說文釋例・誤字 王筠 | | 卷 8・14 | | 頁 155 | 頁 259 | | 別裁 |
| 說文釋例・存疑 王筠 | | 卷 8・14 | | 頁 155 | 頁 259 | | 別裁 |

# 三、校小徐本

| 書名／作者 | 國朝書目 | 許學考 | 清人草稿 | 清代許學考 | 書目考錄 | 善本書目 | 知見書目 | 版本・出處／典藏地 |
|---|---|---|---|---|---|---|---|---|
| 說文繫傳校本 盧文弨、梁同書 | | | | 頁 35 | | 4175 | 00626 | 南京圖書館藏 |
| 重校說文繫傳考異　朱文藻 | 頁 12 | 卷 5・1 | 頁 103 | 頁 25 | 頁 217 | 4229-4233 | 01079-01095 | 《四庫全書》經部 |
| 說文繫傳校勘記　承培元、夏灝、吳汝庚 | 頁 2 | 卷 4・21 | 頁 103 | 頁 28 | 頁 214 | | 00638-00670 | 道光十九年《重刊影宋本說文繫傳》附 |
| 說文繫傳闕遺字　嚴可均 | | | 頁 103 | 頁 33 | | | | |
| 說文繫傳訂訛 江有誥 | | | 頁 103 | 頁 32 | 頁 219 | | | |
| 小徐說文纂補 臧禮堂 | | 卷 5・6 | | 頁 26 | 頁 219 | | | |
| 說文繫傳刊誤 錢師慎 | 頁 12 | 卷 5・8 | 頁 103 | 頁 27 | 頁 217 | | | |
| 汪刻繫傳考正 王筠 | | | 頁 103 | 頁 32 | 頁 217 | 4341 | 01107 | 上海圖書館藏稿本 |
| 說文繫傳校錄 王筠 | 頁 3 | 卷 5・8 | 頁 103 | 頁 31 | 頁 216 | 4337-4340 | 01099-01106 | 清咸豐七年王彥侗刻本 |
| 說文校記 王筠 | | | | | 頁 210 | 4348 | 01108 | 中國國家圖書館藏稿本 |
| 說文校本錄存 王筠 | | | | | 頁 210 | 4419 | 01097-01098 | 中國國家圖書館藏鈔本 |
| 校補說文解字繫傳　胡焯 | | | | 頁 30 | | | | |
| 說文繫傳跋 徐灝 | | | | | | | | 《學海堂三集》卷三 |
| 說文繫傳三家校語抉錄 王獻唐 | | | | | | | | 《山東省立圖書館季刊》第 1 集第 1 期 |
| 說文韻譜校 王筠 | | | | 頁 159 | 頁 222 | 4342-4345 | 01915-01924 | |
| 說文解字韵譜補正　馮桂芬 | | | | 頁 160 | 頁 223 | | 01925 | |
| 說文韵譜校 姚覲元 | | | | | | | | 中研院圖書館線上館藏目錄 |

## 四、二徐互校

| 書名／作者 | 國朝書目 | 許學考 | 清人草稿 | 清代許學考 | 書目考錄 | 善本書目 | 知見書目 | 版本・出處／典藏地 |
|---|---|---|---|---|---|---|---|---|
| 說文校定本 朱士端 | | 卷5・10 | 頁104 | 頁15 | 頁205 | 4360 | 01119-01123 | 清光緒九年《咫進齋叢書》本 |
| 說文二徐定本校證辨譌 林昌彝 | | 卷5・12 | | 頁37 | 頁221 | | 01124 | |
| 說文大小徐本錄異 謝章鋌 | | 卷5・13 | | 頁38 | 頁220 | 4404 | 01126-01128 | |
| 說文二徐箋異 田潛 | | 卷5・14 | 頁103 | 頁38 | 頁219 | | 01129 | |
| 二徐私改諧聲字 錢大昕 | | | | | | | | 《十駕齋養新錄》卷四 |
| 二徐說文同異附考 董詔 | | 卷23・5 | | | 頁220 | | 00334-00335 | 《說文測議》 |
| 說文規徐 汪奎 | | | 頁103 | 頁39 | 頁293 | | | |

## 五、校群書引說文

| 書名／作者 | 國朝書目 | 許學考 | 清人草稿 | 清代許學考 | 書目考錄 | 善本書目 | 知見書目 | 版本・出處／典藏地 |
|---|---|---|---|---|---|---|---|---|
| 說文摘錄 姚文田 | | | | | | | | 北京大學圖書館藏 |
| 舊說文錄 嚴可均、姚文田 | | | | | 頁214 | 4293 | 01018 | 上海圖書館藏鈔本 |
| 韻會舉要引說文繫傳抄 嚴可均 | | | | | 頁219 | 4288 | 01096 | 中國國家圖書館藏稿本 |
| 說文字句異同錄 姚文田 | | | | | 頁213 | 4288 | 01096 | 中國國家圖書館藏稿本 |
| 小學述聞 姚衡 | | 卷3・19 | | 頁193 | 頁292 | | | 《寒秀艸堂筆記》卷一、二 |

| | | | | | | | |
|---|---|---|---|---|---|---|---|
| 一切經音義引說文異同　張澍 | | | | 頁 213 | 4299 | 01068 | 陝西省博物館藏 |
| 說文古本考　沈濤 | 卷 3・24 | 頁 104 | 頁 12 | 頁 203 | 4312-4314 | 01131-01141 | 清光緒十三年滂喜齋刻本 |
| 重定說文古本考　楊守敬 | 卷 3・25 | 頁 126 | 頁 14 | 頁 204 | | | |
| 說文古本考補　孫傳鳳 | | | | 頁 204 | | 01143 | 復旦大學圖書館藏 |
| 慧琳大藏音義引說文考　宦懋庸 | | | 頁 197 | | | | |
| 希麟音義引說文考　王仁俊 | | | | 頁 213 | | 01072 | 中國國家圖書館藏稿本 |
| 一切經音義引說文箋　田潛 | | 頁 127 | | 頁 212 | | 01075-01077 | 民國十三年鼎楚室刊本 |
| 文選注引說文考異　葉大輅 | | | | | | 01071 | 湖北省圖書館藏 |
| 御覽引說文 | | | | | | | 國家圖書館藏 |
| 唐人引說文不皆可信　錢大昕 | | | | | | | 《十駕齋養新錄》卷四 |
| 書廣韻後　桂馥 | | | | | | | 《晚學集》卷四 |
| 易釋文引說文五十餘條　孫經世 | 卷 22・14 | | 頁 192 | | | | 《惕齋經說》卷一 |
| 元應釋字皆本說文　沈濤 | | | | | | | 《銅熨斗齋隨筆》卷三 |
| 元應釋字與說文不同　沈濤 | | | | | | | 《銅熨斗齋隨筆》卷三 |
| 經典釋文誤引說文述　吳承志 | | | | | | | 《詁經精舍三集》己巳上 |
| 唐人引說文舉例　張行孚 | 頁 10 | 卷 23・33 | | 頁 187 | | | 《說文發疑》卷五 |

## 六、其　他

| 書　名／作　者 | 目　錄／頁　碼 |
|---|---|
| 說文解字注　段玉裁 | 《清代許學考》頁 40 |
| 說文解字義證　桂馥 | 《清代許學考》頁 29 |
| 說文解字句讀　王筠 | 《清代許學考》頁 56 |
| 彊識編　朱士端 | |
| 說文繫傳校勘記　苗夔 | 《清代許學考》頁 29 |
| 繫傳釋詁　陳鱣 | 《清代許學考》頁 33 |
| 說文考異　張行孚 | 《書目考錄》頁 194 |
| 說文辨異　管幹貞 | 《書目考錄》頁 202 |
| 說文證異　張式曾 | 《書目考錄》頁 203 |
| 惠定宇校說文　惠棟 | 《書目考錄》頁 206 |
| 五音韵譜正字　曾紀澤 | 《書目考錄》頁 223 |
| 說文補徐亼釋　許溎祥 | 《知見書目》頁 01109 號 |
| 說文徐氏未詳說　許溎祥 | 《知見書目》頁 01110～01112 號 |
| 說文采通就正　吳廣霈 | 《知見書目》頁 01073 號 |

# 書　影

## 書影一　說文續議

（傅斯年圖書館藏殘稿本）

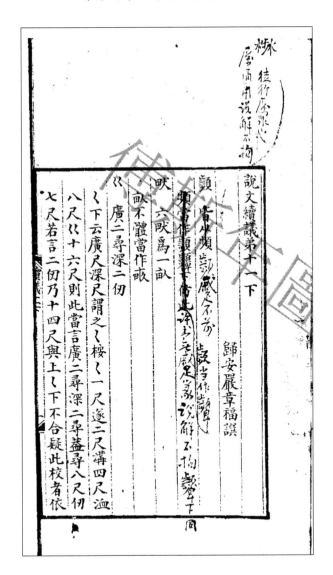

## 書影二　說文解字考異

（上海圖書館藏許槤抄本）

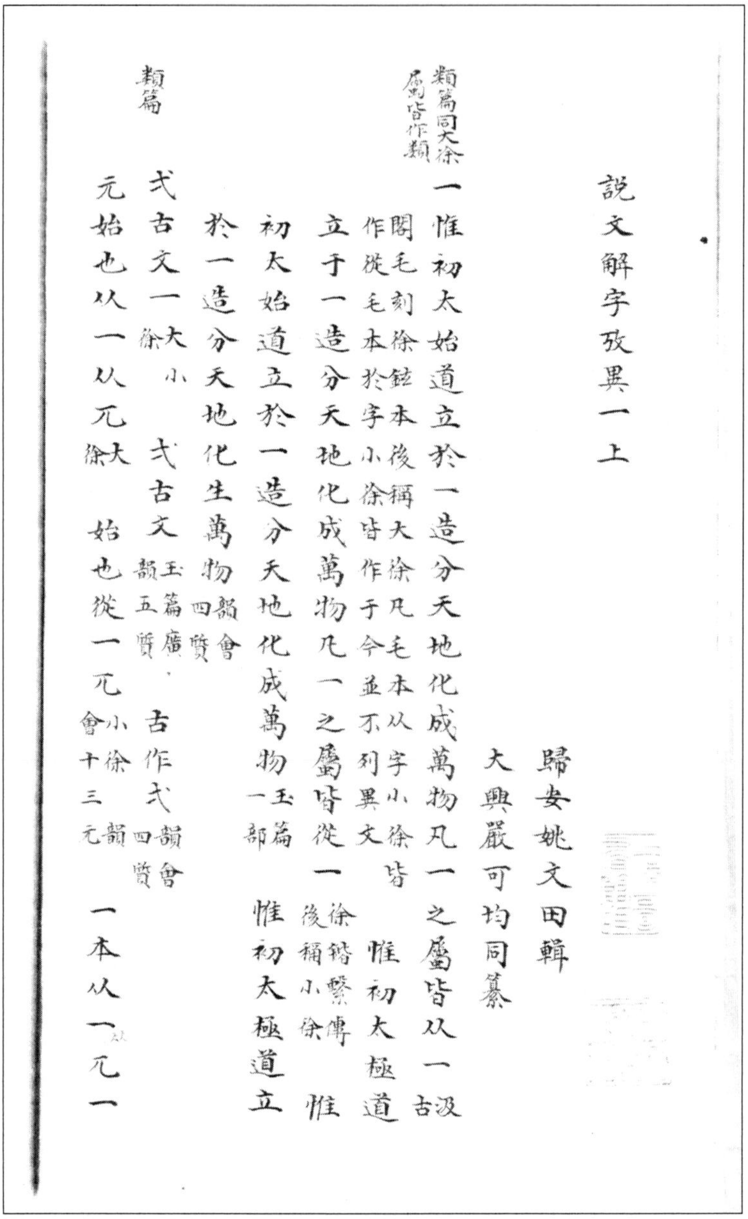
說文解字攷異一上

歸安姚文田輯

大興嚴可均同纂

類篇同大徐屬皆作類

一惟初太始道立於一造分天地化成萬物凡一之屬皆从一汲古閣毛刻大徐鉉本後稱大徐凡毛本从字小徐皆作從毛本於字小徐皆作于今並不列異文

惟初太極道立于一造分天地化成萬物凡一之屬皆從一徐鍇繫傳後稱小徐

惟初太始道立於一造分天地化成萬物玉篇一部

惟初太極道立於一造分天地化生萬物韻會四質

類篇

弌古文一大徐小徐

弌古文玉篇廣韻五質

古作弌韻會四質

元始也从一从兀大徐

始也從一兀小徐韻會十三元

一本从一从兀一

## 書影三　說文校疑

（上海圖書館藏手稿本）

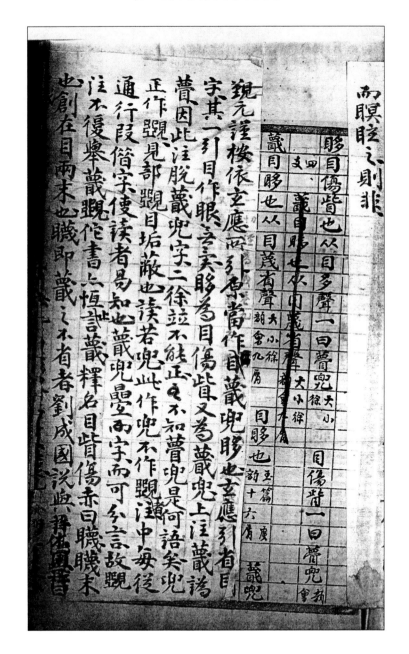

## 書影四　說文考異補

（北京大學圖書館藏稿本）

説文考異補第一上

導義鄭知同商義

歸安姚文田輯

吳縣王仁俊補

一惟初太始道立於一造分天地化成萬物凡一之屬

一惟初太始道立於一造分天地化成萬物凡一之屬皆從一汲古閣刻徐鉉本後稱大徐玉篇凡各書引部首注文例不及凡某之屬句但全引凡某已上即不另條列惟初太極道立于一造分天地化成萬物凡一之屬皆從一徐鍇繫傳後稱小徐凡毛本從字毛本從字小徐或作

凡一之屬皆從一徐鍇繫傳後稱小徐凡毛本從字小徐皆作從毛本於字小徐或作于今不列異文

于今不列異文

# 書影五　說文考異

（中國國家圖書館藏劉履芬抄本）

說文考異卷一

元和顧廣圻

一　太始　繫傳韻會始作極　玉篇引作始與此同

化成罰會成作生　玉篇引作成與此同

无　从一从无　繫傳韻會無下从人字徐鍇曰俗本有聲字六

書故引一本从一无聲云无聲爲是九經字

謀云元从一无聲

丁　指事　繫傳韻會無此二字有从反上爲下五字

重七　五音韻譜七作六　繫傳亦作六

祥　福也　繫傳韻會祐作備

福　祐也　繫傳韻會無此三字

謂尚書瑞蒙竹
又曰小兒營夷
上有荼字
風文辛楄經史
宜酌畋餘極

## 書影六　說文辨異

（中國國家圖書館藏清郭氏松南書廬抄本）

說文辨異引首

音義備而後文字成說文形聲後案訂其音也訂其
音不容忽其義緣是而辨異作焉異者何全書說解
文從字順二徐垃符者十不盈八證以諸書所引又
多蕪雜不清脫簡不完差池不應尤令人靡所適從
今撮舉煩言旁徵眾說粗為折衷求其是是不能盡得
其是猶形聲後案之未臻妥帖也除荒鉏頖亦姝將
迺後案凡例如古韻證於序內發之此則應有提綱
者各起於起處

咸豐五年歲在乙卯入伏日文泉瞿云升題

古北海郡郭氏

## 書影七　讀說文解字小箋

（傅斯年圖書館藏清光緒謝氏賭棋山莊朱絲欄鈔本）

靈靈巫以玉事神或从巫作靈按玉篇引說文無靈巫二字亦

一無重文靈此後人欲兼釋从巫之意故加此二字然於當下

語意已不可通必非許君元文．

璊以藏之讀與服同按玉篇引作所以盛之服當从紙凡言讀

同者音義皆同服古音蒲北反故知其非說文無藏字

中和也宋本和作而似誤按史字下注云中正也正義勝於和

於旌旗杠也玉篇廣韵也並作宄

毒从屮从毒按从毒顯誤作从毒亦未是說具上篇

蘺江蘺蘪無當作蘪

藝務聲蘪當云婆聲

賭棋山莊

書影八　說文校勘記
（中國國家圖書館藏抄本）

卷一下

從少從毐繫傳作從少毐聲

從少出聲此說從出當擬繫傳

薔虞也薔字注薔虞麥薔虞連讀與郭異

讀若急繫傳無此三字

江南食以下气尔疋釋文引此南作東

方又切繫傳作分溜切韵譜作方布切入遇韵盖

富當副芌字古讀如覆盖之覆後人轉讀如賦予

## 書影九　讀說文記

（光緒十四年古均閣遺著本）

古均閣遺箸

讀說文記　　　　　海甯許　槤珊林

文之麔兒者

式　案吳禪國山碑弍十有弍弍十有九一均作式此古

元　鈕本作从一从兀鍇本作从一兀均刪去聲字非是

當據唐元度九經字樣戴侗六書故升補○音學至晉

唐以後遵廢泯沒何可殫述古音之不絕如綫者獨賴

此書之存其曰某聲曰某亦聲曰某省聲曰讀若某曰

讀與某同又有讀若某者有讀若某某者有卽

本字而亦云讀若者有云讀若而竝不著某字者聲讀之

眇戾以加矣南唐徐氏兄弟眛于古音凡字率以今韵

一

## 書影十　汪刻繫傳考正

（上海圖書館藏稿本）

汪刻
說文繫傳攷異卷一 正

十四部　繫傳一之下因臣鍇曰部敘字敘語皆仍舊毀今分兩
則卷二不曰又題以三部且其下云文二五七十四重七十七與舊毀
卷篇果此語分十四篇為廿八卷迤蚗栢此題四十四部
不合更与寳毀不合経誉删去復语攷此

一部一太極大徐作从太始。凡一之屬皆従一從大徐作从是也復
伢交始坊攷此

元縱一元大徐作从一从无繫傳本
有无聲小徐誤刪之也

故作　上部上反繫善司字点不从口右楷畫乃作咛耳。
治不從万當作不清从万。長者長上此當作長者長此。多
者乖異疏口皆作多有乖異疏漏。松柏皆作木葉名澧
皆不從万當作不清从万

為象文者象寄作篆。辛在口右別此箬
吏之理人桼理字迤
唐諱迤大徐別此說

為象文者象寄作篆。辛在口右別五箬
吏之理人桼理字迤

## 書影十一　說文二徐定本校證辨譌

（國家圖書館藏稿本）

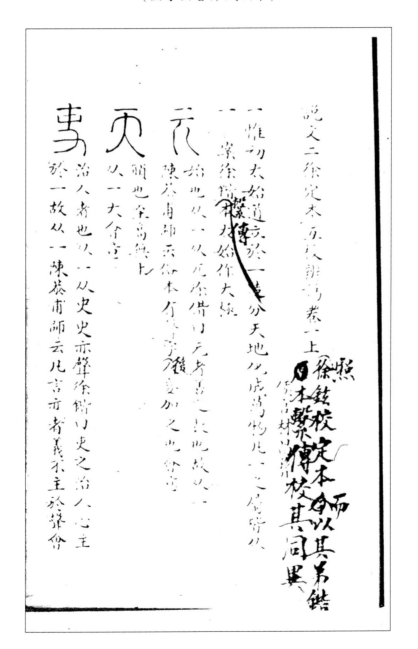

書影十二　說文摘錄

（北京大學圖書館藏稿本）

92307

說文一書羽翼諸經甫功前聖惜傳世久遠講闕遺　今本存者

正體重文尚多遺佚說于注義更易滋誤　言小學家據為金

書似非通藏近　惟南唐徐氏兄弟戴稍專門然亦墨守舊文

不能有所正定文四早年入塾竊好是書後益泛覽諸家始如

今本闕遺乃時、見於他說丁巳冬僑寓京師因取北宋以前各

書廣故博采去其文義全同與文義不殊而字句繁簡小異者咸

由後人增損又有字體雖異而許氏實有正文及均知為彼書謬誤

者槩不收錄凡得正文若干重文若干注義校補者又若干條不載

各部以補考閱至舊本雖一字講脱必仍詳注恐末學固陋校改

反誤敚存之以俟博識者之舉若其各字音切徐鍇本全用朱

翻徐鉉本又取孫恒皆非古音不能強合然韻書相沿已久不可復

改故今仍用鉉本而別為古音迻系十五卷以附本書之後

# 書影十三　舊說文錄

（上海圖書館藏王仁俊抄本）

舊說文錄

　　　　　　　姚秋農纂

鄭康成三禮注
　問禮冬說文解字敘鍐也
　官治民
儀禮既夕禮記許叔重說有輻曰輪無輻曰輇
　禮記檀弓說文解字有
輻曰輪無輻曰輇

陸德明經典釋文　　三塝
周序條例讀四為僞
易　乾无咎字无也　通于无者虛无道也　王述說天屈西北為无
堂本通　　　　坤狹凶也
小挽解也　　　履坦安也　耿小目
操作樂之威稱殷　　　眵目睞
廣也　　　盱張目也　睢仰目也
　復裁正字也　灾或字也　災籀文也
人兒　剝裂也
亂也
　　畜二歲治田也　畜牛觸角著橫木所以告人
儀禮注　禮記注釋文

## 書影十四　韻會舉要引說文繫傳抄

### （中國國家圖書館藏稿本）

## 書影十五　說文字句異同錄

（中國國家圖書館藏稿本）

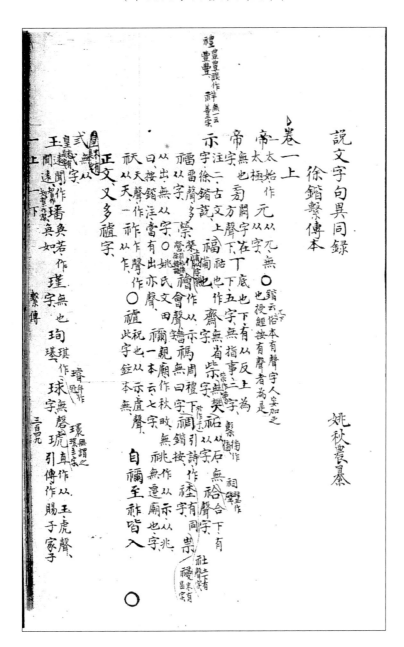

# 書影十六　希麟音義引說文考

## （中國國家圖書館藏稿本）

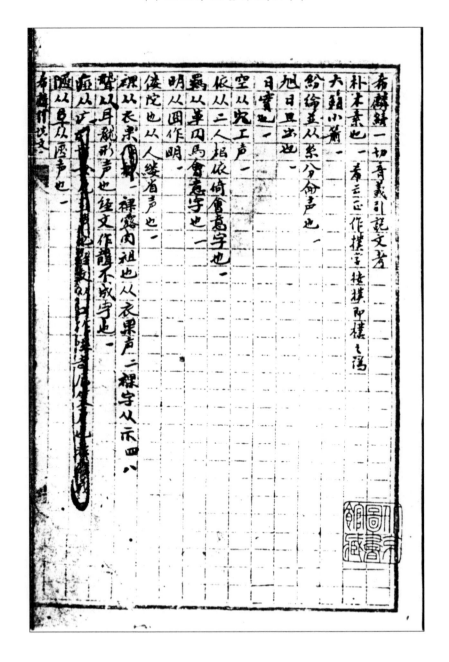

## 書影十七　御覽引說文

（國家圖書館藏藍格鈔本）

御覽引說文

祐　晉　用禮郊宗石室一曰大夫以石為主從示從石二亦聲也

祝　祭主贊詞者　禱五古　告事求福為禱

閏　十七　五歲再閏也告朔之禮天子居宗廟門中故其字從王在門中也

瓚　璧　瑞玉也

瑗　大孔璧也　環

璜　琮　瑞玉也

琥　發兵瑞玉為琥文　璋　半圭也

玦　玉珮　珮如環而有玦故云玦　珥